남주국설화 南州國設話

초판 1쇄 찍은 날 | 2012년 5월 17일
초판 1쇄 펴낸 날 | 2012년 5월 22일

지은이 | 효진
펴낸이 | 서경석

편집장 | 권태완
편집책임 | 이수민

펴낸곳 | 도서출판 청어람
등록번호 | 제1081-1-89호
등록일자 | 1999. 5. 31
어람번호 | 제5-0304호

주소 | 경기도 부천시 원미구 심곡2동 163-2 서경B/D 3F (우) 420-822
전화 | 032-656-4452 팩스 | 032-656-4453
http://www.chungeoram.com
E-mail | chungeoram@chungeoram.com

ISBN 978-89-251-2868-9 03810

南州國記話

Chungeoram romance novel

효진 장편 소설

남주국 밀화

도서출판 청어람

目次

남주국설화 南州國設話

아주 먼, 남쪽 나라에서 바람결에 전해진 이야기.

1장. 남주국, 가해도佳海島

대륙의 남쪽에 자리한 나라의 이름은 남주국南州國이다.

천여 년 전, 이 나라를 세웠다고 알려진 시조는 하늘에서 내려온 용이었다. 그는 물을 다스리던 수룡水龍이다. 수룡은 남주국의 삼면을 바다로 채웠고 그 바다에 사람이 살 만한 많은 섬들을 만들었다.

남쪽바다에는 수룡과 관련한 많은 전설이 내려왔으며 수룡과 관련한 성소들이 자리했다.

가해도佳海島는 그런 성소 중 하나였다.

수룡이 날아가다 아름다운 풍경에 넋을 잃고 잠시 몸을 거했다는 남쪽 섬. 이 섬에는 용의 신전이 있었고 신전에 머무는 신녀들도 있었다. 용이 직접 몸을 뉘였다는 산과 폭포는 용의 신성한 휴식처로 알려졌다.

한 소녀가 그 성소인 폭포를 향해 발걸음을 재촉하다 고개를 들었다. 새파란 하늘 위로 언뜻 용의 그림자가 스친 듯했다. 소녀는 제 눈을 의심하며 고개를 갸웃거렸다.

"착각일까?"

분명, 하늘을 날아가는 긴 몸체의 그림자를 본 것 같았는데.

소녀는 의문을 품으며 다시 폭포로 향했다.

소녀의 이름은 무명無名이라 했다. 이름이 없어서 무명씨라 불리는 그 무명. 유난히도 흰 피부색 덕분에 백白이라 불리기도 했다.

무명은 열다섯의 소녀로 가늘고 호리호리한 체구에 여자치고는 키가 조금 컸다. 백옥 같은 흰 피부는 누가 봐도 티 하나 없었고 허리까지 이어지는 검고 구불구불한 머리카락은 탐스러웠다. 오밀조밀한 이목구비가 또렷한 미인이었지만 입술은 핏기가 없었고 얼굴은 지독하게 무표정했다.

무명은 너무 색이 진해 제 얼굴을 더 핏기 없어 보이게 하는 진주황색의 비단을 맨몸 위에 걸쳤다. 바닥까지 끌리는 비단이 망가질세라 무명은 치맛단을 들며 종종걸음을 쳤다.

치맛단 아래로 하얀 맨발과 매끄러운 종아리가 드러났다.

시끄러운 물소리를 따라 무명이 향한 곳은 하늘 높은 줄 모르고 솟은 미갈폭포였다. 폭포에서 쏟아지는 물줄기가 용소龍沼로 모여들었다. 용소의 푸른 물은 다시 산 아래의 계곡을 따라 흘렀다.

무명은 폭포 옆에서 부채질을 하다 제 몸을 감싸던 얇은 비단옷을 벗었다. 옷 아래는 속곳 하나 걸치지 않은 하얀 알몸이었다. 제 옷이 날아갈세라 곱게 개어 물기 없는 돌로 괸 그녀는 곧장 물속으로 뛰어들었다.

풍덩! 물소리만이 시원하게 울렸다.

무명은 시원하게 물장구를 치며 수영을 했다. 때로는 용소 가장 깊은 곳까지 잠수를 하기도 했다. 더위도 느껴지지 않는데다 그녀를 방해할 이는 없었다. 무명은 미소를 가득 지은 채 혼자만의 시간을 즐겼다. 몸이 얼음장이 될 즈음에서야 무명은 제 옷을 두었던 너럭바위 근처로 돌아왔다.

헌데 큰 돌로 곱게 괴어둔 비단옷이 사라지고 없었다. 무명은 하얗게 질렸다.

제 몸값보다 훨씬 비싼 비단옷이었으니 잃어버리면 안 된다. 하지만 이곳에는 올 사람이 없지 않은가. 물속에서 발만 동동 구르던 무명은 비단이 날려갔을까 물 밖으로 나와 주변을 살폈다.

"……이걸 찾고 있나?"

그윽한 사내의 목소리에 무명은 고개를 돌렸다. 폭포수 아래 선 갈색 옷의 사내가 주황색 비단을 쥐고 있다. 무명은 제 몸을 가리는 것조차 잊고 멍하니 사내를 응시했다.

사내는 정말 귀신처럼 느닷없이 나타났다.

사내 쪽도 귀신에 홀린 것처럼 소녀를 응시했다. 그 소녀가 푸른 물속에서 하얀 알몸으로 헤엄치던 모습은 그림처럼 아름다웠다. 물 밖에 나온 소녀의 머리카락이 그녀의 하얀 알몸 위에 달라붙어 지독하리만치 관능적으로 보였다. 사내의 시선이 저절로 잘

록한 허리와 하얀 긴 다리, 봉긋 솟아오른 탐스러운 젖무덤을 가진 소녀의 알몸 위를 헤맸다.

무명도 그의 시선을 깨닫고 제 알몸을 멍하니 내려다보았다. 물에 젖은 하얀 알몸이 고스란히 눈에 들어왔다. 무명은 외마디 비명을 지르며 주저앉았다. 뒤늦게 제 가슴과 사타구니 쪽을 손으로 가렸지만 이미 늦었다.

울상이 된 무명은 사내의 손에 느슨하게 잡힌 비단 쪽으로 시선을 돌렸다. 사내가 금방이라도 놓아버릴 것 같아 불안했다.

날아가면 안 되는데, 저건 꼭 있어야 하는데.

무명의 애절함을 깨달았는지 사내도 제가 쥐고 있던 비단을 내려다보았다.

"도, 돌려주세요."

무명의 애원에, 그는 한참 만에 대답했다.

"그럼 가져가."

무명은 제 가슴을 가린 채 조심스레 사내에게 다가갔다. 갈기 같은 금갈색 머리카락을 늘어뜨려 눈을 가린 사내의 표정은 제대로 볼 수 없었다. 사내는 무명이 코앞에 갈 때까지도 가만히 서 있기만 했다.

막 손을 뻗어 비단을 잡아채려던 찰나였다. 무명은 순간 균형을 잃었다. 뒤로 넘어지려는 그녀를 사내가 다급히 붙잡아 끌어당겼다. 그가 놓친 비단이 무명의 시야 너머로 너울거리며 날아가 버렸다.

오, 맙소사. 저걸 잡아야 하는데.

그다음 순간에서야 무명은 사내의 단단한 품에 안겨 있다는 사실을 깨달았다. 사내는 가벼운 조끼만 걸쳐서 구릿빛의 맨 가슴을 그대로 드러내었다. 그녀의 맨몸 위에 뜨거운 사내의 상체가 와 닿자 무명의 얼굴이 화르르 붉어졌다. 그녀의 허리를 휘감은 크고 거친 갈색 팔이 저절로 의식되었다.

벗어나려 몸부림쳤지만 잘 단련된 젊은 남자의 힘을 이기기란 역부족이었다.

"놔줘요!"

겨우 거리를 벌렸다고 생각했는데 무명의 두 손목이 그의 손아귀에 잡혔다. 사내의 휘둥그레진 눈이 무명의 알몸 위를 배회했다. 머리카락 아래로 가려진 그의 두 눈이 무명의 하얀 얼굴을, 티 하나 없는 무명의 얼굴을 타고 흘러내린 물방울을 좇았다. 하얀 볼을 가로질러 조금 푸르게 변하는 입술을 지나, 사슴처럼 긴 목을 타고 흘렀다. 봉긋한 가슴께로 흘러내리는 물방울들의 행보는 거침이 없었다. 배꼽에서 합류한 물방울들은 납작한 복부를 지나 검은 숲 사이로 사라졌다. 무명은 사내의 앞에 제 몸이 강제적으로 노출된 탓에 더욱 민망했다. 얼굴이 화르르 달아올랐지만 힘이 빠져 어찌할 수가 없었다. 달아나야 한다고 머리로 생각하면서 그의 얼굴이 자신의 얼굴을 향해 내려오는데도 꼼짝도 하지 못했다.

"……사람이구나."

이상한 말이었다. 사람이 아니라면 대체 뭐지?

무명은 머뭇거렸다.

"왜…… 내 앞에 나타난 거지? 왜 지금?"

잔뜩 혼탁하고 쉰 목소리.

더욱 알 수 없는 말에 무명은 혼란을 느꼈다. 그 사내의 헝클어진 금갈색 머리카락과 그 아래의 얼굴을 바라본 무명의 미간이 일그러졌다.

사람이 아닌 쪽은 그녀가 아니라 이 사내가 아닐까? 머리카락 아래로 언뜻 보이는 얼굴이 너무나 준수해서 숨이 막혔다. 그 눈동자마저도 바다처럼 새파란 광채를 내뿜고 있었다.

전설 속의 수룡이 이곳에 온 걸까?

"너는, 누구지?"

무명은 입만 뻐끔거렸다. 그건 그녀가 묻고 싶은 말이었다.

사내는 그녀가 인간인지 확인해 보려는 듯 크고 못 박인 손으로 그녀의 허리와 척추를 더듬었다. 그의 손은 뜨거웠다. 무명의 몸과 스칠 듯 말 듯 맞닿은 그의 몸도 뜨거운 열기를 뿜어냈다.

"왜…… 내 앞에 네가?"

그는 이해할 수 없다는 듯 고개를 흔들었다. 무명을 붙잡은 그의 손이 느슨해졌다. 달아날 틈이었다. 무명이 그를 밀어내며 뒷걸음질 치려던 찰나, 그의 양손이 무명의 작은 얼굴을 덥썩 잡고 그 얼굴을 제 큰 손으로 더듬었다. 이 행동은 대체 뭐지? 무명은 더욱 혼란스러워졌다. 저를 잡고 있는 그의 손에서 전해지는 열감에 화상을 입을지도 모르겠다며 생각한 순간, 그가 웃었다.

"사람이구나……. 사람이야. 이것도…… 의미가 있는 걸까……?"

그의 속삭임이 무슨 뜻인지도 알 수 없다. 다만 그의 상그러운 웃음이 너무 예뻐서, 무명은 넋을 잃고 말았다. 그의 얼굴이 무명의 입술로 향해 내려오려는 순간.

그의 몸이 천천히 허물어져 내렸다.

무명은 시체처럼 기절해 버린 사내를 품에 안고 망연해졌다. 제 몸에 와 닿은 그의 뜨거운 체온과 단단한 육체에 놀란 그녀가 화들짝 사내를 밀어냈다.

다행히 비단은 물가에 떨어져 있었다. 무명은 비단옷을 걸치고 여전히 움직이지 않는 사내를 경계하며 바라보았다. 그는 쓰러진 채 움직이지 않았다.

무명은 사내를 관찰했다. 건장한 키에 부러울 만큼 단단한 근육을 가진 사내였다. 짙은 갈색 피부나 금갈색 머리카락, 못이 박인 손으로 보건데 육체노동을 하는 사람 같았다. 얼굴은 누가 봐도 감탄할 만큼 준수했다. 무명은 쓰러진 사내의 머리카락을 걷어 그 얼굴을 가만히 들여다보았다. 눈은 감고 있지만 콧대도 높고 두꺼운 입술이나 날카로운 턱 선 모두 사내답게 늠름하고 아름답기까지 했다.

특히 푸른 광채가 감도는 눈은 신비하다는 느낌까지 들었는데.

무명은 사내의 가슴이 규칙적으로 오르락내리락 하는 모습을 보았다. 살아 있다. 하지만 체온이 너무 높았다. 무명은 쪼그리고 앉아 사내에게 말을 걸었다.

"……여기 있는 거 들키면 안 돼요. 여긴 금남 구역이라는 거 몰라요? 사내들이 오면 다 죽인다고 했다고요."

실제로 이 섬에는 용의 신전이, 신전을 지키는 늙은 신녀들이 있었다. 왜인지는 알 수 없지만 그녀들은 사내들을 경계해 침입자는 죄다 죽였다. 특히 젊은 사내들이라면 치를 떨고 저주하는 신녀들이 이 사내를 살려둘 리 없었다. 그 신녀들의 잔악한 손속을 떠올리던 무명은 금세 새파랗게 질렸다. 사내가 발각된다면, 제 목숨도 온전치 못할 터.

하지만 아픈 사람을 쫓아보낼 수도 간호할 수도 없다.

생각하면 이상한 것투성이였다. 이곳은 외부인의 출입이 금지된 섬일 텐데. 이 사내는 대체 어디서 온 걸까?

미간을 찌푸리던 무명의 시야에 무성한 미갈폭포의 물줄기가 보였다. 미갈폭포의 뒤에는 커다란 바위 그늘들이 가득해서 그중 하나에 사내를 숨겨도 크게 눈에 띄지는 않을 것 같았다.

사내는 키가 컸고 몸이 단련되어 있어서 보기보다 무거웠다. 무명은 젖 먹던 힘을 다해 그를 끌고 폭포 뒤로 향했다.

적당한 바위 그늘을 골라 제일 평평한 자리에 그를 눕혔다. 사내를 밀어 넣고 끌고 간 흔적은 물로 씻어 없앴다.

사내의 신분을 알 수 있을까 하여 그의 몸을 뒤졌지만 헛수고였다. 무명이 그자에 대해 알 수 있는 건 스물이 넘은 건장한 사내라는 것과 낡은 뱃사람의 옷을 입었다 정도뿐이었다. 하지만 뱃사람이라기엔 꽤나 고귀해 보였다.

낭패감에 사로잡힌 무명은 사내를 한참이나 뚫어져라 바라보았다.

바다에서 온 걸까? 아니면 하늘에서 떨어지기라도 한 걸까?

무명은 제 몸을 더듬었던 사내의 못 박인 손을 물끄러미 바라보며 얼굴을 붉혔다. 그녀는 늦은 오후가 되기 전, 사내가 깨어나면 먹을 수 있는 즙이 많은 과일들과 물이 담긴 수통을 두고 떠났다.

무명이 다시 그를 찾은 것은 늦은 밤이었다.

미갈폭포는 시원스럽게 물줄기를 뿜어내고 있었다. 마침 구름에 가려 달빛은 거의 비치지 않았다.

물소리를 따라 이동한 무명은 폭포 뒤, 숨은 바위 그늘로 움직였다. 사내는 무명이 낮에 눕혀놓은 차가운 돌바닥 위에 덩그러니 누워 있었다. 바닥에선 차가운 한기가 돌았지만 그의 몸은 낮보다 더 뜨겁게 느껴졌다.

죽으면 안 되는데.

무명은 사내의 열을 짚어보며 울상이 되었다. 왜인지 설명할 수 없지만 사내가 죽는 것은 싫었다.

일단 열을 내려야 해. 편하게 눕힐 수 있다면 더 좋을 것이다.

무명은 폭포를 내려가 산 아래에서 보드라운 갈대잎들을 잔뜩 따왔다. 혹시나 해서 제가 가져온 천을 이불로 대신하기로 마음먹었다.

몇 번이나 산 아래를 왕복하며 갈대잎을 따온 터라 제법 그럴싸한 침상이 만들어졌다. 그 위로 사내의 몸을 굴려 옮겼다. 무명은 다시 그 위로 제가 가져온 천을 덮어주었다.

열을 내리는 약초를 쓰면 좋겠지만 약초에 대해 아는 것이 없었다.

"하아."

무명은 한숨을 쉬며 사내의 볼에 손을 댔다. 남자는 여전히 뜨겁고 죽은 사람마냥 반응이 없었다.

살려야 하는데. 사람이 죽는 건 미치도록 싫은데.

"죽지 않게 만들어야 해. 살려야 해."

그가 누구든 그의 죽음을 방관하는 것은 싫었다. 무명은 사내의 뜨거운 불덩이 같은 몸에 손을 대었다. 일단 열을 내려야 할 것 같았다. 그를 물로 끌고 가 담그면 편하겠지만 밤이라 해도 누군가에게 들킬지도 몰랐다.

어찌할까 고민하던 무명은 옷을 벗고 제 몸을 찬물에 담가 손발까지 얼얼해지면 사내에게로 돌아갔다. 그를 포옹해 그녀의 몸이 미지근해질 때쯤 다시 폭포로 돌아갔다. 그렇게 두어 번 반복하자 그녀의 진이 빠졌다.

사내의 체온이 적당히 내려가자 무명은 제 몸 위로 다시 옷을 걸쳤다.

손발이 얼어서 감각이 없다. 산을 내려갈 생각을 하자 아득했다.

동이 틀 때까지는 시간이 있으니 쉬기로 하자. 무명은 그러다 깜빡 잠이 들었다.

벽에 기대어 잠들었다 생각했는데 자신은 바닥에 반듯하게 누워 있었다. 제 몸을 짓누르는 '그'의 무게감 때문에 쉽게 몸을 일으킬 수 없었다.

그가 그녀를 안은 채 누워 있었다.

옷을 걸치고 있음에도 서로의 뜨거운 몸이 맞닿은 그 느낌. 피부를 타고 달리는 그닐거림에 무명은 헛숨만 들이켰다. 폐 속 가득 사내의 향기만을 들이마시다 어둠 속에서 자신을 내려다보고 있는 푸른 기운의 눈동자와 마주했다.

……그가 깨어났다?

"이름이 뭐야?"

무명은 놀라 제 이름을 말하려다 삼켰다.

"……명."

엉겁결에 무명의 무를 입안으로 삼켜 버렸지만 사내가 제대로 들었는지는 알 수 없었다. 그는 무명을 안은 채 곧장 잠에 빠졌기 때문이었다.

새벽이 될 무렵, 열이 떨어진 그의 상태를 확인하고 그의 마른 입가에 물을 흘려 넣었다. 사내의 손은 무명의 온기를 찾는 듯 제 옆 바닥을 더듬거렸다.

그의 품은 따스했다. 그러나.

무명은 아쉬움 없이 곧장 사내의 곁을 떠났다.

섬의 하루는 참으로 피곤하고 무료했다.

가해도의 앞바다는 선명한 녹색이었다. 무명은 자신의 주인을 위해 다른 동료와 함께 바다로 나갔다. 작살과 물고기를 잡을 그 물주머니도 준비한 참이었다.

먼바다까지 나간 그녀들은 작살로 물고기를 잡고 맛이 좋다던 붉은 게와 커다란 소라까지 땄다. 적당히 수확한 해산물들을 끼고 그들은 해변으로 헤엄쳤다. 변덕스러운 자신들의 주인이 먹음직스런 해산물들을 좋아할지는 의문이었다.

무명은 폭포의 사내를 간호하느라, 그가 발각될지 모른다는 걱정에 잠을 이루지 못했다. 반면 그녀의 동료, 적赤은 고약한 주인이 썩은 고기를 먹였던 덕분에 밤새 배앓이에 시달려서인지 헬쑥했다. 수면 부족의 두 소녀는 물질을 해서 체력까지 떨어진 탓에 검은 해변으로 올라오자마자 탈진해 누워버렸다.

"넌 왜 안색이 나쁜 건데?"

적이 파리한 얼굴로 무명에게 물었다.

"적도 나쁘잖아."

그들은 용의 신전이 있는 동쪽 해변에서 바쁘게 움직이는 신녀들을 발견했다.

"왜, 왜 저래?"

무명은 혹여 미갈폭포에 두고 온 '그'가 발견된 것은 아닐까 걱정했다.

적은 깊은 한숨을 쉬며 비밀 이야기를 하듯 쑥덕거렸다.

"넌 주인님 심부름을 하러 가서 모르지? 사실은 섬 근처에서 교룡이 나타났대. 그것도 여러 번."

교룡蛟龍. 물속에 살지만 하늘을 날기도 하며 커다란 몸체에 흰 뿔이 나 있는 신비한 용. 헌데 그것이 왜 여기에?

무명은 고개를 갸웃거렸다. 가해도 근처에서 교룡이 나타났다거나 교룡이 산다는 이야기는 듣지도 못했다. 있다 한들 난폭해서 해악을 끼치기 십상이라 했었다. 이어진 적의 다른 이야기는 더

믿기 어려웠다.

"누가 교룡을 타고 섬에 침입했다나 봐."

적의 말에 무명의 입이 헤, 벌어졌다.

하늘에 사는 선인들에게서나 가능한 이야기가 아니었던가?

"너도 못 믿겠지? 나도 그래."

그러다 하늘을 올려다본 적은 해가 높이 떴음을 깨닫고 다급히 외쳤다.

"백! 시간이 꽤 지났나 봐. 얼른 가자! 늦으면 혼날 거야!"

적이 물고기가 든 그물을 껴안고 달려 나갔다. 무명도 황급히 적의 뒤를 쫓았다.

무명의 동료들과 주인은 무명을 백白으로 호칭했다. 백은 언뜻 섬의 하늘 주변에서 교룡의 그림자를 보았지만 착각이라 치부했다.

이틀째 밤, 무명은 버릇처럼 미갈폭포로 향했다.

낮에 혹사당한 몸은 여전히 불편했지만 편하게 쉴 틈은 없었다. 사내가 떠났든 아니든 제 눈으로 확인하고 싶었다.

신녀들은 그날 낮, 폭포 주변을 수색했다. 무명이 그를 숨겼던 바위 그늘을 포함해 모든 동굴들을 수색했지만 그녀들은 어떤 흔적도 발견하지 못했다. 뒤늦게 확인해 보니 무명이 사내를 위해 마련한 갈대침상이나 수통은 말끔하게 치워져 아무것도 없는 상태였다. 수색을 하던 신녀들의 뒤에 있던 무명은 가슴을 쓸어내려 안도하면서도 의아했다.

그는 어디로 간 걸까?

어쩌면 사내는 열이 내리자마자 교룡을 타고 섬을 떠났을 것이다. 어쩌면 이 모든 것이 무명이 만들어낸 환상은 아닐까?

밤의 미갈폭포는 시원하다 못해 을씨년스러울 정도로 서늘하고 추웠다. 폭포 주변을 수색하던 무명은 사내가 있던 어떤 흔적도 찾아내지 못했다.

폭포를 내려가려 마음을 먹은 찰나, 그녀는 첨벙, 커다란 것이 물속에 내려앉는 소리에 쭈뼛 고개를 돌렸다. 그녀의 가는 그림자가 커다란 요수의 그림자에 덮여 있는 것을 발견하자 온몸이 선득해졌다.

바싹 얼어붙은 몸을 돌리자 그녀의 키만 한 세로로 찢어진 노란 눈이 무명을 보고 있음을 깨달았다. 교룡이다. 무명의 온몸이 바싹 긴장했다. 교룡은 폭포 위에서부터 제 꼬리를 걸친 채 내려와 용소에 제 몸의 일부를 담그고 머리는 무명을 바라보며 일으켜 세운 참이었다.

교룡의 금색 눈동자에 무명은 움직이는 것조차 망각했다.

그때, 휘파람 소리가 들렸다. 교룡은 커다란 머리를 들며 뒤로 물러났다.

"잡아먹지 않아. 그러니 안심해도 돼."

달빛 아래에서 들리는 낮은 목소리. 얼어붙은 무명의 팔을 잡아 일으키는 것은 갈색 조끼와 황토빛 바지를 걸친 젊은 사내였다. 늘어진 머리카락이 그의 갸름한 얼굴을 멋대로 가렸다.

그가 아직 있었어. 환상이 아니었다.

무명은 제 눈앞에서 멀쩡히 움직이는 그를 보며 반갑고 동시에 어리둥절했다.

"왜…… 아직 여기에 있는 거죠?"

"그냥. 해야 할 일이 남았으니까."

무명은 교룡을 곁눈질했다.

"사람을 잡아먹지는 않아. 그러니까 안심해도 돼."

사내의 말에 무명은 힘이 빠져 주저앉아 버렸다. 심호흡을 하자 조금씩 이성이 돌아왔다.

"신녀들은 침입자들을 다 죽여요. 왜 아직 있는 거죠?"

"그 여자들이 살벌하다는 건 알아."

허탈해하는 무명과는 달리 사내는 놀라거나 흥분한 기색 하나 없었다. 심지어 그는 섬 어디선가 가져온 과일을 베어 물며 폭포 쪽을 돌아보았다. 그 행동은 참으로 여유로워 보여 무명의 속을 긁었다. 얼마나 걱정을 했는데 저렇게 태평할 수가!

한편으론 그가 쓰러질 사람처럼 보이지 않아 무명은 안도의 숨을 내쉬었다.

"나를, 걱정했나?"

"그래요."

사내는 달빛이 머무르는 너럭바위 위에 앉아 무명을 물끄러미 내려다보았다.

"살려줘서 고맙다는 말이 듣고 싶나?"

오만하기까지 한 그의 말이 기분 나빴지만 무명은 솔직하게 대꾸하기로 마음먹었다. 그를 간호한 것은 맞지만 살려준 것에 대한 감사를 받으려 한 일은 아니었다.

"어쩔 수 없었어요. 당신이 들키면 나도 곤란해지니까. 죽고 싶지 않으면 당장 떠나는 게 좋아요."

"알아. 오래 머물면 생명이 위험하다는 것 정돈."

그걸 알면서도 저 사내가 이 섬에 머무른 이유를, 무명은 전연 알 수 없었다.

문득 그가 다른 이야기를 꺼냈다.

"그 신녀들이 저 숲에 체, 를 기르는 걸 봤어?"

"체? 짐승?"

사내가 뻗은 산 아래의 남쪽 방향에는 커다란 밀림 같은 숲이 있다. 무명이 체를 되묻자 그는 고개를 주억거렸다.

무명이 알기로 체魖라는 짐승은 온몸에 노랑과 검정 줄무늬를 가진 원숭이 모양의 커다란 요수로 사람을 찢어 먹는 습성이 있다 들었다.

"가해도의 늙은 신녀들은 어린 체 몇 마리를 잡아 길러서 이 섬의 숲에 풀어놓았지. 휘파람을 불면 그것들이 달려와 침입자를 잡아먹어. 그것들은 특히 젊은 수컷의 고기를 좋아한다더군. 나 같은."

그 말이 너무 잔인하게 들려서 무명은 저도 모르게 얼굴을 웅그렸다.

"그런데 왜 섬을 떠나지 않았어요?"

교룡을 타면 금방 날아갈 수 있을 텐데. 무명은 그와 교룡을 번갈아 바라보았다.

그는 바람이 불지 않는 하늘 쪽을 가리켰다.

"교룡은 바람을 타지. 바람이 불지 않는 밤이면 오래 날지 못하고 추락해 버리거든. 이 주변엔 섬도 없고 뭍이 너무 먼 건 알고 있지?"

무명은 고개를 주억거렸다. 무명이 본토 남쪽에서 이곳까지 오는데 뱃길로만 나흘이 걸렸으니까.

"열은 다 내린 거예요?"

"조금은 남아 있어."

"누워 있는 게 나을 거예요. 조금 쉬다가 날아가기 좋은 바람이 불면 내일이라도 당장 떠나세요."

"그럴 생각이야. 하지만 그전에 해결해야 할 것이 있었어."

그것이 뭐냐 물으려다 무명은 관두었다. 사내의 목숨을 구해준 것은 사실이나 무명이 구하지 않았다 해도 사내는 튼튼했으니 죽지는 않았을 것이다.

무명은 그들의 머리 위에 기울고 있는 달의 움직임을 살폈다.

"갈게요. 최대한 빨리 섬을 떠나요."

무명이 막 일어나려던 차에 사내가 다가와 무명의 손목을 움켜쥐었다. 접촉은 너무 자연스러워 위화감이 없었다.

"내일 낮에 다시 와. 오후엔 물놀이를 해도 좋아."

사내의 말을 헛소리로 여기며 무명이 인상을 썼다. 계면쩍어진 사내가 금세 시치미를 뗐다.

"알아. 오후에는 비가 올 거거든."

무명은 하늘을 올려다보았다. 달무리도 져 있지 않은 환한 밤이다. 섬은 워낙 날씨가 변덕스러워 미친 소나기가 퍼붓는다 해도 특별하진 않았다.

"날씨는 상관없어요. 제발, 살고 싶으면 떠나라고요."

"나는 내일 밤에 떠날 거야. 아주 늦은 밤, 새벽일 수도 있겠지. 널 만나고 갈 생각이야. 날 만나고 싶으면 내일 밤에 날 찾아와. 해가 뜨기 전까지 기다릴거야."

"왜요?"

아까와 달리 진지해진 그의 태도에 무명이 반문하자 사내는 무명을 빤히 바라보았다. 그가 무명을 끌어당긴 것은 다음의 일이었다.

무명은 느닷없이 그의 품에 갇혀 얼떨떨했다. 벗어나려 했지만 그는 무명의 머리를 눌러 제 품을 벗어나지 못하게 했다. 하필이면 그녀의 얼굴이 파묻힌 곳은 그의 너른 맨 가슴팍이었다. 그의 심장 소리가 뜨겁다. 그의 단단한 갈색 피부를 고스란히 느끼며 무명은 더욱 당혹스러워졌다. 왜? 거칠게 숨을 내쉴수록 사내의 단내만이 진하게 와 닿았다. 자신의 가슴이 숨겨진 욕망으로 단단하게 몽우리졌다. 사내의 하반신과 맞닿은 제 복부 쪽에서 부풀어 오른 그의 남성이 느껴졌다. 맙소사.

무명의 얼굴이 더욱 달아올랐다. 원초적인 의미로 이해했다.

이 사내는, 나를 원해.

그의 입술이 내려와 무명의 마른 입술을 머금었다. 무명이 자연스레 입을 벌리자 그의 혀가 무명의 안으로 스며들었다. 맞닿은 입술은 거칠었지만 부드럽다. 무명은 처음엔 얼어붙어 있었지만 그의 느릿느릿한 움직임에 조금씩 녹아내렸다. 그의 유도에 무명도 조금씩 제 혀를 움직여 보았다. 나쁘지 않았다. 아니, 신기했다. 사람과 사람의 접촉이 이상하지 않았다. 그의 몸에 남은 잔열이 무명의 입술로 몸으로 느리게 번져 나갔다.

한참 만에야 서로의 입술이 떨어졌다. 무명은 할 수 없었던 호흡을 가쁘게 몰아쉬었다. 무명의 가슴팍이 크게 오르락내리락 하자 무명의 가슴과 맞닿아 있던 그가 가볍게 웃었다. 그가 은색 타액이 묻은 무명의 입가를 가볍게 훔쳐 냈다.

"갖고 싶어. 처음부터 그랬어."

무명은 경험이 일천했지만 그의 욕망을 이해했다. 그것은 뜨거운 날것 그대로 느껴졌다. 사내와 여인의 결합이 어떻게 이어지는지 무명도 모르지는 않았다. 그의 부풀어 오른 남성이 무명의 몸을 찔러 오며 자극하고 있었기에 더더욱이나.

어지러웠다. 모든 것이 무섭고 두려웠다.

무명은 그의 맨 가슴팍에 얼굴을 묻었다. 그의 심장 소리가 더 요동치고 있다.

하지만, 그는 떠나야 해.

너는 노예지.

네 주인이 알면 그를 살려두지 않을 거야.

무명은 그를 밀어냈다. 그의 가슴팍을 밀어내는 그녀의 손가락에 뜨거운 감촉이 미진하게 남았다.

그는 아쉬운 기색이었지만 그녀를 붙잡지 않았다.

"부끄러워하는 거 알고 있어. 내일 보자."

그는 손을 흔들어대었다.

세 번째 밤. 무명은 도둑고양이처럼 미갈폭포로 향했다.

그 사내가 떠나기를 바라는 마음이 하나, 가지 않기를 바라는 마음이 하나였다. 상반된 두 감정에 무명은 지극히 혼란스러웠다. 제가 그에게 무얼 바라는지 확실하지 않았기에 더욱 그랬다. 좋아한다는 것이 이런 감정일까? 단지 사내들이나 여인들이 흔히 느낀다는 욕망일 뿐일까.

머릿속을 핑핑 오고 가던 잡념들은 달빛을 등진 채 자신을 기다리던 사내를 보자 씻은 듯이 증발했다. 그녀의 작은 발소리를 들은 사내가 그녀를 돌아보았다. 그의 뒤로 교룡이 자리해서 그는 더욱 특별하고 신비한 밤의 선인 같아 보였다.

무명은 그를 부르기 위해 입을 열었지만 부르지 못했다. 그녀는, 그의 이름을 몰랐다.

"명."

대신 그가 반갑게 무명을 불렀다. 그리고 그녀의 하얗고 고운 얼굴을 보며 상글거렸다. 그 웃음이 너무 예뻐서 무명은 홀렸다. 보고 있노라면 흐물흐물 몸이 녹아내릴 것 같았다.

"기다렸어. 반드시 올 거라 생각했어."

무어라 대꾸해야 할까. 무명은 꿈을 꾸는 것 같았다.

"떠나는 거죠, 그렇죠?"

"그래. 이곳에는 더 머물 수 없어."

그의 확고한 말에 무명의 인상이 저절로 응그려졌다. 무명을 조용히 관찰하던 사내가 걱정스럽게 되물었다.

"어디 아파? 아니면 내가 떠나서 서운한 거야?"

무명은 둘 다 아니라는 듯 고개를 저었다.

"빨리 가요, 얼른."

그는 떠날 기색도 없이 무명을 보며 미적거렸다. 그녀의 작은 손짓 하나에도 그는 집요하게 시선을 고정했다. 왜일까? 왜? 무명은 줄 것도 없는 하찮은 노예인데, 왜? 그런 생각을 하며 조용히 실소하고 말았다.

"왜 웃는 거지?"

그는 자신의 머리칼을 헝클며 무명을 돌아보았다.

"나, 걱정하고 있지?"

무명은 그의 확신을 무시한 채 저와 제 주인을 굽어보는 교룡을 올려다보았다. 미갈폭포의 물줄기가 교룡의 몸 때문에 어그러져 물줄기의 방향이 멋대로 바뀌어 있었다. 아마 이대로라면 교룡은 미갈폭포의 지형까지도 바꾸고 말겠지.

교룡을 부리는 자이니 보통 사람은 아닐 것이다. 허나 그것이 누구라 한들 가해도의 신녀들이 용서하는 일 따위 없을 것이다. 무명은 모든 미련을 털어냈다.

"가요, 얼른."

"명."

이름이 없다는 무명씨였는데, 사내는 그것을 진짜 그녀의 이름이라 믿었다. 그 이름을 진짜로 착각할 만큼이나 그의 목소리는 달콤하게 들렸다.

"내가 두렵지 않나?"

무명은 그녀의 앞으로 다가온 사내의 눈이 밤바다처럼 검고 어둡게 가라앉은 것을 보았다. 어둠이라 잘 보이지 않는다 생각하며 무명은 손을 뻗어 슬쩍 그의 턱을 매만졌다. 수염이 난 그의 턱이 까끌까끌한 느낌이었다.

이 남자는, 아마도 무명의 첫사랑이 될 모양인가 보다. 무명은 그의 이름이나 출신도 몰랐다. 하지만 단 한 번만 욕심내는 건 괜찮지 않을까?

"명?"

당혹해하는 그의 등 뒤에 비친 달이 너무 환했다. 술을 마시지 않았음에도 무명은 술에 취한 듯 머리가 어지러웠다. 아니, 그에게 취한 것이다.

"날…… 원해요?"

무명은 그의 얼굴에 머무른 달빛이 미워서 제 손으로 그의 뺨을 덮었다. 이대로라면 달빛마저도 시기하게 될 것이다. 그녀를 내려다보던 그의 눈에서 당혹감이 사라져 무언의 다른 감정으로 교체되었다. 뜨겁고 습한 욕망을 드러내는 눈에 무명의 하얀 얼굴이 가득 비쳤다.

무명은, 서늘하게 웃었다.

원하냐는 그녀의 물음에 그는 대답하지 않았다. 그러나 눈빛만으로 충분했다.

무명은 깨금발을 들어 사내의 입술에 제 입술을 마주 대었다 뗐다. 나비 같은 입맞춤이었다. 내려앉는 줄도 몰랐다가 제멋대로 날아가 버리는.

"이제 가세요."

무색해진 순간에 무명은 머쓱하게 웃으며 떨어졌다.

그러나 다음 순간 사내가 무명을 끌어안았다. 곧장 그의 입술이 무명을 덮쳤다. 아까의 유유한 모습은 오간 데 없었고 그는 완전히 평정심을 잃었다. 허나 그 모습 역시 어쩌면 무명이 바랐던 것, 무명이 기대한 것이었다.

나를 원해줘. 나를 가져 줘.

무명은 그에게 질세라 덤벼들었다. 본능적으로 그를 위해 입을 벌리고 그의 혀를 받아들였다. 넝쿨 같은 두 손으로 그의 어깨에 단단하게 매달리며 손톱을 세웠다. 숨을 쉴 새도 없이 그는 제 몸과 무명을 한데 밀착시켰다. 숨을 쉬는 것조차 그의 허락을 받아야 했다.

무명의 봉긋한 가슴이 그의 가슴과 마찰했다. 그는 잠시 무명의 입술에서 제 입술을 떼어내고 그녀의 얇은 상의를 허겁지겁 벗겼다. 그가 잠시 눈살을 찌푸린 것은 그녀의 가슴에 동여맨 무명천을 발견했을 때였다.

"이건 왜?"

그는 깊은 의문을 품지 않고 천을 뜯어내어 무명의 가슴을 해방시켰다. 추위와 욕망을 구분하지 못한 가슴이 뾰족하게 곤두섰다.

무명은 제 몽글한 가슴을 움켜쥐는 단단한 그의 손을 내려다보았다. 제 가슴이 그의 손 안에서 뭉그러진다. 움켜쥐는 그대로 모양을 달리하는 가슴이 아리고 더 부풀어 오르는 기분이었다.

그뿐인가. 그의 혀가 제 얼굴과 뺨, 턱 선, 목을 핥으며 빨아들이고 맛보았다. 귓불에 뜨거운 숨이 스쳤다. 그가 제 귓불을 깨물자 바르르 몸을 떠는 것밖에 할 수 없었다. 무명은 그가 자신을 더 애무하고 흔적을 새겨주길 바랐다. 그의 손길이 온몸을 내달리자 홧홧한 감각이 전신으로 퍼져 나갔다.

어느새 그는 무명의 두 다리 사이에 자리를 잡았다. 그녀는 언제 차가운 바위에 누워 있었는지, 바닥의 한기마저 깨닫지 못했다.

무명이 인식하고 느끼는 것은 오직 그였다.

사내는 다급히 무명의 옷을 벗겼다. 그녀 역시 저와 그 사이에 불편하게 뭉친 그의 바지를 벗겨내느라 안간힘을 썼다. 그는 어느새 그녀의 다리를 감싸던 마지막 속곳까지 제거한 뒤였다.

알몸과 알몸이 맞닿았지만 무명은 부끄러움을 느끼지 못했다. 몸에 남은 잔열이 그의 손길을 갈구하며 제 몸을 데웠고 정신은 혼미해졌다. 제 아랫도리를 스치는 그의 손길에, 그의 뜨거운 불덩이에 제 여성을 밀어붙였다. 입에서는 말 대신 흐느낌만이 새어 나왔다.

온몸을 뒤흔드는 여진. 그는 낮은 목소리로 무명의 귓가에 속삭이며 흥분을 부채질했다. 예쁜 얼굴과 작고 동그란 어깨, 사슴 같은 몸, 체구에 비해 풍만한 가슴과 잘록한 허리, 제 손에 딱 맞는 엉덩이, 길고 하얀 다리. 그 모든 것을 숭배한다고, 사랑스럽다고 그리 속삭인 것 같다.

무명의 시야에 어느새 검은 하늘의 별과 달이 보였다. 그녀는 본능적으로 제 몸을 그에게 내주며 그의 목에 매달렸다. 사내의 불기둥을 받아들이는 제 은밀한 곳이 따스하게 젖어 있었다.

사내는 봉긋한 가슴을 지나 배꼽으로 이어지는 길로 얼굴을 내리더니 그녀의 다리 사이에서 머리를 들지 않았다. 무명의 당황과는 상관없이 그는 순결한 습지를 헤집고 그 안에서 흐르는 단물을 받아 마셨다. 아아. 무명의 온몸으로 쾌락이 번져 나갔다. 아득하다.

"나랑 같이 가자. 명."

무명은 유난히 맑은 밤하늘도, 너무 밝은 달도 인식하지 못했다. 무명은 오직 제 습지를 오가는 그의 혀와 손가락, 그리고 그를 느꼈다. 무명이 충분히 젖었고 준비되었음을 확인한 그는 제 손가락을 깊이 밀어 넣었다. 무명이 놀라 그를 죄이자 사내는 웃으며 제 손 대신 제 남성을 그녀에게 느끼게 했다. 우람한 존재감에 놀란 무명이 그 크기에 익숙해지기도 전, 그는 무명의 안으로 침범해 들어왔다.

"헉."

몸이 찢어지는 듯한 아픔에 무명의 두 다리가 부들부들 떨렸다.

처음이라 저항의 장벽이 거셌다. 그사이에도 사내는 조금씩 제 안으로 밀려 들어오고 있다. 무명은 자신을 잠식해 오는 그를 받아들이며 고통에 시달렸다. 아픈 만큼 미칠 듯이 생생한 기분. 제 안이 그렇게 깊은 줄도 몰랐고 깊게 자맥질해 오는 사내를 받아들이게 될 줄도 몰랐다. 무명은 저도 모르게 눈물을 흘렸다.

"괜찮아, 괜찮아."

그가 제 안에서 남성을 빼냈다. 하지만 무명은 그 허전함에 차라리 아픈 것이 낫다고 생각했다. 춥다. 그에게서 떨어지는 것은 싫었다.

"와요. 얼른 와, 안아줘요."

"물러나려면 지금뿐이야. 제발, 날 더 인내하게 하지 마."

고개를 흔들어대는 그를 향해 무명은 하얗고 가느다란 팔을 벌렸다. 그를 안기 위해서였다. 한숨을 내쉰 사내가 다가와 무명을 안았다. 두개의 알몸이 맞닿는 그 뜨거움이 마냥 그리웠다. 무명은 제가 무얼 하는지도 모른 채 그의 탄탄한 가슴팍을 더듬고 제 것과는 다른 모양의 뾰족 솟은 그의 유두를 손으로 긁었다.

"네가 원한 거야. 아니, 이젠 그만 못 둬."

잠깐 머리를 흔든 그가 눈을 빛냈다. 더욱 가쁜 한숨을 내쉬며 그가 봉긋한 그녀의 엉덩이를 양손으로 잡아 저를 밀어붙였다. 그리고 단번에 돌진해 그녀를 꿰뚫었다.

무명은 아주 소중한 것을 잃었다고 생각했지만 그 생각은 오래 가지 않았다. 자신의 안에 들어온 그만이 현실이었다.

그만을 갈구하며 울부짖었다. 그가 자신의 안에서 파정을 한 뒤에는 기진맥진했다. 두 번의 파정을 맺고도 사내는 여전히 몸 안에 머물러 여운을 음미했다.

그래서 무명은 알지 못했다. 자신과 그를 관찰하던 시선이 있었음을.

예민한 사내가 어둠 속에서 본 것은 하얀 여우가면이었다. 가면은 어둠 속으로 이내 모습을 감추었다.

"그러고 보니 내 이름을 말해주지도 않았군. 내 이름은."

사내가 제 이름을 말하려던 찰나 무명은 있는 힘을 짜내어 그의 입을 막았다. 그의 밝은 눈동자에 어리둥절한 빛이 떠올랐다. 왜? 그가 입 모양을 움직였다. 허나 무명은 그를 밀어내었다.

"모르는 편이 좋아요."

"나는 알고 싶어. 너를 더 알고 싶어. 나랑 같이 가자."

무명은 제 귀를 의심했다.

"너만 좋다면 함께 가고 싶다."

흥분으로 들떠 있던 몸의 열기가 완전히 사라졌다. 무명은 싸늘하게 얼어붙었다.

그의 만류하는 손길에도 제 몸을 떼어내어 얼음장 같은 물속에 뛰어들었다. 제 몸에서 그의 흔적들이 남은 부분을 씻고 끈적이는 허벅지를 훔쳐 내었다. 무명의 느닷없는 행동에 당혹스러워한 그가 바지를 꿰차 입고 물가에서 그녀를 향해 말을 걸었다.

"내 제안이 성급했다는 건 인정한다. 하지만 명."

무명은 거칠게 머리를 저었다.

"가세요. 저는 못 가요."

"왜?"

그의 손을 잡는다는 것이 곧, 죽음을 의미한다는 것을 어찌 말할 수 있으랴.

믿지 못하겠지만 우습게도 그랬다. 그녀의 주인은 그리 자상하지도 녹록하지도 않았다. 노예들이 도망가지 못하도록 약으로 중독시켜 놓았다. 그 약이 무엇인지 모르나 한 달에 한 번 먹지 못하면 그들은 괴성을 지르며 통곡하고 심장을 쥐어뜯으며 괴로워하다 죽었다.

그리 죽고 싶지는 않았다. 나는, 나는 아직 살고 싶어.

떨리는 손으로 나온 무명이 빠르게 물가에서 나와 제 옷을 걸쳤다. 그 와중에도 사내는 무명을 기다렸고 교룡은 그들을 재촉하듯 계곡을 따라 거꾸로 선 제 몸체와 날개를 파닥거렸다.

초조함을 드러내던 사내는 훌쩍 교룡 위에 올랐다. 바닥을 기던 교룡의 몸체는 바로 무명의 코앞까지 다가왔다. 무명이 손을 뻗어 차가운 교룡의 비늘 하나를 힘차게 떼어냈다. 그 아픔에 놀란 교룡이 사내를 태운 채 제 긴 몸체를 일으켜 세웠다. 순간 그녀와 그의 거리가 한없이 멀어졌다. 바람 소리는 더욱 강해졌고 바람을 타기 위해서인지 교룡은 제 꼬리를 푸덕거렸다.

"들키면 안 돼요. 얼른 가요."

"데리러 올게."

그의 약조 따위 필요 없었다. 무명은 단호히 고개를 저었다.

"돌아오면 안 돼요. 그냥 빨리 가요."

사내는 교룡 위에서 무명을 향해 다시 손을 내밀었지만 그녀는 뒤로 물러났다. 교룡은 어느새 제 몸을 천천히 하늘로 들어 올리며 날개를 펼쳤다. 거센 바람이 일었다. 미갈폭포의 낙수가 멋대로 튀어 비처럼 흩날렸다. 교룡은 순식간에 하늘 높은 곳까지 상승했다. 교룡 위의 사내는 끝까지 무명은 안타깝게 내려다보며 손을 내밀고 있었다.

가요, 제발.

무명은 그가 붙잡지 못하도록 미갈폭포의 숨은 틈새 사이로 모습을 감추었다. 사내는 미갈폭포의 상공을 두어 번 선회한 뒤 북쪽으로 날아갔다.

사내가 돌아오지 않음을 깨달은 무명은 그제야 북쪽 밤하늘을 한참이나 응시했다.

그는 날아갔고, 무명은 가해도에 남았다.

그녀의 손안에서 바스락거리는 교룡의 비늘과 그에게 안겨 욱신거리는 몸의 감각만 없다면 모두 꿈이라 여겼겠지. 허나 후회는 없었다.

무명은 무거워진 발걸음으로 산을 내려왔다. 사방이 적요했다. 허나 평소와는 다른 이질적인 공기에 주변을 경계하려던 차, 무명의 앞에 하얀 여우가면이 불쑥 모습을 드러냈다. 그녀의 동료인 백영대의 모습에 무명이 안도하려던 차였다.

그녀의 양옆에 흑과 청이 나타나 무명의 양팔을 단단하게 억죄었다. 왜지? 무명은 횃불을 든 적에게 불안한 시선을 던졌다.

"공주님. 백을 잡았습니다."

적이 옆으로 비켜서자 무명의 주인, 소화공주 이소린이 모습을 드러냈다. 소린은 무명이 여우가면을 쓰지 않았다는 사실에 불쾌감을 드러내며 인상을 찌푸렸다. 그녀의 아름다운 얼굴은 무명에게도 익숙했다. 거울을 마주보듯 참으로 닮은 제 것 같은 얼굴. 혈족조차 아니란 것이 믿기지 않을 정도로 소린과 무명은 닮아 있었다. 허나 생기 없는 무명과 달리 소린은 화려하고 눈부신 미인이었다. 주름이 생길까 평소 찡그리거나 웃는 것조차 두려워하던 소린의 얼굴은 악귀마냥 뒤틀려 있었다. 무명은 소린의 붉고 진한, 피 같은 비단옷을 바라보며 침을 삼켰다.

아아, 나는 살해당할지도 몰라. 소린에 의해 죽은 어릴 적 동료들처럼.

"교룡이 날아가는 걸 봤어. 정확히 미갈폭포 방향이었지. 침입자 놈을 백 네년이 숨겨둔 거지?"

소린의 목소리는 참으로 명랑했다.

"백. 내가 널 그리 가르친 적은 없는 것 같은데. 용의 성지에서 내가 시킨 건 내 대역이었지 사내를 숨기고 꼬드기라는 건 아니었어. 내가 귀찮아하는 수련이며 명상을 하는 척했어야지, 그런데 뭐? 이소린의 그림자가 침입자를 구해주고 도망하게 해줬다?"

소린의 손이 무명의 뺨을 후려쳤다. 뺨에서 불길이 일었다. 양팔이 붙잡혀 무명은 반항하지 못했다. 소린은 씩씩대며 무명을 신나게 걷어찼다. 한참이나 이어진 폭행에 무명은 공황상태가 되었다.

일방적인 구타는 종종 있었던 일이지만 매가리 없이 축 늘어지는 무명의 몸짓이 소린의 눈에도 심상찮아 보였던 모양이었다. 발길질을 잠시 멈춘 소린은 무명의 목덜미에서 울긋불긋한 애무의 흔적을 발견했다.

"유모, 저거 심상찮아. 확인해."

소린의 말을 깨달은 여우가면들이 얼어붙었다. 소린의 유모는 냉큼 무명의 소매를 걷어 팔꿈치 안쪽을 살폈다. 팔꿈치 안쪽에 붉은 반점마냥 찍혀 있던 수궁사守宮砂가 사라져 있었다. 유모가 고개를 내젓자 소린의 미소가 더 음충맞아졌다.

있는 줄도 몰랐던 수궁사는 처녀를 감별하는 표식이다. 순결을 잃으면 수궁사는 사라진다.

"지금 저 미천한 것이 사내와 농탕을 쳤다는 거지?"

소린은 으득으득 이를 갈았다. 무명의 온몸에 한기가 돌았다. 사고 자체가 멈춰 버렸다.

……살아날 수 있을 리 없어. 무명은 그제야 제가 벌인 끔찍한 일의 결과를 깨달았다. 나는, 죽을 거다. 살아난다 한들 죽은 것보다 더 버러지 같은 생을 연명하게 될 것이다.

희번덕거리는 소린의 눈동자가 공포스러웠다.

무명은 후텁지근한 창고에 가둬졌다. 손발이 단단하게 결박된 채로 무명은 소린의 처분만을 기다리게 되었다. 평소 더위를 끔찍하게 싫어하는 소린은 더위 따위 아랑곳없이 창고 안을 돌았다. 휘파람을 불며 활기차게 움직이는 소린은 섬에 온 뒤로 가장 생기 있고 즐거워 보였기에 무명은 더욱 끔찍하기만 했다.

"유모. 팔다리를 자르고 썩어가게 하면 어떨까? 눈과 혀를 뽑아내고 최대한 고통스럽고 흉악하게 죽이는 것도 나쁘지 않을 것 같아. 아니, 눈을 뽑는 건 나중에 할까? 애 몸을 썩게 만들고 그 몸을 파먹을 벌레들을 잔뜩 잡아오는 건 어때?"

소린의 말을 듣던 유모의 낯빛도 창백해졌다.

"허, 허나 이년을 죽여 버리면 공주님의 그림자를 대신할 것이 없습니다. 이년이 이래 봬도 백영대 중에서는 꽤나 수준급인지라 훈련시키는 데만 십 년이 넘게 걸렸지 않습니까?"

"그럼 저 건방진 것을 사지 멀쩡하게 살려두잔 말이야?"

유모가 소린에게 손짓해 귀엣말을 건네자 소린의 입가가 즐겁게 헤, 벌어졌다. 얼마 후 다정해진 두 여인이 약병들을 가져왔다. 소린은 자랑스럽게 무명의 앞에서 작은 물약이 든 병들을 흔들어댔다.

"유모가 뛰어난 약술사인 건 알고 있겠지? 이건 널 위한 선물이야. 운이 좋으면 죽지는 않을 거고. 아, 이건 하나 더 줄게."

백영대들이 묶여 있던 무명의 재갈을 풀어 목을 뒤로 젖혔다. 입이 강제적으로 벌어져 다물 수가 없는 상태가 되자 소린은 즐겁게 깔깔대며 무명의 입안에 극약을 퍼부었다. 두 번째 약병을 보자 유모도 당황한 듯 말을 이었다.

"아, 아씨! 그 약은 안됩니다!"

"닥쳐! 유모, 이년을 살려두는 것만 해도 다행이라고 생각하라고!"

두 번째 극약이 목구멍을 타고 흘러들어 왔다. 무명은 붙잡을 것 없는 두 손이 묶인 채 바동거렸다. 목과 입, 온몸이 타들어가는 끔찍한 감각이 전신으로 퍼져 나갔다.

끄아아아아아.

무명은 교룡을 타고 푸른 바람을 거슬러 오른 사내의 꿈을 꾸었다. 그 꿈마저 고통에 잠식당하자 무명은 아무것도 느낄 수 없게 되었다.

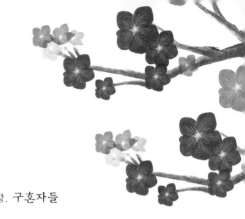

2장. 구혼자들

대륙의 남단을 차지하고 있는 남주국南州國은 위로는 천오국, 그
옆으로 동주국과 서주국의 끝과 맞닿은 나라였다. 그 삼국과 연결
된 북쪽 국경선을 제외한 나라의 삼면은 바다로 둘러싸여 있다.

남주국의 바다는 다섯 나라들 중 제일 크고 광대했으며 풍요로
웠다. 대신 남쪽 나라인지라 겨울은 없었다. 사시사철 나무에선
신선한 열매가 열렸고 바다에는 먹거리가 가득했다. 여름이 지나
치게 길고 태양은 강렬했기에 사람들은 볕에 그을린 갈색 피부를
갖곤 했다.

남주국의 본토에는 험한 산지가 많았다. 밀림과 사막들이 곳곳
에 자리했고 바다에는 무수한 섬들이 너르게 퍼져 있었다. 지형적
특성 때문에 남주국을 다스리는 왕의 힘이 나라의 말단까지 미치

지 못하는 경우가 허다했다.

특이한 지리적 특성 때문에 남주국에는 왕권을 대신하는 부족 정치가 발달했다.

중앙, 광대한 왕의 직할지를 뺀 나머지 구역을 다스리는 것은 천 년간 분열과 통합을 거쳐 거의 균등한 세력을 이룬 여섯 부족이었다. 그들은 왕가에 충성했지만 그들의 땅에서 자신들을 왕으로, 제 아들과 딸을 공주와 왕자로 칭하며 지배자로 군림했다.

여섯 부족들 중 제일 남쪽을 차지한 것은 창족滄族의 우두머리인 창현왕 이주온이었다. 창족은 남주국의 최남단 섬들과 본토에 걸친 넓은 영역을 다스렸다.

창현왕은 포악한 성격으로 적이 많았다. 또한 창족의 영역과 맞닿은 타 부족을 자주 침범했다. 때로 왕의 직할지에도 욕심을 냈지만 습격을 한 적은 없었다. 지난 몇 년간의 뼈저린 경험으로 몸을 사릴 줄 알았다. 창현왕은 부족 간 전쟁으로 인해 아내와 장녀, 아들을 모조리 잃었기 때문이었다.

창현왕에겐 많은 애첩들이 있었지만 그녀들과의 사이에서 자식은 없었다. 그에겐 죽은 부인과의 사이에서 낳은 소화공주昭華公主 이소린이란 딸 하나만이 전부였다.

창현왕은 유일한 혈육을 지켜야 한다는 생각 때문인지 소린이 태어날 때부터 호위를 붙였다. 혈육을 모두 잃고 딸 하나만이 남자 그 딸에게 용모가 비슷한 소녀들을 대역으로 만들어 붙였다. 그 그림자 소녀들이 곧 소린의 호위대인 백영대白影隊를 이루었다.

소린은 보호를 핑계로 저를 궁에 묶어두려는 아버지를 미워하며 바깥세상을 동경했다. 창현왕은 반면 어릴 적부터 나날이 색기를 발하는 소린을 보며 고민이 많았던 모양이다.

그는 소린이 호기심이 많을 성인식 무렵, 남쪽 외진 섬 가해도로 딸을 보냈다. 그 딸이 무사히 성인식을 마치고 돌아온 뒤에도 소린을 궁에 가둬 키웠다.

그런 소린의 나이가 벌써 열아홉.

소린은 궁을 나가는 대신 아비에게 하나의 약조를 요구했다. 자신의 구혼자들을 정기적으로 만날 수 있게 해달라 요청한 것이다.

그사이 소린은 남주국에서 꽤나 유명한 여인이 되어 있었다.

남주국을 다스리는 여섯 부족들 중 제일 세력이 강한 창족 창현왕의 외동딸로, 미모와 색기로 사내들을 전부 홀린다는 마성의 여인으로.

소문 속의 이소린을 만나려는 사내들은 늘 창족의 궁을 배회했다. 허나 어떤 누구도 삼엄한 경계를 뚫고 공주가 사는 내궁까지 도달하진 못했다. 납치나 침입을 계획한 자들 중에서 성공한 이는 없었다.

창현왕은 딸, 소린을 만나고자 갈망하는 사내들에게 소린에게 줄 선물을 요구했다. 사내들은 귀한 보석이나 장신구들뿐 아니라 귀한 약재, 비단, 인어와 용의 비늘, 선계의 영약 같은 보물 뿐 아니라 살아 있는 희귀한 요수들을 바치기도 했다.

창현왕은 선물을 주었거나 제 딸의 배필감으로 적당한 사내들을 골라내었다. 주로 남주국 출신의 가문이 좋은 20대가 다수를 차지했다. 때로는 소린의 취향에 딱 맞는 선물을 한 이나 소린이 좋아할 만한 늠름한 외모의 사내들이 선택되기도 했다.

그렇게 뽑힌 사내들은 한 달에 한 번 열리는 소린의 연회에 초대되었다.

초대되는 인원은 고작해야 서너 명.

늦은 밤 내궁으로 든 사내들은 화려한 연회에서 소화공주와 대면했다. 그들은 공주에게 준비한 시와 그림, 선물을 내놓았고 소린은 그들에게 춤과 노래로 화답했다.

연회에서 기분좋게 취한 사내들은 내궁의 객실에 묵었다. 어둠이 깔리는 새벽이 되면 소린은 제 마음에 드는 구혼자의 방을 찾아가 사내와 같이 밤을 보냈다.

소린을 만족시키는 이가 그녀의 부마가 될 거라는 소문이 파다했으나 정작 공주의 부마로 공표된 이는 없었다. 그 와중에 소린과 밤을 보냈다는 사내들이 그 황홀경을 잊지 못하고 소화공주만을 오매불망 해바라기한다는 소문이 돌았다. 공주가 몇 번이고 자신을 간택해 밤을 보냈다는 허풍쟁이 사내들의 소문도 있었지만 진위를 확인하기 어려울 정도로 소린의 연회는 은밀했다.

기본적으로 남주국은 일부일처제였으나 부족마다 사정이 달랐다. 창족은 특히 성별을 가리지 않고 남녀를 우대했으며 사내든 여성이든 따르는 이성이 많은 것도 출중한 능력이라 여겼다. 인기가 많은 창족의 공주가 방탕하다 해도 아직 부마가 정해지지 않은 상태이니 크게 문제가 될 리도 없었다.

그러나 창현왕과 소화공주 이소린의 연회는 바깥에서 널리 퍼진 소문과는 이야기가 달랐다.

창족의 내궁에는 많은 여인들이 소린을 위해 살고 움직였다. 여우가면의 백영대와 백영대를 따르는 여인 군사들, 소린의 휘하에 있는 많은 시녀들과 침모들이 그러했다.

그녀들은 소린에 대한 비밀을 공유했다. 변덕스러운 소린의 비위를 맞춰줄 소수의 사람만이 소린의 곁에 머물렀기에 실제 내궁의 많은 사람들 중 소린의 시중을 들며 얼굴을 마주하는 이는 백영대와 대여섯 명의 시녀들이 전부였다.

소린이 기거하는 내실 앞을 늘 지키는 것은 하얀 여우가면의 백영대였다. 백영대는 모두 소린 또래의 젊은 여인들이었고 늘 새하얀 무복武服을 입었다. 얼굴을 늘 여우가면으로 가리는 여인들은 허리춤에 검을 매거나 손에 들었으며 허리띠의 색이나 허리띠에 수놓인 숫자로 구분되었다.

갈색 피부의 시녀들이 다과상을 들고 나타나자 백영대는 그녀들을 위해 문을 열었다. 시녀들이 안으로 들자 내실의 문이 닫혔다. 얼마 후 소린의 단장을 마무리하고 밖으로 나온 시녀들은 한 사내를 소린에게 모셔 왔다.

검은 피부, 부리부리한 눈매와 높은 매부리코를 지닌 호쾌한 외모의 사내였다. 육 척 장신의 키에 떡 벌어진 어깨를 가진 사내는 천오국에서 유행한다는 비단옷을 첩첩이 껴입어 조금 답답해 보였다.

"소시원 님께서 오셨습니다."

안쪽에서 소린의 청아한 목소리가 돌아왔다.

"들어오시라고 해라."

시원은 경박한 휘파람을 불며 안으로 들었다. 내실 안에서 아름다운 소화공주가 그를 맞이했다. 그녀를 자주 보는 시원조차 그녀의 모습과 자태에 말을 잃었다.

소린은 천하제일의 미색이나 경국지색은 아니었다. 허나 누구도 흉내낼 수 없는 색기와 오만한 행동 하나하나가 유혹적이며 교태로웠다. 그녀는 사내들을 위해 존재하는 여인이었다.

소린은 남주국에서 유행하는 저고리와 치마가 한 벌인 옷을 걸쳤다. 제 피부색처럼 엷고 투명한 비단 위로 그물처럼 굵은 실로 짠 옷감을 덧대었다. 소린이 움직일 때마다 몸의 곡선을 고스란히 비쳐 내며 앞이 깊게 패여 풍만한 가슴을 그대로 내보였다. 시원은 제 커다란 손에 쥐어지지 않을 만큼 풍만한 가슴과 이어지는 날씬한 허리를 보자 저도 모르게 침을 삼켰다.

침실에서 풍기는 묘한 사향내와 그를 유혹하는 여체, 소린.

시원은 제 아내가 되어달라는 말을 하는 것도 잊고 소린에게 달려들었다. 소린은 그에게 안기며 까르르 고개를 젖혀 웃었다.

시원의 다급한 손길 아래 옷들은 넝마가 되어 흩어졌다. 두 남녀의 정사는 그렇게 이어졌다.

무명이 내실로 향한 것은 그로부터 반 시진쯤 지났을 때였다.

무명은 두 남녀의 후끈한 정사의 기운이 가득한 소린의 침상을 바라보았다. 붉은 휘장이 드리워진 침상에서 소린의 간드러진 교성이 귀를 울렸다. 휘장 너머로 원래 한 몸뚱이었던 듯 서로 이어지고 엉킨 두 남녀가 보였다. 희고 풍만한 소린의 몸과 검고 탄탄한 사내의 나신. 그들의 짐승 같은 정사를 지켜보면서도 무명은 감흥을 느끼지 못했다.

시원이 무명을 발견한 건 세 번째 파정을 마치고 소린의 몸속에서 여운을 즐기려던 때였다. 그는 휘장 너머 여우가면을 발견하고 비명을 질렀다.

"끄악!"

소린에게서 몸을 빼낸 그가 놀라 침상 아래로 곤두박질 쳤다.

"백이잖아. 많이 놀랐어?"

시원은 그제야 여우가면이 백영대라는 사실을 깨달았다.

"저 요망한 여우가면은 왜 또 불러들인 겁니까?"

"한두 번 불렀나."

소린은 시원을 타박하며 손짓했다.

"돌아와."

시원은 무명을 의식해 제 남성을 가리며 침상으로 기어올랐다. 건장한 사내가 깡마른 백영대를 보고 절절 매는 모습을 보며 소린은 웃었다.

"시원 공자, 귀엽네. 하지만 난 대범한 사람이 좋아."

소린은 시원의 너른 어깨를 껴안고 다른 손으로 그의 탄탄한 갈색 복부를 더듬었다. 그녀는 곧장 시원의 남성을 힘껏 움켜쥐었다. 소린이 머리를 숙여 제 입과 손으로 정성스럽게 애무했지만 무명을 의식한 상태여선지 시원의 것은 여전히 쪼그라든 채였다.

시원은 그들을 노려보는 여우가면을 향해 손가락질을 했다.

"저 망할 여우 년 때문에 집중을 할 수가 없잖습니까!"

시원이 여우가면을 향해 욕설을 퍼붓자 소린은 그의 남성을 쥔 채 안타까워했다.

"나는 보는 관객이 있어야 더 흥분하는 걸 알잖아? 백이 쳐다보고 있으면 몸이 더 뜨거워져."

소린의 고약한 악취미들 중에서도 시원은 저 요망한 여우가면은 용납하지 못했다. 그의 정사 장면을 감시하는 저 백영대의 백. 저 계집은 그의 모습을 보고 품평하며 밉광스러운 독설을 뽑아냈다. 소린은 심지어 제 정사를 저 백에게 보여주길 즐겼다. 바로 지금처럼!

시원의 식은 남성에 흥미를 잃은 소린이 께느른하게 침상 위로 늘어졌다. 소린은 시원의 경험이 일천해 다른 이가 있으면 정사에 집중하지 못한다는 사실이 아쉬웠다. 기술도 부족한 것이 단점이나 체력이 끝내주니 그것으로 만족해야 할 터.

"어쩔 수 없지. 백, 이 사내를 어떻게 생각하는지 대답해. 그럼 내보내 줄게."

"……."

"말해보라니까."

침음한 목소리의 무명이 입을 열었다.

"소린 님의 애인이 되기엔 가문도 능력도 나이도 모든 것이 다 부족합니다. 소린 님의 애인들 중 대물이나 특히 방사 시간은 제일 짧고 체력은 좋지만 즐길 줄 모르며 공주님을 만족시키는 능력도 떨어집니다. 게다가 조루가 의심되기도 하니 방술을 따로 익히고 배우는 것이 좋겠습니다."

시원의 얼굴이 붉으락푸르락해졌다. 소린은 깔깔거리며 손뼉을 쳤다.

"틀린 말은 아니네. 하지만 오늘의 독설은 약해."

소린은 다시 물었다.

"백. 내가 예쁘다고 생각해?"

"적유를 닮으셨습니다."

소린은 박장대소하며 기뻐했다.

적유赤鰡는 사람의 얼굴을 한 인면어로 험악한 얼굴에 수염이 달려 있었다. 시원은 그 비유에 기뻐하는 소린을 이해할 수 없었다. 독설만 하는 백이란 계집을 제일 가까이 두며 그 독설을 즐기는 태도는 더더욱이나 더.

백은 딱딱한 목소리로 독설을 퍼붓는 계집이었다. 얼굴은 여우 가면으로 가리고 몸은 깡마른 작대기 같았다. 요괴와 귀신들에 빗댄 독설은 창의적이고 참신했지만 제 잠자리 솜씨를 품평하는 것은 끔찍했다.

그 망할 계집을 보던 시원은 소린을 돌아보며 깡그리 백을 잊어버렸다. 소린은 사내들의 꿈 그 자체다. 그녀는 속살이 투명하게 들여다보이는 자리옷을 걸친 채로 그만을 바라보았다. 시원의 가슴이 벅차 올랐다.

소린은 손도 대지 않은 다과상의 술주전자를 들어 제 가슴에 들이부었다. 향긋한 술이 그녀의 풍만한 가슴을 적시며 흘러내렸다. 두 개의 탱글탱글한 젖가슴이 자리옷에 달라붙었고 그 아래로 타고 흘러내린 액체가 납작한 복부를 지나 다리 사이에 숨겨진 은밀한 거웃으로 모여들었다.

그 모습을 바라보던 시원의 눈이 흥분으로 가늘어졌다. 마시고 마셔도 취하지 않고 계속 원하게 되는 소린.

소린이 무명이 있는 방향으로 나가라 손짓하자마자 시원은 그녀에게 제 몸을 던졌다.

무명이 방을 나서기도 전 신음과 교성이 이어졌다. 무명은 청과 교대하며 소린의 내실 앞을 지켰다.

흐트러진 의관을 가다듬은 시원이 소린의 방을 나온 것은 반 시진이 지난 뒤였다. 그는 문 앞의 두 백영대를 발견하고 그녀들의 허리춤을 노려보았다. 백의 흰 허리띠를 발견한 뒤 그는 그녀의 가면에 침을 뱉었다.

"지독한 계집."

시원이 경고했다.

"소린과 날 방해하면 네년의 모가지를 꺾어놓고 말겠다."

그의 손이 무명의 하얗고 가는 목을 거머쥐었다. 그대로 힘을 주면 계집은 목이 꺾여 바스라질 것이다. 허나 생각보다 가늘고 우아한 목의 감촉에 시원은 당황했다. 저를 죽인다는 데도 태연한 백의 검은 눈이나 그 모습을 멀뚱히 보고 있는 다른 여우가면의 시선을 느낀 그가 백을 밀쳤다. 시원은 불쾌한 표정을 지으며 퇴장했다.

무명은 아무 일도 없었다는 듯 몸을 털고 일어나 제 가면을 소매로 훔쳤다. 백영대의 다른 동료가 가면 아래로 혐오감 어린 시선을 던졌지만 그것도 무시했다.

이제 이런 것 따위는 아무렇지도 않았다.

백, 무명은 소린보다 몇 달 늦게 태어났다고 했다. 허나 백영대에 들어간 나이는 원래 있던 다섯 중에서 제일 빨랐다. 유일하게 부모에게서 물려받은 이름이 없기도 했다.

무명은 어릴 적 기억이 없었다. 눈을 뜨고 기억하는 순간부터 무명은 창족의 노예였다.

백영대들은 소린을 보호하며 때로는 그녀의 대역으로 쓰였다. 그중 무명은 소름끼칠 정도로 소린과 흡사한 얼굴에 소린과 같은 흰 피부를 지녀 걸음마를 할 즈음, 백영대로 편입되었다. 가해도의 일만 없었다면 무명은 아직 소린의 첫 번째 그림자였을 것이다.

가해도에서 돌아온 지 4년이 지났다.

그사이 백영대들에게도 많은 변화가 있었다. 다섯이었던 백영대는 넷이 되고 후보였던 여섯이 추가되었다. 무명과 가장 친했고 가해도에서 무명을 밀고했던 적은 2년 전 죄책감으로 자살했다. 색으로 구분되는 원년 백영대들은 가해도의 일과 적의 자살로 인해 무명을 경계했다.

이후 백영대에는 추가된 여섯의 인원은 색 대신 숫자로 칭해졌다. 그들이 들어왔을 무렵부터 백영대는 서로를 감시하며 소린의 유모에게 보고했다. 백은 그중에서도 특별 감시 대상이었다.

백은 열다섯 때보다 더 살이 빠졌다. 반면 소린은 더욱 풍만해져 백이 소린의 대역을 맡는 것은 불가능했다. 유모는 무명의 살을 찌우기 위해 많은 것들을 시도했지만 실패했다. 현재 소린의 대역을 맡게 된 것은 얼굴은 꽤 다르지만 흰 피부색과 몸매가 엇비슷한 일이었다. 일은 추가된 백영대다.

백영대주는 소린과 유모의 명령을 충실히 따르는 흑이 맡았다.

적이 죽은 뒤로 무명은 백영대의 숙소에서 제일 후미진 작은 방에 살았다. 창조차 없는 침침한 방이어서 그녀와 잘 어울렸다.

무명은 싸늘한 복도를 지났다. 제 방에 들어선 뒤 무명은 작은 침상과 책장, 백영대의 의복을 보관하는 낡은 장이 덩그러니 자리한 방을 둘러보았다. 등촉의 불을 밝히고서야 방 안은 환해졌다. 누군가 가져다 놓은 것이 분명한 경첩을 발견했다. 백이 몇 년간 숨기고 있는 가면 아래의 얼굴이 잔뜩 흉하다 믿는 숫자 백영대 중 하나가 분명했다.

무명은 방문을 잠근 뒤 제 얼굴을 경첩에 비춰보았다. 여우가면이 자신을 비웃고 있었다. 가면을 벗자 핏기 없이 말라 있는 하얀 귀신 같은 얼굴이 보였다. 소린과 닮아 있지만 소린과 비교조차 할 수 없이 초라해진 얼굴이다.

제 얼굴을 무심히 바라보던 무명은 비참해졌다.

가해도에서 이름 모를 사내를 사랑한 소녀는 없다. 그도 지금의 무명을 본다면 같은 사람인지 알아보지 못할 것이다.

무명은 가끔 가해도의 밤을 추억했다.

자신은 그때 가장 자유로웠노라고, 그를 정말 좋아했었노라고. 뜨겁던 그의 육체와 식지 않았던 욕망. 그때 무명은 머리부터 발끝까지 그의 것이었다.

하지만, 이제 그때로 돌아갈 수는 없다.

무명은 소린이 준 약물을 먹고 가장 소중한 것을 잃었다. 소린이 먹인 극약 중 하나는 가장 사악한 거짓말들을 뽑아내는 것. 허나 그 약이 이상하게 기능해서인지 무명은 제 마음 속 가장 깊고 날카로운 '진심'만을 꺼내 상대를 상처 입혔다.

마음 가장 깊은 곳에 가장 추악한 생각과 감정을, 상처 입히는 악담들만 꺼내어 지껄이는 혀와 입. 잘라내 버리고 싶다면 잔악할까. 무명은 가위 쪽으로 손을 뻗었다가 실소했다.

창족의 궁이 한 달에 한 번 열리는 소린의 연회 준비로 바빠졌다.

명목상으로는 공주의 부마를 찾는 연회였으나 소린은 남편감을 찾는 데는 별 관심이 없었다. 창현왕이 연회를 허락한 이유도, 소린이 왜 연회란 여흥을 계속하는지도 모르는 것투성이였지만 연회 준비에 눈코 뜰 새 없었다.

침모들은 소린을 위해 바쳐진 비단을 꿰고 잘라 옷을 만들었다. 숙수들은 털 붙은 짐승을 혐오하는 소린 때문에 구혼자들이 보내온 요수들을 잡아 요리해야 했다. 훈제하고 절이는 고기요리에 손이 많이 가는 창족의 전통요리들 덕분인지 그들은 잠을 잘 시간조차 부족하다며 계속 투덜거렸다.

눈코 뜰 새 없이 바쁜 반빗간을 노리며 즐거워지는 것은 백영대의 일이었다. 그녀는 식탐이 많아 덜 익은 고기나 요리재료를 가리지 않고 먹어치웠다. 유모는 소린의 대역을 맡고 있는 일이 살이 찔까 늘 걱정하며 일을 반빗간 밖으로 자주 끌어내곤 했다.

무명은 반빗간 근처를 지나다 둥싯거리고 있는 일의 펑퍼짐한 엉덩이를 발견했다. 그녀는 반빗간을 습격해서 얻은 고기를 신나게 주워 먹던 참이었다.

"돼지, 썩 꺼져."

가면을 반쯤 벗어 머리에 걸고 덜 익은 고기를 입이 터져라 주워 먹던 일이 무명에게 항변했다.

"내, 내가 왜 돼, 돼지야?"

무명은 일이 튀기는 침과 음식물의 파편을 슬쩍 피했다.

"처먹으니까 돼지지. 뱃속에 굶어 죽은 궁귀 한 마리를 넣어두기라도 한 모양이지? 전생에 못 처먹어서 굶어 죽었냐?"

요리사들이 반빗간 문 너머에서 박장대소를 하며 백을 응원했다.

"배, 배고파서 먹었을 뿐이야!"

"다섯 끼를 먹고도 배가 고프냐."

마침 유모가 백영대의 이와 삼을 끌고 왔다. 일이 눈치를 살피며 달아나려 하자 무명은 들고 있던 검으로 일의 다리를 걸어 넘어뜨렸다. 무술에 약한 일은 금방 균형을 잃고 엎어졌다. 이와 삼이 냉큼 일을 끌고 광에 가두었다.

일이 사라지자 연회 준비는 빠르게 진행되었다. 연회 전의 어수선한 틈을 타 누가 침입할까 백영대들은 철통경비를 섰다.

앞서 벌어진 연회들보다도 이번 연회는 특히 더 중요했다.

연회의 보름 뒤는 소린의 스무 번째 생일로, 창현왕은 소린의 생일에 배필을 정해 발표한다고 했다. 창족 남녀들은 늦어도 스물에는 배필을 정했고 배필이 정해진 순간 다른 이성과의 접촉은 공식적으로 금해졌다. 더구나 소린은 모범을 보여야 할 창족의 공주, 따라서 이번 연회는 소린의 마지막 연회였다.

소린은 제 마지막을 가장 성대하고 화려하게 벌이고 싶어 모두를 닦달했다.

정신없는 하루하루가 이어지는 가운데, 소린의 부친 창현왕이 연회 사흘 전, 소린을 찾아왔다. 느닷없는 그의 방문에 내궁에선 잠시 소란이 벌어졌다.

창현왕은 곧장 소린의 방으로 향했다.

"아버님 오셨습니까."

연회를 앞둔 소린은 평소보다 훨씬 요조숙녀처럼 굴었고 옷도 목까지 덮이는 칙칙한 무채색의 비단옷을 걸쳤다. 진회색의 무난하고 심심한 비단옷은 답답했으나 되레 소린의 흰 얼굴과 붉은 입술을, 풍만한 몸매를 도드라져 보이게 했다. 감출 수 없는 색기에 창현왕의 심기는 더 복잡해진 듯 보였다.

답답한 것을 싫어하는 창현왕 덕분에 환기가 되지 않던 소린의 방과 창문들이 활짝 열어 젖혀진 상태였다. 쏟아지는 햇살이 마음에 들지 않는 소린은 잠시 눈살을 찌푸렸다.

"덥지도 않는 게냐."

"반모를 많이 먹어서인지 더위를 많이 타지 않으니까요."

먼 북에 사는 반모般冒는 요리를 해서 먹으면 더위를 타지 않는다고 알려졌다.

"하긴 네 유모는 그 망할 새요리를 매 계절마다 해 먹이곤 했지."

내실 앞을 지키던 무명은 무미건조하고 두서없는 부녀 간의 대화를 들어야 했다.

창현왕은 풍채가 좋고 매서운 눈매를 가진 중년사내였다. 소싯적에는 남쪽의 태호太虎로 불렸고 창족의 땅에서는 누구도 감히 그를 거스르지 못했다. 그를 미워하는 딸인 소린만이 멋대로 굴었다. 소린은 저를 궁에 묶어두려는 아비를 미워했고 창현왕은 소린의 행실을 묵인하며 못 미더워했다. 덕분에 두 부녀의 사이는 좋지 않았다.

창현왕은 딸의 행실을 모른 척해오고 있었지만 더는 참지 않을 기세였다.

"별일은 없었느냐."

"걱정해 주셔서 무탈하지요."

"흐음. 그럼 요즘 너와 어울리는 소시원을 어찌 생각하느냐."

잠시 소린은 망설였다가 대꾸했다.

"듣는 귀가 많습니다."

"내보란 듯 그놈을 내궁으로 들인 것은 너다. 그놈은 현족 왕의 아들이지. 방계긴 하나 왕자란 신분을 내세우고 제가 네 구혼자가 될 거라 미주알고주알 떠들고 다닌다. 후일 네 배필이 결정되면 그놈이 어떤 사고를 칠지 누가 알겠느냐!"

"소시원을 제 구혼자로, 남편감으로 생각하지는 않습니다."

소린은 백영대들이 듣는 것도 잊은 채 정색했다. 창현왕은 눈썹을 찌푸렸다.

"그래? 유희감이라 이것이냐. 그렇다면 네가 원하는 구혼자는 누구냐."

"아버님."

"네 상대들에 대해서는 더 언급하고 싶지 않다. 허나 네 결정이 곧 우리들 창족의 안위와 직결된 일이다. 내 뒤를 물려받을 것은 너다. 네 구혼자와 네가 낳은 아이가 창족의 왕이 될 거라 그 말이다!"

백영대들은 쩌렁쩌렁한 창현왕의 목소리를 들으며 숨조차 쉬지 못했다. 허나 소린도 쉽게 지지는 않았다.

"최후통첩을 하러 오신 겁니까? 제 구혼자를 일방적으로 정하시겠다 이것입니까?"

"멋대로 생각해도 좋다. 다만 네가 생일 전까지 정한 상대가 내 마음에 들면 네가 앞으로 어떤 일을 하든 개의치 않겠다. 연회에는 보다 많은 구혼자들을 초대했다. 기간은 3일. 그사이 그놈들 중에서 고르던가, 아니면 내가 정해주는 혼처를 따라야 할 것이다."

"아버님!"

창현왕의 목소리가 쩌렁쩌렁 울렸다.

"나는 네 아비이기 이전에 창족의 왕이다! 너는 내 유일한 딸이다! 네가 안 되면 네 구혼자라도 제대로 된 놈을 골라야 창족의 왕으로 삼을 것이 아니더냐!"

"제가 모자란다는 뜻입니까!"

"지금껏 네 능력을 증명해 보인 적이 없지 않느냐!"

두 부녀지간이 격렬하게 부딪혔다. 소린은 벌떡 일어나 제 아버지를 향해 선언했다.

"그렇다면 아버님이 원하는 대로 하면 될 거 아닙니까! 연회에 온 사내들 중에 제 부마가 될 자를 고르지요. 대신 가장 근사한 자들을 모아주십시오! 그동안 제게 간섭하지 마십시오!"

"알겠다."

벼락 같은 통보를 남기고 창현왕은 자리를 떴다. 남은 소린만이 입술을 깨물며 분노를 억눌렀다.

"3일? 3일간의 연회라. 그렇다면 신나게 즐겨야겠구나."

주변을 두리번거리며 제 화풀이 대상을 찾던 소린이 창현왕이 두고 간 선물더미들을 발견했다.

소린은 화병을 깨뜨리고 시들지 않는다는 선계의 꽃을 물어뜯었다. 선물들을 멋대로 부수고 망가뜨린 뒤에야 그녀는 백영대에게 명령했다.

"가서 전하거라. 가장 성대하고 화려한 연회를 준비하라고! 돈이 얼마가 들어도 상관없다, 내 아버님의 허락이 떨어졌으니까!"

✳

소린은 구혼자들의 선물들 중 보석들만 취하고 비단은 침모에게 넘겼다. 나머지 것들에는 일말의 관심도 없었다.

그사이 유모는 광에 가둬둔 일을 풀어주었다. 일에게 반빗간에 얼씬도 하지 않겠다는 약조를 받고도 못 미더워 힘이 좋은 여자 거한들로 하여금 반빗간을 지키도록 했다. 일은 두어 번 반빗간에 침입하려다 거한들에게 쫓겨나 빠르게 홀쭉해졌다.

연회가 하루가 조금 남았을 무렵, 무명은 백영대들과 교대해 제 방으로 돌아왔다. 꼬박 하루 이상을 깨어 있던 탓에 가면을 벗지도 않고 잠이 들었다.

무명은 어느 순간 제가 꿈속에 있다는 사실을 깨달았다.

꿈에서 자신을 내려다보는 이가 있었다. 저와 소린을 닮은 갈색의 둥그스름한 얼굴과 그 아래로 이어진 백영대의 하얀 무복과 붉은 허리띠.

그것은 적이었다.

적은 물속에서 익사해서인지 얼굴과 머리카락이 축축하게 젖어 있었다.

—날 죽여놓고도 잘 자고 있네.

무명은 적의 환영과 마주했다. 사죄를 하고 싶었지만 2년간 꿈에서조차 나타나지 않았던 적에 대한 반가움과 후회, 미안함이 동시에 밀려들어 무엇을 말해야 할지 혼란스러웠다.

"미, 미안해."

—네 세 치 혀가 날 죽였어. 그거 알아?

무명은 부정하지 못했다. 그래서 더욱 미안했다.

—날 죽여놓고도 너는 잘만 살아 있지. 그러고도 행복할 수 있

으리라고 생각해? 아니, 넌 누구에게도 사랑받을 수 없어.

적의 날카로운 말이 제 심장을 할퀴었다. 아무려면 어떤가. 무명은 제가 쏟아내는 독설들을 떠올리며 조소했다.

—날 죽게 만들었으니 더욱 추악하고 길게 오래도록 살아남아야지, 안 그래? 나는 죽음으로써 모든 속죄를 했어. 너는 내게 뭘 해줄 거니?

서늘하게 적이 물었다. 무명은 쉽게 대꾸하지 못했다.

—그것 봐. 넌 아무것도 할 수 없어.

죽은 적이 먼 곳을 보고 있다. 제가 만들어낸 환영조차, 죽은 적은 착했다. 그래서 자살 따위를 한 것이겠지. 무명이 퍼부어대는 악담을 이기지 못해 물속에 뛰어든 것이지.

—죽지 못해 살면 적어도 언젠가는 희망 따위 있겠지. 어쩌면, 아마도.

적이 만들어낸 말들이 허공 사이로 스며들었다. 무명은 스러져가는 적의 환영을 잡으려 손을 뻗었지만 어느새 적은 연기처럼 사라지고 없었다. 무명은 땀에 흠뻑 젖은 채 발딱 일어났다.

제 땀을 훔쳐 내리던 그녀는 얼굴에 씌워진 가면을 더듬었다. 그제야 왜 적이 처량하게 자신을 내려다보았는지 알았다.

나는 자면서도 여우로구나. 끔찍한 요호妖狐였구나.

한숨을 내쉴 틈도 없이 시끄러운 소리가 들렸다. 이곳이 십 인의 백영대들만 머무는 거처임을 떠올리며 무명은 복도로 나섰다. 불침번을 교대하고 돌아온 두어 명의 백영대도 잠이 덜 깨어 고개를 내밀었다.

다급히 달려온 것은 소린의 시녀였다.

"시원 공자가 찾아와 소린 님에게 난동을 부리고 있습니다!"

"뭐? 다른 백영대들은?"

"마침 자리를 비우셨거나 했는데 세 분이서 막기엔 역부족입니다. 게다가 다 숫자들이시라."

시녀는 말을 흐렸다. 추가된 숫자들은 원년 백영대들에 비해 실력이 떨어졌다. 시원은 현족 왕의 아들로 머리는 떨어지지만 무술에 있어서는 상당한 고수라 듣기도 했다.

"그 계집들은 시원 공자를 못 이겨. 다른 색의 백영대들도 모두 소환해!"

무명은 제 검을 챙겨 재빠르게 소린의 거처로 향했다.

소린의 내실에선 시원이 한바탕 난리를 피우던 차였다. 숫자가 붙은 백영대 셋은 이미 나가떨어진 상태. 백영대주 흑이 잠시 자리를 비운 틈을 타 소란이 벌어진 듯했다. 부서진 문짝과 널브러진 숫자 백영대들을 보며 무명은 동행한 청과 함께 한숨을 쉬었다.

시원은 소린이 제 것이라 생각하고 집착했다. 일 년 넘게 애인 관계가 지속되었으니 시원이 착각한 것도 무리는 아니었다. 문지기들조차 시원을 묵인하고 있었으니까. 허나 소린은 그리 생각하지 않았다. 무명은 저 사내를 어떻게 쫓아낼지 머리가 아팠다.

"이번 연회에 공주의 부마를 정한다고 들었습니다! 왜 나는 포함되지 않은 겁니까!"

시원의 큰 목소리에 소린은 미간을 찌푸렸다.

"듣지 못했더냐? 이미 알고 있을 거라 생각했는데. 내 아비는 널 탐탁하게 생각하지 않아."

"내가 공주보다 신분이 낮아서 그러하오? 내 어미가 첩이기 때문이오?"

자존심이 강한 방계 왕자가 부들부들 손을 떨었다. 그의 손에는 백영대의 검 하나가 들려 있었다. 무명은 청과 시선을 교환했다. 소린의 말이 이어졌다.

"잘 알고 있구나. 현족을 물려받을 가능성도 없고 네 아비인 현족 홍준왕이 왕자로도 부르지 않는 아들인데 내가 왜 널 남편감으로 삼아야 하느냐. 고작 나이가 나보다 어린 놈을 대체 왜? 졸렬한 네깟 놈이 무얼 한 것이 있다고 감히 나와 내 창족을 넘보는 것이냐."

소린의 냉시에 눈이 뒤집힌 시원이 달려들었다. 청과 무명은 소린을 보호하기 위해 검을 빼어들고 소린의 앞으로 뛰어갔다. 시원은 두 여자에게 가로막혀 앞으로 나아가지 못했다. 그러나 그의 굉장한 힘에 청이 옆으로 나가떨어졌다. 무명만이 검을 섞고 겨우 버텼다. 소린은 자신의 방이 폐허가 되고 있는데도 눈도 깜짝하지 않았다. 다시 일어난 청이 비호처럼 달려들었다.

청과 무명이 다시 협공을 펼치며 소린의 앞을 가로막았다. 그는 분개했지만 소린에게 다가가지는 못했다. 그 와중에도 소린은 꽃처럼 웃었다. 시원이 그녀의 멱살을 잡고 목을 부러뜨리려 했다 해도 그렇게 웃었을 것이다.

시원은 제 나이에 비해 뛰어난 무인이었으나 원년 백영대를 둘이나 상대하는 것은 버거운 듯했다. 백영대들은 그를 바깥으로 내몰며 공격했다.

수세에 몰린 시원은 당혹스러워했다. 그사이 잠시 빈사상태에 있었던 백영대들도 백과 청을 도왔다. 시원은 금세 방 밖으로 내몰렸다. 무명은 그에게 검을 뺏기 위해 앞으로 나갔다. 청은 무명의 뒤에 있었다.

시원은 마구잡이로 다시 검을 휘둘러 댔다. 그 힘이 얼마나 센지 바로 앞에서 상대하는 무명의 손목과 어깨까지 삐걱대는 느낌이었다. 말 그대로 항우장사가 아닌가.

헌데 거리가 가까웠다. 두개의 검이 맞부딪혔다. 시원은 한 손으로는 검을 섞고 다른 손으로는 갈퀴처럼 무명의 멱살을 쥐고 잡아당겼다. 어쩌다 그리 되었는지는 모른다. 무명은 순식간에 균형을 잃고 끌려갔다.

"가까이 오지 마! 이 계집을 죽여 버리겠어!"

시원은 제정신이 아닌 듯했다. 무명의 목 아래로 잘 벼려진 칼날을 들이대며 협박했다. 무명은 가면 아래로 피식 웃었다. 이러려고 적이 나오는 뒤숭숭한 꿈을 꾸었나 보다.

무명의 웃음소리가 시원에게까지 들렸는지 시원은 더 어이없는 표정이었다.

"이 계집이 미쳤나!"

그 광경을 관람하던 소린은 심드렁해졌다.

"죽이고 싶으면 죽여."

"무, 무슨?"

오히려 당황한 쪽은 시원이었다. 그는 자신이 목을 겨누고 있는 무명을 응시했다.

"백이란 계집을 아끼는 줄 알았는데?"

소린이 대꾸했다.

"백영대는 그것 빼고도 아홉이나 더 있어. 재미있는 독설이라도 하지 않으면 백은 예전에 죽이고도 남았어."

제 목젖에 와 닿는 검과 자신의 사이에 틈이 생겼다. 무명은 손이 베이는 것도 상관 않고 칼날을 힘껏 밀어내며 앞으로 뛰쳐나갔다. 그 와중에 무언가가 벗겨져 나간 모양이지만 신경을 쓸 틈도 없었다. 백이 앞으로 몸을 내던지자 청이 무명을 보호하며 시원의 목을 겨눴다.

"지독한 계집들이로군."

시원은 백영대와 백을 보며 이를 갈았다. 그리곤 제가 들고 있던 검을 바닥으로 던졌다.

"괜찮아? 백?"

청은 제 앞에 머리를 숙이고 엎드린 무명에게 물었다. 무명은 깊게 베인 제 손에서 붉은 피가 나는 것도 아랑곳하지 않았다. 그것보다 충격인 것은, 제 얼굴의 껍질 같은 가면이 없다는 것. 그녀는 가면을 찾아 턱과 귀를 더듬었다.

"가, 가면이."

여우가면은 시원의 손목에 매달려 있었다. 청은 무명의 불안한 모습에 가면을 던지라고 말하려던 찰나였다.

이 광경을 멀찌감치 바라보고만 있던 소린이 흥미를 보였다.

"청. 움직이지 마. 백. 고개 들어."

무명은 소린의 명령에 고개를 들었다. 여우가면 아래 숨겨져 있던 하얗고 핏기 없는 자그마한 얼굴이 보였다. 소린은 그 얼굴을 보며 웃었다.

"가면을 쓰고 다니면 얼굴이 타지 않는가 보네. 나도 가면이나 쓰고 있을 걸 그랬어."

무명의 맨 얼굴을 본 백영대들이 놀라 감탄사를 내뱉었다. 뒤늦게 무명의 얼굴과 마주하게 된 시원도 마찬가지였다.

"소, 소린?"

판에 박은 듯 엇비슷한 하얀 얼굴. 조금의 차이가 있다면 한쪽은 화사한 옷에 화장을 더했다는 것이고 또 하나는 땀으로 범벅된 민낯이라는 차이였다. 시원은 놀라 무명의 뒤로 선 진짜 소린, 소화공주를 다시 바라보았다. 소린이 무명의 옆으로 다가오자 두 여자를 한꺼번에 보게 된 시원의 입이 더 크게 벌어졌다.

"어, 어째서 저 얼굴이 같은 겁니까?"

소린이 냉담하게 대꾸했다.

"백영대는 내 그림자니까."

아주 오래전 창족들이 소화공주의 대역을 위해 공주와 닮은 여아들을 잡아들였다는 소문이 돌았다. 헌데 그게 진짜였다니. 시원은 제가 보면서도 믿을 수 없어 했다. 소린과 백은 체구가 달랐지만, 소린과 같은 침상을 쓰며 그녀의 화장하지 않은 민낯을 본 시원도 인정하지 않을 수 없었다. 적어도 얼굴만은 쌍둥이 이상으로 흡사했다.

"아하하하. 아하하."

그의 쾌쾅스러운 웃음소리가 길게 이어졌다. 흑이 부하들을 이끌고 나타났을 때에야 그 실소가 멈췄다.

소린이 흑에게 고갯짓을 하자 흑은 백영대들과 함께 시원을 끌고 나갔다. 소린은 백의 맨 얼굴을 보고 얼어붙은 백영대들을 보며 한숨을 쉬었다.

"백은 연회가 끝나는 즉시 근신해. 지금은 연회 준비에만 신경 쓰도록."

무명은 가벼운 처분에 감사하며 고개를 숙였다.

✳

연회날이 되었다.

창현왕 이주온이 가려 뽑은 10인의 사내들은 연회에 참석하기 위해 밤늦은 시간, 내궁으로 들었다.

연회가 벌어지는 장소는 내궁의 아름다운 정원을 옆에 낀 중정루中亭樓였다. 연회가 자주 벌어지는 중정루의 사면은 확 트여 호젓한 밤의 정원을 내다볼 수 있었다. 중정루에는 주렴이 설치된 상석을 제외하고 이 열로 다섯 자리씩 마주하게 배치되었다.

10인의 청년들은 20대의 미혼으로 문무가 출중한 유력 귀족 출신들이었다. 신분이 높을수록 그들의 자리는 소린과 가까웠다. 자리의 배열 덕분에 청년들의 희비가 극렬히 교차했다. 첫 열에 앉은 사내들은 함박웃음을 지었고, 뒷 열의 사내들은 육두문자를 섞어 항의하기도 했다. 흥분이 가라앉자 사내들은 통성명을 하며 서로를 견제하기 시작했다.

그사이 중정루를 둘러싼 정원의 등불이 하나씩 켜지기 시작했다.

중정루의 옆에는 화려한 연꽃이 잔뜩 핀 연못이 있고 그 연못 위로 화사한 꽃등이 물살 위를 떠다녔다. 정원과 중정루의 기둥, 양 사면마다 환한 등이 켜져 대낮처럼 중정루를 밝혔다.

갈색의 무희들이 나타나 사내들을 위해 춤을 추었다. 그녀들은 매력적인 목소리로 노래를 부르며 분위기를 돋우었다. 아름다운 시녀들이 입에 살살 녹는 갖가지 음식들을 내어 와 사내들의 혀와 눈을 즐겁게 했다. 적당히 시간이 지나자 허기를 채운 사내들은 술을 마셨다. 사내들의 취기가 오를 무렵, 시녀들은 썰물처럼 빠져나갔다. 시녀들도 무희들도 사라져 정원은 침묵으로 고요해졌다.

그때, 여우들의 행렬이 나타났다.

진짜 여우는 아닌 하얀 여우가면의 흰색 무복을 입은 여인들이었다. 그녀들은 등불이나 검을 든 채 중앙의 한 여인을 호위했다. 여인의 양옆으로는 무거운 옷자락을 대신 거드는 두 명의 시녀들이 있었다.

여우들의 호위행렬은 중정루 앞에서 멈췄다. 그중 넷의 여우들이 중정루 안으로 들어와 사면을 지켰다. 여섯은 건물 아래로 흩어졌다. 시녀들은 화려하고 정숙한 자태의 소린을 도와 그녀를 상석에 앉혔다.

"기다리시게 해서 죄송합니다."

면사 너머 얼굴이 제대로 보이지도 않았으나 풍성한 옷 사이로 언뜻 보이는 여인의 가느다란 허리, 그리고 옷으로도 가릴 수 없는 풍만한 가슴에 사내들은 경탄했다. 소문 속 소화공주는 허언이 아니라고 여기는 듯했다.

시녀들이 소린의 면사를 걷었다. 남주국의 여인답지 않게 유난히도 하얀 피부를 드러낸 그녀는 금빛 용문이 수놓인 푸른 연회복을 걸쳤다. 그 화려함과 비견해 더욱 돋보이는 하얀 얼굴과 붉은 입술, 칠흑같이 검은 머리카락. 허리까지 내려오는 풍성한 곱슬머리를 반쯤 올려 화려한 금빛 화잠을 했고 반은 자연스럽게 늘어뜨렸다. 제자리를 잡고 앉은 소린의 모습과 고아한 자태는 정교한 인형을 보는 듯했다. 그녀가 슬쩍 움직일 때마다 사내들의 찬탄이 뒤따랐다.

"그대들의 이름을 알고 싶습니다."

소린의 말에 모두가 앞다투어 제 이름과 가문을 언급하려 애썼다. 결국 앉은 순서대로 제 소개를 시작했다.

연회에서 가장 지루한 시간이 흘렀다. 사내들은 제 이름과 가문, 제 자랑을 마구 늘어놓았다. 앞 사내들의 이야기들이 길어지다 보니 마지막으로 갈수록 모두가 듣는 둥 마는 둥 하며 졸았다. 소린도 몰래 하품을 했다.

무명은 흑과 함께 소린이 자리한 측의 양 옆을 지켰다. 밤인데다 여우가면의 시야는 좁다. 행렬의 끝 쪽은 보이지도 않았다.

어느새 마지막 사내의 차례가 돌아왔다. 열 번째 사내는 다른 사내들처럼 일어나지도 않았고 자신을 뽐내지도 않았다. 소린과 시선을 맞추거나 제 얼굴을 보여주려고도 하지 않았다. 다만, 그의 목소리만이 나직하게 중정루를 울렸다.

"저는 공주님께 남쪽바다에 사는 저인氐人들이 흘린 눈물 진주를 드린, 이입니다."

무명은 묘하게 익숙한 목소리에 놀라 고개를 돌렸다. 이름 대신 이야기를 시작한 그를 보며 아홉 사내들은 고개를 갸웃거렸다. 열 번째 사내는 저인에 관한 이야기를 시작했다.

"상반신은 사람, 하반신은 물고기인 저인들은 때로 인어라 불리기도 하지요. 그들 중 남쪽바다에 사는 이들을 일컬어 교인鮫人이라 합니다. 교인들은 물속에서 베를 짜는 것이 취미지요. 그러다 정말 아름다운 베를 짜며 꽤나 부지런해서 손을 쉴 새 없이 놀립니다. 그들은 가끔 사람으로 변해 뭍으로 올라옵니다. 베를 짜서 판 돈으로 그들은 인간세상을 돌아다니며 구경하고 짧은 유희를 즐기지요. 가끔은 돈을 아껴 축적하지만 딱히 그 돈을 썼다는 교인은 보지 못했습니다. 베를 다 팔거나, 혹은 다 놀고 난 교인들은 그들이 묵은 숙소의 주인에게 말을 하지요. '접시를 가져오시오.' 주인이 접시를 가져다주면 그들은 억지로 눈물을 짜냅니다. 그때 흘린 눈물들은 아름다운 진주로 변하지요. 그 교인들에게 부탁해 진주눈물을 짜내어 만든 목걸이를 드렸습니다."

"오호라. 그대가 그 목걸이를 선물한 이셨습니까?"

소린은 화사하게 웃었다. 커다란 진주들이 방울방울 달려 있던 목걸이는 소린의 눈에도 꽤나 흡족했던 모양이었다. 소린이 열 번째 사내에게 물었다.

"그대의 이름은 무엇인지요? 얼굴이 보이지 않으니 일어나서 대답해 주시겠습니까?"

모두가 이야기꾼 같은 사내의 거짓말 같은 이야기에 빠졌다가 깨어났다. 무명은 이상한 기시감에 자리에서 일어나는 사내를 바라보았다. 무척이나 익숙한 목소리. 허나 그 모습은 4년 전과 판이하게 달라져 있는 사내.

검회색의 연회복에 짙은 갈색을 띤 머리카락을 단정히 빗어 내린 사내를 보며 무명은 한참이나 고개를 갸웃거렸다. 사내가 입을 열었다.

"진주와 함께 교룡의 비늘도 넣어드렸습니다. 기억하시는지요?"

무명의 심장이 내려앉았다.

소린은 그런 것이 있었나 고개를 갸웃거리며 대꾸했다.

"있었습니다. 그대의 이름은 무엇인가요?"

사내가 씨익, 웃었다. 자리한 열 명의 사내들 중 가장 준수하고 수려한 외모를 가진 사내.

"천오국에서 온 유청하라고 합니다."

4년 전, 가해도의 사내가 거기에 있었다.

3장. 유청하

남주국에서도 남단의 섬, 가해도는 창족의 영역이었다.

섬에는 창족의 늙은 신녀들만이 살았고 창족의 소녀들이 성인식을 맞이하기 위해 보내지곤 했다. 그 소녀들은 창족에서도 내로라하는 집안의 여식들이었다. 그 여식들 중 여우가면의 여성 호위대를 데리고 다니는 소녀는 딱 한 사람뿐이었다.

창족의 소화공주, 이소린.

무명은 무거운 미간을 짓눌렀다. 왜 이런 일이 벌어질 것을 예상하지 못한 걸까. 유청하는 분명 가해도의 무명이 소린이라고 믿고 있을 터인데.

풍악 소리가 시끄럽게 이어졌다. 아홉 사내들은 술에 취해 소린의 옆에 가고자 안달이었고 백영대들은 그들을 밀어내느라 안간 힘을 썼다. 단 한 명의 사내만이 자신의 자리를 지키며 홀로 술잔을 기울였다. 소린은 가끔 혼자 앉은 유청하를 응시하며 머리를 갸웃거렸다.

무명은 소린의 시선이 그에게 닿는 것조차 두려웠지만 내색하지 못했다.

그는 왜 지금에서야 소린을 찾아온 걸까? 외부 출입이 금지된 소린에게 접근하려면 한 달에 한 번뿐인 연회에 참가하는 것밖에 없다는 걸 알면서도 서글펐다. 그는 여우가면 아래의 무명은 모른다. 그가 보고 있는 건 소린 뿐이다.

무명은 며칠 전 제 꿈에 나타난 적을 떠올렸다. 적이 나타난 이유는 죽기를 무서워하는 바보 같은 무명이 이제 죽을 수 있다는 경고가 아니었을까?

그사이, 홀로 신선처럼 주유하던 유청하는 시간이 지나자 사람들 사이로 끼어들었다.

그는 남쪽바다의 재미있는 이야기를 모두에게 들려주었다. 나지막하고 박력이 있는 유청하의 목소리에 사람들은 귀를 기울였다.

제 몸만큼이나 긴 팔을 가진 사람들과 다리만 너무 길어서 3장이 넘는 사람들의 이야기. 긴 팔을 가진 나라의 사람과 긴 다리를 가진 나라 사람이 협동해 먼바다의 물고기를 잡으러 가는 이야기. 남자와 여자만 사는 어떤 섬나라에서 남자들이 옆구리로 아들만 낳고 여자들이 우물이나 강에서 아이를 포태해 여아만 낳는다는 그런 이야기 등등.

어디선가 들은 기억이 있었던 이야기도 유청하가 이야기하자 처음 듣는 것처럼 새롭고 맛깔스러웠다. 소린과 그를 적대시하던 아홉 사내들도, 심지어 백영대들마저도 그의 이야기에 빠졌다. 그가 이야기를 끝내자 다른 사내들도 앞다투어 우습고 재미있는 이야기들을 쏟아내었다. 어떤 이야기도 청하의 것만큼 재미있지는 않았지만 소린은 맞장구를 쳐대며 그들에게 기꺼이 술잔을 따라주곤 했다.

밤이 깊었고 모두의 취기가 올랐다. 이야기들이 사그라질 무렵 소린은 자신을 위해 이곳까지 온 이들에게 제 화려한 춤을 보여주었다. 소린이 제 무거운 옷자락을 흔들고 치맛단 아래로 숨겨진 발을 나근거렸다. 악주가는 그녀의 움직임에 맞춰 애달프고 구성진 피리 가락을 읊었다.

소린의 춤이 끝나고 연회의 첫날밤도 종막을 맞이했다. 소린도 쉬어야 한다며 시녀들이 말했으나 사내들은 소린을 쳐다볼 뿐, 움직이려 들지 않았다. 심지어 아홉 사내들은 노골적인 신호를 보내며 소린을 유혹했다. 유청하만이 그들과 융화하지 않고 겉돌았다.

유청하가 겉돌며 소린과 구혼자들을 비웃는다 한들 무명을 알아보았을 리는 없었다. 설사 무명이 가해도의 소녀란 것을 알게되어도 주인을 닮은 미천한 노예가 자신을 농락했다 여기겠지. 무명은 일그러지는 제 표정을 여우가면이 가려주어 다행이라 생각했다.

연회를 파장한다는 목소리들이 이어졌지만 사내들은 자리를 지켰다. 언제 이곳을 벗어날까 조바심 내던 무명이 열 명의 구혼자

들을 훑어보다 묘한 시선을 느꼈다. 아주 우연히, 유청하와 눈이
마주친 것 같았다.

……착각일지도 몰라. 시선이 머문 것은 아주 짧은 찰나였다.
그러나 무명은 그것만으로 번개에 몸이 관통된 듯한 충격을 느꼈
다.

4년 전 일인데도 어제의 일처럼 생생했다. 그리고 유청하를 사
내로 의식했다. 붕대로 납작하게 동여맨 가슴이 아렸고 제 다리가
젖어드는 듯했다. 무명의 몸은 그가 안겨준 열락을 아직 기억하는
모양이다. 다 잊어버렸다 생각했는데 불가능한 일이었던 모양이
다.

그날 밤 자신은 천국에서 무간지옥으로 떨어졌다. 지금도 무명
이 발을 디디고 선 곳은 현실이라는 이름의 지옥. 죽는다 한들 지
옥에서 벗어나기는 어렵겠지.

……그의 이름은 유청하다.

나는, 그를 몰라. 그는 가해도의 '그'와 그저 조금 닮은 것뿐이
야.

무명은 현기증에 몸이 휘청거렸다.

"백, 정신 차려."

흑의 단호한 경고에 무명은 몸을 세웠다. 그리고 되새겼다. 유
청하는 무명을 모른다. 가해도의 밤은 없었던 일이다. 설사 몸이
그와의 밤을 기억한다 한들 무명은 자신이 지은 죄와 그 대가를
기억해야 했다. 적은 무명 때문에 자살했다. ……무명은 백영대의
백이다. 소린이 그녀에게 어떤 극약을 먹여 망가뜨렸든 간에, 소

린을 지키는 것은 백영대의 임무다.

무명은 마음을 다잡았다.

연회가 파장한 뒤에도 열대야는 계속되었다. 후텁지근한 공기 때문에 쉬이 잠들기 어려운 밤이었다.

취기가 오른 사내들은 시녀들의 안내에 따라 휘청휘청 제 방으로 향했다. 백영대는 그들과 분리되어 소린을 호위했다.

백은 소린의 거처로 이어진 중문中門을 열고 들어가려다 침입자의 기운을 느끼며 검을 뽑으려 했다. 허나 야행복 사내의 움직임은 무명보다 더 빨랐다. 사내는 냉큼 무명의 손목을 내려쳤고 그녀를 붙잡아 제 몸으로 납작하게 눌렀다.

"너는!"

"소시원이다."

무명은 어둠과 동화된 흑색 피부의 사내를 응시했다. 소시원이 갑자기 여긴 왜?

백영대들이 다가오는 소리에 시원은 무명을 바닥으로 밀쳤다. 무명이 바닥으로 주저앉는 모습에 놀란 백영대가 시원을 발견하고 곧장 소린을 보호했다.

"소시원이요, 소화공주 이소린."

시원의 목소리에 소린은 백영대들을 밀쳐 내며 앞으로 나왔다.

시원은 소린의 화려한 모습에 경탄하며 휘파람을 불었다.

"오늘은 내 구혼자들을 만나는 연회날이지. 이런 날 나를 찾아온 이유는 뭐지?"

"둘만 나눠야 할 이야기가 있습니다."

소린은 한밤의 야객 같은 야행복의 그를 살피며 웃었다.

"기개 하나는 마음에 드는구나, 소시원."

"공주님. 위험합니다. 저자는 어제도 난동을 부렸습니다."

백영대주 흑이 못마땅한 기색을 드러냈고 황도 거들고 싶은지 입을 달막거렸다. 허나 소린은 백영대들의 간언에는 관심도 없이 담이 큰 시원에게 감탄만 했다.

"감시가 상당했을 텐데. 네놈이 수월하게 들어왔다면 보초들 역시 문책 대상이지."

소린이 손을 내밀자 기다렸다는 듯 시원은 그녀의 손을 잡고 그 하얀 손등에 제 입술을 눌렀다.

"백영대, 물러가 있어라."

"하지만."

백영대들은 다들 불만에 찬 몸짓들이었지만 소린의 명령을 따랐다. 시원은 좋든 싫든 소린의 하나뿐인 애인이었다. 백영대주 흑이 모두를 향해 퇴각명령을 내렸다.

그녀들이 일제히 사라지자 시원은 소린을 이끌고 커다란 나무 아래로 향했다. 소린의 거처 앞에 자리한 고목이었다. 소린의 방까지 가는 틈조차 아쉬워하는 시원은 소린을 나무 밑동에 밀어 붙였다.

풍성하고 무거운 연회복을 소린의 어깨에서 벗겨 끌어내리자 그의 시야에 하얗게 차오른 두 개의 보름달이 보였다. 향긋한 단내를 풍기는 복숭아 같은 분홍빛 가슴을 그는 힘껏 베어 물었다.

소린은 고양이 같은 갸릉대는 신음을 냈다. 이런 제 애인을 다른 사내들에게 넘길 수야 없지. 시원의 욕망이 다급해졌다.

시원은 그녀의 부풀어 오른 치맛단을 들어 올렸다. 매끄럽고 흐벅진 허벅지가 보인다. 시원은 그녀의 속곳을 벗겨내어 그의 손가락을 거침없이 담금질했다. 이미 소린은 흠뻑 젖어 그만을 기다리고 있었다. 전희를 나눌 틈도 없이 그는 제 남성을 다급히 꺼냈다.

"넌 언제나 성급해."

소린이 말했다.

"급한 걸 좋아하지 않았습니까?"

시원은 그녀의 다리를 들어 올려 벌리고는 소린의 안을 꿰뚫었다. 다급한 몸놀림에 소린이 외마디 신음을 내뱉었다. 시원에게 소린은 늪이었다. 한 번 빠지면 나가지 못하는 늪. 허나 허리를 거칠게 움직이며 자맥질을 시작한 순간, 아주 잠깐 다른 이가 떠올랐다.

그것도 잠시. 소린은 자신의 안에서 우람해진 남성을 느끼며 허리를 흔들어댔다. 그에 화답하듯 시원도 그녀의 춤에 맞춰 제 몸을 실었다. 두 사람의 아찔한 목소리만이 어둠 너머로 울려 퍼졌다.

✳

최소의 백영대만이 남아 소린의 곁에서 대기하기로 했다. 흑과 청이 자진해서 남자 나머지 여덟을 구혼자들의 숙소로 이동시켰다.

열 명의 구혼자들은 미약이 섞인 술을 잔뜩 마셨기에 질편하게 뻗었을 것이다. 술에 탄 미약 덕분에 사내들은 쉽게 흥분했다. 소린은 실제로 약에 취한 사내들을 골라 취했고 그들 중 마음에 드는 자를 애인으로 삼기도 했다. 시원도 그런 사내들 중 하나였다. 허나 다른 사내들과 달리 시원은 소린의 애욕을 만족시킬 만큼 늘 힘이 넘쳤다. 적어도 소린은 오늘 밤 그에게서 벗어나지 못할 것이다.

덕분에 제일 신이 난 건 일이었다. 일은 소린이 건드리지 않은 연회의 사내들과의 교합이 취미였고 미약에 취한 사내들은 일과 소린을 구분하지 못했다. 일은 여느 때처럼 싸구려 연회복을 입은 채 사내들의 숙소로 침입하고 있었다.

백영대들은 흰 무복 대신 시녀들의 복장을 하며 사내들의 거처를 돌았다. 시녀복에 여우가면을 착용한 무명은 커다란 엉덩이를 둥싯둥싯 흔들며 복도를 거니는 일을 발견했다. 일은 망설이지도 않고 한 사내의 방 앞에 다다랐다.

구혼자들 중 제일 외모가 준수하던 유청하의 방이다.

순간 무명은 일을 용납할 수 없었다. 소린도 아닌 일이 감히!

여우가면을 손에 든 무명이 일의 어깨를 두드렸다. 엉덩이를 흔들어대던 일은 무명의 얼굴을 돌아보며 새하얗게 질렸다.

"고, 공주님? 히, 히익. 아, 아까 시원 고, 공자랑?"

무명은 다시 여우가면을 썼다.

"나야. 백."

"배에엑? 어, 어째서 네, 네가?"

눈동자를 불안하게 좌우로 굴리던 일은 이전 소린의 대역이 무명임을 깨달았다. 너무 닮은 모습에 넋을 놓았던 일은 제가 하려던 일을 떠올리며 유청하의 방문을 열고 들어가려 했다. 무명은 단호하게 일의 팔을 잡아끌었다.

"꺼져, 이 돼지야."

소린도 아닌 일에게 가해도의 사내를 양보하는 것은 혐오스럽다. 불쑥 튀어나온 무명의 진심에 일은 얼굴을 일그러뜨렸다.

"내가 돼지면 넌, 넌 독녀야 독녀. 입만 열면 독한 말만 하는 계집애. 이건 내가 찍은 거란 말이야. 소린 님도 날 건드리지 않는다고."

무명은 거짓말을 할 수 없는 제 세 치 혀가 짜증났다.

"소린 님이 건드리진 않았지만 허락한 적도 없어. 소린 님이 알면 어떻게 될까?"

일은 늘 연회에 오는 잘생긴 공자들을 동경했고 그들과 자고 싶어했다. 특히 가문이 좋고 순진한 사내들에겐 환장했다. 소린은 일이 먼저 건드렸다는 이유만으로 사내들을 구혼자의 명단에서 탈락시켰고 일에겐 혹독한 체벌을 내렸다. 그 기억들이 새록새록 떠올라서인지 일은 금방 꼬리를 내렸다.

"가, 갈게."

"꺼져. 암돼지. 다른 사내들이나 찾아가. 저 사람 말고도 아홉이나 더 있으니까."

같은 말을 해도 꼭 저따위라니까. 일은 욕설을 퍼부으려다 나뭇

가지 같은 무명의 몸매를 보며 키득거렸다. 저런 몸보다는 제 풍만한 몸매가 훨씬 매력적이지. 거기에 뛰어난 방중술은 어떻고.

의기양양해진 일이 두 번째로 점찍은 사내를 떠올리며 복도를 지나갔다. 일의 휘파람 소리가 사라진 뒤엔 어디선가 남녀의 희미한 교성이 들려왔다.

숙소의 안팎을 돌아본 무명은 백영대에게 안전하다는 신호를 보냈다. 숫자 백영대들은 다른 곳을 둘러보기 위해 자리를 떴다.

사방이 고요해진 가운데 무명은 사내들의 숙소를 다시 돌았다. 그리고 유청하의 방 앞에 멈춰선 자신을 발견했다. 문 너머로 가해도의 사내, 유청하가 있다.

……유청하. 그다운 이름이다.

무명은 문득 그가 제법 많은 술을 마셨던 것을 떠올렸다. 그 정도의 양이라면 미약에 취해 몸을 가누기 힘들지도 모른다. 무명이 잠시 보고 사라진다 한들 기억하지도 못하겠지.

아까는 위치가 너무 멀어 그의 얼굴도 제대로 보지 못했다. 그러니까 아주 잠깐만이면 괜찮지 않을까?

문을 열까 말까 무명이 고민하던 사이, 방문이 벌컥 열렸다.

"왜 그리 서성대고 있지?"

피곤이 잔뜩 서린 신경질적인 목소리가 돌아왔다.

무명은 다급히 여우가면을 벗어 감췄다. 그리고 푸른 광채를 내뿜는 유청하의 눈동자와 조우했다.

그였다. 4년 전, 가해도에서 본 그가 맞았다. 머리가 조금 길어지고 차분해진 용모에 귀족의 차림새로 바뀌었다는 것만 빼면 똑

같았다.

"일단 들어와. 문가에 서서 이야기하는 취미는 없어."

청하는 미닫이 문을 열며 무명을 방으로 초대했다. 그녀가 쉽게 들어올 수 있도록 옆으로 비켜서 주었다. 무명이 머뭇거리자 사내는 말을 덧붙였다.

"망할 여우가면도 가져와. 그런 게 복도에 떨어져 있으면 다른 놈들이 경기를 일으킬지도 모르니까."

무명은 머리가 하얗게 비었다. 아니, 자신이 백영대임을 아는 걸까?

무명이 움직이지 않자 사내는 무명을 방 안으로 잡아당겼다. 순식간에 방 안으로 끌려들어 간 뒤에도 무명은 얼떨떨했다. 생명줄마냥 여우가면을 쥔 손에 힘이 잔뜩 들어갔다.

무명은 태연하게 등촉의 불을 환하게 밝히는 그를 응시했다.

소린이 오지 않는 걸까? 일은? 가해도의 일을 사내가 캐묻지 않을까? 무명의 자그마한 머릿속에 폭풍이 휘몰아쳤다. 게다가 그의 태도는 지독하게 냉소적이었다. 전혀, 미약에 취한 것 같지 않았다.

무명은 저도 모르게 심호흡을 하며 입을 열었다.

"나, 나는."

유청하가 말을 가로챘다.

"소린이 아니란 건 알아. 이소린이 그림자를 보내올 줄은 예상하지 못했다."

무명은 할 말을 잃고 입을 벙긋거렸다. 자신이 백영대임을 알고 있다. 하지만 4년여 전 가해도와 자신을 일치시키진 못한 것 같아 조금은 마음이 놓였다.

무명은 불빛 너머로 보이는 그의 옆얼굴을 빤히 살폈다. 이런 재회를 꿈꾼 적은 없다. 하지만 보고 있는 것만으로도 너무 좋았다.

자신의 유일한 남자. 아마도 무명의 꿈이었다.

다시는 보지 못하게 되겠지. 허나 그것으로도 상관없었다.

무명은 작별인사를 하듯 청하를 향해 환한 미소를 지었다. 사내는 뭔가를 쏘아붙이려다 할 말을 잃은 듯했다. 아아, 그래. 그거면 되었어.

미련을 떨친 무명이 가면을 쥔 채 일어났다. 사내는 자신을 지나쳐 나가려는 무명의 손목을 낚아챘다.

"어딜 가려는 거지?"

"더는 볼일이 없으니까요."

"볼일이 없다고?"

무명의 손목을 쥔 그의 손아귀에 힘이 잔뜩 들어갔다. 떨쳐 내려해도 떨칠 수 없어 무명은 결국 그의 옆에 끌려가 주저앉고 말았다. 그의 우악스런 손길에 손목이 욱신거렸다.

헌데, 그의 입매가 불쾌하게 뒤틀려 있었다.

"창족의 접대는 이런가? 연회를 한다더니 미혼향을 피워대고 음약이 섞인 술을 먹이고 소린을 닮은 그림자 같은 시녀들을 보낸다? 먹혀들 것 같지 않으니 유혹하지 않고 그냥 간다고?"

미약이 섞인 술은 알았지만 미혼향까지 피웠다고? 무명은 입만 벙긋거렸다. 약과 미혼향에 취한 사내치고는 너무 멀쩡해 보였지만 그 괴리도 깨닫지 못했다.

벗어나야 해. 위험해.

그 생각만이 머리에 가득했다.

뿌리칠 수 없었다. 심지어 무명은 그에게 질질 끌려갔다. 가면이 바닥으로 떨어지는 소리가 뇌리를 울렸다.

유청하는 키가 컸다. 무명은 어느새 벽과 청하의 단단한 몸 사이에 갇혀 있는 자신을 발견하고 입만 벙긋거렸다. 다리가 바닥에서 들려 바둥거려 균형을 잡을 수도 없었다. 제 몽우리 지고 단단하게 솟아오른 가슴이 그의 가슴팍에 눌려지고 그의 부푼 남성 위에 내려앉은 제 다리 사이가 잔뜩 젖어가고 있다.

맙소사. 제 몸의 반응에 무명은 기가 막혔다. 자신이 그를 다시 원하고 있다는 것이 아닌가!

청하는 무명의 다리 사이로 파고 들어와 제 몸을 밀착시켰다. 제 남성 위에 무명의 다리의 은밀한 습지를 비벼 올리며 그의 욕망을 느끼게 했다. 서로의 가슴이 맞닿았다. 그가 무명의 얼굴을 붙잡고 제 눈을 들여다보게 했다. 청하의 눈은 바다를 옮겨놓은 청색의 빛깔이 감돌았다.

그들 사이엔 바늘 하나 파고 들 빈틈도 없었다. 백영대의 무복을 갈아입느라 가슴가리개를 하는 것조차 잊은 무명은 더욱 곤혹스러웠다. 제 다리 사이를 찔러 오는 그의 남성은 더더욱이나.

그의 숨소리가 거칠었다. 용솟음치는 그의 욕망은 적나라했다. 어째서? 음약이 섞인 술을 마셔서? 미혼향에 취해서?

무명의 입은 제 생각을 독설로 뽑아내었다.

"음악에 취해 여자가 필요한 거면 다른 계집이 나을 거예요. 소린의 얼굴이 필요한 거라면 소린을 직접 찾아가……."

"그 입 다물어!"

그는 무명의 입술을 빼앗았다. 거칠고 숨 막히는 입맞춤이었다.

이래선 안 돼! 이래서는!

무명은 제 입술을 핥으며 깨무는 사내를 피하려 고개를 돌렸다. 허나 다리가 들린 채 그의 몸 사이에 갇혀 있다 보니 달아날 곳이 없었다. 고개를 돌려 입맞춤을 피하자 뜨거운 입술이 볼을 스치며 목에 내려와 낙인을 찍었다. 약한 목을 고스란히 드러내며 애무하는 그의 입술에 무명의 온몸에서 힘이 빠졌다. 그는 무명의 엉덩이를 양손으로 붙잡고 제 남성을 더 가까이 느끼게 했다. 그의 남성이 쉴 새 없이 무명의 여성을 찔러 왔다.

그의 손길과 욕망에 무명의 정신은 더욱 혼미해졌다. 가해도의 과거인지 창족의 궁에 있는 현재인지 구분이 가질 않았다. 그저 숨을 가쁘게 내쉬며 그에게 매달렸다. 원해, 그를 원해.

제 간살스러운 입이 그를 조르며 졸랐던 모양이다. 유청하가 뜨거운 숨을 그녀의 귓가에 불어넣었다.

"안 그래도 그럴 거야. 보채지마."

청하는 부드럽게 그녀를 달래더니 그녀를 먹어치우기 시작했다. 처음엔 입술이 먹혔다. 산 채로 뜯어 먹히는 기분에 무명은 잠시 반항했지만 돌아온 것은 뜨거운 포옹과 열기뿐이다. 그녀의 버둥거리던 다리를 붙잡은 그가 제 허리에 그녀의 다리를 둘러 매달리게 했다.

무명은 가해도의 꿈을 다시 꾸었다. 제가 무명이라는 현실도, 그가 소린의 연회에 온 구혼자라는 것도 잊었다. 지금의 그는 무명을 명으로 부르던 가해도의 그였다.

무명은 그의 얼굴을 더듬고 매만지며 입맞춤에 화답했다. 그녀는 제 몸을 그에게 바싹 밀어붙이며 그를 마냥 더 졸랐다. 그 움직임은 아기처럼 필사적이고 순진했다. 기교 따위는 없었지만 더 순수하고 다급했다.

벽에 기대어 있던 두 사람의 몸이 한데 엉켜 아래로 쓰러졌다.

터질 듯한 흥분과 달리 무명의 옷을 벗기는 그의 손길은 조심스러웠다. 옷으로도 가려지지 않은 열망이다. 그가 무명의 옷을 벗겨내어 그녀의 하얗고 메마른 살갗이 드러나는 부분마다 입술을 내렸다. 뇌쇄적이지도 관능적이지도 않은데 그는 제 입술과 손으로 무명을 소중하게 애무했다. 이마, 입술, 목과 쇄골, 양가슴과 심장 위, 배꼽, 긴 다리와 고된 훈련으로 흉해진 손과 발까지.

자신을 숭배하는 몸짓에 조바심을 느낀 쪽은 무명이었다. 애무를 기다리며 단단하게 솟아오른 가슴이며 젖어가는 다리 사이의 감각이 어지러웠다. 그는 원하는 곳을 만져 주지 않았다. 무명은 그의 손길을 기다리다 못해 그의 양손을 붙들어 제 가슴에 밀어붙였다. 그의 커다란 손이 무명의 가슴을 덮었다.

"제발."

"원해?"

그가 탁하게 쉰 목소리로 되물었다. 무명은 필사적이었다.

지금 이 순간의 쾌락, 그리고 그. 유청하가 중요했다.

"그럼 날 가져."

그는 무명을 일으켜 제 흥분한 남성을 보여주었다. 무명은 검붉게 흥분한 분신에 입이 떡 벌어졌다.

"음약을 먹어서……? 이렇게 된……?"

이게 어떻게 사람의 몸에 들어간단 말인가? 4년 전 그녀의 처녀를 빼앗아간 녀석이었지만 무명은 멍하니 그걸 내려다보고 있기만 했다.

"네 거야."

유청하가 말했다. 무명은 단단한 사내의 몸을 매만지며 그가 그녀의 손에 안겨주는 남성을 쥐며 곤혹스러워했다. 그 우멍거지가 그녀의 손안에서 뜨겁고 불그스름하게 솟아올랐다. 그와는 다른 생명체마냥 움직여 무명은 화들짝 놀랐다.

"음약 정도엔 중독되지 않아. 네가 홀린 거야. 그러니까 네가 책임져야 한다고."

그녀의 손길에 흥분한 청하가 무명을 들어 침상 위로 던졌다. 그리고 제 뜨거운 몸을 실어 왔다.

여인의 태가 났지만 때가 타지 않은 소녀 같은 여인의 나신이 그를 자극했다. 부러질 것처럼 가녀린 위태로움이 더 그를 미치게 했다. 여인이 호흡곤란을 토로하며 돌아누웠다. 하얗고 동그란 두 개의 둔덕의 탐스러운 엉덩이와 가는 등을 보자 그는 곧장 엎드린 그녀의 위를 덮쳤다. 그리곤 곧장 제 흥분한 남성을 해방해 그대로 몸을 실었다.

"허억."

외마디의 비명과 함께 그의 분신이 단번에 그녀의 안으로 침입했다. 그녀의 허리가 바싹 굳어 그를 미칠 듯이 조여 왔다. 청하는 신음을 내었다.

"흑! 좋아? 이게 좋아?"

무명은 그의 뜨거운 욕망을 뒤로 받아내며 그를 조였다. 자세 때문인지 사내는 더 깊이 제 안으로 파고들어 한 몸이 되었다.

그들은 짐승과 같았다. 신음을 내며 엉켰다. 결코 아름답지 않은 다급한 욕망이었다.

그를 집어삼키며 기뻐하는 제 몸을 무명은 비웃었다. 제가 죽을 줄도 모르고 불빛으로 달려드는 나방 같다. 그 잡념들마저 그와의 성적 춤사위에 어우러져 흐릿해졌다. 무명은 독설 대신 뜨거운 신음만을 내뱉었다.

서로의 손이 단단하게 깍지를 꼈다. 유청하는 그녀의 엉덩이를 들어 더욱 깊게 파고들어 왔다. 무명은 끌려가는 아득한 느낌에 팔을 뻗었다. 결합이 너무 깊었다.

한 번 흥분하기 시작한 사내는 인정사정도 없었다.

그러다 잠시 기절해 버린 모양이다. 무명은 누군가 자신의 몸을 닦아주는 것을 느끼며 무거운 눈꺼풀을 들어 올렸다.

마르긴 했지만 최근 이삼 년간은 어떤 훈련에도 체력을 쓰든 악으로 버티든 쓰러지는 법은 없었다. 헌데 지금은 감각 자체가 소진된 느낌이었다. 아무것도 못하고 늘어진 무명의 팔을 제 목에 두른 사내가 입술을 내렸다. 사내는 다시 무명의 몸을 탐하며 그녀의 안으로 들어왔다. 부러질 것처럼 가는 몸이 마음에 들었던 걸까. 소린 대신인 걸까.

무명은 아무래도 좋았다. 하나가 되어 그와 이어진 경험은 뭐라 설명하기 어려운 일치감이 있었다. 전보다 더 단단하게 이어진 느낌. 그녀는 욕망의 파도에 휩쓸려 제 현실과 끔찍한 일들 모두 망각했다.

지금 그가 안겨주는 쾌락 이외에는 아무것도 생각하고 싶지 않았다.

무명은 자신이 부러지는 것도 아랑곳하지 않고 사내를, 유청하를 갈구했다.

그가 그녀의 안에서 파정을 맞고 제 욕망을 토해낸 것은 무려 4번이었다. 무명은 다시 그의 품에서 기절했다 깨어나길 반복했다. 그의 침상을 벗어나야 한다고 생각했지만 그는 무명을 놓아주지도 않고 제 품 안에 가두었다.

동이 터 올 무렵에서야 무명은 그가 잠이 든 것을 알았다. 조심스레 이불을 젖혀 그녀는 침상 아래에 섰다. 팔베개를 해주던 청하는 미동도 없었다. 머리가 어지러워 잠시 행동을 멈춘 찰나, 이불 속에서 빠져나온 강인한 두 팔이 그녀의 양 어깨를 붙들어 이불 속으로 끌어들였다.

"일어나기 힘들 거야. 누워 있어."

무명은 고개를 돌리기가 무서웠다. 유청하가 왜 저리도 자상한 목소리를 내는 걸까. 무서워서, 현실이 인식되어 물을 수도 없었다.

"입에 아교라도 붙였나? 왜 말이 없지?"

입을 열면 독설이 쏟아질 것이기에 무명은 더욱 합죽이가 되었다. 가해도의 일을 멋대로 발설해 버리는 것이 두려웠으니까.

"아직 해가 뜨지 않았어."

"하지만."

"한 번 더. 한 번만."

그의 간청에 무명은 마음이 약해져 진중하게 고개를 끄덕였다. 침상을 탈출하려던 노력이 제지되었지만 무명은 아무래도 상관없었다. 거의 잠을 자지 않고 그녀를 탐닉하던 그의 남성이 다시 뜨거워졌다. 소린과 시원의 정사를 무심하게 보았음에도 이 정도는 아니었던 것 같은데. 무명은 자포자기한 채 그의 목을 끌어안았다.

"내 솜씨가 별로야?"

"아니, 죽을 정도로 좋아요. 그래서 죽을 것 같아."

그 대답이 유청하에겐 또 흡족한 모양이다. 그가 힘차게 그녀의 안으로 파고들었다. 명이라 그녀의 이름을 부른 것도 같지만 그것은 착각이겠지.

그녀의 입은 거짓말을 하지 않았다. 그래서, 죽을 정도로 좋다는 것도 진실. 정말로 이것으로 인해 죽을 거라는 것 모두 진실.

또 한 번의 정사가 끝나자 무명은 여운을 즐길 새도 없이 일어났다. 이 공간에서 일어난 일 따위 그녀의 몸에 무수히 남은 그의 흔적들 따위. 자신의 다리 사이를 타고 흐르는 그의 흔적 따위 무시하려 했다.

"왜 벌써 일어나?"

"가봐야 해요."

다리가 후들거려 제대로 서는 것조차 힘들었다. 무명은 제 다리 사이에서 끈적거리며 흘러내리는 욕망의 잔재를 느끼며 더욱 어지러웠다.

"힘들 텐데 도와주지."

알몸인 사내가 벌떡 일어났다. 무명은 그의 벌어진 어깨와 흉근, 다시 불거지려는 남성과 탄탄한 허벅지를 살피며 얼굴을 붉혔다.

"또 안기고 싶은 건가?"

무명은 사내에게 아무것도 묻지 않았다는 것을 깨달았다. 허나 도리질을 치면서도 이 순간이 묘하게 우스웠다.

생각해보면 그는 다른 의미에서의 사신이었다. 그것 또한 나쁘지 않겠지.

무명의 웃음이 불만이었던 듯 그가 친근하게 그녀의 볼을 꾹 잡아당겼다.

"사람을 그렇게 홀리는 웃음을 짓지 마. 절대 다른 사내들 앞에선 웃지도 말고."

유청하는 무명을 타박하며 다리 사이에 제가 남긴 흔적들을 훔쳐 내었다. 시녀복을 주워 그녀에게 꼼꼼히 입혀주는 손길은 자상했다. 백영대의 여우가면을 그가 건네주자 무명은 그것을 조용히 받아들었다. 아아, 나는 백영대였지.

"가면이 다행일 지경이야."

무슨 의미일까. 정말 그녀를 좋아해 주는 걸까. 아무려면 어때.

무명은 방을 나섰다. 구차하게 설명 따위는 하지 않았다. 사내도 묻지 않았으니 피장파장이었다.

구여瞿如의 울음소리가 아침을 열었다.

무명은 여우가면을 쓰고 사내들이 머문 방을 차례로 살폈다. 사내들은 아직 미혼향과 미약의 기운으로 정신을 차리지 못하고 깊은 잠이 들었다. 몇몇 방들은 일이 난동을 부리고 다녀간 흔적들이 남아 있었다.

무명은 조심스럽게 뒷문으로 빠져나와 발걸음을 재촉했다. 동이 트는 이른 새벽인지라 사람의 눈에는 띄지 않는다.

허나 지척에 자리한 백영대의 숙소에 다다르자마자 무명은 위화감을 눈치챘다.

소린은 알 것이다. 한편으론 무명 역시 천한 일과 다를 바 없었다. 이번이 두 번째. 아마 살해당하지 않으면 다행이려나. 무명은 쓴웃음을 지었다.

무명이 자신의 방으로 돌아가자 낡은 그녀의 방 침상에 앉아있는 것은 소린이었다. 소린은 귀신처럼 음충맞아 보였다. 그녀가 매섭게 무명을 노려보았다.

"그 사내와 놀아났다고 들었다. 열 번째 사내. 유청하라고 했나."

무명이 침묵하자 소린은 소리쳤다.

"얼른 대답해!"

"……그렇습니다."

"네가 유혹한 건가? 아니면 그 사내가 끌어들인 거야?"

"그 사내입니다."

"네 힘으로 뿌리치지 못할 정도였나? 일의 증언으론 대단한 밤이었다던데."

소린은 제 붉은 입술을 혀로 핥았다. 그 색정적인 붉은 입술을 응시하며 무명은 그녀가 대답을 알고 있으리라 생각했다.

"힘으로서는 이길 수 없었습니다."

"시원보다 더 강해?"

"그럴 겁니다."

"왜 너를 덮친 거지? 설마 너 가면을 벗고 있었나?"

무명이 고개를 끄덕이자 소린은 스스로 자문자답을 했다.

"아무렴. 그 얼굴은 같으니 날 너로 착각한 것이겠지. 음약에 취했으니 오죽할까. 내 먹이를 가로챈 백, 너도 꽤나 쓸 만하다고 해 주지. 하지만 기억하고 있겠지?"

소린은 눈을 가늘게 뜨며 웃었다. 무명의 몸에 한기가 돌았다. 가해도에서 무명을 고문하고 극약을 먹일 때에도 소린은 저런 표정을 지었다.

"네 수명은 이제 앞으로 두 번이면 끝이야. 교합이 이루어진 뒤 두 시진이 지나면 네 몸이 망가지는 것을 느끼게 될 거야. 축하해. 백."

소린은 진심으로 기뻐했다.

소린이 가해도에서 무명에게 먹인 유모의 약은 두 가지였다. 하나는 사람의 마음을 상처 내도록 독설만을 쏟아붓는 약과, 후

자는 무명의 방탕한 음욕기질을 혼내기 위해 투약한 극약. 거짓말 같지만, 분명 사내와 세 번의 밤을 보내면 죽는다고 했었던가? 그 말의 의미를 깨달은 무명이 새하얗게 질렸다. 그 극약들은 무명을 죽일 뻔했다. 그리고 무명의 몸을 잠식해 효과를 발휘하고 있었다.

"유모는 네가 죽으면 네 몸을 머리부터 발끝까지 해부해 네가 어떻게 망가졌는지 보고 싶어해. 네가 죽으면 네 얼굴 거죽은 나와 같으니 인피면구로 삼아줄게. 내가 늙어서 주름살이 졌을 때 나는 내 젊은 시절의 얼굴을 가면으로 간직하게 되는 거야. 그것은 꽤 마음에 드는 일이지. 너는 살아서도 날 재미있게 해주고 죽어서도 내게 도움이 되는 거야."

소린은 깔깔거리며 사라졌다. 무명은 그녀의 웃음소리가 사라진 뒤에야 제 침상에 털썩 앉아 한숨을 쉬었다.

편하게 죽지는 못하겠구나.

무명은 가면을 벗고 경대에 제 얼굴을 비쳐 보았다. 핏기 없는 소린의 핼쑥한 얼굴이 보인다. 이 얼굴을 보며 유청하는 기뻐했었지. 어쩌면 유청하는 자신이 아니라 이 얼굴 속의 소린을 본 것이다. 소린을 안는다 생각하며 끝없이 탐했을 것이다.

"아하하. 아하하하."

눈물이 나도록 서글펐다.

"적, 너는 죽어서 편하겠어. 나도 같이 죽을 걸 그랬어. 나는 죽으면 이매나 망량이 될 텐데. 그 귀신들처럼 사람을 홀리며 죽이려들 텐데 어쩌나."

무명은 가만히 시간이 지나기만을 기다리며 짧은 잠을 청했다. 해가 중천에 가까워질 무렵 무명은 속이 뒤집히는 지독한 고통 속에서 잠이 깨었다. 가해도에서의 고통을 떠올리게 했다. 속이 뒤틀리고 눈에는 핏발이 섰다. 코와 입에서 피가 흘러내렸다.

무명은 침상에 누워 고통을 참으려 이를 악물었다.

✻

대부분의 사내가 오전까지 일어나지 않아 내궁은 고요하기만 했다.

소린은 그들의 연회가 벌어졌던 중정루에 늦은 아침 겸 점심을 대신할 연회상을 올렸다. 속을 해장하기 위한 맑은 국과 밥, 정갈한 반찬들이 준비되었다.

뒤늦게 깨어난 사내들이 부랴부랴 씻고 몸단장을 하느라 그들의 처소에선 한바탕 소동이 벌어졌다. 평소 시녀나 하인들의 도움을 받아 의관을 정제하곤 하던 그들은 혼자서 모든 것들을 처리해야 하는데다 어제 먹은 술기운이 남아, 혹은 일과 나눈 정사의 후유증으로 비틀거리곤 했다.

잠을 덜 깬 흐리멍덩한 정신의 사내들이 오찬에 참석하러 나오길 기다리는 동안 소린은 자신이 바라던 유청하와 독대를 할 수 있었다. 그는 다른 사내들과는 달랐다. 외모도 제일 흰칠하고 키가 큰 데다 눈빛도 총기를 띄었다. 어젯밤 백과 긴 정사를 벌였다는 데도 누구보다 먼저 일어나 소린을 만나러 왔다. 그늘 하나 없는 말끔한 조금 짙은 피부의 얼굴과 주름 하나 지지 않은 데다 얼굴을 돋보이게 하는 적자색의 비단장삼은 흠 잡을 곳 하나 없었다.

소린은 그를 상대했던 백이 꽤나 지친 모양새였던 것을 떠올렸다. 이 사내의 체력이 그렇게 대단하다는 것일까?

"다른 분들은 꽤나 늦으시나 봅니다."

어젯밤과 달리 소린은 남주국 특유의 한 벌로 된 가벼운 진보랏빛 치마를 걸치고 있었다. 그 뒤로 솜털처럼 고운 백색의 피백을 둘렀다.

"어젯밤은 괜찮으셨습니까."

간드러지는 소린의 말에 사내는 자신 앞에 놓인 찻잔에 손을 뻗었다. 소린은 그의 앞으로 다가가 홀로 차를 기울이려는 그의 손에 자신의 손을 겹쳤다.

고생 따위는 해본 적이 없는 곱고 하얀 섬섬옥수. 그 손에 청하의 시선이 닿았다.

"제가 한 잔 따라드리지요."

"공주님께 시킬 일이 아닌 것 같습니다."

소린은 해사하게 웃었다.

"손님 대접을 소홀하게 해서 쓰나요."

그가 겹쳐진 자신과 소린의 손을 바라보며 천천히 뗐다. 소린은 아쉬움을 느끼며 주변의 인기척에 귀를 기울였다. 사내들은 아직 기척도 없었다. 유청하와의 대화를 이어갈 수 있을 거란 기대감에 소린은 마냥 기뻤다.

"어젯밤은 어떠셨습니까."

소린의 물음에 청하는 망설임 없이 대꾸했다.

"소문보다 별로였습니다. 소화공주 이소린과의 하룻밤을 겪은 사내들은 모두 흐물흐물해져 다시는 일어서지 못한다고 할 정도라는데 하품이 나올 정도더군요."

소린은 흐뭇해졌다. 아무려면 그렇지. 백이 사내를 만족시킬 리는 없다.

"제 그림자와 하룻밤을 보내셨다고 들었습니다. 추후, 다시 자리를 마련하겠습니다."

밀당에 능한 소린이 여운을 남겼다. 그에 유청하가 다시 되물었다.

"그림자가 아니라 그대가 직접 하시는 것은 어떻소?"

대답이 너무 빨라 소린은 잠시 당황했다. 그러나 원했던 대답에 얼굴을 붉히며 몸을 조아리는 척했다.

"아무렴 그래야지요. 허나 귀공은 너무 소녀를 부끄럽게 하시는군요. 그리 노골적으로 말하시는 것이 어디 있습니까."

"당장이라도 그대와 은밀한 시간을 갖고 싶으나 장소가 이러하여……."

대사와 달리 사내는 낯빛 하나 변하지 않았다. 소린은 그의 대범함이 더욱 흡족했다. 어린 소시원과 달리 관록이 있는 이런 사내도 나쁘지는 않겠지. 소시원만 없었다면 이 사내와 뜨거운 밤을 보낼 수도 있었는데. 소린은 문득 백이 부러워졌다.

소린이 유청하에 대해 알고 있는 것은 적었다. 20대 후반의 나이로 아비가 천오국 출신이며 어머니가 남주국 출신. 여행을 많이 다녔다는 것 정도. 내세울 재산도 가문도 없이 배경은 초라했으나 외양은 구혼자들 중에서도 군계일학이었다.

저 준수하고 금욕적인 얼굴이 백을 뜨겁게 탐했다니 상상이 가질 않았다. 백의 얼굴이 저와 같다는 사실이 순간 참으로 기뻤다. 그는 백이 아니라 소린을 안고 있었다 생각했을 것이 아닌가. 저 단정하고 금욕적인 얼굴이 저를 갈구하며 뭉개질 것을 상상하자 짜릿했다. 당장이라도 그를 갖고 싶어 소린은 몸이 달았다.

제 요염한 붉은 입술을 혀로 축이자 소린의 행동을 그의 시선이 쫓았다. 냉정을 가장했지만 뜨거운 시선. 소린은 그의 팔에 제 젖가슴을 밀어붙이며 속삭였다.

"오늘 밤 기다려 주시겠습니까?"

"창족의 공주님께서는 화끈하시군요. 일이 잘못되어 아이가 생길 수도 있지 않겠습니까?"

"탄생은 기쁜 일입니다. 제 아이의 아버지가 될 영광을 누리는 것도 나쁘시지는 않겠지요."

소린은 제 몸을 살짝 굽혀 제 풍만한 가슴골을 청하에게 내보였다. 상아색으로 빛나며 터질 것처럼 잘 영글어 있는 두 젖가슴을 바라보던 청하의 시선이 그녀의 목으로 이동했다. 소린의 목에는 그가 선사한 교인의 진주목걸이가 걸려 있었다.

소린은 가벼운 추파를 던지며 두서없는 대화를 이어나갔다. 유청하는 관심 없는 척하며 그녀의 말에 화답했다. 무심한 사내의 시선에 몸이 달은 소린은 굼뜬 아홉 구혼자들이 오지 않기만을 바랐다.

중정루 쪽에 몰려든 구혼자들의 무리가 가까워지는지 사방이 시끌벅적해졌다.

곧 유청하와 둘만 함께 있을 시간이 없어질 것이다. 소린은 더욱 안타까웠다.

"아참, 어젯밤의 그 아이. 소린과 꽤 닮은 듯하더군요. 그 여인의 이름이 무엇인지 아십니까?"

소린은 경계심을 드러내며 유청하의 의중을 탐색하려 했다.

"왜 물으시는 것입니까?"

"내일 밤까지 이곳에 머물러 있을 터이고 다시 마주칠 수도 있으니 이름 정도는 아는 것이 좋지 않나 여겼습니다. 소화공주 이소린을 닮은 미색과의 하룻밤 인연이 아닙니까. 물론 공주와는 상상도 할 수 없을 정도로 더 좋을 테지만."

소린을 향해 그가 상그러운 눈웃음으로 화답했다. 그의 태연한 말투나 행동에서 백에 대한 그리움이나 연민 따위는 엿보이지 않았다. 그를 관찰하던 소린의 경계심이 봄눈 녹듯 누그러졌다.

"백이라 부르지만 실상 이름이 없는 계집이지요. 그러니 무시하셔도 됩니다."

"무명씨라도 되는 모양이군요."

"어머, 어찌 아셨습니까. 무명이라 불렀었지요. 아마도."

"무명이라, 재미없는 이름이군요. 그에 비해 소린이란 이름은 참 아름답습니다."

제 이름을 찬양하는 사내에게 소린은 마음이 쏠렸다. 유청하의 푸른 기운이 감도는 눈도 너무나 매력적이었다. 키며 체구나 그 우아함, 그윽한 목소리 모두 나무랄 데 없었다.

돌아온 아홉 구혼자들은 청하를 자연스레 밀어내며 소린의 옆자리를 차지하려 들었다. 사내들은 청하를 질투했다. 허나 소린이 다른 사내들을 챙기며 그들에게 관심을 쏟자 유청하의 존재는 금세 잊혀졌다.

소린은 오후 내내 아홉 사내들과 어울렸다. 그들은 시, 서, 화를 논하며 제 무위를 뽐내기 위해 백영대와의 비무를 청했다. 소린의 관심을 독차지하려고 주먹다짐을 벌이다 제지를 받는 일도 있었다.

소린은 오후가 되자 그들을 제 은밀한 내실로 초대했다. 그녀의 공간에 초대된 사내들은 앞다투어 소린의 미색을 찬양하며 온갖 헛소리를 늘어놓았다. 몰래 하품을 한 소린은 썩은 눈을 가진 우매한 구혼자들을 응시했다. 미약에서 덜 깼는지 그들은 소린이 웃어주기만 해도 저를 유혹한다 생각해 희롱질을 하려 들었다.

유청하는 그녀의 내실 바깥, 뜰에서 등짐을 지고 있었다. 그는 커다란 고목, 나무 밑동을 뚫어져라 바라보았다. 어젯밤 소린과 시원이 정사를 벌인 고목나무 밑이다. 우연치곤 희한한 일이라 치부하며 소린은 청하를 유혹할 계획을 세우느라 바쁘게 머리를 굴렸다.

흑이 임무를 위해 무명을 호출한 것은 오후가 되어서였다.

"백. 나와."

무명은 휘청거리며 일어났다.

소린은 오후 내내 열 명의 사내들과 어울렸다. 백영대는 구혼자들에게서 소린을 보호했다. 다행스럽게도 흑은 무명을 후방에 배치해 주었다. 대기시간 동안 계속 서서 버텨야 했지만 소린을 차지하려는 사내들의 우격다짐에 휘말리는 다른 백영대들보다는 사정이 나았다. 하지만 그늘 하나 없는 장소에서, 여우가면을 쓰고 서 있는 것만으로도 고역이었다. 무명은 땀에 절어 백영대의 무복에 토를 하거나 쓰러지지는 않을까 노심초사했다.

"네 목숨은 앞으로 딱 두 번 남았어."

"네 얼굴 껍질을 벗겨 인피면구로 삼을게."

소린의 환청이 아직 들려오는 듯했다. 무명은 소린과 구혼자들을 바라보았다.

소린은 아홉 구혼자들을 귀찮아하며 가끔 저와 거리를 두고 있는 유청하에게 뜨거운 시선을 보냈다. ······역시.

그와 두 번째 정사를 벌이긴 했으나 저와 그는 우발적이었다. 소린은 그 사내를 제 상대로 염두에 두었으니 놀랄 것도 없다.

"소린 님이 보고 계신다, 버텨."

황이 다가와 속삭였다. 무명은 자신을 배려해 주는 제 동료에게 감사했다.

지루한 낮이 지나갔다. 해가 지기 전, 둘째 날의 연회는 어제보다 이른 시간에 시작되었다.

짧은 휴식과 몸단장을 마친 모두가 중정루에 모였다.

무명은 중정루 옆의 호젓한 연못가를 거니는 일행들을 눈으로 쫓았다. 무명의 몸은 어느새 휘청거렸다. 열이 펄펄 끓어서 서 있는 것만으로도 마냥 힘겨웠다.

결국 백은 일행들을 쫓다 행렬을 이탈했다. 어둠이 깔려 있었지만 시녀들과 백영대, 사내들이 무질서하게 뒤얽혀 있다 보니 백영대 한 사람의 부재는 쉽게 눈에 띄지 않았다.

조금은 쉴 수 있어. 조금은.

안도한 무명이 휘청거리다 뒤로 넘어갈 뻔했다. 누군가 그녀를 단단히 잡아 제 가슴팍에 기대게 했다.

무명은 대뜸 정신을 차리며 여우가면의 작은 눈구멍 사이로 그 사내를 관찰했다.

그는, 유청하다.

환영일까 실제일까 무명은 구분할 수 없어서 그가 말하기만을 기다렸다.

"무명이라고 불린다지?"

무명은 가면을 달그락거렸다. 무슨 의도일까. 사내가 자신을 단단히 붙잡아 쓰러지지도 못했다. 그가 혹시 저를 가해도의 명이라 깨달았기에 이런 것은 아닐까? 아니, 그의 표정을 보자니 이미 알고 있는 것이 분명했다.

무명은 놀라 그에게서 몸을 떼어냈다.

"공주님의 눈에 띄면 곤란합니다."

그는 무언가 말하려다 자신을 찾는 시선을 느낀 모양이었다.

"나중에 얘기하지."

무언가 마음에 걸렸다. 무명은 저도 모르게 제 입술을 잘근잘근 물어뜯었다.

그 뒤 이어진 연회의 시간은 고통 그 자체였다. 무명은 중정루의 기둥에 기대어 제 몸을 추슬렀다. 무명의 불안한 몸 상태를 눈치챈 백영대나 유청하, 소린이 번갈아 무명에게 시선을 던지곤 했다.

소린은 당장이라도 무명을 갈구고 싶어했지만 저를 둘러싼 아홉 사내들이 좀처럼 놓아주지 않자 어쩔 수 없었다. 소린마저도 술에 취한 뒤에야 흑은 무명의 퇴장을 허락했다. 고자질쟁이 일도 연회에 뛰어들기 직전인지라 무명은 걱정 없이 그곳을 떠날 수 있었다.

유청하는 여우가면을 쓴 무명의 뒤를 쫓았다. 어둠 속에서 가늘고 흰 인영이 쓰러질 뻔했기에 그는 저도 모르게 손을 뻗었다. 무명은 그를 눈치채지 못하고 휘청거리면서도 용케도 백영대의 처소에 도착했다. 그는 복도 끝에 자리한 작은 방으로 그녀가 사라질 때까지 그녀의 뒤를 쫓으며 계속 지켜보았다.

그러다 그는 무명이 지나갔던 자리를 훑어보았다. 보일 듯 말 듯한 붉은 핏자국들은 바깥에서부터 복도를 따라, 그녀의 방문 안으로 이어지고 있었다.

무명은 제 살풍경한 방으로 돌아온 뒤에야 안도했다. 보는 눈이 없는지 살피곤 방문을 걸어 잠갔다. 딱히 의미는 없지만 누구도 저를 숨어서 보는 느낌은 싫었다. 여우가면은 벗어 침대 옆에 걸었다. 벽엔 그녀를 조롱하는 듯한 여우가면 두어 개가 유일한 장식마냥 자리했다.

무명은 붕대를 꺼내 제 입가의 토혈을 닦았다. 땀투성이가 된 몸을 씻고 싶은 생각만이 간절했지만 손가락도 까딱할 기운이 없었기에 미루기로 했다. 움직일 때마다 온몸의 내장이며 혈관이 뒤틀리는 느낌이 들었지만 그 고통은 무시했다.

그녀는 땀에 절은 백영대의 흰 무복을 벗었다. 그 와중에 속곳에 비친 핏자국을 발견했다. 4년 가까이 달거리가 없어서인지 정사로 인한 흔적 때문인지 구분하지 못했지만 시녀들이 가져다 놓은 개짐을 제 엉덩이 사이에 괴었다. 미리 길어다 놓은 미지근한 물로 제 몸을 닦은 뒤 무명은 느리게 옷을 갈아입고 침상에 널브러졌다.

침상 머리맡에는 소린의 시녀가 두고 갔을 괴상한 귀신도감이 있었다. 손으로 일일이 그려 넣은 요괴와 흉악한 귀신들이 가득한 책이다.

무명은 책장으로 책을 밀쳐 두었다. 그녀의 책장에는 그런 괴팍한 책들이 가득했다. 소린은 귀신과 요수들의 이름을 무명에게 외우게 하고 그것을 독설에 창조적으로 써먹게 했다. 무명의 목숨이 아직 붙어 있는 건 대역인 일이 형편없기 때문이었고 소린이 제 독설을 마음에 들어 했기 때문이 아니던가.

허나 언제 죽어 나자빠질지 모르는 목숨이다. 무명은 피로감을 이기지 못하고 눈을 감았다.

저는 살아 있는 귀신과 다를 바 없구나, 그리 생각하며 잠에 빠졌다.

✳

연회가 끝나자마자 처소로 돌아온 소린은 낮 동안의 먼지를 씻어내고 더위를 식혔다. 사내들을 녹일 고운 자리옷은 미리 골라놓았다. 유청하와 함께 뜨거운 밤을 즐기려면 서둘러야 했다.

그녀가 목욕을 마치고 상기된 얼굴을 하고 제 방으로 돌아오다 눈살을 찌푸렸다.

소시원이란 객이 그녀의 방을 차지하고 있었다. 그의 주변에는 숫자가 붙은 백영대들이 일제히 기절해 있었다.

그가 쓰러진 백영대들을 살피며 나른하게 말했다.

"백이란 계집은 없군요."

소린의 이마에 미세한 실금이 갔다. 이놈이나 저놈이나 왜 다백을 물고 늘어지는 걸까. 그 계집의 원판은 자신이고 백은 자신을 대신하는 그림자일 뿐인데!

"백의 독설을 끔찍해했잖아? 갑자기 그 계집을 찾는 이유가 뭐야?"

소린은 시원의 능글맞은 얼굴을 보며 인상을 찌푸렸다.

그녀에게 소시원이란 계륵 같은 존재였다. 출신상의 흠집 때문에 구혼자로 삼기도 어렵지만 잠자리에선 쓸 만해 버리기엔 아까웠다.

허나 소시원을 취하자고 미래의 남편감이나 눈앞의 먹음직스런 유청하와 같은 사내를 놓칠 수야 없다. 전희를 모르는 시원이란 사내가 꽤나 지겨워진 감도 있었다. 유청하를 떠올리자 소린의 입가에 흐뭇한 미소가 어렸다.

"다른 사내를 떠올린 모양이지요?"

소린은 제 상상을 방해하는 시원을 보며 인상을 썼다.

"하고 싶은 말이 있으면 빨리 하고 나가."

오늘도 야행복인 그는 느긋하게 팔짱을 끼었다.

"날 내쫓고 싶은 마음은 이해합니다. 허나 일 년간 잠자리를 데워준 애인에게 이별의 증표쯤은 줘도 되지 않습니까?"

소린은 코웃음을 쳤다.

"그런 걸로 날 물고 늘어지려고?"

"그럴 리가. 난 백이란 계집만 있으면 되는데."

왜 또 백에 관한 것인가. 소린은 평정을 되찾은 척 되물었다.

"무슨 말이지? 백이 왜 거기서 나와?"

"백이란 계집만 넘겨주면 더는 말썽을 일으키지 않고 사라져주겠다는 것이지요. 그녀를 이별의 선물로 주시지요."

소린은 시원의 말에 기가 막혔다.

"지금 나 대신 백을 택하겠다는 소리야? 그 망할 계집애를?"

소린은 백과 자신이 비교된다는 것이 도저히 참을 수가 없었다. 색기도 없이 깡마른 계집의 어디가 좋다고!

"그 계집은 널 흥분시킬 방법도 모를걸?"

소린은 입매를 뒤틀어 어리석은 선택을 한 시원을 비웃었다. 시원도 따라 웃었다.

"모르면 가르칠 맛도 있지 않겠습니까? 그 계집이 제 독설만큼 뻣뻣하고 목석 같아도 얼굴은 소린과 같으니 대리만족이라도 할 수 있겠지요. 제 잠자리 솜씨를 감히 품평하고 비난한 계집에게 사내 맛을 보여주면 나긋나긋해질지 누가 압니까."

백! 그 이름 없는 계집 따위! 소린은 벌떡 일어났다.

"백은 안 돼! 그 계집은 널 만족시키지 못해!"

소린의 얼굴에 드러난 것은 명백한 투기였다. 시원은 소린의 그 모습이 마냥 신기했다.

소린이 자신을 부마로 삼으리라곤 생각하지 않았다. 소린을 가질 수 없다면 백을 갖는 것도 나쁘진 않았다.

쏟아내는 독설과는 반대로 백이란 계집은 부러질 듯 위태로워 보였다. 그에 비해 소린은 엉덩이든 가슴이든 지나치게 풍만했다. 같은 얼굴의 다른 계집. 그 백은 사내를 제대로 알지 못할 것이니 그 계집을 제게 복속시켜 길들일 생각에 몸이 동했다.

"그럼 그 계집을 주는 것으로 알고 이만 돌아가겠습니다."

뒤늦게 돌아온 흑과 황이 쓰러진 백영대를 보며 발걸음을 멈췄다. 그사이 시원은 퇴장했다. 혼자 남은 소린만이 분노에 차 괴성을 질렀다.

"시원! 소시원! 망할 놈! 거기 멈춰!

몇 번이고 혼자 악을 쓰던 소린은 쓰러진 백영대들을 걷어찼다.

"쓸모없는 망할 것들! 유모를 불러와, 얼른!"

겨우 정신을 차린 백영대들이 몸을 일으켰다. 소린이 벌이는 한바탕 소란에 유모가 불려 왔다. 그녀는 잠이 들었다 호출되어서인지 꽤나 어리둥절한 얼굴이었다.

"공주님, 무슨 일이십니까? 왜 이리 흥분을 하신 건지."

"유모. 백을 죽이자, 지금 당장!"

소린의 얼굴에 핏발이 가득 섰다. 유모는 상황을 이해하진 못했지만 백을 죽인다는 말에 곰곰이 생각에 잠겼다.

핏덩이 때 끌려온 계집아이는 자랄수록 소린을 닮아 소린의 죽은 모친에겐 눈엣가시였다. 소린의 어머니는 제 남편이 바람을 피운 건 아닌가, 소린의 배다른 동생이 아닐까 의심했었다. 백은 온순하지도 않았고 길들이는 것도 어려웠다. 가해도에선 기어이 소린인 척하다 사달까지 냈다.

백은 분명 도려내야 할 화근덩어리였다. 허나 지금은 시기가 좋지 않았다.

유모는 소린을 달래기 위해 그녀의 손을 잡았다.

"공주님. 아직 연회의 밤이 끝나지 않았습니다. 연회가 끝나면 왕께선 구혼자를 정하실 테고 스무 살 생일이 곧 다가오지 않습니까? 보는 눈이 많아요."

"그럼 언제 죽여? 난 당장 죽여야 속이 시원할 것 같다고!"

어린아이 같은 소린의 투정에 유모는 낮은 한숨을 쉬고 소린을 설득했다.

"연회가 끝나는 즉시, 백에게 근신하라 명령하지 않았습니까?

당분간 눈에 띄지 않게 가둬두고 생일쯤 벌어질 연회 무렵에 처리한 뒤 다른 백영대 후보를 백 대신 바꿔치기하면 아무도 모르게 지나갈 겁니다."

소린은 유모의 말에 고개를 끄덕이며 동의했다. 이야기를 훔쳐들은 백영대가 전부 새파랗게 질린 것도 알지 못했다.

4장. 무명의 꿈

    유청하는 산보하듯 지붕 위를 거닐었다. 연회 이틀째의 밤은 한산했고 전날 밤보다는 감시가 소홀했다. 손님 중 하나가 한가로이 그들의 머리 위에 있다고는 누구도 생각하지 못한 것 같았다.

    눈이 좋은 그는 소린의 처소에서 나오는 검은 피부의 사내를 응시했다. 겨우 약관의 나이를 지난 것 같았지만 기골이 장대한 사내였다. 그가 처소를 나선 뒤, 소린의 시끄러운 악다구니가 이어지는 듯했다. 좋은 내용은 아닐거라 여긴 그가 금세 관심을 끊었다.

    청하의 시선이 다시 머무른 곳은 백영대의 처소 쪽이다. 창도 없는 후미진 방에 그 여자가 있다. 무명의 몸이 나빠 보였기에 들여다보고 싶은 마음은 굴뚝같았다. 숨어들까? 한편으로 자신을 거부활 무명의 휴식을 방해하고 싶진 않았다.

"명, 무명."

턱을 괴며 고민하던 그가 무명의 이름을 불렀다. 달곰씁쓸한 뒷맛에 혀에 남았다.

마침 백영대의 처소 쪽에서 백영대 몇 명이 밖으로 나왔다. 모두 똑같은 여우가면에 백색 무복 차림이었으나 제일 가늘고 위태로워 보이는 무명은 한눈에 알아볼 수 있었다. 그녀의 흰 허리띠를 눈여겨 살핀 그가 사내들의 처소로 이동하는 무명의 뒤를 몰래 쫓았다. 무명은 처소 주변을 경계하며 둘러볼 뿐 안으로 들지는 않았다. 대신 풍채가 큰 계집 하나가 엉덩이 춤을 추며 처소 안으로 들어가고 있었다.

지붕 위에서 지루한 시간들을 보내던 청하는 무명이 선 채 꿈쩍도 하지 않는다는 사실을 깨닫고 지상으로 내려왔다. 그가 무명의 등 뒤에 섰지만 그녀는 돌아보지도 않고 가끔 휘청거렸다. 청하가 살짝 무명을 밀어내자 그녀는 검을 바닥에 꽂아 넣고 버티던 자세 그대로 옆으로 쓰러졌다. 이미 무명은 기절한 뒤인데도 무의식중에도 검을 쥔 손에만 힘이 잔뜩 들어가 있었다. 청하은 그녀를 안아들며 그녀의 검까지 챙겨 들었다. 허나 그 무게마저도 깃털처럼 가벼워 그의 표정을 응그리게 만들었다.

무명을 안고 그는 성큼성큼 발걸음을 옮겼다. 그의 방을 급습한 일이 끔찍한 괴성을 질러댔지만 그것은 가볍게 무시했다.

✽

무명은 자신이 누워 있다는 사실을 깨달았다. 딱딱한 침상이나 좁은 시야 너머로 보이는 천장은 무척 익숙한 제 방이었다.

자신은 분명 구혼자들의 처소 밖을 지키다, 그리고…… 기억이 없었다. 그럼 자신을 데려다 놓은 건 누구지?

무명은 고개를 돌리다 방을 둘러보고 있는 유청하를 보며 그대로 굳었다.

"들어오면 곤란한 건가?"

그의 물음에 무명은 저도 모르게 제 얼굴을 더듬었다. 여우가면은 얼굴에 제대로 걸려 있었다. 유청하는 아무렇지도 않은 듯 좁은 방 안을 휘휘 둘러보았다. 그리곤 그녀의 책장 앞에 머물러 두어 권의 책을 멋대로 뽑아내어 후루룩 넘겨보았다.

"취향 참 독특하군. 요수와 귀신 도감이라. 퇴마가 취미인가."

청하는 들으란 듯이 혼잣말을 계속했다.

"귀신들은 복숭아나무를 싫어하지. 귀신을 쫓기 위한 귀문鬼門에는 복숭아나무들을 심고 집안에는 가지를 들여놓기도 해. 귀신을 관리하는 신, 신도와 울루의 험악한 얼굴을 부적으로 삼아 놓기도 하는데 여긴 부적이나 복숭아가지로 된 물건들은 하나도 보이지 않는데."

청하는 책들을 대충 책장에 던져두었다.

"천오국에서는 귀신을 혐오하는 황제 때문에 오래전에 금서가 된 책들이다. 소화공주는 이런 것들을 좋아하나?"

청하는 무명을 물끄러미 바라보았다. 분명 답을 해야 할 것 같지만 정확히 그가 무엇을 원하는지 몰랐기에 그녀는 답하지 못했다. 고개 하나 돌리기 어려워 마냥 그를 보았을 뿐이다. 자세뿐 아니라 마음도 마냥 불편했다.

그에겐 줄 것이 없었다. 아마 그를 마음에 품었던 것 같지만 그것 또한 과거의 일. 모든 것이 까발려진 지금은 마주치는 것조차 송구스러웠고 자신이 구차하게만 여겨졌다.

"……무얼 원하시는 겁니까?"

청하는 여전히 무표정했다.

"원하는 게 있다면 줄 수 있나?"

무명은 곰곰이 생각한 뒤 고개를 끄덕였다.

"소화공주님께서 허락하신다면 뭐든 합니다."

정확히는 할 수밖엔 없는 것이다. 그것을 유청하가 알 필요는 없었다. 무명이 그 뒤 입을 다물자 청하는 자신의 턱을 쓰다듬으며 골몰했다.

"그럼 가해도에서도, 어젯밤도 모두 소린의 허락을 받았다고 할 참인가?"

……눈치챘을 거라고 생각했다. 허나 그가 직접 가해도를 언급할 줄은 몰랐다. 무명의 명. 그는 이미 그녀의 이름을 알고 있었으니까. 눈썰미도 좋은 모양이니 매력적인 소린과 무명의 차이를 그는 확실히 알고 있을 터였다.

그는 단 한 걸음만으로 무명의 침상 앞에 섰다. 무릎을 꿇어 옹송그리며 누워 있는 무명과 시선을 맞췄다. 무표정했지만 조금은, 다정한 기색이 어린 얼굴이었다.

"멍."

무명은 뻣뻣하게 굳었다.

"가해도, 부정할 건가?"

무명은 제 간악한 입을 떠올리며 도리질을 했다. 침묵을 택하는 쪽이 유리했지만 부정해 봤자였다. 헌데 그는 무명이 쓴 여우가면을 조심스럽게 벗겨내며 활짝 웃어 보였다. 가해도에서 보았던 그 상그러운 웃음. 무명은 입을 떡하니 벌렸다.

"놀란 모양이네. 땀에 잔뜩 젖기도 했고."

가면이 벗겨지자 무명은 몹시 연약하고 부끄러워진 느낌이었다. 너무 피곤하다 보니 제대로 씻는 것조차 잊고 있었다. 땀을 흘렸으니 옷에서도 몹시 냄새가 날 터.

무명이 몸을 일으키려 하자 청하는 그녀를 부축하며 상체를 일으켜 세웠다. 베개로 그녀의 등을 괴기까지 했다. 그의 몸에 자신을 기대어 지탱하면서도 무명은 혼란스러웠다.

……이젠 어떻게 되는 거지?

청하는 연인처럼 사근사근하게 굴었다. 그 변화가 참으로 극적이라 무명은 쉽게 적응하기 어려웠다.

그는 무명이 가해도에서 제 목숨을 구한 것을 안다. 그러나 무명은 소린에게 복속된 상태였다. 목숨을 내놓아라 하면 내놓고 명령이 있으면 따라야 했다. 죽으라면 죽어야 한다. 반면, 유청하는 소화공주의 구혼자였다. 소린의 눈을 한눈에 사로잡은 사내. 그가 소린의 부마가 되지 않는다 한들 소린의 애인이 될 가능성은 컸다.

이것은, 소린에 대한 기망이며 배반이다. 4년 전을 떠올리자 무명의 얼굴에서 핏기가 사라졌다. 가해도의 일을, 소린이 알아서는 안 된다. 그 사내가 유청하임을 알아서는 안 됐다!

유청하 역시 무명 따위 때문에 목숨을 걸어야 할 필요 없다!

무명은 유청하를 밀어내며 그를 향해 최대한 몸을 조아렸다. 머리를 침상 바닥에 박아대며 무명은 용서를 빌었다.

"잘못했어요. 제발 잊어주세요."

"지금 뭘 잘못했다는 거지?"

무명은 제 망할 입이 가해도에서 그가 떠난 뒤의 일들을 불어버리기 전에 제 생각만을 빨리 뱉어내었다.

"모두 잘못했습니다. 소린 님께만은…… 알리지 말아주세요."

"소린이 알게되면?"

"죽을 겁니다. 제발…… 살려주세요."

무명은 고개를 들 수 없었다. 차라리 유청하를 만나지 않는 것이 좋았을 것이다. 어젯밤에 그를 찾아가지만 않았더라도 더 좋았을 텐데. 그전에 가해도에서 그녀가 죽어버렸다면 자신이 적을 원망하고 미워하며 그녀에게 독설을 퍼부어댈 일도, 적이 자살을 할 일도 없었다.

어쩌면…… 모두를 위해 태어나지 않는 쪽이 좋았을 것이다.

무명은 후드득 눈물을 흘렸다.

"명. 일어나."

엎드린 무명을 그가 갑자기 일으켜 세웠다. 무명은 현기증에 휘청거렸다.

"이렇게까지 할 필요 없어. 비밀은 지켜줄 거다."

무명은 고개를 저어 다시 몸을 떼어냈다.

"백이라 부르십시오."

"같이 밤을 보낸 사이인데 왜 그렇게 딱딱하게 구는 거지? 소린 때문인가?"

무명은 자신을 꿰뚫어 보는 듯한 청하의 시선에 몸둘 바를 몰랐다. 가해도에서도 녹록치 않은 느낌을 주었던 그는 몇 년이 지나 훨씬 눈빛이 깊고 심후해진 터였다. 그를 속이는 것은 쉽지 않을 것 같았다.

"원하는 게 무엇인지 모르나 드릴 게 없습니다."

"넌 4년 전에도 날 구해줬어. 적어도 넌 내 목숨의 은인이다."

대화가 겉돌았지만 긴장감만은 팽팽하게 남았다. 무명은 문득 그가 무얼 바라는 것인지 궁금해졌다.

"혹시 그때, 생명을 구했다는 은원을 갚기 위해 오셨습니까?"

"그전에 명. 네 몸을 챙겨야 해. 제대로 서 있지도 못하잖아. 살아야 한다면 제 몸부터 챙겨."

청하는 화가 난 듯 싶었지만 다정하게 비단손수건을 꺼내 무명의 이마를 꼼꼼하게 훔쳐 내었다.

"회임이라도 했으면 어쩌려고 그러나?"

회임이라니? 무명은 실소하며 단호히 고개를 저었다.

"그럴 일은 없습니다."

"흐음."

다행히 그는 심각하게 여기지 않는 듯했다.

"알았어. 어쨌든 쉬어야 해."

무명은 아직 제 앞에서 사라지지 않는 유청하의 존재에 회의했다. 눈을 감았다 뜨면 사라질 것 같았는데 여전히 미간을 찌푸린 심각한 표정의 그가 제 눈앞에 있다. 몇 번을 되풀이해 봐도 마찬가지였다.

"너 쓰러지기 직전이었던 거 알아?"

알다마다. 무명은 대답 대신 바닥에 떨어져 있던 제 여우가면을 주웠다. 임무 중이었다는 걸 깜빡할 뻔했다.

"나가십시오. 저도 곧 나가야 합니다."

"왜?"

"남은 임무를 다해야 하니까요."

대답할 필요가 있는지조차 의문이었지만 무명은 성실하게 답했다. 하지만.

"너는 쉬어야 한다고. 내 말 못 알아들어?"

되풀이되는 그의 말에 무명은 머리가 다 아팠다. 청하는 그녀의 입장을 전혀 이해하지 못했다.

"저는 소화공주의 노예입니다. 공자의 명령은 따를 수 없습니다."

무명은 자신을 억지로 눕히려는 그의 손길을 거부했다. 여우가면을 쓰며 몸을 최대한 꼿꼿이 세웠다. 무너지거나 흔들리는 모습 따위 유청하에게 보여주고 싶지 않았다. 여우가면을 쓰면 어떤 슬픔과 기쁨도, 모든 표정을 감출 수 있기에 무명은 더 여우가면을 고집했다.

헌데 유청하는 고집불통이었다. 그는 일어나려는 무명의 앞을 가로막았다.

"쉬어야 한다고 했잖아. 쉬지 않는다면 소린에게 말하겠어."

무얼? 무얼 말한단 말인가? 무명의 머리가 잠시 띵해졌다.

"무얼 말입니까?"

"가해도든 뭐든 전부 다. 네가 말하지 않으려는 것 전부를 말하면 어떨까?"

"안됩니다."

"그럼 쉬라고!"

"말하지 않는다고 해요!"

"아프면 쉬라고 하잖아."

끊이지 않는 다툼이었다. 무명은 벽창호 같은 유청하 때문에 잠시 이성을 잃었다. 눈에 뵈는 게 없었다. 입에선 멋대로 독설이 튀어나갔다.

"이 비유 같은 인간! 말하면 당신도 나도 죽어!"

청하는 떡하니 입을 벌렸다.

"비유? 그 머리 둘 달린 뱀? 대체 내가 왜 그런 뱀과?"

"머리가 두개니 입도 두 개고 두 개의 머리가 하는 말이 전부 다르지! 당신은 같은 말만 되풀이하는 벽창호 성성이라고! 망량 같은 새끼! 도올처럼 더럽고 이매처럼 날 홀려놓고 내빼려고 하는 놈! 이젠 날 내버려 두라고! 가해도에서처럼 혼자 떠나서 잘 먹고 잘 살아남으라고!"

"대, 대체 무슨 소린지?"

자발없이 마구잡이로 쏟아진 말들에 무명이 놀라 제 입을 막았지만 이미 늦었다. 두서없이 쏟아진 요수와 귀신들의 이름에 질겁한 유청하가 책장의 귀신도감들을 응시하다 무명을 돌아보았다.

　"한 가지만 묻겠어. 가해도에서 먼저 날 보낸 건 너야. 가자고 하는 데도 넌 따라가지 않았어. 아니, 따라가지 못한 건가?"

　무명은 제 자발머리없는 입을 막은 채였다.

　"후회하지 않았어? 그것만 대답해."

　"후회해요."

　무명은 제 입을 원망했다. 제가 생각한 것들을 멋대로 내뱉는 이 주둥아리 같으니라고!

　헌데 그녀의 말에 청하는 무언가를 결심한 얼굴이었다.

　"괴상한 입버릇이 붙었다는 건 이해했어. 소린 때문에 쉬지 못한다는 것도 충분히 알아들었고. 처음부터 그렇게 말해줬더라면 좋았을 걸. 아니, 명의 입장을 이해하지 못해서 미안해."

　"……사과할 일이 아니십니다. 가십시오."

　"날 봐."

　아주, 자상한 목소리였다. 그가 화를 내지 않아, 무명은 안도했다.

　"네가 직접 쉴 수 없다면 쉬게 해줄게. 모두가 너 하나쯤 없어졌다는 것을 눈치채지 못하게 손을 쓸 테니 걱정 마."

　여우가면 위로 그의 조금 험하고 못이 박인 손이 내려앉았다. 가면의 위로 와 닿은 손가락의 감촉이 느껴질 리 없는데도 무명은 제 이마가 시원해진 느낌을 받았다. 이마를 쓸던 그의 손이 떨어져 나가자 무명은 지독하게 졸렸다.

"그럼 편하게 쉬어."

몸을 가눌 사이도 없이 누군가가 쓰러지는 제 몸을 안아든다.
……유청하인가 보다. 한없이 연약해지는 자신을 탓하며 무명은
눈을 감았다. 검은 수마가 이내 그녀를 덮쳤다.

청하는 완전히 기절해 축 늘어져 버린 무명을 품에 안아 올리며
한숨을 쉬었다. 작고 보드라운 여체가 너무 연약하고 안쓰러웠다.
이 몸으로 간밤 내내 자신을 받아들인 건 어쩌면 고문에 가까웠을
지도 모른다는 생각에 그의 수심이 깊어졌다.

"고집불통. 꼭 '힘'까지 쓰게 만들다니. 처음부터 솔직했으면
좋았을 텐데."

그러면 이렇게 엇갈릴 일도 없었을 텐데. 몇 년을 허비하지 않
아도 되었을 것이다.

그는 자신의 입술을 요망한 여우가면 위로 눌렀다. 그의 여우를
이제야 잡았다.

무명을 가볍게 안아든 그가 텅 빈 백영대의 처소로 나와 아직
검은 밤과 마주했다.

"시끄러운 밤이 되게 해주지."

청하의 눈에 귀기가 어렸다. 그가 제 말에 힘을 실었다.

─장설, 활희, 고조, 주, 창부. 이곳을 시끄럽게 만들도록 해.

요수들의 꿈틀거리는 기운을 느낀 청하는 아수라장이 될 내궁
을 등진 채 어디론가 이동했다.

무명은 청하와 함께 백화강가에 있었다.

창족이 아닌 노예들은 백화강을 라타강이라 불렀다. 뜻도, 유래도 모른다. 허나 백화든 라타든 북에서 발원한 강은 남으로 굽이쳐 바다로 흘러갔다.

창족의 궁에서 라타강은 멀지 않은 곳에 있었다. 강가에선 봄이 되면 푸른 물살과 어우러진 물가의 수화나무들이 하얀 꽃을 피웠다.

그날 밤, 청하는 인형처럼 늘어진 무명을 데리고 교룡을 탔다. 교룡은 고요히 밤하늘을 날아 인적 드문 강기슭에 내려앉았다. 무명은 희미하게 의식이 돌아왔으나 몸을 움직일 수는 없었다.

어쩌면, 이것이 꿈이라 생각했는지도 모른다.

청하는 무명을 바닥에 고이 내려놓자마자 그녀의 옷을 멋대로 벗겨냈다. 축 늘어진 그녀의 몸을 움직여 옷을 벗겨내는 것도 모자라 마지막 보루인 가슴 붕대와 속곳까지도 모두 제거했다. 제 옷마저 훌훌 벗고 알몸이 된 무명을 껴안아 물속으로 걸어 들어갔다.

무명은 희미하게 이 상황을 인지했다.

강물은 생각보다 차갑지 않았다. 아니, 따스했다.

청하는 물속에서 가부좌를 틀어 그녀를 제 위에 앉혔다. 땀에 절어 있던 무명을 씻어주었다. 간혹 야릇한 곳에 손이 머물러 있기도 했지만 그는 무명의 몸 곳곳을 정성스럽게 씻겨내었다. 그의 손길과 생각보다 따스한 물 덕분에 무명의 몸이 더욱 흐물흐물해졌다.

무명은 제 봉긋한 가슴과 사타구니 사이로 내려가는 손길을 인지하며 눈을 떴다. 그녀를 제 어깨에 기대게 한 채 가슴을 희롱하던 그의 손이 무명의 제지에 의해 멈췄다. 그녀가 바라보자 청하는 맥쩍어하며 웃었다.

"왜?"

"씻어야 하니까."

그의 목소리가 위험할 정도로 낮았다. 무명은 제 다리 사이를 찔러 오는 그의 남성을 느끼며 느리게 도리질을 쳤다.

"안 돼요."

"뭐가? 몸이 정상이 아니란 걸 아는데 안을 것 같아?"

그의 말과 달리 흥분한 남성은 무명의 엉덩이를 찌르며 수그러들 생각을 하지 않았다. 무명이 일어나려 했다가 현기증으로 그의 품에 주저앉았다. 그의 품이 민망하긴 했지만 무명은 잠시 그에게 기대기로 했다. 이 순간들 전부가 현실 같지 않은 꿈의 연장이라 여긴 건지도 모른다. 무명은 제 코앞에 자리한 그의 얼굴을 올려다보았다.

달이 환했다. 가해도의 밤과 비슷한 밤이다. 그들의 주변을 날아다니는 야광충이 많아 그의 얼굴에 깊은 음영을 만들어냈다. 무명은 손을 뻗어 그의 얼굴을 더듬었다.

아마, 저와 그의 사이에서 태어난 아이가 있다면.

청하를 닮았을 것이다.

절대 일어나지도 못했고 일어날 리도 없는 일이기에 무명은 더욱 서글퍼졌다. 그와 오래 살 수 있다면, 그와 오랜 시간들을 나눌 수 있다면 일말의 가능성이라도 걸어볼 텐데.

　일어나면 무명의 허벅지께까지 오는 수면. 무명은 제 알몸을 희롱하던 그의 손을 떼어내었다. 그에게 안기고 싶었고 그를 원했다. 몸이 정상은 아니지만 얼마 남지도 않았을 제 목숨을 스스로 깎아먹고 싶지는 않았다.

　그녀의 생각을 읽기라도 한 듯 그가 제 두 손을 들어 보였다.

　"안지는 않아. 흥분하긴 했지만 안지 않을 테니 안심해."

　싱긋 웃던 유청하가 이유도 없이 얄미웠다. 처음부터 지금까지 그는 수수께끼 같지만 무명은 추론을 관두기로 했다.

　모든 게 무의미하다. 그리고 지금 그는, 무명이 꾸는 꿈이다. 그러니 애서 이해하지 않아도 돼.

　무명은 한숨을 내쉬며 그에게 기댔다.

　그녀와 그를 품은 수면이 한없이 찰방거렸다.

　무명은 기꺼이 꿈에 취해 있기로 했다. 제 알몸을 눌러 오는 그의 뜨겁고 강인한 몸을 응시했다. 그 가슴을 제 손으로 더듬으며 그의 목을 제 것마냥 끌어내려 입술을 맞추었다. 호흡이 섞이고 젖어 있는 두개의 몸이 하나처럼 엉켰다. 열병에 걸린 것처럼 몸이 달아올랐다. 그녀의 손이 그의 목을 휘감았다. 입술과 혀가 하나가 되어 진득하니 어지럽게 그들의 입안에서 노닐었다.

　하얀 몸과 대비되는 검은 머리카락들이 무명을 장식했다. 그의 몸에 안긴 가녀린 여체는 그의 눈에도 너무나 선정적이었다. 사내는 바짝 입이 말라 다시금 그녀의 입술을 탐했다. 젖어 있던 몸 사이에서 뜨거운 열기가 돋아났다.

호흡이 바짝 말라 서로 떨어질 즈음이었다.

무명은 무언의 시선을 느끼고 눈을 떴다. 무명이 청하에게서 떨어져 나가며 외마디 비명을 질렀다.

"꺄아아아아아아!"

"뭐야?"

그들의 등 뒤로 사람만 한 크기의 노란 눈이 되록되록 움직여 그들을 내려다보았다. 청하는 성가신 표정으로 변했다. 무명은 놀란 가슴을 진정시키며 어디선가 본 적이 있는 저 큰 눈을 떠올리려 애썼다. 비늘이 달린 커다란 몸의 요수는?

"설마, 가해도의 교룡?"

"맞아. 저놈이 여자를 좋아해."

교룡이 마치 기다렸다는 듯 눈을 껌뻑이며 무명을 뚫어져라 관찰했다. 청하마저도 무명의 하얀 알몸을 위아래로 훑어보았다. 마치 애무하고 핥아 내리는 듯한 음흉한 시선에 무명은 제 가슴과 다리 사이를 손으로 가렸다. 청하와 교룡의 눈동자가 그녀의 미세한 움직임마저 좇았다.

"저기 고개 좀."

"왜 돌려야 하는데?"

무명은 물 아래로 첨벙 주저앉았다. 잔뜩 벌게진 얼굴을 차가운 물속에 담갔다. 열을 식히려 해도 민망해서인지 쉽게 식지 않았다. 수면 위로 머리만 내놓은 무명은 다시금 제 몸을 활활 태울 듯한 샛노란 교룡의 시선과 마주해야만 했다. 청하는 미안해하는 구석 없이 뻔뻔했다.

"명, 나와도 돼. 저놈은 아까부터 우릴 계속 훔쳐보고 있었어. 볼만큼 다 봤어."

무명이 원망스레 눈을 흘리자 청하는 다시 교룡에게 명령했다.

"교룡, 고개 돌려!"

교룡은 명령을 따르기는커녕 무명에게 제 눈동자를 고정시켰다. 그 뜨거운 시선에 무명은 물속에서 나오지 못하고 허둥댔다. 교룡과 무명 사이에 선 청하는 악동 같은 미소를 날릴 뿐 제 요수를 말리려들지 않았다.

"짐승에게 몸을 보이는 것 따위 뭐 어때?"

그는 전신의 몸을 털어내며 물가로 나섰다. 무명은 제 하얀 알몸이 야광충들 사이에서 더욱 하얗게 도드라져 보인다는 걸 깨닫고 물속을 기며 물가로 이동했다.

"저기 내 옷 좀 줘요."

무명은 청하에게 애원했지만 그는 옷을 줄 생각도 없는 듯했다. 무명은 이 상황이 더욱 이해가 가질 않아 인상을 썼다. 분명 보초를 서다 제 방에서 깨어났을 때 그가 옆에 있었다. 설전을 벌이다 의식을 잃었더니 다시 이곳 강가다. 다시 깨면 어디일까?

"지금 이거 꿈인가요?"

"꿈 아냐."

청하의 시선이 애무하듯 무명의 가늘고 낭창한 몸을 눈으로 훑었다. 무명 역시 제 몸을 내려다보며 울상이 되었다. 하긴, 꿈이라면 소린처럼 풍만하고 예쁜 몸매로 변해 있겠지. 제 마른 몸매는 소린의 몸매에 익숙한 무명의 눈에는 한없이 말라 볼품없어

보였다.

"날 왜 벗긴 거예요?"

"글쎄, 좋아서?"

청하는 싱글벙글한 얼굴이었다. 무명은 제 가녀린 몸을 내려다
보며 천오국 사람들은 마른 여자를 좋아하는 걸까, 그는 진짜 귀
족일까 심각하게 회의했다.

창족의 궁에서 그는 꽤나 근엄해 보였는데 지금의 그는 웃음이
헤퍼 보였다. 4년 전의 그가 자유분방하고 철이 없었다면 지금은
좀 더 어른스럽고 나이를 먹은 듯했다. 하지만 그의 언행이나 행
동들은 여전히 불가사의했다. 교룡을 데리고 다니며 이상한 힘을
발휘하는 사내.

그는 대체 뭐지?

"날 왜 여기로 데려왔어요?"

그는 솔직하고 거침이 없었다.

"너도 씻어야 했고 나도 쉬고 싶었으니 당연히 강으로 와야지.
이쪽 지방에는 아는 은신처가 없으니 사람의 눈을 피해 제일 외진
곳으로 올 수밖엔 없었다."

그의 해명을 납득하면서도 무명은 고개를 갸웃거렸다. 그사이
그는 물가에 벗어둔 그들의 옷가지를 살폈다. 낡은 백영대의 백색
무복이 시원찮아 보였는지 그는 자신의 장삼저고리를 건네주었
다. 저고리일 뿐인데도 무명에겐 허벅지를 가릴 수 있을 정도로
크고 길었다.

"교룡. 고개 돌려."

무명이 옷을 받아 입는 사이 교룡은 그의 명령에 반항하듯 더욱 가까이 접근해 왔다. 청하는 제 키보다 큰 교룡의 머리를 팔꿈치와 발로 밀어내며 마른 나뭇가지들을 모았다. 부싯돌을 꺼내 불을 피우자 무명이 불 주변으로 다가왔다. 파르르 그녀가 몸을 떨자 청하는 바지런히 불길을 일으켰다.

　무명은 금방 타오르는 모닥불을 앞에 두고 불을 쬐었다. 맞은편에 앉은 유청하가 그녀에겐 마냥 신기했다. 높은 콧대와 준수한 얼굴을 가진 사내. 심지어 평생 한 번 보기 힘든 교룡을 제 기수로 부리는 사내. 이런 사람의 이야기는 들어본 적이 없었다.

　정말 그는 선인이 아닐까? 보통 사람이 교룡을 탈 리가 없다. 그의 신비한 힘도 그랬다.

　"하늘에서 왔어요?"

　무명의 심각한 질문에 그가 너털웃음을 지었다.

　"천인이나 선인은 아냐. 인간이다."

　인간. 무명은 진지하게 고개를 끄덕였다. 마음 한쪽에선 그가 인간이 아니길 바랐던 모양이다. 그런 의심 때문에 그를 바라보기 무안해져 무명은 제 바로 뒤까지 접근해 온 교룡에게 관심을 바꿨다. 그 교룡이 스르륵 땅을 기며 제 몸에 붙은 앙증맞은 네 발로 기어다니자 무명은 그 발이 너무 작고 우습기만 해서 한참이나 그 발을 관찰했다. 교룡은 어쩐지 눈웃음을 흘리며 기뻐하는 모양새였다.

　청하의 성난 목소리가 무명의 뒤통수를 향해 날아왔다.

　"그놈은 백 년이나 산 주제에 장가를 못 가서 인간 여자를 노리는 음흉한 수컷이라고. 눈 떼."

무명은 웃음을 터트렸다. 헌데 너무 격하게 움직였던 듯 그녀의 배에서 꼬르륵 소리가 요란하게 울렸다. 무명이 민망해하며 부채질을 하자 교룡은 그새 백화강으로 뛰어들어 힘찬 물보라를 일으켰다. 가장 깊은 물속으로 뛰어들었던 교룡은 제 몸의 일부를 세워 커다란 입안에서 싱싱한 물고기들을 물가에 토해놓고 사라져 버렸다. 교룡의 입속에서 나온 물고기들은 이빨 자국 하나 없이 모두 싱싱하게 팔딱거렸다. 청하는 살아서 날뛰는 그것들을 손질하고 나무막대에 익숙하게 끼웠다. 제 단도를 꺼내 비늘과 내장을 손질하는 모습이 너무 자연스럽기까지 했다.

"이런 경험 많아요?"

"아, 노숙? 익숙하다."

그는 모닥불에 물고기를 구웠다. 물고기가 익어가는 소리와 냄새가 퍼지자 무명의 입가에 군침이 잔뜩 고였다. 청하는 빨리 골고루 익힌 물고기를 그녀에게 넘겨주었다. 무명은 게 눈 감추듯 먹어치웠고 다시 하나를 다 먹어갈 즈음 그가 두 번째를 건네주었다. 제 배가 잔뜩 차서 포만감에 더는 먹지 못할 지경이 되자 무명은 제가 그의 것까지 다 먹어치웠다는 사실을 깨달았다. 그는 물고기를 입에도 대지 않고 전부 무명에게 양보했다.

"왜 안 먹어요?"

"먹는 것만 봐도 배부르니까. 헌데 얼마나 굶은 거야? 이소린이 밥도 주지 않는 거냐?"

무명은 금세 합죽이가 되었다. 제 독설이 언제 저도 모르게 터져 나올까 입단속을 하느라 바빴다. 그가 알아도 상관없지만, 제가 얼마나 비참한 노예인지 이렇게 알리고 싶진 않았다.

소린과 무명의 관계에 대해 그는 몇 가지 질문을 퍼부어댔지만 그녀는 답하지 않았다. 무명의 완강한 고집에 그는 어깨를 축 늘어뜨렸다.

"그래도 한 가지만은 기억해. 너, 쉬어야 해. 몸이 엉망이라고."

무명과 청하 사이엔 타닥타닥 모닥불만이 타올랐다. 그 불을 물끄러미 바라보던 그가 다시 질문을 시도했다.

"나이가 몇이지? 무명."

"아마도 열아홉."

무명도 그런 질문에는 대답하는 것이 어렵지 않았다.

"부모님은?"

무명은 고개를 가로저었다. 그러자 청하는 고향이나 어릴 적 기억에 대한 것들을 연이어 물었다.

질문은 쉽고 간단한 것들이었다. 고향, 이름, 출신, 나이. 허나 그것들 모두 무명이 답할 수 없는 것들 태반이었다. 그나마 백영대와 소린에 대해서는 묻지 않아 다행이었다.

"내가 왜 너에 대해 묻는지 궁금하지 않아?"

무명은 고개를 끄덕일까 가로저어야 할까 고민했다.

"난 네게 궁금한 것이 너무 많아. 너도 그렇지 않아?"

또 긍정해야 하나 부정해야 하나. 무명은 자꾸 멈칫거리게 되었다.

유청하를 보고 있는 건 좋았다. 하지만 그에게 저 자신의 치부를 털어놓는 것은 싫었다. 제가 망가져 간다는 것도 죽어간다는 것도 말하고 싶지 않았다.

무명에게 있어서 유청하는 벽이다. 닿을 수도 있고 지탱할 수도 있지만 제 것이 될 수는 없다.

그런 그가 자신을 흔들어대는 것은 유쾌하지 않았다. 더구나 그는 소린의 것이 될 가능성이 컸기에 욕심을 내봤자 속만 쓰리고 아프지 않겠는가.

"나, 궁금하지 않아요. 사실은 나 더는 흔들지 말았으면 좋겠어요."

무명은 용기를 내어 말했다. 그나마 제 입안의 사악한 혀는 이 순간만큼은 그녀와 이해가 일치해 독설을 내뿜지 않았다. 이것은 그녀의 완벽한 진심.

가해도에서 그녀와 그는 스치고 어긋났다. 이미 끊어진 것이 다시 이어 붙는다 한들 말끔해질 리 없다. 조금만 더 일렀다 해도 그녀와 그는 불가능했다.

함께 가해도를 떠났다 해도 무명은 중독된 상태라 두 달 이내로 사망했을 것이다. 지금 또한 마찬가지다.

그러니 그때 틀어져 버렸다. 어차피 죽는 거라면, 죽어야 한다면 그의 곁에서 죽고 싶지 않았다.

"왜 날 보면서 묻지 않는 거지?"

무명은 저도 모르게 그의 발끝을 내려다보았다. 신을 신지 않은 그녀의 하얀 맨발이 꼬물거렸다. 그의 커다란 검은 신발이 무명을 향해 한 걸음 더 다가왔다. 무명은 뒤로 물러났다.

무엇을 물어야 한단 말인가. 침묵하는 쪽이 오히려 그에겐 편하지 않는 걸까.

무명은 이름이 없는 만큼 가진 것이 없었다. 또한 아무것도 없는 노예였다. 심지어 죽어가고 있다.

"나는 이 순간을 꿈이라 생각해요. 언젠가 깨어야 할 꿈. 그러니 알고 싶지 않아요."

완강하게 무명은 그를 거절했다. 험악하게 숨을 내뿜던 그가 무춤했다. 그리곤 조금 뒤로 물러났다.

"더 화를 내기 전에 앉는 게 좋겠군."

그의 명령에 무명의 몸이 먼저 움직였다. 무명은 남은 추위를 모닥불로 이겨내었다.

아주 오랜 침묵이 흐른 모양이었다. 모닥불은 불길이 쇠하여 사그라들었다. 식어가는 불처럼 무명도 점점 작게 움츠러들었다.

새벽의 미명이 밝아온다. 슬슬 꿈을 깰 시간이었다. 무명은 조금 물기가 남았지만 잘 말라 있는 제 낡은 백의를 빨리 몸 위에 걸쳤다. 청하는 그녀의 행동을 말없이 묵인했다. 그녀는 제가 걸치고 있던 저고리를 그에게 돌려주었다. 그리고 그를 외면했다. 무명의 머리카락에는 아직 물기가 희미하게 남아 있었다.

"나, 데려다 줘요."

그녀가 백화강에 왔다는 희미한 기억만이 남을 뿐 그 이외에는 아무것도 없겠지.

그녀의 요청에 그가 미간을 일그러뜨렸다.

"왜 돌아가야 하지? 거기에 소중한 것들이 있나?"

무명은 제가 15년 넘게 몸담았던 백영대를 떠올리며 고개를 저었다. 청하는 남은 모닥불 위로 한 줌의 모래를 뿌리고 발로 짓이겨 불을 껐다. 그러고도 돌아가기가 싫은지 그는 한참을 미적거렸다.

"날 백영대의 처소로 데려다 줘요."

남아 있던 불씨가 지나가던 바람에 완전히 꺼졌다. 빛을 밝히던 야광충들은 이미 다 사라진 뒤였다. 호젓한 강가의 시간은 끝났다. 이젠 떠오르는 태양의 시간이다.

청하는 수려한 얼굴을 찌푸리며 제 허리에 손을 얹었다.

"할 말은 그것뿐인가?"

그녀를 노려보는 그의 푸른 시선에 무명은 움츠러들었다. 분명 청하는 무명 때문에 화가 난 것이 맞았다. 그는 높낮이 없는 빠른 어조로 말을 이었다.

"난 너보다 여덟 살 많아. 내 어머니가 지어준 이름은 청하. 인척관계가 복잡하고 아마 아버지는 천오국의 몰락귀족이었다고 들었다. 내가 이상한 힘을 가졌다고 생각하고 있겠지만 인간은 맞아."

듣고 싶진 않았지만 귀는 뚫려 있었다. 그는 자신의 이야기에 집중하게 만드는 힘을 가졌다. 무명은 그가 하는 말을 곱씹었다.

"내 어머니는 아비가 다른 아이들을 낳았지. 내가 마지막이었다. 헌데 막내치고는 날 그리 중요하게 생각하지 않았고 너무 바빠서 날 돌봐줄 시간은 없었지. 내 생부는 나와 형에 대해 관심이 그리 없는 사람이었고 일찍 죽어서 기억도 없다."

무명은 그의 이야기에 사로잡혀 벗어날 수 없었다.

"나는 네가 나에 대해 더 많은 것들을 알고 궁금해하길 원했다. 날 좋아해서 기꺼이 나와 함께 가길 원했으니까."

무명은 말문이 막혔다.

"나, 난 당신이 누군지 몰라요."

그가 관찰하듯 물끄러미 무명을 응시했다. 그녀에게서 어떤 해답을 찾으려 골몰하는 듯했다.

"하지만 알려고도 하지 않았어."

그의 말이 너무 슬퍼 보여서 무명은 입만 뻐끔댔다. 그것은, 부정할 수 없었다.

무명은 그의 생각과 입장을 이해하려 한 적이 없었다. 그가 말했다.

"난 너와 함께 가길 원한다."

그 말의 무게에 숨이 막혀 왔다.

"나, 날 좋아해요?"

"그걸 말이라고 해야 하나?"

한없이 되풀이되고 되돌아온다. 무명은 지금껏 소린의 그림자로만 살았다. 소린의 애인도 될 수 있을 그가 왜 굳이 자신을 택하려는지 의문이었다.

"소, 소린을 좋아해요?"

"왜 대답해야 하지? 내 감정을 의심하나?"

제가 그에게 품은 감정은 뭐지? 그를 어떻게 생각하지? 무명은 혼란스러워졌다.

그는 자신과 같이 가고 싶어했다. 분명, 가해도에서도 그랬다. 가해도에서 그녀가 누군지 알았더라도 크게 달라지진 않았을 것이다.

무명은 멍하니 그의 손을 바라보았다. 나는, 그의 손을 잡을 자격이 있는 걸까.

순간 느닷없이 죽은 적이 떠올랐다. 적이 죽었을 때 짊어졌던 자신의 원죄를 떠올렸다. 무명의 손이 어느새 제 배를 반사적으로 더듬었다. 그 납작한 배에는 어떤 흔적도 남지 않았다.

나는, 나는 갈 수 없어.

무서워서 외면하고 잊어버리고 있었는데 떠올라 버렸다.

아기. 나의 아기.

사실 나쁜 건 자신이었는데…….

"데려다 줘요."

무명의 상태가 뭔가 심상치 않음을 깨달은 청하는 제 옷을 찾아 입고서 그녀의 앞으로 다가왔다.

"데려다 줘요, 가야 해. 돌아가야 한다고!"

울 것 같은 목소리였다. 청하는 영문을 알 수 없어 인상을 일그러뜨렸다. 그러다 무언가를 깨달았다. 저런 반응을, 생각해 보면 그는 지독하게 많이 겪었기 때문이다.

"꼭 돌아가야 해?"

"돌아가야 해요."

그가 되물었다.

"내가 무서운가? 너도 날 참을 수 없게 되어버린 거냐? 내가 두려워진 거냐?"

뜬금없는 질문에 혼탁해져 있던 무명의 눈동자가 더욱 뿌옇게 변했다. 그가 무슨 말을 하는지 이해하지 못한다는 느낌.

"보통 사람이 가지지 않은 힘을 갖고 있다. 그러니, 나를 두려워하느냐는 거다."

보통 사람이 가지지 않은 힘. 무명은 그의 말을 읊조렸다.

"죽은 사람을 살릴 수 있어요? 죽어가는 이의 목숨을 구할 수는 있어요?"

일말의 기대를 걸었지만, 사실은 딱히 기대하지 않았다. 그가 천천히 고개를 내젓자 무명은 다시 체념했다.

"그럼 상관없어요."

당신은 나도, 그 죽은 아기도 구하지 못한다. 그러니까, 모르는 게 나아.

무명은 진심으로 그리 여겼다. 그녀가 해줄 수 있는 유일한 배려인지도 몰랐다.

"날 돌려보내 줘요, 제발."

앵무새처럼 반복하는 말에 그는 한숨을 내쉬며 무명의 이마에 제 차가운 손가락을 대었다.

"잠이 들었다가 깨어나게 될 거야."

그의 손톱의 감각이 제 이마 속 살갗을 파고들 즈음, 무명은 다시 의식을 잃었다.

누군가 무명의 몸을 흔들어 깨우고 있었다.

"일어나 봐, 백! 백 아냐?"

무명은 온 몸이 두들겨 맞은 것처럼 아린 감각에 눈살을 찌푸렸다. 손을 들어보니 진흙투성이라 더욱 놀랐다. 아니, 제 몸이 감탕밭 같은 진흙탕 위를 뒹굴고 있었다. 얼굴이 시원하다 했더니 제 얼굴을 덮고 있어야 할 여우가면도 없었다.

"깼어?"

무명은 제게 말을 거는 백영대를 응시했다. 목소리로 봐선 삼인 것 같은데 온 몸이 상처투성이에 백색의 무복은 넝마가 되었다. 허리띠는 없는 데다 여우가면이나 머리카락 모두 엉망으로 뜯겨 나간 모양새였다. 끔찍한 습격이라도 당한 것일까?

"대, 대체."

삼도 무명의 몰골을 살피며 혀를 찼다.

"너도 마찬가지야. 요수 때문에 잔뜩 고생한 모양이구나."

삼은 한숨을 쉬며 무명을 일으켜 주었다.

"너나 우리 모두 공주 때문에 고생이 말도 아닌데 이젠 요수들까지 난리라고!"

비가 온 듯 젖은 바닥과 진흙탕이 된 바닥 위로 크고 작은 요수들의 발자국이 새겨져 있었다. 그뿐인가, 요수들이 지나간 듯한 전각이나 집들은 죄다 쑥대밭이 되어 있었다. 무명은 그 처참한 흔적들을 되새겼다.

"내궁 전체가 엉망이야. 공주님 심기 거스르지 마."

삼의 충고에 무명은 고개를 끄덕이면서도 혼란스러워졌다. 청하가 저지른 일일까? 교룡을 불러들였던 것처럼 요수들을 조종한 것일까? 그는 제가 이상한 힘을 갖고 있다 했었다. 헌데 그의 힘은 대체 뭐지? 그는 정말 인간일까?

✳

　연회 삼 일째의 오전은 지독하게 어수선했다.

　새벽, 느닷없는 무더기비가 쏟아진 것부터 심상치 않았다. 비가 그칠 즈음 어디서 나타났는지도 모를 많은 요수들이 창족의 궁을 습격했다. 특히 요수들이 휩쓸고 간 길목에 자리한 내궁의 피해가 가장 극심했다. 내궁의 식량창고와 반빗간은 초토화가 되었고 소린이 머무는 처소와 전각들도 축이 무너지거나 축대가 뽑혀 나갔다. 백영대는 크고 작은 부상을 입었으며 얼결에 습격에 휘말린 구혼자들도 정상은 아니었다.

　창족의 궁 역시 크고 작은 피해를 입었고 식량창고가 털렸다. 종류도 다양한 요수들이 한데 얽혀 있었기에 요수들을 누가 배후에서 조종해 창족의 궁으로 밀어 넣었다고 말하기에도 어려웠다. 창족의 궁이 세워진 이래 처음 생긴 일이어서 다들 해괴한 추측들을 쏟아내었다.

　특히 간밤 한숨도 자지 못한 소린의 신경은 바늘 끝처럼 날카로웠다. 시원의 방문 이후 찾아든 폭우도, 소린이 혐오하는 털 달린 요수들의 습격 모두 끔찍했다!

　구혼자들도 백영대들도 모두 부상을 입었다. 시원이 쑥대밭으로 만든 그녀의 처소가 요수들의 습격으로 더 엉망이 되어버렸다!

　소린을 이를 갈고 백을 저주했다. 이게 다 백 때문이야! 그 망할 계집이 일을 쳐서 이렇게 된 거라고! 그 작대기 같은 계집이 무어라고 유청하도, 소시원도 계집을 안거나 달라 하는 것인가. 폭우도 요수의 습격 전부 백이 부른 불운이다.

백이 백영대의 숙소 근처에서 기절했다가 발견된 것도 마음에 들지 않았다. 가벼운 찰과상뿐이라니! 다른 백영대 계집들은 장렬하게 싸워 뼈가 부러지거나 요수들의 독에 중독되었는데. 백이 가벼운 상처뿐인 것도 요수들과의 일전을 피하려 연극을 한 것이라 여겼다.

"그년! 백, 백을 불러와!"

찢어질 듯한 소린의 목소리에 백영대들은 여우가면 아래로 불길한 시선을 교환했다. 오늘은 무슨 사달이 나도 제대로 날 터였다. 소린은 이미 백을 죽이기로 유모와 모의한 상태. 백이 희생되면 저희들의 목숨마저 위태롭다 여기며 백영대는 숨을 죽였다.

불려온 백은 소린이 분기탱천했다는 말에 그녀의 앞에 넙죽 엎드렸다. 소린은 그 모습을 보며 더 이를 갈았다.

"말하지 않아도 알아서 기는구나. 널 때리는 나쁜 주인이 되고 싶지는 않았는데 잘못한 게 있어서 미리 용서를 구하는 거지? 그렇지?"

무명을 향해 제 뒤틀린 마음을 소린은 다정하게 속삭였다.

"이 망할 것!"

소린은 무명의 등을 짓밟고 무명의 머리를 거칠게 짓이겨 밟았다. 무명의 여우가면이 바닥과 마찰해 파열음을 냈다. 무명은 한 번 더 머리가 걷어차이자 정신을 차리지 못했다.

"얼른 일어나, 이 요망한 것!"

무명이 비틀거리며 일어나자 소린은 다시 소리쳤다.

"엎드려!"

무명은 다시 넙죽 몸을 엎드렸다. 소린은 무명의 등을 발로 차며 욕설을 퍼부어댔다. 때리고 발길질을 해도 반응이 없자 소린은 백이 고통조차 느끼지 못한다며 소름끼쳐 했다. 가해도에서 숨통을 끊어놓았어야 했는데. 명줄이 긴 데다 자신과 소름끼치도록 닮았다는 사실도 마음에 걸렸다. 그 하나하나가 무명에 대한 분개로 이어져 소린의 발길질에 악과 힘이 실렸다.

"죽어버려! 이 망할 년! 이 잡것!"

씩씩대며 무명에게 분풀이를 하던 소린은 주변의 싸늘한 고요를 깨달았다.

제 처소로 몰려든 소린의 구혼자들이 소린의 행동을 보며 새하얗게 질려 있었다. 언제 온 것인가? 눈치채지도 못했다. 이것도 백 때문이잖아!

"그, 그러니까 이것이 잘못을 해서 그, 그런 거예요?"

자신이 생각하기에도 이상한 변명이라 소린은 백을 탓하며 백의 명치를 걷어찼다.

"자, 잘못했다고 얼른 대답해!"

대답하려던 무명은 명치를 가격 당한 탓에 이내 붉은 피를 토해냈다. 삼과 사가 무명을 사내들의 눈에서 치우려 했지만 늦었다. 무명의 하얀 여우가면 위로 번져 나온 붉은 피는 지독하게 선정적이고 끔찍했다. 맞은 백이 일어나지도 못하고 다른 동료들에게 끌려 나가자 구혼자들은 소린에게 질린 얼굴을 했다. 구혼자들은 전부 소린에게 질려 버렸다.

예로부터 다스리는 자가 악한 마음을 먹고 사람들을 핍박하면 하늘이 변고를 내린다 했다. 창족의 궁에서 일어나는 불길한 천재지변이나 요수들의 습격은 창족의 왕과 공주의 나쁜 성정 때문이다. 구혼자들은 진심으로 그리 여겼다.

남주국의 여왕은 수많은 난을 평정시킨 여제였다. 여왕 덕분에 남주국에서 여성의 권위는 타국보다 훨씬 높았다. 허나 자신의 힘을 타인을 짓밟는데 이용하는 여성들의 패악무도함은 경계의 대상이었다.

소린은 구혼자들의 냉시에 두려워졌다. 그들이 그녀의 남편감이 되지 않으려 하는 문제가 아니었다. 저들이 소린에 대해 어찌 소문을 낼지, 창족을 어찌 흉볼지가 두려워졌다. 이 일이 아비의 귀에 들어간다면 소린은 살아 있다 한들 온전치 못할 것이다.

"이, 이것은 아, 아무것도 아니예요. 그럼요! 그대들이 어찌 왔는지는 모르나 이, 이것은 우연일 뿐입니다. 그 요망한 계집이 내 화를 돋우었습니다, 아암요!"

사내들 속에 섞여 있던 유청하가 으르렁거리는 목소리를 내었다.

"우릴 이곳으로 부른 건 그대이지 않소이까?"

소린은 그제야 구혼자들을 제 처소로 불렀던 것을 기억해 냈다. 백이 농간을 부린 게 틀림없다! 몸이 무겁고 굼뜬 사내들은 왜 하필이면 이 시간에 왔단 말인가!

"그, 그런 모습을 보이려던 게 아닙니다. 맞을 짓을 한 계집입니다."

"맞을 짓을 한들 공주께서 친히 직접 죽을 정도로 때리십니까?"

소린은 두 번째 이어진 청하의 날카로운 말에 입만 벙긋거렸다. 구혼자들 역시 소린을 보며 무어라 한참을 저희들끼리 쑥덕거렸다.

"설마, 설마 했는데 우리가 보낸 선물 중 공주께서 털 달린 요수는 전부 요리해 버린다고 했는데 우리가 먹은 것들이 그 선물은 아니었겠지요?"

짐작도 하지 못했던 일에 몇몇 사내들의 핏기가 가셨다. 반수 이상의 사내들이 천하의 영물이나 귀한 요수를 잡아 소린에게 바쳤기 때문이다. 그들은 연회에서 먹은 것들을 떠올리며 토악질을 했다. 귀한 요수를 진상하느라 한 재산을 날린 사내들의 표정이 망연해졌다. 소린이 필사적으로 부정하려 했지만 몇몇 사내들은 반빗간 주변에서 숙수들이 경계심 없이 건조시키던 요수들의 귀한 가죽을 본 뒤였다.

소린의 앞에서 가장 먼저 등을 돌리며 퇴장한 것은 유청하였다. 다른 구혼자들 역시 소린을 차갑게 경멸하며 죄다 나가 버렸다. 소린의 처소에는 구혼자들이 단 한 명도 남지 않았다. 어째서 왜?

풀썩 주저앉은 소린에게 뒤늦게 유모가 달려왔다. 유모는 소린을 달래려 했으나 흥분한 소린의 귀엔 아무것도 들리지 않았다. 소린은 제 긴 손톱이 살에 박혀드는 것도 모르고 주먹을 쥐며 분개했다.

"유청하 그놈이 백을 두둔했어! 백, 그 망할 것이 유청하를 홀렸다고!"

"공주님!"

"백을 죽여야 해! 지금 당장!"

"아직 연회가 끝나지 않았습니다! 창현왕께서 아시면 곤란하실 겁니다. 진정하세요!"

유모가 소린을 진정시키기까지는 꽤 오랜 시간이 걸렸다. 한참 뒤에야 소린은 구혼자들이 이곳을 떠나기 전 결론을 내려야 한다 마음먹었다.

"백 그 계집은 어디있지?"

소린의 생각은 백과 유청하에게로 미쳤다.

백영대 두엇이 무명의 가면을 벗긴 맨 얼굴을 내려다보았다. 소린의 얼굴이되 창백하고 조금은 앳된 얼굴이 있어야 할 자리엔 파리한 눈매와 터진 입술, 맞아서 시퍼렇게 멍이 들고 부은 얼굴만이 있었다. 망가진 건 얼굴만이 아니다. 기혈이 뒤틀리고 있던 무명의 몸은 소린에게 명치와 급소를 반복해서 난타당한 덕에 엉망이 되어 있었다. 탈골되거나 뼈는 부러진 것 같지 않으나 몸의 몇몇 곳에 금이 갔으리라 생각되었다. 무명은 움직이는 것 자체가 힘겨워 보였다.

백영대들이 보기에도 무명의 상태는 참으로 처참했다.

창족의 내궁에서 소린이 무엇을 하든 통제하고 말릴 이는 없다. 흑이 의원을 데리러 내궁 밖으로 나갔지만 소린을 거역하며 치료해 줄 이가 있을지 의문스러웠다. 오래 자리를 비우면 흑도 안전을 보장할 순 없었다.

평소 백, 무명을 무시하고 따돌리던 삼과 사도 핼쑥해져 무명의 옆을 지켰다. 포악한 소린이 무서웠다. 그들이 백영대가 되기 위해 훈련받다 죽은 친구들도 떠올랐다. 저희도 그리 되지 않는다는 보장이 없었다.

죽으면 쥐도 새도 모르게 바꿔치기당할 것이다. 요망한 여우가면은 그들이 누구로 바뀐들 티를 낼 리 없었다. 그들은 소린이 백을 죽인 뒤를 더 두려워했다. 백 다음엔 자신들이니까.

"백, 괜찮아?"

무명은 대답 대신 신음 소리를 냈다. 삼과 사가 무명의 땀을 훔쳐 내주며 발을 동동 굴렀다. 그들은 약도 치료방법도 몰랐다.

흑이 돌아올까 복도를 서성이던 백영대는 장신의 미남자와 마주치고 기함했다. 다름 아닌 소린의 열 번째 구혼자, 유청하. 소린이 그를 덮치겠다며 몸 달아 있는 것을 백영대 모두 똑똑히 기억했다. 헌데 왜 그가 이곳에 있을까. 백영대들은 유청하가 잘못 들어온 게 아닐까 하다 쉽게 말을 잇지 못했다.

청하는 여우가면 아래에서 황망해진 두 쌍의 눈과 마주했다. 무척 당황한 기색이었던지라 청하는 그녀들에게 말을 섞고 싶지도 않았다. 그가 무명에게 곧장 가려하자 두 백영대들은 당황하며 그의 앞을 가로막았다.

"이, 이곳은 저희들의 처소입니다!"

"외부인은 나가십시오!"

"너희가 나가라."

그의 살벌한 경고에 백영대들은 얼어붙었다. 청하는 그녀들을 밀쳐 내고 무명의 작은 방으로 들어갔다.

시끄럽게 문이 닫히는 소리에 무명은 겨우 고개를 들었다. 제 옆에 잔뜩 화가 난 유청하가 보이자 또 꿈인가 했다. 하지만 머리 하나 들기 어려울 정도의 고통이 잇달았다. 이건 간밤처럼 꿈이 아니라 진짜였다. 소린이 이 상황을 보면 가만히 있지 않을 것이다!

무명은 그를 쫓아내기 위해 안달이 났다.

"나, 나가요. 얼른!"

청하의 입매가 더욱 날카롭게 가늘어졌다.

"또 그 말인가? 넌 날 계속 거부하고 있다. 넌 절대 같이 가자는 소리는 하지 않아."

청하가 화가 나 살기를 흩뿌리자 무명은 숨조차 쉴 수 없었다. 무명은 살기 위해 제 목을 감싸며 마르고 가는 목소리를 뱉어 냈다.

"나…… 힘들어요."

원래의 목소리를 떠올릴 수 없을 정도로 쉬어버린 목소리에 청하는 살기를 누그러뜨렸다.

"얼굴이 엉망이야. 때리면 반항이라도 했어야지."

"노예인데…… 반항을?"

말도 안 되는 상황에 무명은 웃다가 배가 당겨 오자 웃음을 멈췄다. 사실 온몸이 너무 아파서 차라리 감각이 없었으면 했다.

그녀를 내려다보는 청하의 미간이 깊게 패였다. 그녀만큼이나 아파하는 얼굴이었다.

"이소린이 널 가만두지 않을 거다."

그건 이미 무명도 예상했던 바였다.

무명은 갈색 피부를 가진 그의 얼굴을 살폈다. 천오국 출신이라 했지만 전형적인 남주국인의 짙은 피부에 수려한 얼굴을 가진 유청하가 낯설었다. 지금의 그가 뒤틀린 심기를 고스란히 드러내고 있어서 더욱 그러했다. 저를 안았을 때 뜨겁기만 했던 사내에겐 냉랭한 한기만이 돌았다. 그 파란 바다의 눈동자가 분노로 싸늘해지자 더욱 무서웠다.

무명은 저도 모르게 입술이 바짝 말랐다. 당신은 정말 누굴까?

"내게 같이 가자고 말해."

그의 명령에 무명은 되물었다.

"왜요?"

"그래야만 하니까. 내가 널 원하니까."

그 무거운 말 속에 진심이 느껴져 무명은 혼란스러웠다.

소린은 제 많은 구혼자 중의 하나가 제 노예와 눈이 맞는 일 따위 용납하지 않을 것이다. 창족의 권위를 내세워 그도 무명도 용서치 않는다. 소린이 자신에게 한 일들을 사내에게 하지 않으란 법은 없다.

무명은 그와 같이 떠나든 아니든 죽는다. 무명은 청하가 소린에게 해를 입는 것도, 공격당하는 것도 원하지 않았다.

죽어가는 자신 때문에 멀쩡한 귀족 출신의 유청하가 희생될 필요는 없다. 무명은 사실 행복해지지 않아도 상관없었다. 어쩌면 그의 손을 잡지 않는 것이 그를 위해 나을 것이다.

그를 위해서 그녀가 해줄 수 있는 유일한 일이기도 했다.

"갈 수 없어요."

"왜?"

그의 목소리는 애절했다.

"나는 네가 원하지 않는 이상 구해줄 수 없어. 제발 잡아! 내게 명령해!"

"그러면 뭐가 달라지는데요."

"나는 널 자력으로 구할 수 없다고. 내게 말하고 내게 명령을 내려줘야 해!"

그의 말은 어딘가 이상하게 들렸다. 무명은 그래도 고개를 저었다. 그가 격분한 만큼이나 무명도 필사적이었다. 거짓말이라도 그런 말을 해주는 것이 우습지 않은가. 어쩌면 그것은 체념이나 포기와도 비슷했다.

가해도에서 일어난 단 한 번의 일탈로 파국을 경험했다. 그 일로 두 명의 목숨을 잃었다. 제가 죽는 건 아무래도 좋았으나 유청하마저도 죽게 할 수는 없었다.

"나는요. 유청하를 정말 좋아했어요."

그녀의 말에 청하가 멈췄다.

"왜 과거형으로 말하는 거지?"

"당신은 절대 날 구할 수 없으니까요. 나는 구원받을 수 없으니까. 누구도 날 이 수렁 속에서 빼낼 수 없어요."

그는 신기한 힘을 가졌으나 사람의 생명을 되살리거나 회복시킬 수 없다. 무명이 죽어간다 해도 오히려 그는 저 때문이라 죄책감을 느낄 것이다. 그러니, 차라리 엮이지 않는 게 낫다. 사실 제가 죽어가는 모습을 보여주고 싶지도 않았다.

"도와달라는 말은 할 수 있잖아! 제발 그렇게라도 말해, 원한다고, 같이 떠나겠다고!"

무명은 제 침상 위로 힘없이 늘어졌다. 그러다 울컥하는 느낌에 마른기침을 계속했다. 검붉은 피를 토해내며 제 입가를 훔쳤다. 아아, 볼썽사나웠다.

"몸이 괜찮을 리가 없지."

자상하고 부드러운 그의 손길이 무명의 이마를 짚고 땀을 털어내었다. 그의 손은 차가워서 기분이 좋았다.

청하의 손이 그녀의 얼굴을 더듬다 뺨으로, 입술로 턱으로 내려앉았다. 무명의 입술을 두드리던 그의 손가락은 느닷없이 무명의 입술을 억지로 벌리고 쓴 환약을 삼키게 했다. 버티려 했지만 무명은 결국 그의 우악스런 손길에 제대로 씹지도 못하고 그대로 환약을 억지로 삼켰다. 입안은 각혈과 텁텁한 약의 쓴맛이 뒤섞여 최악이었다. 구역질이 튀어나오려 해 무명이 인상을 쓰자 그는 그녀가 억지로 환을 토해내지 않을까 걱정된 모양이었다.

"몸에 나쁘지 않아. 먹어."

무명은 그에 대한 이해를 포기했다. 뭔가 더 생각하고 싶었지만 안도감인지 약 기운 때문인지 금방 몸이 축 늘어져 버렸다.

청하는 그런 그녀의 모습을 보며 되물었다.

"날 좋아해?"

참으로 뜬금없다, 생각하며 무명은 한숨을 쉬었다.

"……좋아해요."

청하는 진지한 얼굴로 고개를 주억거렸다. 그리곤 제 등 뒤의 누군가에게 말을 이었다.

"들었어? 나 좋아한대."

누구에게 하는 말일까. 무명의 몸에 갑작스레 한기가 돌았다. 고개를 돌리기 무서워졌다. 백영대들의 헛숨이, 그녀들의 주인이 내뿜는 격한 콧소리가 제 귀에 고스란히 들려왔다.

"이건 무슨 상황이지? 설명해!"

문가에 선 소린이 무명과 청하를 죽일 듯이 노려보았다.

"무슨 일인지 설명하라고 하잖아!"

이 상황을 믿고 싶지 않아 무명은 눈을 찔끔 감았다. 이 상황을 즐기는 듯한 청하는 낯빛 하나 변하지 않고 태연했다.

삭막하고 좁은 무명의 방과 열대의 꽃처럼 화사한 소린은 이질적으로 보였다. 그녀는 무명을 감싸는 유청하를 향해 소리쳤다.

"귀공이 지금 무슨 짓을 저지르고 있는 지 아십니까! 그 계집을 챙김으로 해서 날 능멸하려는 것임을 아느냔 말입니다!"

"능멸할 의사는 없었소. 단지 보시다시피 그대의 호위무사를 내 것으로 만들고자 했을 뿐이지."

태연자약한 사내의 말에 소린은 뒷목을 잡고 쓰러질 뻔했다.

"지금 뭐, 뭐라고 말했나요?"

제 귀를 의심한 건 소린만이 아니었다. 복도에 모여든 백영대들도 유청하의 말을 들으며 기막혀 했다. 저 사내가 죽으려고 환장을 했나. 제대로 미쳤나. 사색이 된 건 무명도 마찬가지였다.

유청하는 타국인이라 모르는 걸까. 소린의 난폭한 성정을 눈치채지 못했다거나 사소한 복수에 목숨까지 거는 창족의 불같은 기질과 그들의 찬란한 학살극들에 대해 이야기를 들은 적이 없는지도 모른다.

무명은 무표정한 사내와 마주보며 대치 중인 소린을 외면했다. 차라리 정신을 잃어버렸다면 좋았을 텐데.

"어, 어째서. 네놈마저도 어째서!"

소린의 목에 핏대가 솟았다. 시원도 아닌 마지막 구혼자까지 백에게 넘어갔단 말인가!

아아, 그래. 저 계집과 유청하는 하룻밤의 연정을 쌓았다고 했지. 그 뻣뻣한 백의 솜씨에 넘어갔다기보단 어떤 책임감이라거나 가련함을 느꼈는지도 모른다. 그래봤자 백은 제 노예로 그들의 재산이었다. 그 누구도 함부로 재산을 갈취할 수는 없다. 소린은 의기양양해졌다.

"호위무사이기 이전에 그 계집은 창족의 노예지요? 감히 내 손님으로 이곳에 왔으면서 내 재산을 그대의 것으로 삼겠다 이것입니까? 곧 죽어도 내놓지 않겠다면 어쩌려고요. 귀공은 이소린을 보러 왔으니 저런 천한 계집 따위는 상관하지 마세요!"

"그건 내 자유 아닌가? 노예라면 내게 팔 의향은 있나?"

"누구 좋으라고 파는 건데!"

소린은 싸늘한 그의 태도와 말이 믿기지 않았다. 백이 먼저 갈

취하지 않았다면 저 반듯하고 멋진 사내는 제 것이 되어야 당연했는데! 제 것들 중의 하나가 되어야 했는데! 왜 제 노예 따위를 역성들고 있느냔 말이다!

"귀공은 분명 날 원한다 했었지요? 내게 구혼하러 오지 않으셨습니까?"

소린은 부끄러움도 망각했다. 체면도 잊었다.

깊은 원망이 스며든 소린의 말에 유청하가 다시 입을 열었으나 돌아온 그의 대답은 가관이었다.

"그대가 노골적으로 추파를 던졌던 건 기억하오. 딱히 거절하지 않는 척 동조했을 뿐이지."

"뭐 지금 뭐라 했어?"

소린은 어제 오전 사내와의 대화를 기억해냈다. 대화 말미에서 유청하의 관심 대상은 '백'. 그는 백의 진짜 이름을 물었고 소린은 계집의 이름이 없노라고 대꾸했다. 설마 그때도 백을 원해서 캐물었던 걸까.

"왜 하필 저 계집이야? 당신은 내 구혼자고 날 닮은 노예계집이 아니라 날 원해야 한다고!"

"열 명이나 되는 구혼자들 중 하나일 뿐이지. 이소린이 내 것이 되리란 보장도 없는데 왜?"

소린은 뻔뻔한 유청하와 창백하게 질린 무명을 번갈아 살폈다. 적어도 유청하는 무명이 죽어가는 걸 모르는 듯했다. 무명의 죽음과 상관없이 이곳은 창족의 땅, 창족의 궁 안이었다. 모든 것이 그녀의 천하였고 그녀의 손바닥 안에 있었다. 소린의 입가에 잔혹한 미소가 스쳤다.

어차피 무명은 죽어가고 있다. 그 계집의 사내를 빼앗아 제것으로 길들이는 것 또한 참으로 짜릿할 것이다.

"저 년놈들을 가둬라!"

소린은 제 뒤의 백영대에게 명령을 내렸다. 오랏줄을 가져온 백영대가 유청하를 포박했다. 그는 반항도 하지 않고 순순히 몸을 맡겼다. 허나 무언가를 기다리는 시선으로 계속 무명만을 해바라기했다.

"백. 왜 저 사내였니? 왜 하필이면 내 구혼자였을까?"

소린의 말에 죽을 힘을 다해 무명은 몸을 일으켰다. 소린은 무명에게 노래하듯 저주의 말을 불어 넣었다.

"널 위해서 저 사내를 죽이는 건 어떨까. 저 인간은 널 동정하고 있어. 그것만으로도 난 무척이나 기분이 나쁘단다."

무명의 머릿속이 하얗게 비어갔다. 저를 보며 망부석처럼 굳은 사내가 무얼 생각하는지 알 수 없어 조바심이 났다.

"저, 저 사람은 사, 상관이…… 없, 없다고요."

"그래도 상관없어."

소린의 날카로운 손톱이 무명의 가는 목으로 내려왔다. 핏기 없는 목을 타고 내리는 손톱은 금방이라도 목을 할퀴며 제 긴 손톱을 살 속에 박아 넣을 것 같았다.

무명은 소린의 몸 너머로 보이는 유청하를 응시했다. 꿈쩍도 하지 않는 사내가 자신만을 무섭게 보고만 있는 걸까? 왜 반항하지 않는 걸까? 교룡을 불러들이면 될 텐데, 왜!

"도망가요."

사내는 움직이지 않았다. 그는 자신의 대답을 기다리고 있는 것이다.

무명은 왜 그가 자신을 원하는지 이해할 수 없었다. 그를 붙잡는 족쇄는 되고 싶지 않았다.

"도망가요. 얼른! 도망치라고!"

무명은 목이 쉬어라 외쳤지만 그가 말을 들었는지는 알 수 없었다. 허나 다음 순간 소린이 무명의 머리통을 바닥에 처박았다.

"내가 널 많이 봐줬구나, 백. 그래서 이젠 도저히 참을 수가 없어."

아름답지만 악귀 같기도 하고 끔찍한 야차 같은 소린이 빙그레 웃었다. 유청하는 이미 복도 밖으로 끌려 나가고 없었다. 무기력하기 짝이 없던 청하의 모습이 눈에 박혔다. 무명은 그가 왜 아무것도 하지 않는지 절망감에 빠졌다.

청하가 사라지자 무명의 시야를 가득 채운 것은 저와 똑같은 소린의 사악한 얼굴이었다.

"당장 널 죽이진 않아. 나도 널 어떻게 망가뜨리고 죽일지 생각할 시간이 필요하니까. 너는 지저분한 너에게 어울리는 광에나 갇혀 있으렴."

그녀가 백영대의 남은 숫자들에게 고갯짓을 했다.

"저것을 가둬. 바깥에 가면 유모가 기다리고 있을 거야. 내 생일이 지날 때까지 물 한 방울, 먹을 것 하나 먹지도 마시지도 못하게 해."

뒤늦게 의원과 함께 돌아온 흑은 자신이 없는 동안 벌어진 상황을 파악하고 까무러칠 뻔했다.

"넌 또 어딜 다녀온 거지?"

소린은 흑과 흑이 데려온 의원을 응시했다.

"이 발칙한 것에게 치료 따위 필요 없어. 의원을 당장 내보내렴, 흑. 내 명령을 무시하고 멋대로 의원을 데려왔으니 체벌쯤은 너도 예상하고 있겠지?"

흑은 놀라 더듬거렸다.

"하, 하지만 배, 백이 죽을 겁니다."

"어차피 죽을 건데 뭐? 아니면 흑 네가 자비를 베풀어도 돼. 저년의 목을 날린다거나 심장에 칼을 꽂아 넣어봐. 아주 재미있을 것 같지 않아?"

키득거리는 소린의 목소리에 흑이나 다른 백영대들도 고개를 숙일 뿐 쉽사리 나서지 못했다.

"백은 죽어도 내 노예로 죽는 거야. 그게 네 버러지 같은 삶이지. 백영대 너희들도 마찬가지야. 내 명령을 거역하면 모두 죽어."

무명을 향한 소린의 비웃음이 귀에 걸렸다. 서글픈 건 무명이 그 명령을 거부할 수 없다는 거였다. 다른 백영대도 마찬가지다. 그들에겐 백영대의 삶이 전부였고 그것이 아닌 다른 삶을 이해할 수 없었다. 백영대로 사는 것밖에 배워먹지 못했다.

개는 제 주인에게밖에 충성할 줄 모른다. 백영대의 소녀들은 전부 소린과 유모의 개로 길러졌다. 인간이 아니다. 어릴 적부터의 세뇌는 강력한 금제의 주술처럼 작용했다. 죽으라 명령했다면 정말로 죽어야 할 것이다.

무명은 제 몸을 무기력하게 늘어뜨렸다. 온몸에 힘이 하나도 들어가지 않았다. 제 동료들이 자신을 끌고 나가는 데도 반항하지 않았다.

무명이 마지막으로 본 것은 백영대의 처소 바깥에 자리한 수풀 너머 이어지는 백영대만의 작은 지름길이었다. 지름길 옆에는 무명이 쌓아 만든 작은 돌탑만이 아담하게 섰다. 참으로 소박해서 눈여겨 볼 이 없는 작은 돌무더기가 사산된 아이의 무덤일 거라고는 아무도 생각하지 못할 것이다.

돌무덤의 존재를 아는 이는 흑과 적, 무명뿐이었다. 적은 죽었다. 흑은 그때의 기억들을 외면해 왔다.

뒤늦게 생각해 보면 청하의 손을 잡지 않은 건 잘한 일이었다. 소린이 격분해 그를 감금했다 한들 손님, 그것도 제 구혼자를 쉽게 죽이진 못할 터. 유폐는 고작 며칠에야 그칠 뿐이겠지. 무명은 스산한 기운이 감도는 아이의 돌무덤을 돌아보았다. 널 잊고 있어서 미안해. 무명의 눈시울이 시큰해졌다.

살아 남기 위해 제가 품었던 아이를, 잊고 있었다.

그래서 청하를 선택하지 않아 다행이다.

죽어가는 제 몸도 문제였지만 죽은 아이를 두 번 버리는 것이 되지 않아서.

무명은 눈을 감았다.

광에 갇히자 빛이 차단되었다. 검은 어둠이 사방에 그득했다.

무명은 어둠을 무서워했다. 이곳에 갇힌 내내 두려움에 떨게 되겠지. 허나 이곳에선 소린의 얼굴을 보지 않게 될 테니 그것 하나만은 다행이었다.

무명은 희미하게 새어 들어오는 가는 빛줄기를 응시했다. 빛바라기만을 하던 무명은 그 빛마저 희미해지자 낮인지 밤인지 시간을 가늠할 수 없다는 걸 알게 되었다.

무명은 밤이 무서웠다. 무명이 갇힌 이 광의 어둠이 두려웠다. 희미하게 불어드는 바람이 살려달라는 어린 소녀들의 비명소리를 싣고 있는 듯했다.

무명은 어릴 적부터 제 자매 같은 백영대 후보 여아들과 이 광에서 살았다. 유모는 밤이 되면 여아들을 광에 가두고 문을 잠갔다. 더러 탈출하는 아이들도 있었지만 그들은 어쩔 수 없이 돌아오곤 했다. 소린의 유모는 고매한 약술사. 그녀의 약을 먹지 않으면 죽게 된다는 것을 어린 백영대는 탈출을 한 뒤에야 깨닫곤 했다.

살려달라 애원하는 소녀들을, 유모는 포박해 이 광 앞에 버렸다. 소녀들은 긴 밤 내내 살려달라 울었다. 지독하게 긴 열대야가 이어지는 무더운 밤, 어린 백영대들은 제 자매 같은 이들이 서서히 말라 죽어가는 긴 울음소리를 들어야 했다. 그 울음소리가 끊어졌을 때 싸늘한 주검만이 남았다.

더운 날씨로 인해 사체는 쉽게 썩었다. 어린 백영대들은 눈물조차 잃고 고사리 같은 손으로 제 자매들을 매장했다. 지금 생각해보면 몇몇은 아사한 건지도 모른다.

"나도 굶어 죽을지도 몰라."

무명은 피식 웃었다.

아사餓死한 영혼들은 어느 지옥으로 가게 되는 걸까.

어느새 악몽 같은 긴 밤이 찾아왔다.

다시 시간들이 흘렀다. 무명은 누군가 자신을 관찰하는 듯한 소리에 눈을 떴다. 며칠이 흘렀는지는 감각이 없었다. 눈은 이미 어둠에 적응해 빛을 무서워했다.

제 자신이 암굴에 사는 짐승 같았다. 때론 심해에 살아 눈이 퇴화해 버린 물고기 같다.

청하는 그 어둠 속에서 아름다운 환영으로 화해 나타났다. 금갈색의 머리카락을 지닌 키가 크고 우아한 몸놀림의 사내. 그의 그윽한 눈매와 멋진 입술은 늘 인상적이었다.

무명은 낮과 밤을 구분하지 못했고 악몽과 환각에 시달렸다. 적의 악몽이 찾아왔고 귓가에는 십 년 전 죽어버린 어린 소녀들의 목소리가 끊이지 않고 들려왔다. 죽어버린 이들이 무명을 갈구하며 손짓한다. 저도 죽으라 유혹한다.

유일하게 버틸 수 있었던 건 유청하 때문이었다. 말이 없는 그의 환영이 있었기에 그에게 매달리며 무명은 겨우 버텼다. 유청하의 환영은 무명을 물끄러미 내려다보았다. 무언가를 기다리는 느낌.

같이 가자, 라는 말을 해주길 원하는 걸까.

무명은 혼미해지는 정신 속에서도 고백하고 싶었다. 거짓말이라도 말해주면 그가 안심할 수 있을 터인데.

허나 절대 그 거짓말을 할 수 없는 건 소린이 먹인 약 때문이다. 그녀는 죽어가고 있고 죽은 자식을 옆에 두고 태연히 잊고 살았다. 이렇게 망가진 노예의 몸으로 그의 손을 잡고 떠나서 행복해질 수 있을까? 천만에. 고작해야 몇 달도 남지 않은 생을 어찌 누리란 말인가.

무명은 관조하듯 자신을 내려다보는 그의 시선을 다시 느꼈다. 그는 더 이상 다가오지 않는다. 강요하지도 않았다. 담담히 그녀가 말하고 손을 뻗지 않는 한 그의 환영 또한 죽어가는 것을 보고 방관할 것이다. 그리고 무명은 서서히 말라 죽어 사라지겠지.

허나 무명은 제가 만들어낸 그의 환영과 함께란 사실에 감사했다. 제가 죽으면 그가 기억해 줄 수 있을지 모른다 여겼다.

그의 환영은 가끔 사라졌다. 무명은 깊은 잠에 빠지곤 했다.

탈수가 심해지기 시작했다. 무명은 자신이 바짝 말라가고 있음을 깨달았다. 그리고 다시 깨어났을 때 그녀는 자신을 내려다보는 유청하를 본 것 같았다. 그가 울 것 같은 표정을 짓고 있다고 생각하게 되었다.

"나, 보기 싫으면 가버려요."

바짝 마른 입술로 들릴 듯 말 듯 말했지만 그는 이내 사라졌다.

서글픔에 다시 눈을 감고 가수면 상태를 헤매다 눈을 뜨면 그는 다시 돌아와 있었다.

—내가 떠나길 바라나?

미쳐 가고 있다. 죽어가고 미쳐 가는 것이겠지. 무명은 자신을 조소했다. 차갑고 투명한 유청하의 손길이 조심스럽게 그녀의 볼을 애만졌다. 눈물이 날 것처럼 소중하게 애달프게. 그녀의 단 하나뿐인 정인처럼.

—제발 같이 가자고 말해.

그의 애절한 외침을 들은 듯했다. 무명은 희미한 의식을 유지한 채 애써 무언가를 대답하려 했다. 자신의 노력이 성공했는지는 모른다. 제가 쇠약해지는 것이 느껴졌다. 정신이 깨어 있는 시간이 짧아졌다. 그의 환영은 그녀를 깨어놓느라 애썼다.

—난 널 구할 수 있어. 그러니 제발 내 손을 잡는다 말해. 허락한다 말해!

"……떠, 떠날 수 없어요……."

—왜?

"나 때문에 죽은 적과 그리고……."

작은 돌무덤, 제가 품었던 작고 강했던 생명. 그 핏덩이. 사산되었던 아이를 떠올리며 무명은 눈물을 흘렸다. 그리고 적.

적, 미안해. 나 때문에 죽어서. 나 대신 슬퍼하고 죽어줘서 미안해. 가해도에서 날 밀고한 것은 너였지만, 아이가 죽은 건 네 탓이 아니야. 아가야, 네게도 미안해. 노예라서 미천한 신분이라 널 낳아줄 수도 없어서……. 네 존재를 잊고 살아서 미안해.

무명은 가해도에서 극약을 먹고 몸이 망가졌다. 그 고문 속에서도 아이는 다섯 달을 그녀의 안에서 머물러 있었다. 그리고 죽어서, 핏덩이의 모습으로 제 안에서 흘렀다. 소중한 것을 영원히 잃어버린 절망감을, 무명은 다시 경험하고 싶지 않았다.

저는 저주받은 인생이다. 유청하마저 저 때문에 나락으로 밀어

넣을 수 없다.

하지만.

"좋아해요. 정말로……."

무명은 자신을 명, 이라 외쳐 부르는 목소리에 웃었다. 명은 제 이름이 아니다. 그래도 그의 입에서 불린 제 이름은 달콤했다. 저세상에는 행복한 기억만 가져갔으면 좋겠는데.

무명은 까무룩 의식을 놓았다.

축 늘어져 숨조차 제대로 쉬지 않는 여인의 몸 위로 유청하의 귀신 같은 환영이 내려앉았다. 그의 손은 무명의 몸을 쉽게 통과해 버렸다. 그의 표정이 더욱 안타까웠다. 제 반투명한 손 끝을 스치는 무명은 죽은 듯 보였다.

—왜 깨어나지 않는 거냐, 왜? 같이 가자고 말하지 않는 거지?

그의 애절한 목소리를 무명은 듣지 못했다.

그가 서글퍼 할수록 바깥에선 우레와 같은 빗소리가 이어졌다. 세상을 후려갈기는 듯한 무더기 비에도 무명이나 청하는 빗소리조차 인식하지 못했다. 그는 제 안에 분노를 응축했다. 그 응어리져 가는 감정만큼 비는 거세어지고 있었다.

비는 며칠간 그치지 않았다.

5장. 재앙

하루하루가 평이하게 지나갔다.

무명은 여전히 광에 갇혀 있고 소린의 열 번째 구혼자는 처소에 유폐된 상태였다. 유청하를 제외한 아홉 구혼자들은 창현왕에게 입막음조의 보상을 약속받은 뒤 궁 밖으로 퇴정했다. 요수들의 불길한 습격에 대한 소문이 외부에서 떠돌았지만 적어도 내궁만은 평화로웠다.

비도 오지 않는 잠포록한 날들이었다. 소린은 제 생일을 손꼽아 기다리며 지루해졌다.

시원은 발걸음을 하지 않았고 유폐된 유청하는 처소에 틀어박혀 꼼짝도 하지 않았다. 소린은 유청하를 찾아가 유혹했지만 그는 소린을 거부했고 쳐다보지도 않았다. 소린이 옆에 있는데도 가부좌를 튼 채 선인 흉내만 고집스레 내었다.

소린은 따분해져 그곳을 금방 탈출하고 말았다. 그 이후 그녀의 모든 관심은 무명에게 쏠렸다. 무명은 언제 굶어 죽어 숨이 끊어질까. 소린은 즐겁게 하루하루를 꼽으며 기다렸다. 허나 나흘이 지나고도 무명이 죽지 않자 소린은 조바심이 났다. 그년의 숨통을 직접 끊어놓아야 하는 건 아닐까 하루에도 몇 번씩 고민했다.

이소린은 하나다. 이소린을 닮은 그림자는 필요 없었다.

평소라면 지저분해 발걸음도 하지 않았을 무명이 갇힌 광 앞으로 소린은 제 화려한 금박 치맛단을 거머쥔 채 이동했다.

무명이 갇힌 광은 비가 오면 비가 샜고 쥐와 지저분한 벌레들이 기생했다. 근처에는 어린 백영대들이 잔뜩 묻힌 무덤이 있었다. 비가 와 진흙땅이 패이면 작은 백골들이 드러나곤 했다. 다행히 소린이 종종걸음을 한 날은 해가 높은 건조한 날이었다.

며칠째 물 한 모금 마시지 못한 계집이 광 안에 갇혀 있다. 허름한 나무문이었지만 쇳덩어리에 가까운 자물쇠가 몇 겹으로 잠겨 있다. 광은 낡고 허름했지만 바닥은 돌로 되고 단단해서 땅을 파탈출할 수도 없었다. 벽 역시 어린 계집들의 탈출을 막기 위해 단단한 돌을 몇 겹으로 쌓았다. 머리 하나 빠져나오기 어려운 공간은 밤낮 없이 어두컴컴했다. 허나 문 쪽에는 작은 눈구멍이 있어 광 안을 들여다볼 수 있었다.

그곳에서 한참을 갸웃거리며 발돋움을 하던 소린은 죽은 듯 누워 움직이지 않는 계집의 작은 발을 보았다.

그 발은 미동도 없었다. 어떤 미약한 생명의 움직임이나 흔적도 포착되지 않았다.

소린은 즐겁게 휘파람을 불며 그곳을 떠났다.

소린이 떠난 뒤 하늘에는 거먹구름이 끼었다. 곧, 비가 내리기 시작했다. 소린은 괴상한 날씨에 마구 신경질을 내었다.

소린의 생일이 가까워질수록 창족의 궁을 둘러싼 날씨는 괴괴해졌다. 남쪽지방이다 보니 지독한 폭우는 다반사였지만 이번에는 달랐다. 몇 달 전 지나간 우기雨期가 돌아온 듯 며칠간 비만 퍼부었다. 비구름은 창족의 궁 위에만 머물러 있었다. 창족의 궁을 벗어나기만 하면 티 없이 푸르고 맑은 하늘을 볼 수 있었다. 이 괴변이 며칠간이나 이어지자 사람들 사이의 불안감은 점점 커졌다.

불길한 징조들도 연이어 나타났다. 백화강이 시시때때로 요동을 쳐대며 물난리가 났다. 고대의 괴물 중 하나인 거대한 촉음燭陰이 분노해 촉음이 기거하는 남쪽 산을 밀어내고 있다고도 했다. 그 와중에 서주국의 녹대산에 산다는 부혜鳧徯를 보았다는 이들이 늘어났다. 수탉의 몸에 사람의 머리가 달린 새인 부혜는 목격되면 전쟁이 난다고 했다. 날개도 눈도 하나라서 한 쌍이 나란히 서야만 날아갈 수 있고 커다란 물난리를 예고한다는 만만蠻蠻도 모습을 드러냈다. 가뭄이나 기근을 예고하는 흉한 짐승을 보았다는 소문들도 저잣거리를 휩쓸었다.

창족도 창족의 지배를 받는 이들도 모두 불길함을 느꼈다. 소문은 나날이 흉흉해졌고 그 와중에 모두는 창족 공주, 이소린의 생일이 코앞이라는 사실을 기억해 냈다. 대놓고 입방아를 찧을 순

없지만 이 변괴들은 모두 소린 때문이라 추측했다. 구혼자들의 입에서 나온 소문과 어릴 적부터 소린의 주변을 떠돌던 불길하고 끔찍한 내궁의 소문과 비화가 더해져 많은 이들의 입에서 오르내리기 시작했다.

며칠간 지루하게 퍼붓기만 하던 비가 그쳤다.

방 안에만 갇혀 지내던 소린은 며칠 만에 비가 갠 중정루로 산책을 나갔다. 그리고 그곳을 가득 메운 성성이 떼를 보았다.

성성이들은 사람처럼 생겼으나 온몸에 털이 잔뜩 있고 무리를 지어 다닌다. 조상의 이름을 알아내는 신묘한 능력에 사람의 말을 흉내낸다. 성성이들은 소린을 보자마자 그녀의 이름을 부르며 그녀의 목소리와 행동을 흉보며 킬킬거렸다. 털 달린 짐승을 끔찍하게 싫어하는 소린은 비명을 질러댔고 비명에 놀란 성성이 떼는 소린을 덮치려 했다. 백영대들이 겨우 그녀를 구출하긴 했으나 겁에 질린 소린은 제 생일이 올 때까지 바깥출입을 하지 않게 되었다.

그렇게 무명과 유청하가 갇힌 지 열흘이 지났다. 소린의 생일이 딱 삼 일 남았을 때였다.

소린은 무명의 죽음을 확인하기 위해 유모를 광에 보냈다. 유모는 무명이 가끔 헛소리를 지껄이며 사경을 헤맨다 전했다. 곧 숨이 끊어질 거라 덧붙였지만 소린은 무명의 숨이 붙어 있다는 것 자체를 용서하지 못했다.

"그 계집의 목숨은 질기다니까. 아, 유청하는 어쩌고 있다더냐."

"여전히 처박혀서 처소를 벗어난 적이 없다 하더이다."

"열흘간 꼬박?"

"네."

"식사는?"

"꼬박꼬박 비우긴 한다고 하더군요."

소린은 점점 유청하가 미심쩍었다. 그 계집을 애틋하게 생각하는 거 아니었나? 데리고 도망이라도 칠 수 있을지도 모른다 생각했는데?

"그놈이 무슨 생각을 하고 있는 거지? 제대로 감시를 하는 건 맞아? 그 방에만 계속 머무르는 게 분명해?"

유모도 심각한 얼굴이었다.

"일이 지키고 있으니 확실할 겁니다. 그 사내를 덮치고 싶은지 그 방을 호시탐탐 노리는 게 낮밤을 가리지 않을 정도지요."

"일이라. 일이 지킨다면 확실하지만 대체 그놈은 뭐지?"

유모도 대꾸하지 못했다. 백영대만이 조용히 듣고 있다가 한숨을 내쉬었다. 무명이 죽지 않은 것은 다행스러웠지만 소린은 무명을 죽일 생각이었다. 무명의 숨이 아직 붙어 있긴 했지만 소린의 생일이 지난 뒤 살해될 것이다. 혹은 가면 아래의 얼굴을 일그러뜨렸다.

✱

청하는 제 방 앞에서 들리는 소음에 눈을 떴다. 그의 집중력을 흐리게 만든 사내의 목소리가 돌아왔다.

"들어가도 됩니까?"

청하가 대답하기도 전, 누군가 방문을 벌컥 열었다. 청색 비단 포의를 입은 검은 피부의 건장한 청년이 불쑥 방 안으로 발을 디 뎠다. 사내의 뒤로 당황한 백영대들이 보였다.

"어이, 형씨. 난 현족의 소시원이라고 하는데."

말투로 보건대 생김새보다 어린 태가 있는 청년인 듯했다. 청하 는 유들유들하게 말을 거는 그를 기억했다. 연회 무렵 소린의 처 소를 마음대로 휘젓고 다니며 백영대와 싸움을 벌였던 놈. 이자에 게선 소린의 체향이 강하게 풍겨났다. 아마도 소린의 애인이리라.

"이름이 뭐요?"

"유청하."

제멋대로 친근하게 다가오는 시원을, 청하는 유심히 살폈다. 힘 좀 쓰게 보이는 큰 덩치와 달리 행동 매무새는 가볍고 날렵했다. 시원도 허우대가 멀쩡해 보이는 청하를 대놓고 살피는 기색이 역 력했다.

"뭐야, 이렇게 화화공자花花公子일 줄은 몰랐는데."

백영대들이 문가에 몰려 있다 조금은 안심한 듯 물러났다. 방문 이 닫힌 뒤에도 시원은 누가 들을세라 청하에게 은밀한 귀엣말을 건넸다.

"도망칠 방법 가르쳐 줄까?"

"……."

"여기 출입이 하도 오래되다 보니 백영대 계집들이 이동하는 지름길이나 샛길은 빤하거든. 어디로 도망가면 걸리지 않는지 알려줄 수도 있고 원한다면 탈출을 도와줄 수도 있어."

가만히 듣고 있던 청하가 시원에게 되물었다.

"원하는 건 뭐지?"

시원은 그 질문이 썩 마음에 들었던 듯했다.

"호오. 형님치고 말이 잘 통하네. 어쨌든 난 소린에게 골탕을 먹여야 할 것 같거든. 그게 안 되면 백이란 계집을 차지해야지."

청하가 눈을 시퍼렇게 번뜩이자 유청하를 떠보던 시원은 마냥 기뻐했다. 어깨춤을 추고 싶은 심정이지만 체면을 위해 조금 참기로 했다. 이 화화공자와 꼬장꼬장한 백이 정분이 났다니! 적어도 소린의 입이 싼 시녀는 거짓말은 하지 않은 듯했다.

그 뒤로도 줄곧 유청하는 살기를 내뿜으며 시원을 경계했다. 아까까지 인형이나 사물처럼 느껴지던 유청하는 백으로 인한 감정의 동요 덕분에 최소한 인간처럼은 보였다.

그것도 잠시, 청하는 자신이 지나치게 흥분했다는 걸 깨닫고 깊게 심호흡을 했다. 그의 분노와 살기가 단번에 증발하듯 사라졌다.

"네놈에겐 협력할 의사가 없다. 네가 말하는 백은 내것이니까."

딱 잘라 말하는 청하의 말에 시원은 더 흥미가 동했다.

"흐음. 형씨는 소린의 구혼자라 들었는데."

"이소린과 나는 상관없다."

불편한 심기가 고스란히 청하의 얼굴에 드러났다. 정확히는 눈앞의 시원을 성가셔 하는 표정이었으나 시원은 끈질기게 그를 설득했다.

"이봐, 그래도 도와준다잖아. 갇혀 있는 게 지겹지 않아?"

"익숙하다. 그리고."

"뭐?"

"꺼져라."

오만한 대꾸에 시원은 할 말을 잃었다. 그는 소복 같은 저고리와 흰 바지만 걸친 청하의 차림을 물끄러미 바라보았다. 청하의 옷차림은 볼품없었지만 확실히 소린보다 저 사내가 고귀한 품위가 넘친다는 것에는 변함이 없었다. 고압적인 하대가 익숙한 걸로 봐서 꽤 높은 귀족이 아닐까 의심되기도 했다.

헌데 감금이 익숙하다는 건 뭐지?

게다가 대화 도중 우연히 보게 된 유청하의 눈동자가 꺼름칙했다. 살기를 품고 요동치던 감람색의 눈동자. 어떻게 사람의 눈에 그런 감정이 깃들 수 있는지 시원은 마냥 궁금했다.

그 정체야 모르겠지만 시원은 한 가지 분명한 것을 알았다. 유청하는 이소린을 원하지 않는다.

뭐 까놓고 말하자면 시원도 지금의 이소린은 원하지 않았다. 창족들의 도시 련에 불길함을 몰고 온다는 소문난 요녀. 그것이 현재의 이소린이다. 저를 깔보며 포악한 성정을 내보일 소린을 떠올리자 그는 한숨만 나왔다. 소린을 엿 먹이려면 백을 뺏는 수밖에 없었다. 천하의 이소린이 불같이 화를 내며 기함할 생각을 하자 시원은 잔뜩 즐거워졌다.

그리고 청하를 다시 돌아보았다. 흥분한 기색이 사라지자 청하는 다시 허깨비처럼 느껴졌다. 귀신에 홀린 기분이다.

다만 청하의 눈빛에는 아직도 명백한 경계의 빛이 어려 있다. 시원은 그쯤에서 퇴각을 결정했다. 만족스런 대답을 갖지 못했지만 유청하가 소린을 갖는 일은 없을 거란 사실에 유쾌해졌다. 유청하나 자신 중 하나가 백을 갖게 될 것이다. 그리고 소린은 제 얼굴을 가진 노예가 제가 점찍은 사내들의 손에 들어갔다는 것만으로도 고통스러워 배가 아파 죽겠지. 아아, 고소해라.

시원은 어딘가에 감금되어 있을 백을 떠올리며 방을 나섰다.

검은 피부의 사내가 사라진 뒤에야 청하는 명상에 집중했다. 청하는 가부좌를 튼 채 제 등과 온몸에서 연결되어 나온 은빛 거미줄을 응시했다. 그것은 금제의 선. 소시원의 느닷없는 등장에 꽤나 영향을 받은 듯한 그의 힘이 멋대로 요동쳤다. 백, 무명의 이름이 언급되자 그 힘들은 그녀에게 달려가고파 아우성을 쳐댔다.

제 몸을 친친 감은 결박과 속박의 거미줄. 억죄어 오는 그 거미줄의 흔적을 응시하며 청하가 입을 열었다.

"무명이 아직 대답을 해주지 않고 있어."

그래서, 움직일 수 없다.

또한 자신이 이곳에 오래 체류하며 생기는 기현상들을 이제 억누르기가 힘들어졌다. 인간으로서는 가질 수 없고 인간의 그릇으로는 감당하기 힘든 폭발적인 힘이었다. 그것은 한 곳에 오래 머무는 것만으로도 주변에 기이한 영향을 끼친다. 지금쯤이면 바깥에선 기이한 현상이 잇달아 일어나고 있을 것이다.

청하는 거미줄 아래에서 으르렁대는 제 힘을 가만히 내려다보았다. 그 응어리진 힘의 결정체들은 몰래 거미줄을 건드렸다가 도리어 뒤로 튕겨 나갔다.

그의 어미가 아주 오랜 시간을 들여 찾아낸 늙은 선인은, 어린 청하를 보며 혀를 찼다. 인간으로서 가질 수 없는 힘을 갖고 있었기에. 선인은 선어仙語에 제 힘을 엮어 청하의 힘을 봉했다. 그리고 경고했다.

"너는 언제고 이 금제에 대해 후회할 날이 있을 거다."

사실 후회는 수없이 많았다. 허나 금제하지 않았다면 후회하기 이전에 청하는 인간으로서 살 수 없었다.

살고 존재하기 위해 어쩔 수 없이 선택한 힘의 금제. 청하는 선인의 경고가 왜 있었는지 안다. 그는 힘을 깨기 위해 선택할 수 없다.

"너 혼자일 때는 네 힘을 자연스럽게 쓸 수 있을 것이다. 허나, 타인이 그 힘의 상대가 되는 한 선어는 자연스럽게 작동한다. 네가 절실히 원하고 상대도 '허락' 해야만 네 힘은 해금된다. 상대가 원하지 않는 한 너는 절대 힘을 쓸 수 없다."

상대의 허락이 있어야만 그녀를 향해 힘을 쓸 수 있다. 무명이 그를 거부한다면 그녀와 함께 이곳에서 나갈 수 없다는 의미였다. 그의 인생에 있어서 가장 큰 미련은 무명이 되었다. 그는 지금껏 무명을 제외한 상대의 허락 따위 필요한 적이 없었다. 상대가 허락한다 해도 그가 그들을 위해 힘을 쓰려 한 적은 없었다.

그의 힘은 물 흐르듯 자연스러웠다. 역류한 적 없이, 그가 원하는 대로 자연스럽게 이루어졌다. 허나 무명에게만큼은 예외였다.

그녀는 그의 기이한 힘을 알고도 원하지 않았다. 그가 애원을 하고 소리를 쳐대어도 제 모습을 환영이나 귀신이라 치부하며 단 한 번도 말해주지 않았다. 완강한 거부뿐이다. 너를 구할 수 있는데, 허락한다는 말 한마디면 되는데 왜 외면을 하는 거냐고!

청하는 제 등 뒤의 힘을 노려보았다. 거미줄 뒤 넘실거리던 힘이 얌전해졌다.

그의 의식이 제 몸을 통과해 그의 힘이 자아내는 푸른 물속으로 스며들었다.

검은 어둠 속에서 희미한 빛이 보였다. 어둠 속에서도 하얗게 보이는 무명의 얼굴이 그의 기척을 알아차리고 눈을 떴다.

―무명.

무명이 웃었다.

허름하다 못해 퀴퀴한 냄새가 등천을 치고 조악하기 짝이 없는 감옥이었다. 당장 마음만 먹는다면, 가능하다면 그녀를 그곳에서 데려 나갈 수 있을 텐데.

―여기서 나가자.

무명은 느리게 고개를 저었다. 몸을 보호할 환단이라도 먹여두지 않았다면 숨이 끊어졌을지도 모른다.

"청하."

그녀가 가쁜 숨을 내쉬며 그의 이름을 불렀다. 그 이름마저도 달콤하다.

청하가 그녀에게 다가가 그녀의 이름을 속삭인다.

—명.

무명이 기쁘게 웃었다.

어디선가 자신을 찾는 익숙한 형제의 기척이 느껴졌지만 청하는 무시했다. 그 감각을 차단한 채 부름에 답하지 않았다. 그리고 온건히 무명에게만 집중했다.

날 세상으로 끌어내렸으니 그 계집에게는, 내가 유일하다. 그러니 너에겐 내가 필요해. 아니, 그 반대가 되어도 상관없다. 자신에겐 가슴을 뛰게 할 그 계집이 꼭 필요했다. 그녀가 노예든 가장 천한 무엇이든 아무래도 좋았다.

네가 필요해. 나를 4년 전에도 되살려 놓았으니, 그 책임을 져야 해.

"무명."

청하가 그녀의 이름을 읊조렸다. 그의 신형이, 의식이 그녀에게로 이동했다. 그의 영혼이 그녀를 어루만지며 감싸안았다. 그리고 제 힘을, 그 기운을 그녀의 안에 불어넣었다.

이것은 그의 이름 없는 계집, 무명이다.

그는 그 여인을 은애했다.

✳

창현왕은 며칠간의 끊이지 않는 변고에 머리를 싸맸다.

한두 번은 고약한 우연이려니 하고 넘겼다. 그러나 불길한 징조들은 계속해서 사람들의 눈을 미혹했다. 창현왕도 내궁 주변에 모인 수백 마리의 성성이 떼와 불길한 새들의 움직임을 보고서 상황의 심각성을 깨달았다. 날뛰는 것은 요수들만이 아니었다. 불길한 소문들은 꼬리에 꼬리를 물고 퍼졌다.

사람들은 그 변괴의 원인으로 소린을 지목했다. 미색과 뛰어난 방중술을 지녔다 한들 요녀로 소문이 났으니 혼담들도 뚝 끊겼다. 열렬한 구혼자들마저도 소린을 외면했다. 창현왕은 모두를 존중한다 말하면서도 마냥 속이 쓰렸다.

밉든 곱든 소린은 제 피를 이은 유일한 혈육이다. 그 딸이 뛰어난 사내를 맞아 창족을 이끌게 되리라 믿어 의심치 않았다. 남주국에서 내로라하는 사내들을 제 치맛폭에 휘두르며 조종했던 딸이다. 여태껏 아무 문제 없이 지내왔는데 웬 변괴란 말인가. 아닌 밤중에 홍두깨가 따로 없었다.

"하아."

소린을 대체 어찌해야 하는가. 수심에 잠겨 있던 창현왕은 식은 땀을 훔쳐 내는 늙은 내관과 젊은 책사를 바라보았다.

"무슨 일이지?"

"저어, 그것이."

"무어냐?"

"왕도에서 왕을 찾아오신 손님들이 계십니다."

"왕도? 청림부?"

남주국의 수도는 청림부靑林付다. 청림부에는 남주국과 여섯 부족 전체를 다스리고 통치하는 여왕이 살았다. 여섯 부족장들은 멋대로 자신들을 왕이라 칭했지만 남주국의 진짜 왕은 왕도王都 청림부의 여왕뿐이었다.

　책사 원주윤이 창현왕에게 은밀히 아뢰었다.

　"여왕께서 보내신 사자들이옵니다."

　창현왕이 굵은 눈썹을 뒤틀고 눈을 부릅떴다.

　"어서 들라 하라!"

　여왕은 왜 은밀히 그녀의 사자를 보낸 것일까. 창현왕은 제가 다스리는 창족의 땅에 나타난 불길한 징조에 대해 여왕의 벌충이 있을 것임은 아닌지 두려워졌다.

　오직 여왕만이 부족장을 바꿀 수 있고 그들의 죄를 물어 벌할 수도 있다. 창현왕은 젊은 날의 호기로 왕도의 땅을 노리고 난을 계획한 적도 있었기에 왕도의 여왕과는 상당한 기간 동안 교류가 없었다. 창족의 땅에서 일어난 변괴가 왕도에 흘러갔다고 보기에도 너무 촉박한 시간이었다. 그렇다면 왜?

　창현왕의 수심이 깊어진 가운데 여왕의 사자들이 그를 보기 위해 들었다.

　30대 후반으로 보이는 두 여행객은 몰골을 알아볼 수 없을 정도로 엉망이었다. 왕도에서 창족의 도시 련까지는 걸어서 몇 달 이상의 거리. 허나 단 나흘 만에 천리를 달린다는 추오駟五를 타고 밀림과 사막까지 최단거리로 가로질러 왔다는 그들은 나흘간 거의 눈도 붙이지 않은 듯했다.

"급보를 전하기 위해 온 터라 이런 몰골이라도 양해하시길 바랍니다."

사내들은 숨 돌릴 틈도 없이 거조鉅鳥 아라키의 문장이 찍힌 금패를 내보였다. 손바닥만한 금패 속에 음각된 여러 쌍의 날개를 지닌 아라키는 지독하게 아름답고 섬세하게 묘사되어 있었다. 창현왕은 이것이 여왕의 오랜 충복들만이 사용하는 여왕의 문장임을 깨달았다.

"무슨 일로 오셨소이까."

창현왕이 조심스럽게 묻자 그들은 통성명도 생략한 채 용건을 밝혔다.

"이곳에 불길한 징조들이 연이어 나타난다 들었습니다."

"그 불길함의 원인이 무엇인지 알고 계십니까?"

창현왕은 그들의 말에 잠시 무춤했다. 그 역시 불길함의 원인을 찾으려 동분서주했으나 딸 이외에 다른 원인은 알지 못했다. 그가 고개를 내저으며 여왕의 사자들에게 되물었다.

"변괴가 일어난 지는 얼마 되지 않았소만, 시기적절하게 나타나신 여러분들은 대체 무엇을 알고 계신 것이오?"

반쯤 넘겨짚은 것이었지만 여왕의 두 사자는 얼굴을 마주보며 주억거렸다.

"마지막으로 여왕과 서신을 주고받았을 때를 기억하십니까, 창현왕."

뜻밖의 질문에 창현왕은 매우 당황했다. 창족의 변괴와 여왕의 서신 사이에는 무슨 관련이 있는 걸까? 여왕과의 친필 서신이 오

재앙 173

고간 것도 무려 5년 전이었다. 그가 패기 넘치는 여왕을 직접 만난 적도 소린이 태어날 즈음의 아주 먼 시절이었다.

창현왕은 여왕의 사자들의 의도를 궁금해하며 대꾸했다.

"내 딸과 왕자들의 혼사 때문이었소. 성사되지는 못했지만. 그 것이 이것과 무슨 상관이 있소?"

30년 넘게 나라를 통치해 온 여왕에겐 장성한 다섯 아들이 있다. 창현왕은 성혼을 하지 않은 넷째와 막내 왕자를 소린의 짝으로 물색했다. 그때 소린의 나이가 열다섯. 여왕은 긍정적이었지만 소린은 어렸고 두 왕자들도 혼인에 대한 의사가 없어서 성사되지 못했다.

"그 과정에서 딱히 문제는 없었을 것이오. 지금껏 여왕에게 내가 그 문제를 따진 적도 없었소이다."

여왕의 사자들도 고개를 끄덕이며 동의했다. 그렇다면 왜? 창현왕은 에둘러 말한 그들의 속내를 파악하려 애썼다. 그때 눈치가 빠른 창현왕의 젊은 책사가 끼어들었다.

"설마 여왕이나 그 왕자와 관련된 변괴인 것입니까?"

대번에 사자들의 낯빛이 어두워졌다.

"그분이 어찌하여 이곳에 왔는지는 모르나 여왕폐하와 창현왕 께서 주고받은 서신에 관한 것이 연관되지 않았나 추측하고 있습니다."

"그분이라니?"

창현왕의 어이가 다 달아날 지경이었다.

"설마, 왕자? 여왕의?"

여왕의 사자들이 머리를 끄덕였다.

"허나 그것이 진실이라 해도 대체 불길한 징조들과는 무슨 상관이?"

"그것은……."

여왕의 사자들은 다시금 뜻을 맞추었다.

"그 왕자께서 일으키시는 천재지변이기 때문이지요. 불길한 일들이 연이어 벌어지고 있다는 것은 그분께서 이곳에 머물고 있다는 것입니다."

창현왕의 머리가 멍했다. 그는 자신이 들은 것을 확인하기 위해 되물었다.

"지금 창족을 괴롭히는 요수들의 분대질 모두가 왕자가 일으킨 것이라는 거요?"

사자들은 진중하게 고개를 끄덕였다. 창현왕은 순간 그들을 미친 자로 치부할 뻔했으나 가장 중요한 무언가를 깨달았다.

"그가 누구요?"

창현왕이 소린의 짝으로 탐색한 것은 두 왕자였다. 그중 넷째는 왕도에서 제일가는 현인이었으며 다섯째 왕자는 정신에 중한 병이 있어서 일찌감치 왕위에서 내쳐졌다 들었다. 막내 왕자가 폐왕자가 된 것은 고작 열 살도 채 되지 않았던 때의 일이었다. 헌데.

"……설마."

"그 설마가 맞소. 막내 왕자님이시지요."

"그럼 그가 어디에 있단 말이오?"

창현왕도 듣도 보도 못한 왕자의 존재가 기가 막혔다. 곰곰이 생각해보니 모든 변괴는 내궁을 중심으로 벌어지고 있었다. 변괴를 몰고 오는 자가 아직 내궁에 머무르거나 갇혀 있다는 뜻이었다. 기억을 더듬다 짐작가는 일 하나가 있었기에 그의 안색이 더욱 창백해졌다.

소린의 내궁에서 백영대 계집과 구혼자 사내가 눈이 맞아 소동이 일어난 것은 알았다. 소린은 그 백영대와 눈이 맞은 사내를 적당히 손을 볼 거라 장담했다. 창현왕이 보상을 약속하며 궁 밖으로 내보낸 구혼자들의 수는 아홉이었다. 하나가 모자랐다.

"아직…… 내궁에 있는 것이군."

소린과 유모가 근래 들어 조용했던 건 그 사내를 아직 손봐주지 않기 때문인가?

곰곰이 생각하던 창현왕은 아주 중요한 사실을 깨달았다.

여왕의 사자들이 거짓말을 하지 않을 테니 그가 왕자일 가능성은 높은 것이다. 그것도 천재지변을 일으키는 신묘한 힘을 부리는 광인 왕자.

소린의 짝으로는 어떤 사내도 시원찮았다. 허나 왕위를 포기했다 해도 왕도의 왕자라면 사정이 달랐다. 여왕이 내버렸다 한들 눈에 넣어도 아프지 않을 막내아들이 아니던가!

"막내 왕자의 성정은 어떠하오? 광기나 그런 것들은 어찌하여 잠재울 수 있소?"

여왕의 사자들이 은밀히 귀엣말을 나누더니 답을 돌렸다. 반색하는 창현왕을 도리어 그들이 두려워하게 된 눈치로 그들은 설명하기 곤혹스러워했다.

"왕자는, 사람이 아닌 귀신에 가깝소이다."

"그 형제들조차 어릴 적부터 일찌감치 두려워하는 광인이지요. 그는 서주국에서 말하는 역신疫神입니다. 그 역신들 중 어느 누구도 왕자를 능가하리라 생각할 수 없습니다. 게다가 왕자는 지금, 화가 나 있습니다. 그를 말려야 하오."

"말리지 못한다면?"

여왕의 사자들은 입을 모아 말했다.

"여왕께서는 이런 일을 두려워해 우리를 이곳에 보내셨습니다. 왕자를 막아야 합니다."

"그를 막지 못하고 그가 보이는 징조대로 일이 진행된다면, 창족은 궤멸될 것입니다."

"그는 파괴를 불러오는 역신입니다. 청하 왕자를 가까이해서는 안 됩니다."

창현왕과 책사 모두의 얼굴에서 싸늘하게 핏기가 가셨다.

아주 오래전, 왕도 청림부에서 여왕과 여왕이 낳은 미치광이 왕자에 대한 괴소문이 떠돈 적이 있다. 그것은 걸어서 꼬박 석달이 걸리는 창족들의 땅까지 퍼졌었다. 왕자를 본 사람들은 모두 죽는다든가 자결한다는 등의 터무니없는 소문들이 이어졌다.

왕도의 여왕은 근심을 없애준다는 굴굴朏朏이란 짐승을 길렀다. 흰 꼬리를 가진 유순한 짐승도 그녀의 마지막 근심인 막내 왕자를 해결해 주진 못했다. 미치광이 왕자는 스스로 암굴에 갇혀 지냈다고도 한다. 여왕은 그 왕자가 10살이 되기 전, 그를 왕위계승자에서 폐했다. 그리고 몇 년 뒤 왕자는 해금되었다.

미치광이 왕자를 노골적으로 폄하하며 놀려대던 노래들도 잠잠해졌다. 허나 그 왕자의 상태나 외모에 대해 아는 이는 거의 없었다. 일설에선 그 왕자가 죽었다는 소문도 떠돌았다. 어머니의 곁에서 나라를 다스리는 법을 배우는 네 형과 달리 그는 늘 청림부에 머무르지 않았기 때문이다.

여왕은 여러 명의 남편을 두었다. 왕자들의 부친은 죄다 제각각이었다. 미치광이 막내 왕자의 부친은 천오국의 귀족이었다고 했다. 부친의 성은 유씨. 다섯째 왕자가 사용하는 이름은 청하. 여왕이 물려준 왕자의 정식이름은 청하랑清夏浪이다.

설명을 듣고도 창현왕은 기이한 기분에 사로잡혔다. 왜 왕자는 이곳에 왔을까? 왜 여왕의 사자들은 그를 쫓아왔을까?

그들은 이렇게 대답했다.

"창족의 땅에서 소란을 피우는 왕자의 힘을 억누르고 그를 데려가기 위해서입니다."

"그가 소화공주에게 꽤 깊은 관심을 가졌던 모양입니다. 창현왕께 폐가 되어서는 안 되겠지요. 저희는 그의 힘을 일시적으로 봉인해 창족에게 더는 불운을 끼치지 않게 할 것입니다."

왕도의 왕자가 소린에게 관심을 가졌다? 창현왕의 귀가 번쩍 뜨였다.

소린과 가장 닮아 신경쓰였던 백영대의 백이란 계집과 정분이 난 것이 그 왕자일 게다. 그는 제 딸과 가장 닮은 백영대의 계집을 왕자가 꼭 집어냈다는 사실을 떠올렸다. 소린을 가질 수 없으니 백이란 계집으로 대리만족을 했던 것은 아닐까? 여왕의 사자들이 그에게 아뢰는 내용들은 그의 관심을 충족시키고 흡족하게 했다.

어느새 빙그레 그는 미소를 짓고 있었다. 여왕의 사자들은 창현왕이 제 종족의 불행을 억누를 수 있을 거라 생각해 웃는다 여겼다.

"사실은 말입니다. 그 왕자께서 제 딸 소린을 마음에 두셔서 제 딸이 구혼자들을 찾는 연회에 신분을 숨기고 비밀리에 참석해 아직도 딸의 거처에 기거하는 모양입니다. 딸은 그가 왕자인 줄 모르고 제가 그를 반대한다 여기어 끙끙 앓고 있지요."

여왕의 사자들은 서로 얼굴을 마주보았다. 그들은 실질적으로 왕자의 힘을 막을 줄만 알았지 그의 힘이 왜 괴변을 일으키는지에 대한 이해는 없었다.

"허나 여러분이 오셔서 기쁩니다. 저는 그 사내와 제 딸을 마음에 두고 있었으니까요. 자식을 이기는 부모는 없지 않습니까?"

여왕의 사자들도 덩달아 화색을 띄었다. 만약, 왕자가 고민하던 것이 그 일이었다면 이해가 갔다. 그는 이소린에 대한 기록들을 찾았고 그녀에게 관심이 있었다. 소린과의 혼례만 잘 성사된다면 그의 힘이 날뛸 일도 없을 것이다.

더군다나 여왕이 버린 폐왕자다. 그가 여섯 부족들 중 가장 큰 세력인 창족의 사위가 된다면 창족을 여왕의 영원한 우방으로 만들 수도 있을 것이다. 계산을 끝낸 여왕의 사자들이 만족스런 얼굴로 고개를 끄덕였다.

"당장 여왕께 전갈을 드리겠습니다."

그들이 손을 잡았다. 창현왕도 여왕의 사자들도 모두 즐거운 낯빛이었다.

✻

유청하는 자신을 찾는 기척을 인지하고 눈을 떴다.

"귀찮게 되었군."

어머니가 보낸 사자들이 그를 찾아낸 것은 생각보다 빨랐다. 여왕은, 그를 찾기 위해 전국 곳곳에 제 눈과 귀를 대신할 이들을 심어놓았다. 이 머나먼 창족의 땅도 예외는 아니다.

어머니가 그를 찾으려 한 것은 창족의 미래가 걱정되어서도, 그가 머무는 땅의 이들을 걱정해서도 아니었다. 그녀는 청하에겐 단순한 어머니로 살고 싶어했다. 다른 형제들에게 주었던 것만큼 청하에게도 애정을 주고 싶어했다.

다만 그녀는 제 아들이 인간이기를 바랐다. 그의 힘을 구속하고 묶어두는 것만이 능사라 여겼다. 그녀는 제 막내아들이 다른 이들과 다른 괴물의 힘을 지녔다는 것을 인정하려 들지 않았다. 청하의 힘과 의식의 일부까지 봉해 그를 살아 있는 인형으로 만든 뒤에야 여왕은 인형처럼 말없는 그를 제 아들로 여겼다.

청하는 제 힘과 의식, 의지가 봉인당하는 그 느낌을 혐오했다. 외부의 일들을 인지하지만 몸도 머리도 제 생각과 의지대로 움직일 수 없는 상황을 납득하지 못했다.

그리고 어머니가 원하는 인형 같은 아들은 결코 될 수 없다 여겼다. 애초에, 불가능한 것이다. 그의 어머니는 그가 정상적이고 평범한 인간이 될 수 없다는 것을 믿지 못했다.

그의 일부는 인간이 아니다. 인간이되 순수한 인간의 것이 아니었다.

오히려 신의 힘에 가까웠다.

재앙과 횡액을 부르며 파괴하는 힘이다.

청하는 인간이었으며 신이 될 가능성은 없었다. 어려서부터 그는 제 힘이 인간의 몸에 갇혀서는 안될 광대한 힘이라는 사실을 인지했다. 허나 그나 누구도 자신 안에서 힘을 떼어낼 수는 없었다.

고작해야 봉인과 금제가 전부. 그것도 일시적일 뿐 완전하지 않았다. 힘을 완전히 봉하면 의식까지 말려들어 가버리는 일이 다반사였다. 봉인의 효력도 고작 며칠에 불과했다.

청하의 힘은 재액의 힘이었다. 그는 파괴자임을 인식했다.

그는 누구에게도 휘둘리고 싶지 않았다. 파괴하고 싶지도 않았고 누군가의 전쟁의 도구로 쓰이는 것은 질색이었다. 그는 결국 어떤 것에도 미련을 두지 않고 관조하며 세상을 떠돌아 다녔다. 그 힘이 주변에 영향을 미칠 즈음이면 머물렀던 곳을 반드시 떠났다. 그리고 힘을 조절하는 법을 스스로 익혔다. 힘은 무의식적인 의지에 의해 움직였기에 그것까지 다스리는 데는 많은 노력과 힘이 필요했다.

타인에게 휘둘리지 말라는 선인의 충고를 이해하는 데에도 몇 년의 시간이 걸렸다. 힘은 타인에게 영향을 주고 끼치기도 했다. 그는 자연스럽게 무엇이든 할 수 있었지만 가끔은 그가 집착하고 친분을 맺은 이들에게 해를 끼치기도 했다. 선어의 거미줄 아래에서 요동치는 힘은 언제든 튀어나오려 으르렁거렸다.

타인을 위해 사용하려는 힘을, 선어의 거미줄은 인식했다. 타인의 '허락'이 떨어지고 청하의 마음과 일치해야 힘은 사용되었다. 상대가 거부하면 거부할수록 선어의 거미줄은 힘을 봉인하고 또 얽어매었다.

무명. 무명은 그를 허락지 않았다. 그녀를 떠올리며 청하의 얼굴이 일그러졌다.

무명의 허락을 갈구하며 요동치는 힘에는 지독한 분노가 서려 있었다. 그 새어 나간 힘의 일부가 재앙의 전조로 나타나고 있지 않은가.

그녀가 그를 선택하면 이런 불운도 없을 텐데 그녀의 상황과 거부가 충분히 설명할 시간을 허락지 않았다. 그녀의 경계가 풀릴 때까지 기다리려 했던 그의 상황도 어긋났다.

그녀를 얼마나 찾아다녔나. 제 목숨을 구해주고, 그의 힘을 보고도 놀라지 않은 그녀가 얼마나 고마웠나. 유일하게 그가 매달리고 애원한 존재인데 왜 그녀는 그를 거부하는 걸까? 그가 그녀의 생명을 되살리려 멋대로 제 생명을 불어넣고 있는데 왜 한마디도 해주지 않는 걸까.

같이 가자는 말. 그것이 그리도 어려운가?

그러니까 왜? 대체 왜?

내가 뒤틀리고 있잖아, 무명.

봉인되어 있지만 그 힘의 뒤틀림이, 천재지변을 낳고 그 천재지변이 횡액을 낳고, 그 횡액의 징조들이 다시 파괴를 부른다. 그것은, 익숙한 일이었다.

그를 쫓아온 여왕의 사자들은 그의 힘을 봉한다. 그들이 가져온 여왕의 금패는 그의 힘과 의식을 구속해 그를 인형으로 만들었다.

무명을 구해야 하는데. 멋대로 그의 사정을 곡해하며 휘둘러 대는 여왕의 사자들이 힘을 봉하다니! 늙은 선인은 왜 저런 것을 어머니에게 만들어주었단 말인가!

"아아. 빌어먹을 선인 같으니라고."

수백 년 된 나무뿌리들처럼 멋대로 사방에 뻗쳐졌던 힘이 그의 안으로 빠르게 돌아왔다. 돌아온 힘의 반동이 청하의 몸을 치고 돌아와 그의 몸 안에 갇혔다. 힘이 역류했다. 그의 안에서 모여든 힘이 하나로 응축되어만 갔다.

여왕의 신패가 그의 주변을 어슬렁거리는 한 그는 당분간 힘을 사용하지 못한다.

무명을 구해야 하는데. 무명과 만나야 하는 데!

"교룡. 교룡!"

외쳐도 닿지 않는다. 다른 요수들의 이름을 불러도 마찬가지였다.

"제엔장! 젠장!"

청하는 제 처소 안의 모든 것을 멋대로 부수며 벽에 머리를 박았다.

"왜 원치 않는 순간에 대체 왜!"

그의 내부 장기가, 피가 뒤틀렸다. 머릿속이 엉켜 끔찍한 고통이 잇달았다.

창현왕 이주온이 킬킬대며 웃는 목소리가 들려오는 것 같다. 그의 속내를 감지한 '힘'이 멋대로 되돌아오며 그 속내를 고스란히 들려주고 있다. 저를 붙잡아서 어쩔 셈인가. 순순히 그 힘을 사용할 수 있을 것 같은가. 창족의 어리석은 왕, 창현왕.

나를 순순히 붙잡아 너희의 포로로 삼을 수 있을 거라 생각하는가.

아아, 괴팍한 부녀로군. 어쩌면 딱 그 성정이 어울려.

유청하의 시야가 급속하게 어두워졌다. 무명을 찾아야 하는데. 그는 자신이 일으킨 광대한 힘의 반작용을 견뎌내질 못했다. 청하는 제 마지막 힘을 다 뽑어 무명에게 한줄기 힘을 건넸다.

그 힘을 건네받은 무명이 번쩍, 눈을 떴다.

이후에 일어난 창족의 비극은 왕도의 여왕도, 그 여왕이 보낸 어리석은 사자들도 예견하지 못한 일이었다.

✳

한줄기 빛이 광 안으로 스며들었다. 눈을 뜬 무명이 그 빛을 가만히 노려보았다.

어지럽게 날뛰던 두통이 점점 가라앉았다. 무명의 정신이 점점 명료해졌다.

청하의 환영은 보이지 않았다. 그가 자신을 위해 손을 썼다고 생각한 건 착각일까. 어쨌든 자신은 아직 죽지 않은 모양이다. 무명은 사지에 힘을 빼고 누운 채 손발을 천천히 움직여 보았다. 그 팔과 다리로 바닥을 디디고 조금씩 몸을 일으켰다.

며칠간 물도 제대로 먹지 않은 것치고는 묘하게 힘이 넘쳐 스스로 생각하기에도 이상했다.

무명은 고개를 갸웃거리며 빛에 손을 뻗었다. 그녀의 손이 단단히 햇살을 사로잡았다. 그 생생한 햇살의 온기에 무명은 마냥 기뻤다.

나는, 아직 살아 있어!

살아 있다는 것이 눈물 날 정도로 좋았다.

"백. 백? 살아 있어?"

누군가 무명을 찾으며 광의 문을 힘차게 두들기고 흔들고 있었다.

"백! 살아 있으면 대답해!"

무명은 빛이 들어오는 작은 틈새에 제 눈을 가져다 대었다. 보일 듯 말 듯한 제 좁은 시야를 가득 메운 것은 하얀 옷을 입은 백영대였다.

"……누구?"

"백!"

여우가면의 목소리에 무명의 머리가 울렸다.

살아 있다는 것을 자각하면서도 무명은 두려웠다. 문밖의 백영대는 소린의 명령을 받고 자신을 죽이러 온 것은 아닐까? 소린이 그녀를 살려둘 가능성은 없었다.

백영대가 문에 걸린 육중한 사슬을 해제하고 자물쇠를 열었다.

무명의 몸이 위축되었다.

문이 활짝 열리고 빛이 쏟아졌다. 낮인가? 무명은 빛에 익숙해지지 않아 눈을 가리며 찡그렸다.

"백, 백 살아 있어? 괜찮아?"

한참 뒤에야 무명은 눈을 뜰 수 있었다. 침침하던 시야가 느리게 밝아져 왔다.

"괜찮아?"

"응."

무명은 새하얀 무복을 입은 두 명의 백영대들을 응시했다. 일과 흑이다. 헌데 그들의 뒤로 검은 피부의 머리 하나는 더 큰 소시원이 서 있었다.

소시원이 일과 흑에게 양해를 구했다.

"확인할 것이 있는데 잠깐 나갈 수 있겠소?"

두 여자들이 고개를 끄덕이며 밖으로 나갔다. 무명은 더 어질어질해지는 머리를 부여잡았다. 자신을 다시 광 안으로 밀어넣은 소시원이 음흉한 시선을 날렸다.

"무, 무슨?"

"네년이 이렇게 멀쩡할 줄은 몰라서 신기해. 그래서 확인해 보고 싶은 게 있어."

시원이 그녀를 포위해 몰아갔다. 시원의 눈에 경계심을 드러내는 하얗고 마른 계집이 보였다. 굶어 죽었을 거라 생각한 계집의 눈에 언뜻 스치는 불안감. 평소보다 훨씬 더 마른 느낌이었지만 소린과 같은 얼굴은 더욱 시원의 입맛을 다시게 했다. 독설로 무장한 무명은 제 입과는 달리 한없이 연약하고 바스러질 것처럼 보였다.

시원은 백에게 손을 뻗었다. 두 손목이 제 한 손에 잡힐 정도로 바싹 말랐다. 힘이 없어진 탓인지 계집은 반항도 못하고 끌려왔다.

그는 더러워진 무명의 옷을 찢어내었다. 가슴에 덧댄 붕대는 무명을 보호하는데 별 도움은 되지 않았다. 그 붕대를 뜯어내자 바싹 마른 몸과는 조금 어울리지 않는 체구에 비해 제법 봉긋한 두 개의 가슴이 보였다. 무명은 느닷없는 상황에 반항하려 했지만 힘이 들어가질 않았다. 금방이라도 몸이 끊어져 쓰러질 것 같았다. 그녀가 몸을 흔들 때마다 가슴이 흔들리자 시원의 눈이 만족감으로 둥글어졌다.

"네가 유청하와 붙어먹었다지? 사내를 몰랐다면 더 좋았겠지만 알고 있다면 더 험하게 길들일 필요도 없겠네."

머리가 돌지 않았다. 하지만 무명의 온몸에 소름이 오소소 돋았다. 제 가슴을 가려야 했지만 그것조차 잊어버릴 정도로 공포감만이 무명을 잠식했다. 게다가 유청하라니!

"무, 무슨 말이야!"

무명의 의도와 달리 쉰 목소리가 튀어나갔다.

"네년은 유청하가 널 구하러 올지도 모른다고 생각했겠지만 틀려먹었거든."

시원은 눈이 왕방울만 하게 커지는 무명의 얼굴을 보며 제 생각이 틀리지 않다고 여겼다.

"그놈은 오지 않아. 아니, 오지 못해. 네년 때문에 유폐되어 있다가 식음을 전폐했다고 들었지. 이소린이 그놈을 눈독 들였으니 나로선 이 상황이 나쁘지 않아. 네년을 가질 수 있다는 거니까."

유청하. 그가 아직 여기에 있어? 소린이 눈독을 들였다고?

무명은 반항할 기력도 잃고 고약한 시원의 말을 듣고만 있었다.

"이소린은 널 반드시 죽일 거다. 소린에게 불만이 많은 것 같으니 조용히 날 따라오는 게 좋을 거야. 창현왕은 네 정인이라던 유청하를 제 딸의 남편감으로 점찍었어. 대대적인 잔치가 벌어질 거라고. 바로 오늘."

"뭐……?"

날짜 감각이 사라졌던 무명의 눈이 멋대로 흔들렸다.

"서, 설마. 오늘이 소, 소린의 생일?"

"그래. 흉괴도 멈추었으니 창현왕은 신나게 잔치를 벌이고 변덕스런 창족들은 소린과 정체 모를 부마를 칭송하고 있지. 소문에는 왕도의 사람들도 끼어 있다고."

무명은 풀썩 주저앉아 넋이 나갔다. 제 옷이 반쯤 벗겨졌다는 것도 망각했다.

시원이 문을 열고 백영대들을 불렀다. 흑과 일이 들어와 넋이 나간 무명을 챙기고 옷을 여며주었다. 무명은 그들이 먹여주는 물을 들이마셨다. 얼마나 목이 말랐는지 물로 허기를 채우고 그녀들이 건넨 주먹밥을 허겁지겁 먹어치웠다. 눈앞의 물과 음식을 먹은 뒤에야 무명의 정신이 조금씩 돌아왔다.

무명은 이 상황에 대한 설명을 위해 흑을 바라보았다. 설명한 쪽은 일이었다.

"네가 살아 있을 줄 몰랐어. 살아 있다면 널 살려달라고 흑이 시원 님에게 부탁했어."

"소, 소린 님은?"

일은 말도 말라며 손사래를 쳤다.

"그 여자 이야기는 하지도 마. 너 죽이고 너랑 정분난 사내 차지하려고 하고 있다니까."

흑도 끼어들었다.

"공주님은 모르시는 일이다. 그러니 조금이라도 더 살고 싶다면 내가 시키는 대로 해."

일이 시원과 함께 탈출경로를 이야기하는 동안, 흑은 무명에게 슬쩍 귀엣말을 건넸다.

"오늘은 소화공주의 생일이다. 창현왕이 부마가 될 자를 발표할 거고 궁은 개방되어 있어. 네 목숨이 붙어 있다면 유모와 공주는 오늘 밤 널 처리하려 했으니 지금 도망치는 수밖에 없어. 소린의 손길이 닿지 않는 곳이면 어디로든 가."

무명은 흑이 쏟아내는 이야기에 놀랐고 그것을 일이 도왔다는 것에 더 놀랐다.

"어, 어째서 나를? 나 때문에 적이……."

흑은 적의 사촌 자매로 백영대 중 누구보다 가까웠다. 적이 무명 때문에 죽었으니 흑이 무명을 미워하는 것은 당연하다 생각했는데. 흑은 단호했다.

"적은 그걸 바랄 거야. 적은 네 아기를 지켜주지 못해서 미안해했으니까."

아기. 잊고 있었던 존재에 무명의 눈이 왕방울만하게 커졌다. 애써 참았던 눈물이 후드득 쏟아지려 했다. 적은 아기의 첫 번째 기일에 자살했다.

"지금 도망치지 않아도 난 죽는데."

슬쩍 여우가면을 들어 보이며 흑이 온화한 갈색 얼굴을 보였다.

"혼란스러울 때 가."

"유, 유청하는?"

"그 사내는 널 돕지 못해. 그가 소린과 시간을 버는 동안 너는 도망치는 게 나아."

"그는."

"천오국이 아니라 왕도의 사람이다. 창현왕께서 그자를 애지중 지하고 있어. 그자는 절대 네 것이 될 수 없어."

흑의 명령에 무명은 거역할 힘도, 판단할 여력도 남아 있지 않았다.

"둘이서 작별인사라도 해? 왜 나만 빼고 쑥덕여? 시간 없으니 얼른 서둘러."

일이 끼어들었다. 그들은 대충 무명의 옷을 수습한 뒤 몰래 가져온 여인의 옷을 뒤집어씌웠다. 무명이 제대로 걸을 수도 없어 두 여인은 무명을 부축했다.

멀리 풍악 소리가 울려 퍼졌다. 무명은 다시 짐짝처럼 시원에게 맡겨졌다. 시원은 미리 준비한 쓰개를 그녀의 머리 위로 뒤집어씌 웠다. 좁아진 시야가 어지럽다. 무명은 자신이 쓰러지기 직전임을 깨달았다.

무명이 잠시 기절했다 깨어났을 때 그녀는 시원에게 기대어 있었다. 그가 궁 앞 광장까지 용케 그녀를 끌고 온 모양이었다. 주변에는 군웅들이 가득했다. 흥겨운 풍악이 귀를 찔렀다.

많은 창족과 귀족들, 초대된 일부의 군중들이 어수선하게 흩어져 있었다. 그들은 가장 좋은 옷을 입고 자신을 화려하게 뽐냈다.

무명은 구름처럼 모인 사람들의 어깨 너머로 백영대를 발견했다. 그들은 공주와 함께 연단 아래에 있었다. 주변으로 창현왕이 있는지 창족을 지키는 군사들이 잔뜩 모였다.

"부마를 뽑고 발표한다고 하는 자리지. 게다가 이소린이 처음으로 모두에게 얼굴을 보이는 자리다."

시원은 비아냥거리듯 말했다. 그가 무명을 붙잡은 손에 힘을 잔뜩 주었다.

"그 옆에는 네 정인이라 했던 사내가 있을 거다. 그자가 무슨 생각을 하려 했는지 모르지만 왕도에서 사자들이 온 뒤로 무척 얌전해졌지. 꽤나 지위가 높은 왕도의 귀족인 모양이더라고. 창현왕은 그를 소린과 정략결혼시키기로 모의했어. 그가 왜 인형처럼 얌전해진 건지는 모르겠지만."

시원은 이 상황이 재미있었던 듯 관망하려는 눈치였다.

"네 정인이라던 유청하를 보고 싶지 않은 거야?"

어디선가 꽃바람이 휘날렸다. 음악 소리가 귀를 자극했다. 시원이 가리키는 방향에 선 소화공주가 보였다. 그 옆에 키가 큰 금갈색 머리카락의 사내가 있는 듯하다. 멀리서 보이는 그의 형상이 마냥 우련해 무명은 있는 힘을 다해 깨금발을 들었다.

"처, 청하."

그의 이름을 불렀지만 닿을 리 없다. 그래도 무명은 노력했다.

그녀의 기운을 의식한 듯 수없이 많은 사람들의 얼굴을 응시하며 그녀를 찾고 있는 그의 옆모습이 또렷이 보였다. 며칠 새 저만큼이나 상해 버린 사내의 수척한 얼굴을 보며 무명은 그가 안쓰러웠다. 죽어가는 저만큼이나 너무 아파 보여서.

그래서, 가슴앓이를 했다.

그가 자신 쪽으로 우연히 고개를 돌렸다. 사람들이 너무 많고 거리가 너무 멀어서 제대로 보이리라고 생각하지 않았다. 그러다 아주 우연히 눈이 마주친 듯했다. 그가 무언가를 말하듯 입을 벙긋거렸다. 먼 거리에서 그의 말을 들을 수 없었지만 그는 필사적이었다. 고운 자색 비단포의로 감싸인 그가 외치고 있다. 그의 뒤에서 누군가 그의 입을 막으려 하고 있었다.

그가 아직 묻고 있는 것일까. 들리지는 않았지만 그의 말에 화답해야 했다.

그는, 제게 아직 해답을 원한다.

"같이…… 같이 가요……."

바짝 마른, 가시 같은 손을 들었다. 그, 유청하를 향해 그 손을 뻗었다. 그는 높은 하늘의 태양과도 같았기에 잡히리라곤 생각지 않았다.

그녀의 가냘픈 몸짓에 수척해진 그가 무명을 응시하며 빙그레 웃었다.

느닷없는 바람이 불었다. 그 바람 사이로 무명은, 그의 잔잔한 목소리를 들었다.

—소원은 뭐지? 그대의 소원을 들어줄게.

소원? 무명은 죽어가는 제 몸을 내려다보았다. 나의 죽은 아기, 죽어버린 적. 망가진 내 몸. 모든 것이 원망스럽고 한스러웠다.

그리고 모든 것의 원인인 소린.

무명은 여느 때보다 화려하고 눈부신 미모를 뽐내는 이소린을 바라보았다. 많은 이들을 죽이고 짓밟고 가책 하나 느끼지 않는 소린이 미웠다. 창족의 공주인 너. 나는 네가 싫었어. 너를 위해 바쳐진 내 인생이 증오스러워. 내 아기는 너 때문에 죽었으니까! 나는 너 때문에 망가졌으니까!

무명은, 소원을 말했다. 그녀의 망할 입이 제멋대로 마음 속, 소원을 털어냈다. 증오하고 있던 소린에 대한 미움이 커져 그 미움이 복수심으로 화했다. 그녀는 진심으로, 소린을 저주하고 또 저주했다.

"소린을 축하하기 위해 온 자들을 벌해줘요."

—어떻게?

복수. 무명이 바라는 것은 단 하나. 무명은, 제 시야를 가리는 쓰개를 벗고 소린을 쏘아보았다. 거의 살갗과 뼈만 남은 귀신 같은 형상으로 외쳤다.

"이 자리의 사람들을 모두를 죽여 버려. 이소린이 좋아하는 귀신들이 되어 무간지옥이 된 이곳에서 그녀의 생일을 축하해 주었으면 해! 네가 날 죽이려 했던 것만큼이나 처참하게 네 연회에 온 사람들의 피를 뒤집어쓰길 원해! 그렇게 네 종족과 네 일가들의, 창족 전체의 파멸을! 네년이 우리를 깔보았던 것만큼 비참하게 죽어갔으면 해! 나를 죽이려 했던 것 이상으로, 내게 고통을 주었던 것 이상으로 끔찍하게 땅을 기면서 그렇게 살아! 이 세상의 가장 낮은 곳에서 그렇게 산 것도 죽은 것도 아닌 귀신처럼 살아!"

"저년을 잡아라! 저년을 잡아!"

당황한 시원이 그녀를 붙잡았던 손을 놓쳤다. 저주를 퍼부으며 아우성쳐 대던 무명은 군중들에게 붙잡혔다. 그들의 손이 무명을 찢어 죽일 것처럼 날카롭고 매섭게 움직였다.

"그만. 그만해."

무명을 잡아당기며 그녀의 입을 막으려던 손들이 어느 순간, 정지한 것처럼 멈췄다. 그리고 처참하게 허물어져 내렸다.

아무도 그 순간 무엇이 일어났는지 깨닫지 못했다.

모두의 코끝에 진한 혈향이 확 끼쳤다. 무명의 주변으로 파도가 인 것 같았다. 사람들의 조각난 부분들이 멋대로 흩어져 버렸다. 무명은 제 현실을 인지하지 못하고 멍하니 토막난 사람의 조각들을 바라보았다.

대체, 무슨 일이 벌어진 것일까. 제 옷을 물들이는 붉은 피는 지독하게 비현실적이었다.

멀리서, 비명이 들렸다. 청하의 입매가 뒤틀렸다. 붉은 안개가 일제히 사방을 휘덮었다. 그 파문 속으로 유유히, 청하가 뛰어들었다.

"이, 이것은!"

유청하가 일으키는 재액災厄이다.

청하가 움직이려 하자 그의 뒤에 서 있던 두 명의 사자들이 다급히 그의 팔을 잡아끌었다.

"와, 왕자!"

그가 힘을 펼치기 시작한 것을 알면서도, 그의 정체를 밝히지 않기 위해 목소리를 잔뜩 낮추는 어머니의 사자들이, 그는 우스웠다.

"며칠간 내 힘을 묶고 내 눈을 가리느라 수고 많았다. 허나 이것도 끝이다."

"왕자가 원한 것이지 않소이까! 이소린을 찾아간 것도, 그녀와의 혼례를 추진한 것도 모두 그대를 위해!"

유청하는 즐겁게 웃었다. 나는, 그런 것 따위가 아니다. 뒤틀려 버렸다.

"멋대로 내 힘을 구속하고 내가 인정하지 않는 혼사를 진행시키려 했지. 창족이면 버려진 왕자라도 나쁘지 않겠다고, 어머니에게 좋은 일이라고 생각했나. 내가 광기에 젖어서 내 의지 따위는 무시해도 된다고 생각했겠지. 나를 광인 취급하며 나를 두려워하며 묻지도 않았다. 어머니의 충복으로서 최대한 어머니에게 좋은 일을 했을 따름이지. 허나, 더 이상 선인의 족쇄로 나를 묶어둘 수는 없다."

사자들은 스산한 웃음을 띄는 청하를 두려워하며 물러났다.

누구도 그의 힘을 눈앞에서 본 적이 없었다. 왕자는 횡액. 가까이해서는 안 되는 광인. 그는 제멋대로이기에 그를 쫓아가 묶어두려 했다. 기왕이면 그를 처리할 수 있게 창족에게 떠넘길 수 있다면 그것 또한 나쁘지 않다고 생각했다.

그가 피바람 사이로 스며들었다. 장신의 사내는 제 목표를 향해서만 앞으로 나아갔다.

그곳에 끊어질 것처럼 위태롭게 선 무명이 있었다.

네가 소망했기 때문이다. 그 광기에 물드는 것을, 내가 원했다. 그랬기에 미쳤다 해도 상관없다.

창현왕 이주온을 향해 그는 자신의 의지를 날렸다. 광대한 힘을 묶어두고 희희낙락하던 창족의 왕이여.

—날 붙잡으려 하다니, 어리석은 짓이었다. 이주온. 나는 그대의 딸이 질색이었거든. 나는 내 여인이 소망하는 대로 움직인다. 그것에는 내 바람도 섞여 있다.

왕도의 사자들에게 청하는 자신의 의지를 더했다.

—기억하라. 나를 말릴 수 없다는 걸. 나는 내가 원하는 대로 움직인다. 나를 누구도 억지로 잡아 둘 수는 없다.

그의 힘은 형태가 없다. 도덕도 없다. 그가 진심으로 바라는 순간, 그가 소망하는 순간에만 이루어지는 비극. 자신조차 설명할 수 없는 재액.

그것이 이런 형태로 이루어진 것은 유감이었으나 그것 또한 무명이 바라는 것이라면 나쁘지 않겠지.

그것은 지독한 피바람이었다. 비명과 절규, 아수라장이 이어졌다. 사람들의 사지가 보이지 않는 힘에 의해 튕겨 나갔다. 날카로운 바람이 칼이 되어 모두를 할퀴고 지나갔다. 군중들 전체를 밀어내기도 하고 내던지기도 했다.

피의 내음을 맡은 요수들이 잔뜩 몰려들었다. 그들은 사지가 뜯겨 허물어지는 사람들의 육신을 뜯어먹으며 피의 성찬을 즐겼다. 으드득, 뼈가 부러지는 소리가 들려왔다. 핏빛 향내만이 가득 해졌다. 살아남은 자들은 제 목숨을 부지하고자 도망쳤다.

소린은 그 광경을 내며 얼어붙었다. 어찌된 것일까. 소린을 보호하려던 백영대의 두어 명이 허리가 잘려 나갔다. 사람이 반으로 갈라져 무너지는 것을, 소린은 보아야 했다. 그들의 피를 뒤집어썼다. 제 생일을 축하하러 온 이들이 도주했다. 그들은 시체가 되었고 밟혀서 죽기도 했다. 아비규환. 창족들의 반절 이상이 뜯겨진 시체가 되었다.

그 가운데 선 것은 제게 저주를 퍼부은 귀신 같은 몰골의 무명이었다. 그 무명을 애잔하게 감싸 안는 사내의 품에 무명이 허물어졌다. 그는, 마치 기다렸다는 듯 그녀를 껴안으며 속삭였다. 그 목소리만이 소린에게 똑똑하게 들렸다.

"왜 이제야 말을 해? 왜 이제야 기다렸던 대답을 하는 거지? 쓸데없는 것들이 너무 많이 죽었잖아. 미리 떠났다면 이런 일을 벌일 필요도 없었잖아."

소린의 손이 떨렸다. 저것은, 인간이 아니다.

인간일 수 없다! 저, 저것은!

"너, 너는 괴물이야!"

그가 진심으로 기쁘게 웃었다. 죽음의 쾌락에 물들어 버린 것일까.

허나 유청하는 그녀를 향해 웃어 보였다.

"신의 능력을 가진 자로서 예견하건대, 너로 인해 창족은 멸망한다. 나의 소녀가 소망하는 일이니까."

힘없이 늘어진 무명을 보물처럼 품에 안은 그가 돌연 고개를 들었다. 그가 바람을 타고 날아가더니 이내 하늘로 사라져 버렸다. 긴 교룡의 그림자가 땅 위에 잠시 드리워졌다가 사라졌다.

소란이 잦아들자 그 처참한 광경이 여실히 드러났다. 창족의 광장을 가득 메운 이들 중 제대로 서 있는 이는 없었다. 그곳에는 피와 주검들만이 가득했다. 소린은 피를 뒤집어쓴 채 절규했다.

6장. 깃털섬

　미우라 불리는 늙은 여인의 기억은 '바람'에서 시작되었다.

　생애 최초로 기억이 시작된 순간, 그녀는 어미의 등에 매달려 하늘을 날고 있었다. 아기였을 때의 기억이다. 낡은 포대기에 몸을 지탱하고 조막손으로 어미의 옷깃을 필사적으로 부여잡았다. 바람은 매서웠다. 어미는 옷깃을 잔뜩 싸매어 아기 미우를 보호하려고 했다.

　하늘을 나는 순간들의 비행은 무섭고도 아찔했다. 미우는 기저귀를 차고 있었지만 하늘을 나는 순간들이 두려워 오줌을 지린 적도 많았다.

　그러나 그 어미의 등 너머로 훔쳐본 풍경들은 몇십 년이 지난 지금도 기억이 생생했다.

끝없이 푸르른 창공, 광활한 심해의 깊은 바다, 끝없는 초원들.

여행은 그들의 사명과 같았다. 어머니의 어머니, 혹은 그 선대의 어머니 혹은 아버지들로 한없이 거슬러 오른다 해도 그들은 계속 하늘을 날았다.

그들은 바람이 되기를 갈망했다. 여행과 방랑을 업으로 삼으며 그들은 스스로를 바람일족이라 칭했다.

미우는 그런 바람일족으로 태어났다.

바람은 어느 곳에도 머물지 않는다. 그들에겐 국적이란 필요 없었다. 재물과 욕심 모두 그들에겐 어울리지 않는 단어들이었다. 그들은 세상에서 가장 가진 것이 없었으나 이 세상을 가장 오랫동안 굽어보는 이들이었다.

동시에 그들은 세상의 처음과 끝을 보았을 유일한 인간들이었다. 그들만이 대륙을 맨 처음으로 건넜고 바다 건너 세계의 이야기를 전했다. 누구보다 멀리, 가장 빠르게 이동해 그들의 일족들 중 누군가는 피안에 다다랐을 터였다. 그들은 동시에 이 세계에서 가장 신비한 이야기를 전달하고 기록했다.

미우의 어미는 남쪽의 바람일족이었다. 그 어미의 어미, 그들의 어미가 그러했듯이 선대들도 바람일족이라 여겼다. 아비에 대한 기억은 없다. 바람일족에겐 혈연과 가족보다 그들 개체의 강인한 생명력과 맹약을 맺은 짝, 거조 아라키가 더욱 중요했다.

거조 아라키는 바람일족이 여행을 하는데 필수 불가결한 존재였다. 일족과 아라키는 맹약을 통해 공존했다. 그 맹약의 의식을 통해 서로의 의식과 생명을 공유했다.

반려, 혹은 영혼의 짝이다.

까마득한 수명을 가진 아라키는 자신의 기승자가 죽어도 살았다. 아라키가 사고로 죽어도 바람일족은 살아남았다. 허나 아라키와 아라키의 주인으로 맺는 맹약은 서로의 인생에서 단 한 번뿐. 두 존재는 서로의 짝을 잃으면 두 번 다시 맹약을 할 수 없다. 아라키를 잃어버린 인간은 두 번 다시 바람일족이 되어 하늘을 날 수 없다는 뜻이었다.

유랑인들은 아라키라는 이름을 모르던 까마득한 시절부터 거조 아라키를 탔다.

아라키의 깃털 하나는 사람의 팔뚝만큼 길었고 사람을 집어삼킬 정도의 커다란 부리 속에는 커다란 송곳니와 이빨이 숨겨져 있다. 커다란 두 쌍의 날개, 그 아래로 숨은 보조날개가 또 한 쌍, 고목나무 같은 튼튼한 두 발, 그리고 새의 몸에서 가장 길고 단단한 꼬리는 뼈로 이루어졌다. 깃털들은 모두 제각각의 색을 띠었다.

미우의 아라키는 다른 아라키들보다 멋졌다. 목과 등의 일부까지 붉은 깃털이, 등은 녹색으로, 다리 주변은 파란 깃털로 뒤덮였다. 어떤 아라키보다 크고 화려한 제 새에게 미우는 '키'라는 애칭을 주었다.

미우는 그 시절의 자신을 자랑스러워했다. 제 아름다운 아라키만큼 젊은 시절의 그녀는 강인했다. 동시에 일족에서 가장 아름다운 미녀이기도 했다. 그녀는 자신이 언젠가 남쪽 바람일족들의 수장이 될 거라 믿어 의심치 않았다.

그녀는 뭍에서 강하고 멋진 사내를 만나 사랑을 했고 그와의 사이에서 딸도 얻었다.

미우는 딸이 네 살이 되던 해 남쪽 깃털섬으로 돌아왔다.

남쪽의 바람일족들이 거하는 마음의 고향, 그들과 맹약을 하는 아라키들이 거주하는 곳. 그곳에서 미우는 제 딸에게 '주'라는 이름을 주었다.

주는 예쁜 아이였다. 미우는 딸 주가 멋진 바람의 일족이 될 거라 믿어 의심치 않았다. 허나 주는 바람일족이 되는 대신, 남주국의 가장 높은 곳에 선 자가 되었다.

딸 주는 남주국의 왕이었던 아비의 뒤를 이어 여왕이 되었다.

수많은 시간들을 회상하는 늙은 미우의 눈가가 흐릿해졌다. 그녀는 제 아라키의 깃털만큼이나 화려한 붉은 무명천을 휘감은 채 눈을 가늘게 떴다. 바짝 마른 갈색 손으로 눈물을 훔쳐 내며 황량하고 푸르른 깃털섬의 대지를 걸었다.

그녀만큼이나 초라해진 붉은 깃털의 '키'가 절뚝이며 그녀의 뒤를 쫓는다. 그러다 키는 북쪽 하늘을 향해 제 민둥머리를 들어 시선을 고정했다. 키가 울음을 토해내자 쭈글쭈글한 갈색 피부의 늙은 여인도 시선을 돌렸다.

"누가 오니?"

미우의 시선도 키가 노려보는 북쪽 하늘로 향했다. 구불구불한 긴 형체가 날아오고 있었다. 그 뒤로 시커먼 거먹구름들이 교룡을 쫓아오고 있었다.

미우의 눈이 크게 떠졌다.

"설마, 청하?"

그녀의 다섯 손자들 중 가장 바람일족을 닮은 손자.

주의 다섯 아이들 중 가장, 주를 닮지 않은 아이.

"청하가 돌아오는구나."

청하라는 말에 늙은 키가 하늘을 날고 싶은지 깃털 빠진 날개를 파닥거렸다. 막내손자를 가장 좋아하는 키를 다독거리며 미우는 손자가 깃털섬에 도착하기만을 기다렸다.

교룡은 느리게 하늘을 날았다. 교룡이 파도가 철썩이는 해변으로 내려왔을 때 미우는 키를 타고 바지런히 그곳으로 이동했다.

교룡 옆에서 청하가 여인을 품에 안고 지상에 서 있자 미우는 까무러칠 정도로 놀랐다. 청하가 이 깃털섬에 여인을 데려온 적은 없었다. 허나 그의 품에는 가장 소중한 보물이 안겨 있었다. 그녀를 내려다보는 청하의 얼굴은 부서질 정도로 황폐했다.

상처를 입은 모양이다. 허나 제 품에 안긴 여인이 부서지랴 알뜰살뜰 보살피는 모습은 낯설었다. 어쩌면 평생 보지 못할 거라 여겼었다.

미우는 한걸음에 청하에게 달려갔다.

"오랜만이에요, 할머니."

미우의 시선은 청하의 품에 안겨 있는 하얀 피부의 여인에게 꽂혀 있었다. 기절한 듯 축 늘어져 의식이 없는 여인은 말라 있었지만 무척이나 곱고 예뻤다.

또렷한 이목구비의 얼굴, 티 없이 하얀 피부, 가늘고 여려 보이는 얼굴과 몸. 아아, 본 적은 없었지만 미우는 금방 알아볼 수 있었다.

"설마, 가해도의 그 아이냐? 네가 찾고 있던?"

청하는 느리게 고개를 끄덕였다.

"무명, 이라고 합니다."

이름이 없는 여인이다. 미우는 키가 훌쩍 큰 제 손자가 제 연인을 소중하게 보듬어 다독이는 모습을 보았다.

"제가 은애하는 사람입니다, 할머니."

미우는 탄식 같은 긴 한숨을 내뿜었다.

바람일족에게 가장 위험한 것은 사랑과 애정이었다. 그 사랑이란 것이 일족의 사명을 잡아먹고 발목을 묶는다. 날아가고 싶어했지만 그 애정에 잡아먹혀 바람이 되고 싶은 사명이 파괴되는 것이다. 그녀가 그렇게 붙잡혔듯이, 제 딸 주가 그렇게 바람이 되는 사명을 잊어버렸듯이.

"해변가에 네가 쓰던 오두막을 치워주마. 그곳이 조용할 게다."

청하는 파리한 얼굴로 고개를 끄덕였다.

✳

청하의 이야기가 들렸다. 바람결에 속삭이는 것 같은 낮은 목소리가 들린다.

그는 무명에게 이야기를 들려주고 있었다.

조금은 오래된, 그의 어머니가 겪었던 이야기. 무명은 반쯤 수면에 졸면서 먼 옛날 이야기 같은 그의 이야기를 들었다.

"내 어머니는…… 바람일족이었지. 남쪽 바람을 타고 여행을 하는 일족들. 그들은 스스로를 방랑자, 혹은 유목민이라 불렀다. 그들은 긴 여행을 했고 세계를 돌아다녔지."

무명은 대꾸 대신 낮은 바람 같은 한숨을 내쉬었다. 그것이 호응이라도 되는 양 청하는 말을 이었다. 멀리서 파도가 규칙적으로 철썩이며 그의 이야기에 화답했다.

미우는 거조 아라키와의 번식기를 맞아 섬으로 돌아왔다. 아라키의 번식기는 5년이나 10년. 그때마다 일족은 아라키를 데리고 대대적인 귀향을 했다. 아라키들은 양성체였으나 적당한 짝과 교합해 그들 개체가 각각 하나씩의 알을 낳았다. 그 새끼가 날아서 혼자 설 수 있게 되면 아라키들은 깃털섬에 그 새끼들을 두고 떠난다.

대략 그 반년의 시간동안 바람일족들은 고향인 깃털섬으로 돌아와 머물렀다.

"아라키와 맹약을 맺은 일족들은 10대 후반이 되면 짧은 여행을 시작해 20대에 들어서면 아주 먼 여행을 떠나지. 그들은 제멋대로야. 몇 년간 행방불명이 되었다가 애인들을 데리고 오는 사람도 있고 때로는 아이들을 데리고 떼를 지어 오는 일도 있지. 타지에서 부모를 잃거나 구조한 사람들을 데려와 바람일족으로 삼기도 해. 젊은 바람일족들이 아라키들의 번식기에 맞춰 귀향을 하면 섬을 지키던 늙은 일족들은 환영식을 벌였지."

때로 피가 섞이지 않은 이들도 깃털섬으로 들어오곤 했다. 일족에게 혈연이란 딱히 중요하지 않았다. 무명은 그 꿈과 같은 이야기에 집중했다.

섬에서 가장 연장자인 족장은 일족의 아라키들 중 가장 강한 녀석의 피와 깃털을 불태워 그것을 새로 섬에 들어온 아이들에게 먹였다.

아라키의 피와 깃털이 섞인 물을 마신 아이들은 하루쯤 앓아누웠다가 일어났다. 짧은 열병에서 회복된 아이들의 몸에는 아라키의 인장이 나타나곤 했다. 인장은 종족이나 피부색을 가리지 않았다. 인장이 나타났다는 것은 자신의 아라키를 골라 바람의 일족으로서 여행을 할 수 있다는 의미다. 인장이 나타나지 않았다 해도 아이들은 섬에 남았고 다음 아라키의 번식기에 일족의 의식을 치렀다.

"내 할머니 미우는 아름답고 강했다고 해. 그녀는 남주국의 본토를 날아가다 사랑에 빠진 적도 있었지. 사내는 자신과 정착하길 바라며 구애했지만 미우는 바람이 되기 위해 거절했대. 그리고 그를 떠났지. 남자에겐 아이를 임신했다는 것조차 알리지 않았어."

몇 년 뒤, 미우는 그 남자와의 사이에서 낳은 딸을 데리고 깃털섬으로 돌아왔다. 그때 미우의 딸은 4살. 섬에 돌아온 그녀의 딸은 족장에 의해 일족의 의식을 치러 아라키의 인장을 얻었다. 꽤 이른 나이이긴 했지만 바람일족에게는 흔한 일이었다.

허나 미우의 딸, 주에겐 모든 것이 빨랐다. 인장을 받고 제 아라키를 찾는 데만 몇 년이 걸리지만 주에겐 3개월이면 충분했다. 주와 맹약을 나눈 아라키는 미우의 아라키가 낳은 새끼였다.

평생을 함께해야 할 두 존재들은 어리고 약했다. 맹약이 어릴 때 이루어질수록 아라키와 인간의 결속력은 강해져 서로의 생명을 공유하기에 이른다.

주의 어린 아라키는 너무 약해 죽을 것 같았다.

무명은 바다 소리와 함께 잔잔하게 이어지는 그의 다음 말을 기다리며 눈을 떴다.

그녀의 눈에 들어온 것은 통나무로 지어진 단출하고 초라한 집이자 방이었다. 무명은 야자수로 만들어진 커다란 침상 위에 누워 있었다. 무명은 눈을 뜬 채 그를 빤히 바라보았다.

침대 옆에 앉아 이야기를 하는 청하는 가해도에서 보았을 때처럼 재색의 바지에 상체엔 조끼 하나만을 걸친 차림이었다. 그는 금갈색 머리카락을 늘어뜨린 채 다정하게 무명을 내려다보았다.

창 너머에선 파도 소리와 함께 희미한 아이들의 웃음소리가 들려왔다.

"깼군."

무명은 청하의 부축을 받아 상체를 일으키며 어리둥절했다.

후텁지근한 열기와 소금기 섞인 바닷바람. 제가 있던 곳보다 꽤 남쪽이라 생각되었지만 왜 청하와 그녀가 여기에 있는지, 이곳으로 오기 전 어떤 일이 있었는지 알 수 없었다. 머릿속은 안개가 낀 듯 혼탁했다.

통나무집을 멍하니 둘러보며 무명은 그가 하고 있던 이야기만을 상기했다.

"이야기, 계속해 줘요."

"재미있어?"

무명은 고개를 끄덕였다.

"끝이 비극인데도?"

잠시 망설이다 무명은 고개를 주억거렸다. 청하는 목청을 가다듬으며 다시 말을 이었다.

"……주의 아라키는 너무 허약했어. 미우는 어린 딸과 허약한 아라키를 걱정하고 섬에 남았어. 하지만 주의 아라키는 1년을 살지 못했어."

허약한 개체의 죽음은 특별할 것이 없었다. 허나 아라키가 죽고 그 새끼와 맹약을 나누며 생명을 공유한 주에게도 피해가 고스란히 돌아왔다. 주는 제 아라키가 죽자 사경을 헤맸다. 살아 있지만 숨이 붙은 정도였고 언제 죽을지 모를 정도로 허약해졌다. 미우는 제 하나뿐인 딸을 걱정하다 결국 한 사람을 찾아갔다.

자신의 애인, 주의 아버지. 그리고 청하에겐 외조부가 되는 사람이었다.

그의 외조부는 강인한 사내였다. 미우가 아픈 딸을 데리고 찾아가자 그는 분노했고 저도 몰랐던 딸이 죽어간다는 것에 충격을 받았다. 그는 딸을 살리기 위해 최선을 다했다. 미우에겐 제 곁에 남으라 명령했다.

"……미우는 고집스런 여자였지. 딸을 사랑하긴 했지만 그녀는 뼛속까지 바람일족이었다. 딸이 낫는 모습을 본 뒤 그녀는 그 딸을 그에게 맡기고 떠나려는 생각이었지. 하지만 그렇게 되지 못했다. 외조부는 상당히 독점욕이 많은 사람이었으니까."

"그래서요?"

무명은 다시 이야기에 몰입했다. 청하는 태연하게 다음 말을 이었다.

"외조부는 미우의 아라키를 베었지. 미우는 삼 일 밤낮을 계속해서 울었어. 미우의 아라키, 키는 겨우 목숨을 건졌지만 양 날개들의 힘줄이 베어져 날 수 없게 되었어. 아라키가 날 수 없다는 건 바람일족으로 미우가 돌아갈 수 없다는 거였어."

단지 과거의 이야기일 뿐인데 가슴이 아팠다. 무명은 반사적으로 몸을 움츠리다 제 마른 몸의 뼈가 맞부딪히는 황망한 느낌에 몸을 살폈다. 뼈 위에 살색의 피부를 한 꺼풀 발라놓았을 정도로 저는 바싹 말라 있었다. 아아, 광에 갇혀 굶주려서 이런 모양이 되었다. 소린 때문에 갇혔던가? 그 뒤에 또 무슨 일이 있었지?

기억은 하나둘씩 돌아왔지만 명확하지 않았다.

"미우는 외조부가 죽은 뒤에야 해방될 수 있었다. 주는 다행히 무사하게 목숨을 건지고 아라키가 있었던 사실도 까맣게 잊어버린 채 훌륭하게 자라났지."

"어머니는 아직 살아 계세요?"

무명이 반사적으로 질문을 던지자 청하는 고개를 끄덕였다.

"나까지 자식을 다섯이나 낳고 남편을 여러 명 두었지. 애인들은 손꼽을 수도 없었을 거다. 다만, 그렇게 강하고 튼튼하게 되기까지 그녀는 자신의 유년기를 모두 바쳐야 했어. 그리고 맹세했지. 누구보다 어떤 이들보다 강해져야 한다고. 그녀는 제 갈망을 이루어냈지만 그래서 약한 것 따위는 용납하지 못해. 그것은 죽은 제 아라키를 연상시키니까."

이야기를 하며 청하는 쓴웃음을 지었다. 다섯 손가락을 깨물어

특히 아픈 손가락이 있다. 하지만 용도도 없는 거스러미처럼 아프지만 베어내어야 하는 것도 있다. 청하는 어릴 적 죽은 주의 아라키만큼 허약하고 쓸모가 없는 존재였다.

쓸데없이 뻗어나가려는 망상을 관두고 청하는 무명에게 집중했다. 바짝 마른 무명의 얼굴에 손을 가져다 댔다. 바싹 말라 버린 무명의 얼굴은 퀭해 작아 보였고 그의 손은 그녀의 얼굴에 비해선 너무 컸다. 무명이 멍하니 중얼거렸다.

"나…… 배고파요."

청하는 무명을 위해 미리 준비해 뒀던 과일들을 그녀의 앞에 내밀었다. 더위 때문에 미지근해지고 시들어 버렸지만 무명에겐 그것도 꿀맛이었다.

"천천히 먹어, 체할라."

청하는 걱정스럽게 그녀를 챙겼다. 낡은 입구 쪽에서 문을 두들기는 소리가 났지만 먹느라 바빠 그것도 듣지 못했다.

맛있는 고깃국냄새에 무명은 저도 모르게 고개를 들었다. 야자수잎으로 엮인 문을 젖히며 들어온 것은 늙은 여인이었다. 청하는 그녀를 반기며 무명에게 소개했다.

"내 할머니 미우야. 여기는 명이에요."

갈색 피부의 주름진 백발의 여인은 붉게 물들인 천을 몸에 두르고 있었다. 붉은 새의 깃털로 된 목걸이와 조개팔찌를 걸었지만 보잘것없는 장신구에도 참으로 위엄이 흘렀다. 청하처럼 키가 컸고 그녀의 이목구비나 웃는 얼굴은 그 분위기가 청하와 흡사하기도 했다.

게다가 방금 전까지 들었던 이야기 속의 인물. 미우. 그의 할머니.

무명은 엉겁결에 그녀를 향해 머리를 조아렸다. 그 미우의 뒤로 불쑥 커다란 새의 민둥머리 하나가 무명을 보고 하나밖에 없는 눈을 껌뻑였다. 몸이 어찌나 큰지 보이지도 않았고 목의 두께만 해도 무명보다 큰 것 같았다.

"저건 미우의 아라키. 그냥, 키라고 불러."

무명은 민둥머리 새의 목깃을 바라보았다. 선명한 붉은 깃털. 그 색이 무명의 시야를 자극했다. 머리가 어지러워졌다.

상처를 입은 붉은 색의 아라키. 붉은색의 상처.

피.

혈향.

뒤죽박죽의 기억들 속에서 무언가가 떠오른다.

소린의 생일이었지……. 그리고 피와 시체들이……. 그리고…….

자신은 무엇을 했지? 분명 청하에게 손을 뻗었고 그가 무어라 기쁘게 대꾸했다. 손을 잡는다고 했던가? 이 사람들을 죽여달라고 멋대로 퍼부어댔던가. 아, 독설. 독설을 신나게 퍼부어대며 제 남은 마음 속의 진실들을 모두 털어놓았지. 악을 썼다. 저주한다고, 모두를 죽여달라고 그렇게 외쳤다.

……소원은 이루어졌다.

청하가, 이루어줬다. 그가 피바람을 불러왔으니까.

무명은 반쯤 넋이 나간 채 물었다.

"여, 여긴 어디예요?"

"깃털섬."

"깃털섬?"

"창족의 땅과는 거리가 멀어. 그곳보다 훨씬 남쪽바다에 위치한 섬이야."

현실인가. 현실이 아닌가. 하지만, 분명 피의 기억은 분명했다. 소린의 생일날, 그녀가 청하를 제 남편감으로 삼으려고 했었을 때. 그때 피가, 피가……!

무명은 먹던 과일들을 떨어뜨렸다. 역했다. 지독한 욕지기에 쏜살같이 밖으로 뛰쳐나갔다. 미우와 아라키, 청하가 뭐라 말하는데도 들리지 않았다. 무명은 통나무집 옆에서 한바탕 속을 다 토해내고서 그 자리에 주저앉았다.

그러다 제 눈앞에 펼쳐진 파랗고 평화로운 풍경에 넋을 잃었다.

환한 낮, 새파란 쪽빛의 바다가 보였다.

먼바다를 벗 삼아 갈색 피부의 아이들이 맨몸뚱이로 뛰어들고 있다. 아이들의 주변으로 날아다니는 커다란 새들도 보였다. 그 새들을 상대로 시비를 거는 청하의 교룡도 보였다.

강렬한 태양 아래서 무명은 지독한 어지럼증을 느꼈다.

대체 어떻게 된 걸까?

나는, 왜 여기에 아직 살아 있는 걸까?

무명은 뜨겁게 달아오른 해변의 모래를 한 움큼 쥐었다. 그 모래가 다시 제 손을 빠져 아래로 흘렀다. 그 깨알 같은 모래들이 붉은색의 환영으로 변화하는 것 같았다. 붉은 피, 널브러진 시체들,

자신을 방해하려다 조각난 사람들의 모습, 피의 안개.

무명은 제 얼굴을 감싸며 비명을 질렀다.

왜, 왜! 왜 나한테 이런 일이 벌어지는 건데! 왜 그 사람들은 죽은 건데!

"내, 내가 그들을 죽였어. 나 때문이야. 내가 그런 말을 했기 때문에!"

흔들리는 무명의 어깨를 바로잡으며 청하가 시선을 맞췄다. 갈색의 잘생기고 익숙한 얼굴을 보며 무명은 무어라 입만 뻐끔거렸다.

"그들을 죽인 건 나야. 너 때문이 아니야."

"하, 하지만 내, 내가 말해서. 그래서 그들을!"

"진정해!"

"사람들이 죽었어! 나 때문에 죽었을지도 모르는데! 나는 왜 여기에! 나는 죽었어야 했는데!"

뺨에서 불길이 일었다. 청하가 손을 들어 그녀의 뺨을 때린 것이다. 순간 무명이 놀라 괴성을 멈췄다. 멍하니 올려다본 청하의 얼굴도 저만큼이나 놀란 얼굴이었다. 그 뒤로 따라나온 미우와 그녀의 아라키가 보였다.

청하의 절규가 무명의 귀에 선명하게 들렸다.

"정신 차려! 명령을 내린 건 너지만 기꺼이 그 힘을 펼친 것은 나도 마찬가지니까! 다 죽여 버리고 싶었다고! 널 그렇게 만든 놈들을 죄다 죽여 버리고 싶었다고!"

무명은 더욱 멍했다. 저만큼이나 흥분해 버린 청하를 기이한 눈으로 응시했다.

대체, 당신은 뭐야?

"왜 그랬어요? 나는, 독설을 멈출 수 없다는 거 조금은 알고 있었을 거잖아. 말이 얼마나 무서운 건지 알고 있는데 왜 그대로 해! 왜 사람들을 죽였냐고!"

무명은 힘없는 손으로 그의 가슴을 내려쳤다.

그것은 꿈이 아니었다. 무명은 더욱 발작적으로 외쳤다.

"내가 하란다고 해도 하지 말았어야죠! 대체 왜 그랬어!"

"그건 네 책임이 아니야. 내가 한 일이다."

"그러니까 왜! 나만 죽으면 되잖아! 사실은 그런 생각을 해도 안 되었는데 나는 죽어가니까. 그 자리의 모두를 길동무로 삼아버려도 좋다고 생각했어요. 이소린 그 계집과 함께 지옥을 간다면 나쁘지 않을 거라고, 되려 기쁠 거라고 생각했지만. 그러면 안 되는 거잖아. 나는 거짓말 따위 못하는데. 당신은 왜 내 진심을 현실로 바꿔 버린 괴상한 힘을 가진 거냐고요! 왜 그랬어요! 나는 내 마음속에 있는 가장 추악한 진실만을 독설로 내뱉는 계집이 되어버렸는데! 왜 그랬냐고!"

어지럽게 쏟아지는 말들에 청하는 꽤나 충격을 받은 얼굴이었다. 그가 다그쳐 물었다.

"무슨 말이야? 왜? 이소린이 너한테 무슨 짓을 한 거야! 창족의 궁에서도 이상하다고 생각했어. 대체 무슨 짓을 한 거야?"

무명의 입이 재빠르게 가해도에서의 일들을 토해내었다. 그가 떠나고 난 뒤 벌어진 며칠간의 일들을.

그 이야기를 듣던 청하와 늙은 미우의 얼굴이 창백해졌다. 파란 하늘이 어지럽게 핑핑 돌았다. 무명의 간악한 입은 멈추지 않았다. 가감 없이 끔찍한 이야기들을 생생하고 고통스럽게 토해냈다. 듣는 사람을 상처 입히는 말들을 쏟아내며 청하를 저주하기까지 했다. 청하의 얼굴이 충격으로 일그러지자 무명의 심장에도 날카로운 가시가 박힌 듯했다.

제 할 말을 마치고 악을 써버린 무명은 금세 축 늘어졌다.

청하의 얼굴을 볼 수 없었다. 미우를 대면하기에도 제가 너무 끔찍했다. 무명은 억지로 기절한 척했다.

무명의 내면에는 악마가 숨어 있다. 그 악마가 모두를 상처 입힌다.

그러니, 자신을 구하지 말았어야 했다. 청하는. 그녀가 손을 내밀어도 잡지 않았어야 했다, 그는.

왜 나 같은 끔찍한 것을 구해서 그는 상처를 입는 것일까.

"일단 그 아가씨는 쉬어야겠구나."

그것이 미우가 무명에게 건넨 첫 말이었다. 청하는 깨어 있지만 억지로 눈을 감고 모두를 외면하는 무명을 안아 집 안으로 데려갔다.

바다만이 하염없이 무심하게 철썩거렸다.

✽

소린은 창족의 비극이라던 그날을 떠올렸다.

그녀의 생일은 지독한 악몽이었다. 그 뒤로 저는 창족의 요녀라 불렸다. 감히, 그 일을 일으킨 게 누군데!

소린은 두고두고 이를 갈았다. 그 망할 백! 그 백의 소원을 들어 줬다던 유청하! 그놈이 교룡을 불러와 백과 함께 사라졌지 않은 가! 저는 죄가 없다. 빌어먹을 그 유청하와 백이 저지른 잘못이란 말이다!

그 길고 구불구불한 교룡이 참극이 벌어진 궁전 앞을 날아가는 그림자를 보며 소린은 까무룩 의식을 놓았다.

헌데 잠깐만 교룡? 소린은 무언가 익숙하다는 느낌에 미간을 찌푸렸다. 기억을 더듬어보니 청하는 그녀에게 저인의 눈물진주 로 만들어진 목걸이와 교룡의 비늘을 주었다. 그리고 연회에서 무 언가 괴상한 말을 했었다.

교룡의 비늘을 처음 본 것은 아니었다. 그와 비슷한 무지갯빛 광택의 비늘을 백이 갖고 있어 불태운 적이 있었다. 백은 제 보물 을 빼앗겼다며 흥분해 폭언을 퍼부었지만 소린은 그것마저 웃어 넘겼다.

헌데 가해도에서 날아올랐던 교룡. 그 계집을 유난히도 살뜰히 챙기며 계집을 제 것이라 여겼던 유청하!

오, 맙소사!

"빌어먹을 백! 백 그 계집이 날 농락했어! 그놈이었다고! 4년 전 에도 유청하 그놈이었다고!"

"무슨 소리냐!"

창현왕이 소린의 반응에 놀라 되물었다. 소린은 신나게 대꾸했다.

"유청하 그놈이었다고요! 내 백영대 중 한 년과 놀아났던 사내가! 4년 전 가해도에서도, 그리고 지금도 모두 그놈과 백이 일으킨 일이라고요!"

제 생일에 일어난 비극은 끔찍했지만 그 재액의 힘을 가진 사내와 부부가 되지 않은 것이 얼마나 다행인가. 그런 괴물과 다시는 얼굴을 마주하고 싶지도 않았다. 백의 독설과 놈의 재앙이 얼마나 찰떡궁합인지 이가 갈릴 정도였으니까.

"그 괴물 놈이 버러지 같은 내 백영대 중 한 계집을 꿰어 차고 도망간 거라고요!"

짜악. 창현왕이 소린의 볼을 때렸다. 소린은 충격으로 주저앉았다. 볼을 부여잡으며 그녀는 제 아버지를 올려다보았다.

"아, 아버지? 무, 무슨."

창현왕의 굳은 얼굴을 보며 소린은 실소했다.

"아버지가 내게 세상을 다 줄 것처럼 말하던 그 혼약자가 그놈밖에 없었던 것은 아니죠? 내 구혼자들이 모두 사라져서 어쩔 수 없이 내가 잡고 있었던 놈을 택한 거잖아요. 안 그래요, 아버지? 그런 얼굴만 번드르르한 비렁뱅이 사내 따위! 그 끔찍한 힘을 가졌으니 반요인이겠지요. 그 천한 혈통을 어찌 감히 창족과 비견할 수 있냐고요!"

"닥치거라! 이소린! 적어도 그 사내를 택하지 않았어도 대놓고 면박은 주지 말았어야 했다! 창족을 위해서 최소한 그래야만 했다! 그 백영대 계집이 아니라 네가 그놈을 잡았어야 한다고!"

"대체 왜요! 그 사내가 뭐기에!"

두 부녀는 잔뜩 핏대를 높였다. 창현왕의 얼굴에 그늘이 어렸다.

그는 탄식했다.

"왕도, 청림부의 여왕에게는 다섯 아들이 있다. 유청하는 그중 다섯 번째 왕자다."

소린은 말이 되냐며 허리를 젖히고 웃다가 아버지의 진지한 표정에 겁을 집어먹었다. 맙소사, 그래서 왕도에서 온 사자들이 그에게 붙어 있었던가? 기분 나쁜 사내라 상대도 하지 않게 되었건만 그 유청하가 왕도의 왕자라니?

"하, 하지만 다섯 번째 왕자는 왕위를 잇지 않는다고 하지 않았던가요? 광인에 귀신이 들렸다고 내쳐진 유명한 놈이잖아요. 오, 맙소사. 그래서 그런 이상한 힘으로 사람들을 죄다 죽인 거라고요? 그럼 그자를 붙들어 죄를 물으면 되겠네요. 창족의 많은 사람들이 죽었어요! 모두 그 인간 때문에!"

"닥치거라! 죄를 물어야 할 것은 그가 아니라 우리다!"

창현왕의 노성에 소린은 하얗고 작은 얼굴을 응그렸다. 대체 아버지가 무슨 말을 하는 걸까. 그녀는 제 부어오르는 볼을 감싸 안으며 볼멘 목소리로 투덜거렸다.

"아버님. 그러지 마시고 이젠 근사한 녀석으로 제 남편감을 찾아주세요."

"남편감 따위가 중요한 게 아니다! 지금 우리들의 목숨이 바람 앞의 촛불이란 말이다! 그자의 교룡이 분노했다. 교룡이 머물렀던 백화강은 이미 교룡의 분탕질로 엉망이 되었다고! 우리도 그 백화강과 다를 바 없단 말이다."

창현왕은 소린이 무어라 말하든 듣지 않았다. 그는 잔뜩 겁에 질려 있었다.

"나, 나도 몰랐다. 그런 존재가 있다고 들었지만 그것이 진짜로 실재할 줄은."

"무슨 이야기입니까?"

소린은 이야기가 심상치 않다는 것을 확신했다. 제 아비가 평정심을 잃은 건 처음이었다.

"왕위 따위와는 상관없다. 그는 왕위 따위 물려받지 않겠다고 선언했으니까. 여왕과 그의 형제들은 대신 유청하의 지위를 따로 만들어주었다. 그는 있어서는 안 되지만 실제로 존재하는 자. 그 어미와 남주국의 왕실이 인정하는 남쪽바다의 주인이다. 너는 백이라는 아이를 대체 어떻게 한 것이냐. 그가 건드리고 눈독 들인 계집에게 대체 무슨 짓을 한 거냔 말이다!"

창현왕의 다그침에 소린은 딸꾹질을 했다. 제 화려한 외모도 아름다운 목소리도 분노한 아버지에게는 통하지 않았기에 소린은 더욱 무서워졌다. 정말 창족의 미래가 저 때문에 잘못되는 걸까? 하지만 그깟 노예 하나지 않는가. 그자와는 상관없는, 제 노예였다. 그것을 죽이든 살리든 아무런 상관이 없지 않나.

소린이 더듬거리며 말을 시작했다. 뒤늦게 다가온 유모도 말을 거들었다.

두 사람의 변명조의 서설이 한없이 길어지자 창현왕은 소린과 유모 대신 백영대주의 흑을 불러들였다. 흑은 유모와 소린의 눈치를 살피며 모든 진실을 남김없이 털어놓았다. 그 이야기를 모두 들은 창현왕은 먼 하늘을 바라보며 탄식했다.

"차라리 죽였더라면 후환이 없었을 것을."

후회는 이미 늦었다.

✳

무명은 통나무집 앞의 해변에서 떠오르는 해를 바라보았다. 푸른 바다 속에서 떠오른 듯한 해는 너무 붉게 타올라 눈이 멀 것 같았다.

무명은 태양을 낳았다는 여신의 이야기를 떠올렸다. 동쪽의 여신 희화. 그녀는 열 개의 태양을 아들로 낳았다. 그 태양의 정체는 세 발 달린 까마귀 삼족오三足烏. 그들은 동방의 끝에 자리한 양곡이란 연못에서 몸을 씻고 뽕나무가지에 앉아 제 차례를 기다렸다. 하루에 하나씩 출발하는 태양들은 하늘을 한 바퀴 돌아 서방의 끝, 우연이란 연못에 다다랐다. 삼족오의 여행은 딱 하루.

세 발 달린 까마귀들은 얼마나 열심히 하늘을 나는 걸까.

그 눈부신 태양을 무명은 정면으로 바라보았다. 계속 보고 있으면 눈이 멀 것이다. 햇살을 받은 수면의 푸른 바다의 물비늘들이 유난히도 반짝거렸다.

"나와 있었어? 어디 있는지 찾았잖아."

무명은 졸음이 묻어 나오는 청하의 말을 들었다. 말을 하지 않은 것도 벌써 며칠째일까.

청하는 그녀의 침묵에도 그녀를 탓하지 않았다.

청하가 그녀를 책망했더라면 좋았을 텐데. 왜 죽어가느냐고 차라리 버리고 싶다고 퍼붓는다면 좋았을 텐데. 그러면 이렇게 마음이 아프지 않을 텐데.

눈에 보이는 섬의 하루하루는 너무 평화로워서 눈물이 났다.

청하가 그녀의 옆에 자리를 잡았다. 조심스럽게 제 머리를 그녀의 어깨에 기댄 그가 속삭였다.

"오늘은 뭘 먹고 싶어?"

무명의 눈이 어느새 그의 움직임을 좇고 있었다.

그는 아무 일도 없었다는 듯이 무명을 대했다. 무명을 깃털섬에 동화시키기 위해 노력하기도 하고 가끔은 섬의 아이들이나 교룡과 아라키들을 작은 통나무집 근처로 불러들이기도 했다. 무명이 그들에 놀라 움찔대면 다가와 안심시켰다. 그녀를 웃게 하려는지 그는 무명을 상대로 시시한 장난을 치기도 했다. 그때마다 그녀는 청하를 무시하려 애썼다.

"독설이라도 멋대로 퍼부어봐. 나는, 네가 말하는 걸 듣고 싶어."

무명은 말하는 대신 침묵을 선택했다. 그리고 함께 그와 모래사장에 앉아 떠오르는 해를 바라보았다. 해가 점점 높이 떠오르자 그는 무명을 안고 집으로 돌아갔다. 허약해진 무명이 햇볕을 조금만 쐬도 현기증과 일사병 증세를 보였기 때문이다.

해가 떠오르면 둘은 아침 식사를 했다. 아침은 섬의 안쪽 숲에서 따온 몇 가지 종류의 과일들이었다. 무명은 과일들 몇 개로 목을 축였다. 식사를 끝내면 무명은 다시 침상으로 향했다. 그리고 오전 내내 죽은 듯이 잤다.

청하는 숲에서 나무를 베어와 낡은 통나무집을 수리하는 것으로 오전 시간을 보냈다. 바닷가에 오래 방치된 오두막은 비가 새고 손볼 곳도 많았다. 가끔 그는 의자나 바구니 만들기를 시도하기도 했다.

오후가 되면 그는 숲에서 과일을 따고 교룡과 함께 먼바다로 나가 맛 좋은 물고기들과 몸에 좋은 해산물들을 잔뜩 구해왔다. 다만 무명은 요리를 만들 줄 몰랐고 청하는 굽는 것밖에는 제대로 하지 못했다. 심지어 집안 화덕에서 물고기를 굽다가 통나무집 전체를 태울 뻔했기에 그의 할머니 미우는 집 안에서의 취사를 금지시켰다. 그때 생긴 그을음은 아직도 벽과 천장을 뒤덮은 채였다.

덕분에 청하는 바람일족의 마을에서 할머니가 만들어준 음식을 가져와 집 밖에서 데우거나 굽는 일이 많았다.

섬의 하루하루는 무료하고도 평화로웠다. 그리고 무명은 자신에게 친절한 할머니 미우와 청하가 마냥 이상하게 생각되었다. 아직 환자라서 잘해주는 걸까? 몸이 나을 때까지만 두고 보기로 한 걸까? 건강하게 만든 뒤 내치려는 걸까?

무명은 청하가 안겨준 진주장식의 경첩에 제 얼굴을 비춰보았다. 조금 회복되긴 했지만 뼈와 해골밖에 남지 않은 몰골은 상상 이상으로 끔찍했다. 그녀가 기억하던 소린의 얼굴이나 제 창백하고 핏기 없는 얼굴은 오간 데도 없었다.

미우나 청하 모두 선량한 사람들이었다. 무명은 그들에게 미안했다.

생각은 많았지만 회복도 되지 않은 몸으로선 오래 생각하는 것도 버거웠다. 제 미래 따위 상상할 수도 없기에 혼란스럽기만 했다.

무명은 미지근해진 과일을 먹고 제 목을 축인 뒤 다시 쓰러져 잤다. 머리는 생각하는 것을 거부했다. 무명에게 필요한 것은 충분한 수면과 긴 휴식이었다.

무명은 처음 삼 일간 먹고 자기만 했다. 먹고 싸는 아주 짧은 시간 이외에는 계속 잤다.

그 3일이 지나자 점점 깨어 있는 시간들이 늘어났다. 무명은 주변의 상황에 조금씩 눈길이 갔다.

그렇게 다시 나흘이 지났다.

무명은 여전히 입을 열지 않았지만 불쑥불쑥 나타나는 섬 사람들이나 아이들, 아라키들에게도 놀라지 않게 되었다.

왁자지껄한 소리가 집 너머에서 들려왔다. 무명은 후터분하게 잘 데워진 통나무집 안에서 뒤척이며 한숨을 쉬었다. 한낮은 너무 더웠다. 깃털섬은 그녀가 알고 있던 창족의 본토보다 훨씬 남쪽이라고 했다.

섬 사람들은 너무 더운 낮엔 잠깐 쪽잠을 잤다. 백영대의 혹독한 훈련에 길들여졌던 무명에게 남쪽 섬 사람들의 나태함은 이해하기 힘들었다. 게다가 더위는 어찌 그리도 잘 참는지, 그들은 잔인한 태양이 머리 위에서 이글거리는데도 잘만 돌아다녔다.

이글거리는 열기가 지면으로 슬그머니 올라왔다.

청하는 과일을 따러 숲으로 가고 없던 시간. 누군가 낡은 통나무집의 문을 두드렸다.

무명은 옅은 잠에서 깨었다.

"깼네."

분홍색 천을 두른 미우가 해사하게 웃으며 통나무집 안으로 들어왔다. 일흔이 넘은 나이임에도 그녀는 건강하고 활기차 보였다.

미우는 화덕에서 구운 밀떡과 과일을 무명에게 내놓았다. 무명은 배가 고팠던 탓에 사양도 하지 않고 허겁지겁 먹어치웠다. 그 모습을 미우는 흐뭇하게 바라보았다. 무명이 적당히 배를 채웠을 때에야 그녀는 입을 열었다.

"섬에 목욕하러 가지 않을래요?"

순간 무명은 깨금발로 창가에 빽빽하게 서서 통나무집 안을 들여다보는 아이들의 시선을 느꼈다. 검고 반짝거리는 아이들의 많은 눈망울이 제게 꽂혀 있었다. 미우는 미안해하며 아이들에게 타일렀다.

"명이 겁내잖니? 명은 아직 몸이 약해서 너희들이랑 못 놀아줘."

미우는 제가 가져온 물건들 중 또 하나를 무명에게 내밀었다. 선명한 보랏빛 무늬가 수놓인 천으로 된 편한 옷이었다.

"땀에 젖었을 테니 이걸로 입어요. 더 먹고 싶은 건 있어요?"

무명은 미우의 말에 고개를 가로저으며 옷을 바라보았다. 미우가 선물로 준 옷은 세 벌. 얇고 덥지 않아서 무명도 그중 하나를 입고 있었다.

"더 먹고 싶은 거 있어요?"

고개를 가로젓던 무명은 미우의 등에서 꼼지락거리는 작은 손을 발견했다. 무명의 휘둥그레진 눈이 미우의 등으로 향했다. 미우는 머쓱하게 웃으며 제 등에 매달린 아기 포대를 보여주었다. 미우의 분홍색 옷이라고 생각한 것은 아기를 매단 커다란 보자기 천이었다. 미우의 등에 매달린 어린아이는 죄암질을 하며 호기심 많은 검은 눈으로 이것저것 구경을 하고 있었다.

깃털섬에서 무명은 목청껏 우는 아이들을 먼발치에서 본 적이 있었다. 헌데 이렇게 가까이 코앞에서 보는 것은 처음이라 아기가 마냥 신기했다. 백영대로 자란 19년 동안 그녀는 아기를 볼 기회가 거의 없었다.

죽은 제 아이가 태어났다면 이런 모습일까?

청하를 닮았다면 정말 예쁜 아이였을 텐데.

무명은 솜털이 보송보송한 아기를 두려운 시선으로 내려다보다. 그 아이가 저를 빤히 바라보자 무명은 겁이 났다.

다른 아이를 바라보는 것조차 제 죽은 아이에게 죄를 짓는 것 같았다.

"안아봐. 괜찮아요."

두려워하는 무명에게 미우는 덥석 아이를 떠넘겼다. 아기는 말라 버린 무명의 품에도 쏙 들어올 정도로 작았고 묘하게도 섬의 다른 아기들보다 살결도 희었다.

무명은 제 무릎 위에 놓여 손발을 꼬물거리는 아기를 바라보았

다. 아마, 제 아기가 살아 있었다면 이런 모습이었을 텐데. 저도
모르게 눈물이 후드득 떨어졌다.

"왜?"

미우가 되물었다. 그녀는 꽤 당황한 듯 망설였다.

"말을 해야 할 거 아니니? 명."

무명의 하얀 손이 마냥 떨렸다. 아기를 겨우 용기 내어 안았지
만 아기가 주는 따스한 체온에 제가 더 위로받고 말았다.

미안해, 미안해. 아가야. 엄마가 미안했어, 널 죽게 해서 정말
미안했어.

"미우."

무명은 일주일 만에야 목소리를 내었다. 쓰지 않아서 마냥 혼탁
해진 목소리였다.

미우가 무명을 바라보았다. 무명은 아기를 되돌려 주며 물었다.

"나, 나요."

눈물이 그렁그렁 쏟아지는데 한 번 터져 버린 감정을 주체할 수
가 없었다. 복받쳐 오르는 울음을 참을 수 없었다.

나는, 백영대이기 싫었어. 나는 소린 때문에 죽기 싫었어. 나도
행복하게 살고 싶었어. 그런 말들은 꺼낼 수조차 없다. 제 인생에
서 단 한 번도 제대로 된 선택의 기회 따위는 없었기에 그 19년의
인생이 허무해 무명은 마구 울었다. 억울하고 원통했다.

미우가 무명을 껴안고 토닥여 주었다. 미우와 무명의 옷이 눈물
로 축축해질 즈음, 무명은 힘을 잃고 축 늘어졌다.

"다 울었어요? 명?"

무명은 바보처럼 고개를 끄덕였다. 미우는 푸근한 미소를 지으며 무명을 도닥였다.

　"씻고 시원한 곳에서 쉬지 않겠어요? 피곤할 테지만 아라키를 타고 가면 금방일 거예요."

　미우의 아라키가 화답하듯 통나무집 밖에서 긴 울음을 토해냈다.

　"내가 준 옷 챙겨요. 같이 가게."

　무명은 눈물로 뒤범벅이 된 얼굴을 맨 손등으로 훔쳐 내었다. 미우는 명을 데려간다며 주변 아이들에게 전하라 이르고 무명을 데리고 섬의 계곡으로 향했다.

　미우를 보고 있노라면 마음이 푸근해졌다. 청하를 보며 마음이 아리는 것과는 반대였다. 그를 보고 있노라면 그가 저를 택해서 얼마나 힘겨운지 안쓰러워졌다. 나만 아니어도 괜찮았을 텐데, 나만 아니라면 더 행복해졌을 텐데.

　미우가 무명을 데려간 섬의 맑은 계곡은 청하가 그녀를 억지로 목욕시키기 위해 두어 번 데려온 곳이었다. 조금은 익숙하고도 아름다운 풍경을 둘러보며 무명은 멱을 감았다. 벌거숭이 아이들이 무명의 곁에서 물장구를 치기도 했다.

　무명의 몸에는 조금씩 살이 붙어 이 섬에 처음 올 때보단 훨씬 인간다워졌다. 너무 먹고 움직이지 않아 돼지가 되는 건 아닐까 걱정스러워졌다. 좀 더 가슴이 크고 예뻤으면 좋았을 텐데. 뭐 그런 쓸데없는 생각을 하던 무명은 제 현실이 어이없어져서 실소했다.

죽느냐 사느냐 하는 것이 며칠 전이다. 제 자신이 죽어가는 것도 깜빡 잊고 있었지 않나.

물가에서 나온 무명은 미우가 마련해 준 새 옷을 걸쳐 입었다. 무언가 털어낸 듯 마음은 후련해졌지만 아무것도, 변한 것은 없었다.

미우가 멱을 감고 나올 때까지 무명은 잠시 기다리기로 했다.

무명의 곁에서 물장구를 치고 놀았던 벌거숭이 아이들은 어느새 그녀의 곁에 모여 예쁜 조개껍질 목걸이라던가, 아라키의 깃털로 된 팔찌, 야생화로 만든 화관들을 조막손으로 만들어 선사했다. 그 선물들에 무명은 어리둥절했다.

자신은 아이들이 통나무집에 몰려와 재잘거려도 외면한 기억밖에는 없었다. 헌데 왜?

무명은 바위 위에 앉아 덜 마른 머리카락을 매만졌다.

하얀 피부의 무명은 조금 수척하긴 했지만 조금 살이 붙어서 제 미모를 상당 부분 되찾은 상태였다. 미우가 처음 보았을 때 보았던 푸석한 머릿결도 비단처럼 탐스러워져 있었다. 섬에서 무명은 가장 희고 가냘픈 미인이었다. 갈색 피부의 풍만한 몸매를 지닌 여인들 사이에서 무명은 가장 도드라졌다.

머리카락의 물기를 대충 말린 무명은 아이들이 만들어준 선물을 조심스럽게 착용했다. 너무 많이 매달아 묵직해진 조개껍질목걸이, 무명의 가는 손목에 너무 큰 팔찌, 구멍이 숭숭 나버린 화관. 그녀는 화관에서 꽃을 떼어내 제 한쪽 귀에 꽂고 아이들이 준 목걸이와 팔찌를 매달아보았다. 미우의 진한 옷에 고운 색의 장신구들이 더해지자 무명은 아까보다 훨씬 예쁘고 생기 있어 보였다.

아이들은 자신들이 준 선물을 착용한 무명의 곁을 돌며 마냥 기뻐했다.

어느새 몸을 깨끗이 씻고 나온 미우가 옷을 걸쳐 입고 무명의 곁으로 다가왔다.

"뭘 그리 생각하고 있지요?"

무명은 흐르는 맑은 물을 멍하니 내려다보았다.

"청하를 생각하고 있었어요. 그는 제게서 무얼 원하는 걸까요? 난 아무것도 해줄 수 없는데."

"그럼 가해도에서 왜 그 앨 구한 거지요?"

무명은 그 이유를 떠올리려 했지만 딱히 이유를 찾을 수는 없었다.

"심장이 시켜서 그런 거 아닐까요? 명이 그때 청하를 구했던 것처럼 청하도 명의 곁에 있고 싶어서라고 이해하면 되지 않을까요?"

무명의 표정은 여전히 멍했다. 미우는 다시 곱고 여린 명을 향해 질문했다.

"그 애가 싫어요?"

무명은 격렬하게 도리질을 쳤다. 싫어하지 않아. 사실은 그 반대였다.

조금만 덜 좋아했다면 양심의 가책을 느끼지 않아도 되었을 텐데. 쓸모없는 자신 때문에 청하가 괴로운 것 같아 서글펐다. 저를 구해준 그가 더 좋아져서, 그를 제 마음에 담아두지 못할 정도로 좋아해 버려서 괴로웠다.

무명의 애달픈 표정을 보며 미우는 한숨을 쉬었다. 그녀의 남편이 그녀를 곁에 두기 위해 미우 자신의 아라키를 베는 모습이 떠올랐다. 날개를 부러뜨려 다시 날 수 없게 된 아라키와 미우는 두번 다시 바람일족으로 살 수는 없었다. 미우는 영원히 지상에 묶였다. 저국왕이 그리 한 이유는, 미우를 사랑해서였다. 사랑이란 그리도 무서운 것이다.

지난한 시간들을 되돌아보면 그가 밉고 서글펐고 원망스러웠다. 그러나 그는 자신을 사랑했고 그 사랑은 그의 생이 끝날 때까지 한결같이 지속되었다. 그는, 미우의 손을 놓지 않았다. 그러나 어긋나 버린 시간들 때문에 얼마나 괴로웠던가. 미우는 제 손자도 그와 미우처럼 될까 봐 두려웠다.

"내 손자는, 강해 보이지만 사실은 아픈 곳이 많은 아이예요. 누구도 그 아이를 견뎌낸 적이 없었어. 그 아이를 모두 두려워했죠. 누구도 청하에게 제대로 된 애정을 보내지 않았어요. 청하도 마찬가지였죠. 청하는 줄곧 혼자였죠."

"그 힘 때문에?"

미우는 잠시 입을 다물지 못했다. 무명이 청하의 '힘'에 대해 알고 있어서.

"그 힘 때문에 그를 거부하는 건 아니죠?"

무명은 다시 도리질을 쳤다. 하지만 낯빛이 어두워졌다. 제게 그럴 시간이나 힘이 남아 있지 않음을 알기 때문이었다.

"여기들 있었나요? 미우! 명을 데려간다면 미리 얘길 해주셨어야죠! 찾았잖아요?"

미우는 손자의 재롱을 보는 듯 숨을 헐떡이며 달려온 청하를 응시했다. 무명은 그의 볕에 그을린 얼굴을 살폈다. 급하게 달려온 듯 그의 몸이 땀으로 흠뻑 젖어 있다. 무명을 발견한 그의 얼굴에 반가움이 떠올랐다.

"명. 여기 있었어?"

그를 거부하지 않고 빤히 바라보자 청하는 더 눈을 크게 떴다. 섬에 온 날 이후, 그녀가 그를 마주 봐주는 건 처음이었다.

"씻어요."

게다가 말하고 있다.

"냄새 나."

청하는 제 귀와 눈을 모두 의심했다. 분명 귀가 뚫려 있고 보는 것도 문제는 없지만, 저 바위 위에 앉아 제게 말하는 것이 과연 무명일까? 그는 마음을 놓지 못했다.

"무명이 엉망이라고 말하고 있잖니. 어서 씻으렴."

미우의 닦달이 있고 나서야 청하는 바보처럼 고개만 주억거리며 폭포로 향했다.

미우는 청하를 폭포 쪽으로 등 떠밀더니 저는 무명을 데리고 먼저 마을로 향했다. 뒤늦게 무명의 부재를 알아챈 청하가 괴성을 지른 듯했지만 미우는 아랑곳하지 않았다.

미우의 아라키는 두 여인을 태우고 성큼성큼 마을로 이동했다. 태양은 아직 높았지만 아까만큼 강하진 않았다.

무명은 아라키의 높은 눈높이에서 세상을 내려다보는 것에도 익숙해졌다. 이 아라키로 하늘을 나는 것은 얼마나 멋질까. 바람 일족에게 아라키와의 비행은 본능이라고 했다. 무명은 아까 미우의 등에 남아 있는 문신 같은 아라키의 상징을 보았다.

"가해도의 일, 그 뒤에 있었던 일들. 나는 아직 다 이해를 하지 못했어요."

무명은 미우의 뒤에서 고개를 끄덕였다. 백영대의 일을, 타인이 이해할 수 있을 거라 생각하지 않았다. 그녀가 타인을 이해할 수 없듯이 그것은 모두에게 매한가지였다.

"하지만, 언제까지 멈춰 있을 수는 없죠? 명."

미우의 말이 심장에 박혔다. 아아, 그래. 무명은 저도 모르게 고개를 끄덕였다.

제가 본 생생한 깃털섬의 일출이 떠올랐다.

청하는 그녀의 소원대로 움직여 사람을 죽였고 그녀를 이 섬으로 데려왔다. 무명은 그가 무엇을 희생했는지도 아랑곳없이 껍질 속에 숨어 그를 거부했다. 자신이 보잘것없으며 죽어가고 있다는 이유만으로 그가 입었을 상처를 보려 하지 않았다.

그는 나아가고 싶어하는데 나는 멈춰 서서 뒷걸음질만 치고 있어.

비약은 이미 오래전 그녀의 몸을 침식했다. 어떤 약으로도 회생할 방법 따위는 없을 것이다. 그러니 저를 데려온 그도 이것을 알아야 한다. 미우의 말처럼 더는 숨기면 안 됐다.

무명은 가해도의 그날 밤만을 이야기했다. 그 뒤에 벌어진 일들에 대해서는 말하지 않았다. 그가 다 안 뒤 자신을 버리거나 죽인다 해도 책망할 권리는 없다. 다만, 아이의 이야기는 털어놓을지 결정하지 못했다.

게다가…… 아이의 유해는 아직 그곳에 남아 있다. 죽기 전에 아마 다시 창족의 땅으로 되돌아가야 할 모양이다.

무명은 탄식하며 미우를 따라 바람일족의 마을에 도착했다. 그곳에는 다양한 연령대의 여인들과 노인들, 아이들만이 가득 했다. 사내들이라곤 아라키의 인장을 받지 못한 소년들과 몸이 불편해진 중년 사내들 몇이 전부였다. 대부분의 사내들은 여행을 떠났던 까닭에 섬에서 가장 잘생기고 건장한 사내인 청하를 쫓아다니는 여자들은 하나둘이 아니었다. 그녀들은 며칠 새 생귀신 형상에서 제법 예쁘장해진 무명을 흘기고 콧방귀를 뀌었다. 그리고 그녀를 황급히 뒤쫓아온 청하의 주변을 어슬렁거렸다. 풍만하고 예쁜 젖가슴을 내보란 듯이 드러낸 여인들도 허다했다.

청하는 여인들에 둘러싸여 있으면서도 무명의 눈치를 살피며 안절부절못했다. 무명은 태연하게 시선도 주지 않고 섬 처녀들이 가져다준 생선을 손질했다. 가끔 여인들이 너무 노골적이라 노인들은 딸과 손녀들을 훈계했으나 그것도 먹히지 않았다.

청하는 무명의 옆에 찰싹 붙은 뒤에야 안도했다. 그는 여전히 무명의 눈치를 살피며 좌불안석이었다.

그들은 이른 저녁을 먹은 뒤 해변의 통나무집으로 돌아왔다. 마을에 꽤 머물렀던 탓인지 무명은 잔뜩 피곤해져 있었다. 어느새 사위가 어두워져 있었다. 청하가 그녀의 뒤를 자박자박 뒤따랐다.

깃털섬은 널렀지만 실제 미우의 마을과 통나무집까지는 그리 멀지 않았다. 헌데 무명의 체력은 형편없이 떨어져 있어 그 짧은 거리를 걷는 것도 벅찼다. 청하는 몇 번이고 그녀를 부축하며 업어주려 했지만 무명은 제 힘으로 걷고 싶어 거절했다.

"힘들지 않아?"

"괜찮아요."

마을에선 둘만의 이야기를 할 시간이 전혀 없었기에 이런 사소한 대화도 참으로 낯설었다.

"왜 말을 하게 된 거야?"

무명은 고개를 갸웃거렸다. 글쎄, 왜였을까?

"……미우는 좋으신 분이에요."

"맞아."

"오래도록 건강하게 사셨으면 좋겠어요."

실제로도 미우는 무명보다 오래 살 확률이 높았다. 그 말의 의미를 곱씹던 그가 되물었다.

"전에 말했었지. 네가 오래 살지 못할 거라는 거. 무슨 말이야?"

말해야겠지. 그는 전부 이해한 것이 아니었다. 설명해야 했지만, 그 순간을 조금만 더 지금의 여운을 조금만 더 누리고 싶었다.

"내일. 내일 이야기할게요. 피곤해요."

실제로도 다리가 천근만근 무거워졌다. 무명은 웃으며 하품을 했다. 청하도 그녀와의 대화가 싫지 않은 듯 고개를 끄덕여 주었다. 그도 따라 웃었다.

무명은 눕자마자 잠이 들었다.

혼수상태에 빠진 듯 죽은 듯이 잠을 잤다. 그러다 새벽, 느닷없이 눈을 떴다.

며칠간 너무 잠만 잔 탓이었는지 몇 시간 동안 죽은 듯이 자다 일어난 탓이었는지는 모른다. 무명은 반사적으로 나무와 풀로 만들어진 침상을 손으로 더듬었다. 옆자리는 늘 그랬듯이 텅 비어 있었다.

그는 섬에 온 이래 무명과 같은 침상을 쓴 적이 없다. 그는 침상 아래의 딱딱한 바닥에서 잠을 청했다. 불편한 바닥에서 긴 장신의 사내가 옹송그리며 몸을 뒤척이고 있다. 무명은 숨죽이며 그의 행동을 지켜보았다. 청하가 낮은 한숨을 쉬고 있다.

그도 잠이 오지 않는 걸까.

긴 밤이었다. 철썩이는 파도 소리만이 멀리서 자장가처럼 들려왔다.

몸을 뒤척이며 돌아눕던 그가 무명의 시선을 느꼈는지 고개를 들었다. 침상 아래로 머리를 내밀며 그를 관찰하던 무명은 피할 틈도 없었다. 두 사람의 검은 눈동자가 침상을 사이에 두고 마주했다.

그가, 입을 열었다.

"잠이 오질 않아?"

"네."

"추워?"

무명은 도리질을 쳤다. 섬의 밤은 늘 후텁지근했다.

무명은 좁고 울퉁불퉁한 통나무집의 바닥을 훑었다. 그가 불편할 것 같아 무명은 제 옆자리를 툭툭 쳤다.

"올라와서 자요. 불편하잖아요."

"……."

"내가 내려가서 자면 돼요."

"같이 자는 건 곤란해. 다 낫지도 않았잖아. 덮칠지도 몰라."

너무 당연하게 이어진 말에 무명은 도리어 허탈해졌다. 그가 자신을 원한다. 사실은 그가 자신을 원해서, 기뻤다. 죽어갈 것을 알면서도 그가 안겨준 황홀경과 몸이 겹쳐졌을 때의 일치감을 다시 한 번 더 경험하고 싶었다. 그렇게 열락을 경험한 뒤엔 죽을 테지.

어쩌면 그렇게 죽는 것도 나쁘진 않겠지. 그와 함께하는데, 이렇게 원하는 데도 그를 받아들일 수 없어 서글펐다.

무명은 눈물을 흘리는 대신 웃었다. 입가가 경련할 때까지 억지로 웃는 모양을 만들어 보였다. 그 모습이 너무 불안했던지 청하가 몸을 일으켜 침상 위로 올라와 그녀를 껴안았다. 그의 단단한 몸에, 그립던 포옹에 무명은 제 몸을 밀어붙였다. 그의 체향을 잔뜩 들이마시며 그의 가슴팍에 제 머리를 묻었다.

아아, 당신을 어쩔까. 왜 나인 걸까? 우리는 왜 이렇게 된 걸까.

"날 싫어하는 줄 알았어. 그래서 날 원하지 않으리라고 생각했어."

그의 한숨 어린 고백에 무명은 고개를 갸웃거렸다. 그도 겁을 내었다고? 왜?

"다른 사람들처럼 너도 나한테 겁을 집어먹고 도망치고 싶은 줄 알았어. 모두가 다 그랬으니까. 내가 가진 힘 때문에 나는 늘 그랬어. 늘 걱정하고 도망쳐야 했지. 내 어머니들도 형제들도 나를 두려워했지. 이소린의 말처럼 나는, 괴물이니까."

청하는 그녀의 변화가 기쁘고도 마냥 이상했다. 그 얼굴에 조금 미소가 어린 것만으로도 당장 그녀를 덮치고 싶은 것을, 왜 무명은 모르는 걸까. 차라리 인형처럼 얌전했을 때는 그런 느낌이 덜 했다. 미우 앞에서 통곡한 뒤 그녀의 안에서 변화가 일어났던 모양이다.

무명은 제 뺨을 청하의 가슴에 비벼대며 등을 있는 힘껏 껴안았다. 그의 품 안에 쏙 안기는 무명이라니. 피가 거꾸로 솟았다. 무명의 품에선 희미한 꽃향기가 났다.

"하아. 잠깐만."

그는 거친 숨을 몰아쉬며 무명을 제게서 떼어냈다. 다급히 불을 켜고 제가 안은 것이 무명인지 확인했다.

"분명 휴식이 필요하다고 생각했어. 몸도 정상이 아니고 겁을 집어먹어서 말을 하지 않는다고 생각했다. 헌데 창족의 도시에서 봤잖아? 내 힘이 두렵지 않아? 도망가고 싶지 않았어?"

무명은 그제야 그런 일이 있었다는 것을 떠올렸다. 청하의 힘은 광대했고 두려움의 대상 그 자체인 것은 분명했다. 그래도 저를 해칠 거란 생각은 들지 않아 무섭지는 않았다. 죽음을 앞두고 있어서 거칠 것이 없어서일까?

무명이 느리게 도리질을 치자 청하는 미간을 찌푸렸다.

"진짜야? 나 두려워하지 않아?"

무명은 한숨을 쉬며 벽에 기댔다.

"두려워하지 않아요. 그럴 이유도 없어요. 나, 소린이 먹인 비약 때문에 맘에도 없는 말은 못해요. 다만, 보통 사람들이라면 그럴 수도 있다고 생각해요."

무명은 말을 이어가다 기이한 느낌에 고개만 갸웃거렸다. 청하는 늘 손에 잡히지 않는 구름 같은 사람이라 생각했었다. 헌데 그도 타인의 시선과 말에 상처 입는다는 당연한 사실을 깨달은 것이다. 무명은 그의 가슴에 손을 얹어보았다. 뜨겁게 요동치는 심장 소리가 들려왔다.

아아, 청하도 살아 있는 인간이다. 저처럼 살아 있어.

그의 고동 소리를 확인하자 눈물이 날 것 같았다. 명은 그와 함께 이곳에 살아 있는 것이다. 소중한 삶을 그와 함께 하고 있다. 그것만으로도 축복받은 것 같았다.

"당신도, 인간이잖아요."

"그래."

"나 정말 좋아하는 거예요? 함께 가자고 계속 말할 만큼?"

"그래."

"그런데 왜 나 덮쳤어요? 첫 번째도 두 번째도 다 그랬잖아요."

"아무려면 어때. 내 여잔 걸."

그 오만한 대답에 무명은 흘려 웃었다.

"왜 웃어? 이제 화가 다 풀렸어?"

"화가 난 게 아니었어요."

"그럼?"

무명은 허탈하게 모든 걸 흘려보냈다. 아아, 어쩌면 이것이 제 인생에서 마지막 축복인지도 모른다. 이 사내를 보내준 건 하늘의 뜻인가 보다.

그녀는 이 남자를 은애한다. 제 유일한 남자가 될 것이었다.

제 남은 인생에서 그와 함께하는 마지막은 어쩌면 근사할 것이다.

무명은 살짝 그의 입술에 제 입술을 가져다 대었다. 멍하니 그녀의 입술을 받기만 하던 청하가 제 입술에 와 닿은 그녀의 입술을 느끼고 얼굴에 홍조가 돌았다. 그가 무명을 붙잡으려 했지만 무명은 그의 손에서 잽싸게 빠져나갔다.

아직은 안 돼. 이렇게 허무하게 그와 함께 자고 제 수명을 깎아 먹을 수는 없어. 그와 함께하는 순간들이 너무 소중해서 최대한, 오래도록 함께하고 싶었다. 하지만 그전에 그에게 먼저 말해야겠지. 거짓말을 할 수 없는 제 입이 멋대로 떠들어댈 것이다. 그러니까 걱정하지 마, 무명. 너는 그거면 족해.

"산책, 할래요?"

무명은 갈대로 엮은 신발을 신지도 않고 작은 집 밖으로 나갔다. 해변이 그리 멀지 않은 곳. 무명은 하염없이 철썩이는 파도 소리를 향해 걸었다. 해변가에서, 해변가의 까만 절벽 위에서 외발로 서서 잠을 청하던 아라키들이 무명을 힐끔 바라보다 다시 잠을 청했다. 오랜만에 올려다본 달은 보름에 가깝도록 둥글어졌다.

바다, 보름밤, 그리고 해변. 눈에서 푸른 기운을 쏘아내는 청하.

그가 무명의 뒤를 따라오고 있었다. 잠을 자다 말고 나온 탓인지 그는 상반신에 아무것도 걸치지 않은 채였다. 갈색의 군살 없는 그의 몸을 감상하며 무명은 웃었다.

그녀는 자랑하고 싶었다. 유청하는 자신의 것이다. 그러니까, 누구도 건드리지 마.

하지만……

무명은 빙글, 그를 향해 몸을 돌렸다. 꺼내기 힘든 고백에 점점 목이 움츠러들었다. 하지만 용기를 내야 해. 그에게 꼭 말해야 하니까. 나를 구해주었으니 그도 알아야 했다.

"하지 않은 말이 있어요. 꼭 해야만 해요."

"무슨 말이지?"

"유청하가 떠나고, 가해도에서 있었던 소린과 나와의 일들. 들었잖아요. 그 뒤에 말하지 않은 것이 또 있어요."

무명의 심각한 표정을 대한 청하가 고개를 저었다.

"괴롭다면 말하지 않아도 돼."

"꼭 말해야 하는데. 당신도 꼭 알아야 해요. 나는, 나는……"

달빛 아래에서의 고백은, 무명의 심장을 좀먹었다. 차라리 거짓말을 할 수 있었다면 좋았을 텐데. 왜 나는 그에게 상처밖에 주지 못하는 걸까.

"나는…… 난 죽어가고 있어요."

"뭐?"

유청하는 아니나 다를까 제 귀를 의심하는 듯했다. 섬에 온 뒤에 죽어가고 있다고 말한 것 같은데 그는 흘려들었던 모양이다. 아니면 미쳐서 아무 말이나 내뱉는다 생각했겠지.

"소린이 얘기하지 않던가요? 그 가해도에서 소린이 내게 먹인 비약은 두 가지였어요. 하나는 사람을 상처 입히는 말만을 쏘아내게 하는 약, 그리고 또 하나는."

순간 목이 메었다. 무명은 겨우 용기를 냈다.

"그 빌어먹을 이소린 그 멍청하고 마음이 뒤틀린 계집이 내가 음탕하다는 이유로, 창족의 성지를 더럽혔다는 이유로 사내와 교접할 수 없도록 약을 먹였어요. 각각, 하룻밤씩. 그 밤을 세 번, 사내와 교합하면 나는 죽어요."

"명? 무슨? 지금 거짓말인 거지? 이제 붙잡았다고 생각했는데 왜?"

거짓말 따위 할 수 있었으면 좋으련만. 얼마 남지 않은 목숨을 떠올리며 무명은 서글퍼졌다.

"거짓말, 거짓말이라고 말해!"

그가 그녀의 몸을 거칠게 잡고 뒤흔들어댔다. 무명 역시 서글펐고 억울함이 복받쳐 올랐다.

"내 몸만 원하는 거라면 얼른 해치우고 날 차라리 죽여요! 이소린 그 계집처럼 내가 교접할 때마다 죽어갈 거라고 이제 단 두 번 남았다고 비웃어도 상관없으니까! 유청하는 날 책망할 수 없어요! 이게 다 유청하 때문이니까! 날 버리고 갔으니까! 그러니까, 나 책임져! 난 죽기 싫단 말이야!"

"무명!"

"그 이름도 싫어! 아니, 그건 이름조차 아니잖아! 당신은 힘이라도 가졌지! 난 그런 힘 따위도 부러워. 나는, 아무것도 지키지 못했어. 그리고 죽어간단 말이야. 그리고 창족들이 가만히 있을

리가!"

무명은 말을 잇다가 다시 그 장면을 떠올렸다. 시체, 피, 지독한 혈향. 무명의 눈이 충격으로 흐려졌다.

"차, 창족들이 가만히 둘 리 없잖아요. 죽어라고 찾아내어 우릴 죽일 거야. 당신 힘과 상관없이 우릴 죽일 거라고!"

"막을 수 있으니까 제발 걱정하지 마! 그들이 쫓아오지 못하게 힘을 쓸 수 있어!"

무명은 격렬하게 도리질을 쳤다. 입에 발린 말 따위 누구나 할 수 있다. 설사 청하의 말이 진실이라 한들 믿고 싶지 않은 건 오히려 자신이 아닐까. 두려움이 너무 커서, 그를 믿지 못하는 바보.

몸부림치며 아우성치는 무명의 허리를 단단히 붙잡고 제 품 안에 가둔 그가 입술을 내렸다. 두 개의 입술이 단단히 이어졌다. 무명은 그의 어깨를 할퀴고 때리다 저항을 그만두었다. 그의 뜨거움에 무명은 금방 함락당했다. 그의 목을 단단히 끌어안고 입술을 겹쳤다. 온몸이 녹아내릴 것 같은 뜨거움과 욕망만이 그 현실이었다.

그를 만족시켜 주고 싶었다. 하지만 욕심이 많은 무명은 그가 다른 여자에게 가는 것 따위 용서하지 못할 것이다. 이제야 그를 가졌는데, 이제야 가질 수 있었으니까!

적어도 내가 살아 있는 한은 안 돼.

두 사람은 숨을 헐떡이며 모래 해변 위에 주저앉았다. 아직도 달은 높았다. 그 은은한 달빛의 파편이 무명의 작고 하얀 동그란 어깨 위에 내려앉아 부서졌다. 청하는 그 하얗고 가녀린 목과 쇄

골 주변으로 제 뜨거운 숨을 토해냈다.

욕망이 너무 커서 온몸을 달구었다. 무명은 그의 흥분한 남성을 더듬어 제 손으로 쥐었다. 얇은 바지 아래로 용솟음치는 그것이 무명의 손안에서 잔뜩 부풀어 올랐다. 무명이 그의 바지를 내리자 주저앉은 청하가 그녀를 떼어내려 했다.

"방금 전에 얘기했잖아. 교접하면 안 된다고."

"알아요. 하지만."

무명은 그의 남성을 해방시켰다. 그녀가 천천히 머리를 내려 그의 남성을 조심스럽게 매만지며 삼켰다. 욕망을 해갈시키려 제 입술을 깨무는 청하의 들뜬 신음이 멀리서 들려오는 것 같았다.

가해도가 떠올랐다. 그 열망의 장소, 열락의 기억을 파묻어 버린 곳.

그 뜨거움의 흔적들을 고스란히 기억하는 신성한 용의 성지.

그녀의 입과 손에서 제 뜨거운 욕망을 토해낸 청하가 가쁜 숨을 내쉬었다. 그것만으로 체력이 떨어져 버린 무명을 제 품에 껴안은 채 그는 무명과 함께 하염없이 바다를 바라보고 있었다. 그 어딘가에 교룡이 그들을 멋대로 훔쳐보고 있을지도 모른다 여겼다.

"널 원했어. 가해도에서 떠났을 때에도 널 쉽게 잊을 수 없을 거라 생각했다. 네가 누군지 몇 년간 그 밤을 잊지 못해 떠올리며 다른 여자들 따위는 안지도 못했어. 널 원하니까. 너를 창족의 공주라 생각했기에 더욱 쉽게 접근할 수도 없었어. 하지만 그때, 같이 떠났더라면 좋았을 텐데. 지금 네가 이렇게 아프지는 않을 텐데."

무명은 쓰디쓰게 웃었다. 4년 전 그때, 그를 따라갔다면 소린

따위에게 시달리지 않고 행복할 수 있었을지도 모르는데. 어쩌면 그에게 버림받을지라도, 일순간이라도 행복했었을지도 모르는데. 자신은 늘 바보 같았다.

저도 인해 덧없이 죽어버린 생이 둘. 무명은 그에게 기댄 채 입을 열었다.

어쩌면 지금이 아니면 할 수 없는 말들이겠지.

"내 동료…… 적. 당신도 본 적이 있을 거예요. 가해도에서 우릴 훔쳐보았던 여우가면. 적은 나 때문에 자살했어요. 수영을 엄청 잘했는데 떠오를 생각도 하지 않고 한 치밖에 되지 않는 얕은 정원의 호수에 빠져 죽었죠. 내 죄를 대신 속죄하려고. 밀고했다는 죄책감 때문에. 내가 적을 죽였어요. 내 동료를 죽였다고요."

"무슨 말이야?"

무명은 그 바다 건너 자리할 가해도를 바라보고 있었다.

"가해도에서 난 이미 한 번 죽은 모양이에요. 당신이 가해도를 떠난 몇 달 뒤에 내 아이는 한 번 더 날 대신해서 죽었죠. 적은 그걸 알고 슬퍼했어요. 나는, 내가 무슨 일을 당한 건지 내가 무얼 가졌다 잃어버렸는지도 몰랐어요. 유산했다는 걸 알고 나서야, 나는 내가 잃어버린 것에 대해서 적을 원망하고 그녀에게 죄책감을 전가했죠. 계속 고문하듯 적을 괴롭혔어요. 그래서, 마음 약한 적은 내 아이를 대신해, 아니, 멍청한 나를 대신해 물에 빠져 죽었어요. 내 아이가 죽었던 그 1년 뒤에. 바로 그날에. 적은, 날 소린에게 밀고했다는 죄명밖에 없는데. 잘못은 다 당신과 내가 했는데 왜 적이 죽어야 했을까. 적은 물속에서 숨을 쉬지 않고 죽어가며 대체 무슨 생각을 한 걸까."

무명은 무언가를 잃어버린 그때의 느낌을, 다리를 타고 내리던 그 불길한 피의 기운을 기억했다. 적은 무명 이상으로 그것에 충격을 받고 슬퍼했다. 가장 연약한 것을 죽였다는 죄책감이 적의 마음을 좀먹었다. 그 균열난 마음에 무명은 계속 독설을 퍼부었다. 결국, 적은 자살을 택했다. 그러니까 이것 또한 모든 것이 무명의 탓이다.

무명은 북받쳐 오르는 울음을 터트렸다. 적이 아닌 누구에게도 말할 수 없었다. 이것은 흑과 적, 그리고 자신만의 비밀이었다. 무명의 성난 울음이 바다에 메아리쳤다. 충격에 휩싸인 청하는 그녀를 위로하지도 다독이지도 못했다.

"그, 그 아이는 설마. 우리…… 아이였어?"

무명은 답하지 않았다.

청하는 충격으로 제 머리를 감싸 안았다.

"다 나 때문인 건가. 속죄해야 할 것은 적이 아니라 나잖아! 그런데 왜 명 네가!"

그는 말을 잇지 못했다. 파도만이 한없이 멋대로 밀려들었다가 빠져나갔다. 무명은 그 바다를 하염없이 바라보며 되뇌었다. 사실은, 이 대화가 그에게 상처 주는 것이 아닐까. 적처럼 그의 마음을 그녀가 잘 후벼 파는 것은 아닐까. 같이 있음으로 해서, 더 서로를 상처 입히는 그런 관계도 있는 것이다. 차라리 그를 위해 그녀가 사라지는 쪽이 낫지 않을까.

돌연, 무명은 그런 생각이 들었다.

"난 죽어가요. 어쩌면."

저도 청하도 둘 다 만족할 수 있는 짧고 강렬한 이별을 할 수 있었으면 좋겠어. 무명의 입이 다시 움직였다.

"나랑 같이 두 밤만 자요. 그럼 당신도 지긋지긋한 무명에게서 벗어날 수 있을 거예요. 딱 두 번만 하면 돼. 싫으면 다른 남자라도 데려다 줘요. 소린이 유모랑, 남자랑 세 번만 자면 죽어버리게 해버린 댔어. 그리고 난 지금 망가져 가고 있는데. 두 번만 더 하면 되잖아요. 나 죽어버리면 다 말끔하잖아요. 날 죽이고 창족에게 가면 돼요. 창족들을 죽인 일 따위 소린은 내가 죽었다면 아무래도 상관없어 할 거예요. 그런 계집, 잘 죽었다면서 깔깔거리겠죠."

"무명. 그런 것 따위 들어줄 수 없어!"

"다 들어준다고 했잖아요. 소원을 이루어준다면서."

그가 신음했다.

"그런 것 따위 해줄 수 없어! 절대로!"

무명은 미약한 반항을 하며 그를 상처 입히는 말들을 지껄였다. 그가 넌더리내어 떠나가도 괜찮을 만큼.

독설을 퍼붓고 귀신들의 이름을 지껄이며 그와 세상을 저주하던 무명은 어느새 힘이 빠져 늘어졌다. 아무 말도 하지 않게 된 무명을, 청하는 꼭 끌어안고 떠날 줄을 몰랐다.

그의 품은 따스했지만 그의 심장은 무명이 입힌 상처로 피를 흘리고 있을 터.

나는 왜 이런 걸까. 나는 왜 이렇게 된 걸까.

무명은 스스로의 뇌꼴스러움을 비웃었다. 제 경솔함이 마냥 미웠다.

어느새 아침노을이 떠오르고 있었다.

해가 떠올라 붉은 물비늘들을 만들어내고 하늘 높이 떠오를 즈음, 청하는 그녀를 안고서 집으로 돌아갔다. 과일로 조금의 허기를 채우게 한 그는, 다시 무명을 데리고 교룡을 불러내었다.

그는 교룡에 그녀와 자신을 태웠다.

교룡은 하늘을 날았다. 무명은 그의 품에 멍하니 안겨 그 순간을 음미했다.

언제고 이런 날이 또다시 올까. 언제쯤 다시 이런 풍경을 볼 수 있을까.

산뜻한 바람이 무명의 볼을 스쳤다. 청하의 품은 따스했다. 아름다운 내 님. 그 기억마저 곧 아스라해질 테지만 지금은 그저 그의 온기를 느낄 뿐이었다.

교룡은 바람을 탔다.

무명은 바람을 느끼는 만큼 많은 말들을 잃었다. 청하도 말을 하지 않았다.

하염없이 교룡은 날았다. 목적지도 없는 그저 먼 비행이었다.

그저, 아무것도 생각할 수 없게 되었으면 좋겠다. 망부석마냥 돌이 되어 아무것도 느끼지 못하게 되었으면 좋겠다. 무명은 그리 소망했다.

청하는 그날 이후 며칠간 그녀에게 말을 걸지 않았다. 늘 눈이 닿는 곳에 머물러 있었지만 그의 시선은 늘 먼 하늘을 헤맸다.

무명은 그가 자신을 버린다 해도 이젠 익숙해질 거라고 되뇌었다.

그녀의 고백이 있은 지 다시 사흘째.

문득 청하가 말을 걸어왔다.

"후회해?"

뜬금없는 말에 무명은 빤히 그의 얼굴만 바라보았다. 여느 때와 같은 그다. 무명이 알던 유청하가 분명할 텐데 오늘 따라 그가 무척 낯설었다. 무명이 알던 청하가 아니라, 그날의 피비린내를 일으키며 힘을 썼던 그날의 '그' 같았다.

그도 이쪽도 모두 유청하인데 나는 왜 다르다고 그를 인식하는 걸까.

무명은 자신이 알던 그와 지금의 그의 괴이한 간극에 그를 빤히 쳐다만 보았다.

"당신은, 누구예요?"

"나는 유청하야."

그는 그것으로 더 자세한 설명을 하지 않았다. 게다가 그녀의 느닷없는 질문에 혼란스러운 것도 같았다.

"더 묻고 싶은 게 있다면 물어. 하지만 난 네가 누구라도 상관없어."

그건 그랬다. 무명은 고개를 끄덕였다. 하긴, 지금에 와서 무슨 상관이 있겠나.

무명은 이름이 없어서 무명씨였다. 가족도 친구도 부모 따위 아무엇도 없다. 자매들 같은 동료들과도 이젠 만날 일이 없으니 가진 것 하나 없다고 말할 수 있겠지.

"먹고 싶은 게 있어? 갖고 싶은 건?"

청하는 자신에게 무언가를 자꾸 해주고 싶은 모양이다. 죽어간다는 고백에 책임감을 잔뜩 느낀 걸까. 거짓말이라도 조금 에둘러 할 수 있었다면 좋았을 텐데. 무명은 그가 자신의 환심을 사려 계속 가장 예쁜 돌과 가장 예쁜 꽃을, 그리고 바닷속 깊은 곳에서 가져오는 예쁜 조개껍질 같은 것들을 모았다. 그리고 그것들을 제 보물로 삼았다.

단지 깃털섬에 며칠을 머물렀을 뿐인데, 무명은 꽤 많은 보물들을 갖게 되었다. 시든 화관이나 턱없이 큰 조개팔찌, 분홍껍질의 예쁜 소라, 제 눈을 자극하는 화려한 빛깔의 섬 여인들의 옷. 비싸지도 값이 나가지도 않는 것들이지만 무명은 그것이 제 것이라는 사실에 마냥 행복했다. 그가 자신만을 보아준다는 것에도, 자신을 위해 애쓴다는 사실도 시치름하게 무시하려 했다.

불안하지만 행복했고 들떴다.

죽어가는 자신이 버려질까 봐, 청하가 그녀를 싫증 내고 가버리면 어쩌나 잔뜩 무서워했다.

교룡을 타고 언제든 그가 쉽게 떠나 버리지 않을까 걱정했다.

깃털섬에서의 생활은 나쁘지 않았다. 하지만 청하가 없으면 의미가 없다. 청하가 없으면 무명은 그대로 시들어 죽어버릴 것이다.

그만을 해바라기하는 자신이 무명은 싫었다. 그런데도 그밖에

볼 수 없었다.

점점 그를 좋아하는 마음이 커져서, 너무 은애해서 가슴이 벅차 죽을 것 같은데. 그래서 정말 죽어가고 있는데. 지금도 벌써 이런데 떠날 때가 되면 얼마나 서글플까. 차라리 지금 헤어지는 것이 낫지 않을까. 하지만 그만을 그리다 바다에서 죽어버릴지도 몰라.

머릿속이 복잡했다. 너무 행복한 지금, 죽어버리는 것도 나쁘진 않을 것 같았는데. 무명의 눈에 보이는 섬은 너무나 예뻤다. 제 허물 많은 몸뚱이를 죽여 더럽히고 싶지 않을 만큼이나.

무명은 생각 같은 것을 하고 싶지 않았다. 제 현실을, 다가올 죽음을 도피하고 싶었다. 그의 동정 어린 시선도, 미우의 걱정 어린 눈길도 마주하고 싶지 않았다.

"잠을, 잠을 자고 싶어요."

깨지 않는 잠을 자고 싶다. 영원히 깨지 않으면 더 좋을 것이다.

다행스럽게도 무명의 간악한 입은 더 이상 말썽을 부리지 않았다. 더는 허튼소리를 하지 않도록 아주 깊은 잠을 자고 싶어. 무명은 하품을 했다.

"나, 재워줘요. 그때 백화강에 데려갔던 때처럼."

청하는 무명이 무슨 생각을 하고 있는지 궁금한 듯 그녀를 빤히 바라보았다.

"내가 무서워서 자려는 거야?"

무명은 머리가 떨어져 나갈세라 도리질을 쳤다.

"자게 해줄게."

청하는 긴 한숨을 쉬며 그녀의 눈을 제 손으로 덮었다. 차가운 손에서 한기가 돌았다.

무명은 깊은 수면 속에 빠지는 기분이 되어 눈을 감았다. 한없이 졸렸다. 새파란 물살이 자신의 몸을 뒤덮는 느낌이 든다. 그가 재워주었으니 한없이 긴 잠에 빠져 있을 것이다.

"잘 자."

그의 목소리가 들렸다. 무명은 잠이 들어 영원히 깨어나지 않길 바랐다.

무명은 그 뒤로 계속 잠만 잤다. 체력이 제법 돌아왔다고 생각되었음에도 무명은 현실과 자신의 다가오는 죽음을 도피하려는 것 같았다. 청하는 가끔씩 그녀를 깨워 배를 채우게 했다. 무명은 기본적인 생리 활동 이외에는 좀처럼 움직이려 하지도, 무언가를 하려고도 하지 않고 계속 잠만 잤다. 가끔 꿈을 꾸는 듯 그를 향해 웃어주었지만 그것조차 찰나였다.

청하는 스스로 죽음과도 같은 잠에 빠져 버린 무명을 내려다보았다. 아주 하얗고 핏기가 없어진 무명은 금방이라도 바스라질 것 같았다. 살아 있는 것 같지 않아 그는 그녀의 숨과 맥박을 확인했다.

잠이 든 것뿐이다. 하지만 언제라도 죽을 준비를 마친 것 같아 그녀가 두려웠다.

무명과 그는 어디서부터 어긋나 버린 걸까.

가해도에서의 처음 만남에서부터? 재회한 뒤부터? 확신할 수 없었다.

이것은 재액의 힘을 가진 자에 대한 형벌인 것일까. 그가 저지른 힘에 대한 과오일까.

청하는 무명처럼 죽음에 이르는 깊은 잠에 빠져들고 싶었다.

그는 왕도를 떠나 긴 여행을 했었다. 한없이, 정처 없고 목적지
도 없는 여행이었다.

4년 전, 가해도로 갔을 때에도 그는 피에 절어 있었다. 그리고
죽고 싶어했다. 아마 무명이 되살려 주지 않았다면, 그녀가 눈에
들어오지 않았다면 홀로 죽었을지도 모른다. 가해도로 간 것은 사
람이 없는 곳을 찾아, 누군가 자신을 죽여주길 바라며 간 곳이기
도 했다.

그리고 그는 무명을 만났고 헤어졌다.

다시 저를 되살린 그녀를 찾아 얼마나 헤맸던가.

4년 뒤 만난 무명을 구하기 위해 그는 다시 '힘'을 사용했다.

사람을 벌하며, 누구든 죽일 수 있고 어떤 피해를 끼칠 수 있는
재액의 힘도, 이럴 때는 도움 하나 되지 않았다. 기본적으로 그것
은 물의 힘. 재앙과 재난을 동반할 수는 있었으나 죽어가는 사람
을 되살리거나 죽음을 막는 일 따위는 하지 못했다.

천신이 있다면, 그녀를 살려달라 애원할 텐데. 하지만 어떤 선
인이나 천신도 예정된 죽음을 저지하지는 못할 텐데.

침상에 반듯하게 누운 무명을, 청하는 마냥 바라보았다. 그래서
자신이 끼니를 거르고 있는 것도 시간이 가는 줄도 몰랐다.

그는 미우가 먹을 것을 가져왔을 때에서야 고개를 들었다. 벌써
해가 중천에 떠 있었다.

"아직도 잠을 자는 거니?"

"죽음에 익숙해지고 싶은지도 몰라요."

그는 무명이 제 머리맡에 곱게 모아둔 보잘것없는 그녀만의 보물들을 응시했다. 제가 주워온 조약돌과 소라껍질, 시든 화관, 조개팔찌, 깃털목걸이들이 한데 모여 있었다. 그것을 무명이 얼마나 소중히 여기는지는 그녀의 행동을 보면 알았다.

단 한 번도 소린을 지키는 백영대가 아닌 삶을 살아본 적이 없었다. 소린에게 그는 천하에서 두 번 구하기도 힘들 저인의 눈물 진주가 잔뜩 달린 목걸이를 주었는데, 무명에게는 이토록 하찮고 가치 없는 것들만 주고 있다. 그런데도 무명은 행복해하며 죽어간다. 그는 그것이 소름 끼치도록 싫었다.

청하는 무명의 야윈 손목을 단단히 붙잡고 미우에게 하소연했다.

"할머니. 분명 내 손에 있는데. 잡힐 것 같지 않아요. 게다가 나 때문에 죽어간다고 해요. 대체 어떻게 해야 하죠?"

미우는 제 손자와 그가 데려온 소녀를 바라보았다. 그녀는 꽤 오랜 시간을, 사랑하지만 제 꿈을 포기하고 희생한 채 살아야 했다. 그와 비슷하지는 않지만, 저를 가장 닮아 있는 것은 제 딸도 아닌, 그 딸의 다섯 번째 아이였다. 그 아이와 제가 닮은 것은, 더욱 안타까운 손에 넣기 어려운 애정을 품었기 때문이리라.

세월이 가면 희석되어 버릴, 꿈. 하지만 지금에선 인생의 전부인 그런 현실

게다가 다섯 번째 손자는 재액의 힘을 타고 태어나 선인의 금제를 받은 몸이었다. 그 금제는 한낱 얇은 거미줄 같아서, 청하가 정

말 마음을 먹으면 깨뜨릴 수도 있었다. 이 소녀가 죽어버리면 청하가 미쳐 버릴 거라는 건 자명했다. 늘 재액을 불러들이지 않기 위해 관조하고 바람처럼 떠돌던 유청하가 내려앉은 것이 이 죽어가는 소녀라니. 그 소녀의 불행을 청하가 부른 것이었기에 더더욱.

어쩌면 만나지 않아야 했을지도 모른다. 허나 만났고 돌이킬 수 없다.

그것은 운명이다.

미우와 지금은 저국왕이라 불리는 그가 그랬던 것처럼.

그는 미우를 사랑했고 미우를 위해 그녀의 아라키를 죽이려 했다. 그리고 그녀와 아라키 모두를 이십 년간 왕궁에 가두었다. 왕의 사랑을 너무 받아 왕궁에 감금되었던 여인은 자신의 남편 저국왕이 죽고서야 궁을 떠날 수 있었다.

왕의 핏줄을 이은 제 손자는, 그 왕의 핏줄 가운데 광기의 힘만을 타고 태어났다. 그래서 더욱, 미쳐서는 안 됐다.

"너는 애정에 미쳐서는 안 돼. 네 힘이 그 아이로 인해 더 날뛰게 될 테니까."

"무명의 죽음 따위 생각하고 싶지도 않아요."

청하는 힘이 빠진 것 같았다. 미우는 한숨을 쉬었다.

"이곳에선 네 무명을 도울 방법이 없구나. 그래도 이곳에 처음 왔을 때보다 몸은 회복된 것 같으니 청림부로 돌아가렴. 그곳에 선, 네 여인을 치료할 방법이 있을 지도 모르겠구나."

청하의 눈이 번뜩였다. 무명을 데리고 가장 안전하게 그녀가 쉴 곳을 찾아 날아오느라 그녀의 치료는 생각조차 하지 못했던 그였다. 어쩌면 청궁에서라면, 그녀를 회복시킬 명약이라던가 어떤 방법이 있을지도 모른다.

"할머니, 고마워요."

"그 아이가 회복되면 다시 돌아오렴."

말이 끝나기 무섭게 청하는 벌떡 일어났다. 청림부로 돌아가기 위해 짐을 싸려는 듯 그가 휘휘 주변을 둘러보았다. 미우는 마음만 앞서는 손자를 보며 낮게 한숨을 쉬었다.

"하늘을 날아가는 동안 때울 수 있는 간단한 요깃거리들을 챙겨주마. 그사이 떠날 채비를 마치면 좋겠구나."

바람일족은 아주 오랫동안 하늘을 날아다닌다. 그들은 하루 이상이나 땅에 내려오지 않는 경우가 더러 있었다. 미우는 일족들을 위해 준비한 건량과 육포, 수통에 넉넉한 맑은 물을 담아 챙겼다. 무명을 위해 교룡 위에 얹을 안장과 다른 물건들도 바리바리 챙겼다. 그녀의 아라키가 묵직한 보따리를 물고 미우와 함께 해변으로 향했다.

그사이 교룡과 함께 해변에 서 있던 청하는 먼바다 쪽을 물끄러미 응시하고 있었다.

"적이에요. 아마도 창족들일 겁니다."

"그 아이는 창족의 노예였다지?"

청하는 고개를 끄덕였다.

"제가 처리하고 갈까요?"

결연해 보이는 손자의 얼굴에서, 미우는 지독한 살의를 읽어내었다. 필시 제어할 수 없기에 모두를 죽이고 말 것이다.

"내가 처리하마. 바람일족의 여인들과 아라키들을 얕보지 말거라. 너는 떠나거라. 그 여인과 함께."

청하가 만류하려 했지만 미우는 고개를 저었다. 이곳은 사람들의 기억에 잊혀져 있지만 현 여왕의 어머니이자, 저국왕의 유일한 아내인 바람일족, 미우가 머무르는 땅. 어떤 이들도 감히 간섭할 수 없는 그녀만의 영지다. 그녀는 이곳의 지배자였다.

"제 신분을 아마 알고 있으니 저를 찾으러 온 것일 겁니다. 제가 있다 한들 큰 해를 끼치지는 못할 겁니다."

"하지만 그 소녀는 곤란하겠지. 떠나거라. 창족들은 내게 맡기렴."

청하는 핏기 없는 무명을 떠올렸다. 치료를 할 수 있다면 한시라도 빨라야 했다. 미우의 말처럼 넋을 놓고 지체할 시간도 없었다. 지금껏 시간을 허망하게 흘려보낸 제가 어리석었다.

"할머니 말대로 하지요. 대신 말썽은 일으키고 가겠습니다. 허락해 주세요."

"그러려무나. 대신 인명피해는 없는 정도로만 해."

힘을 제어하고 있던 거미줄이 일시적으로 끊겼다. 선어의 거미줄이 끊기자 청하는 제 힘을 끌어내어 바다로 날려 보냈다. 방금 전까지 조용하던 바다 위로 격한 풍랑이 일었다. 커다란 배들은 종잇조각처럼 위태롭게 흔들렸다. 바다는 소용돌이치기 시작했다.

청하는 미우가 챙겨준 것들을 교룡에 싣고 하늘로 날아올랐다.

그가 애지중지하는 무명과 함께였다.

지상을 내려다보니 미우는 휘파람을 불어 아라키들을 불러모아 명령을 내렸다. 커다란 거조들이 일제히 하늘 위로 날아올랐다가 조각배마냥 흔들리는 창족의 배를 공격했다. 강인한 바람일족의 여인들은 거조의 움직임에 재빠르게 움직이기 시작했다. 청하는 시끄럽게 바다를 요동치게 한 뒤 아름다운 깃털섬을 등졌다.

4년 전에도 그는 남쪽바다의 하늘을, 교룡과 함께 날았다. 그때 그는 혼자였다.

지금은 그렇게 갈망하던 무명과 함께다. 갈망하던 여인을 품에 안았다.

그녀를 품에 안으면 기쁠 거라 여겼다. 그녀가 제 손을 잡고 함께 가주면 세상 부러울 것이 없을 거라고 생각했었다. 하지만 차라리 무명을 찾지 않았으면 어땠을까 생각한다. 그런 생각을 품으면서도 제 품 안의 온기를 꼭 끌어안았다. 다시는 놓치고 싶지 않은, 이 세상에서 유일한 저만의 사람이니까.

왜 너는 내게 붙잡히면 늘 빠져나가려 하는 걸까. 왜 나는 너를 내 곁에 잡아둘 수 없는 걸까.

그럴싸한 청하의 거죽을 보고 다가온 여인들은 많았다. 그의 신분을 알게 되면 놀라워하며 더 간살스럽게 굴다가 그의 힘을 보고 경험하게 되면 두려워하며 도망치고 거부했다. 모두가 그를 괴물이라 칭했다. 그는 부정하지 않았다.

가해도에서는 정말, 죽을 수 있을 것 같았는데 그때 무명이 그를 살렸다.

　그러니 무명은, 날 떠나선 안 돼.

　그렇게 증오하던 힘은 그녀의 생명 앞에선 무용지물이었다. 청하가 할 수 있는 일이라곤 그녀를 꼭 더 끌어안고 제 온기를 나눠 주는 것밖에 없었다.

7장. 푸른 도시

남주국의 수도, 청림부靑林付가 가까워지자 무명은 눈을 떴다.

온통 바다처럼 푸르른 지상이 내려다보였다. 바람이 그녀의 볼을 스치고 날아갔다. 몸은 두꺼운 모포로 친친 감겨 있다. 무명은 제가 깨어났다는 증거로 몸을 꿈틀거렸다.

청하의 낮은 목소리가 무명의 귓가를 스쳤다.

"감기가 들까 봐 그랬어."

바람이 부는 상공은 추웠다.

"여기는?"

"청림부. 남주국의 수도다."

청림부에 도시가 최초로 세워질 무렵, 그곳은 사람들이 거의 살지 않는 울창한 밀림이었다. 그래서 그 도시의 이름은 푸른 숲이라는 의미로 청림부가 되었다. 청림부의 서쪽은 아직 밀림으로 이어져 있고 도시의 안에도 푸른 숲이 군데군데 자리했다. 그 도시의 중심에 웅장한 남주성南州城이 서 있다. 그 남주성의 중심에 청궁靑宮이 있다.

무명은 푸른 도시를, 꿈이라 여기며 긴 하품을 했다.

"졸려? 그럼 다시 자. 깨어나면 지상에 도착해 있을 거야."

청하가 그녀를 다독였다. 무명은 다시 잠에 빠졌다.

남주성의 성곽 주변으로 하늘을 떠돌던 교룡의 구불구불한 그림자가 크게 드리워졌다. 망을 보던 위사들이 뿔피리를 불어 교룡의 등장을 알렸다. 느닷없는 교룡의 등장에 우왕좌왕하던 위사들은 금방 착륙을 인도하는 깃발을 흔들어대었다.

이곳, 남주성의 청궁에는 남주국을 다스리는 여왕이 살고 있다.

이 청궁에는 교룡이 날아오기 며칠 전부터 기이한 징조들이 잇달았다.

어린 복숭아나무에 복숭아들이 잔뜩 흐드러지게 열렸고 청궁의 남쪽에 자리한 큰 비사호秘査湖 옆에는 보이지 않던 닥나무와 뽕나무가 하루아침에 자라났다. 안개를 타고 날개로 날아다니는 작은 뱀, 등사螣蛇들의 무리가 청궁을 한바탕 휩쓸었다. 길조라기에는 애매하고 흉조라 치부하기에도 기이한 일들에 젊은 문무관들은 오묘한 징조를 해석하지 못해 밤을 세웠다. 여왕의 측근과 오래된 대신들만이 그것이 의미하는 바를 알았다.

막내 왕자, 유청하의 귀환이었다.

교룡은 남주성의 상공을 한 바퀴 돌더니 청궁을 가로지르며 날아갔다. 교룡이 다다른 곳은 청궁의 남쪽에 자리한 커다란 호수, 비사호.

교룡은 바다처럼 너른 비사호를 보자 기뻐하며 물가에 내려앉았다. 청하는 잠이 든 무명과 짐 몇 가지, 그리고 안장을 교룡의 등에서 내렸다. 홀가분해진 교룡은 즐겁게 제 몸으로 땅을 기었다.

"쉬어도 좋아."

청하의 명령이 떨어지자 교룡은 첨벙, 비사호로 뛰어들었다. 교룡이 시야에서 완전히 사라지자 청하는 비사호와 청궁으로 이어진 하얀 대리석의 돌길을 따라 걸었다. 그의 시야에 화려한 남주성과 청궁의 녹림이 가득했다.

이런 식으로 돌아오게 될 줄은 몰랐는데.

허나 후회는 없었다. 그는 무명을 안은 손에 더 힘을 주며 곧장 비사호 주변에 자리한 낡은 전각으로 향했다. 그곳은 아주 오랫동안 그가 자라온 그의 진짜 집이었다.

오랫동안 비워져 있던 처소는 개보수가 제때 이루어지지 않아 청궁의 다른 건물들과 비교하자면 형편없이 낡아 보였다. 꽤나 을씨년스러운 분위기를 풍기는데다 정원엔 잡초들이 가득했다. 제 신세처럼 황폐해 보이는 이곳에 머물러도 될까, 청하는 잠시 망설였다.

"왕자님?"

청하가 처소 앞에 멈춰 있자 누군가 그를 알아보고 다가왔다. 그의 오래된 전각을 지키는 늙은 유모와 시중인들이 두어 명 다급히 튀어나왔다. 너무 오랜만에 돌아온 탓인지 시중인들 중에는 낯선 얼굴도 꽤 여럿 섞여 있었다. 그들 또한 청하를 알아보지 못했다.

"청하 왕자님?"

"유모."

버선발로 뛰어온 그의 유모가 청하를 반겨 맞았다.

무슨 사정이냐 물으려 입을 달막거리던 유모는 청하의 눈 밑에 어린 검은 그늘을 눈치채고 긴 여정으로 인해 초라해진 그의 복색을 살폈다. 그녀는 뭐라 할 틈도 없이 무명과 청하를 처소로 밀어넣었다.

그의 거처는 오랫동안 비워져 있었지만 먼지 하나 없이 깔끔했다. 유모는 오랜만에 돌아온 그를 맞고 그의 침상에 놓인 이불을 새것으로 바꾸느니 어쩌느니 바지런히 움직이며 시녀들에게 명령을 내리느라 정신이 없었다. 버려지고 방치되었던 한적한 처소에 잠시 소란이 일었다.

청하의 귀환이 빠르게 전해진 것일까. 청하가 무명을 내려놓고 얼마 되지 않아 청하의 한적한 처소로 손님이 찾아들었다.

"탕아가 이제야 돌아왔군. 그런데 왜 인사도 하러 오지 않나?"

청하는 입구에 선 사내를 돌아보았다. 저와는 꽤나 닮은 듯한 얼굴에 능글맞은 미소를 짓고 있는 곱상한 인상의 사내다. 몇 년 만에 보는 얼굴임에도 제 형은 참으로 여전했다.

청회색 비단포의와 적색 장삼을 걸친 치혁은 금귀걸이와 목걸이 덕분에 더 화려하고 화사해 보였다. 가면같이 웃는 얼굴도 잔뜩 거슬렸다.

"씻고 갈 생각이었어."

"흐음. 저번처럼 도둑 걸음은 하지 않는다는 거네. 어머니부터 찾아뵈어라. 기다리고 계실거다."

어머니, 란 말에 청하는 인상을 썼다.

"내 힘을 묶지만 않는다면."

그사이 들어온 유모가 발 빠르게 움직이며 청하가 입을 새 의복과 음식을 준비하느라 바지런히 돌아다녔다. 그 모습을 청하가 눈으로 좇자 치혁은 벽에 비스듬히 기댄 채 엉망인 청하의 몰골을 살폈다.

"생긴 게 멀쩡하면 뭘 하나. 관리를 해야지. 피부는 또 바싹 태운 거냐?

잔소리도 많았다. 청하는 제 형이 마냥 귀찮아졌다.

"또 미우에게 간 거지? 할머니는 잘 계셔?"

"미우에게 창족의 군사들이 좇아왔더군."

치혁은 휘파람을 불었다. 미우는 제 선에서 창족들을 적당히 손보았을 터다. 허나 창족들이 날뛰게 된 원인제공을 한 쪽이 청하였기에 치혁은 청하를 타박할 수밖에 없었다.

"어머니가 청하 네 힘을 두려워하는 건 맞아. 창족의 도시에서 학살극 같은 걸 일으키다니 경계하지 않을래야 않을 수가 없잖아. 네 놈이 이소린인가 하는 창족 공주에게 꽂혀서 창족들의 도시에 멋대로 숨어들어 놓곤 피바다를 만들고 도망쳐 버린 거 아냐? 어머니는 지금 잔뜩 화가 나 계신다고."

치혁은 속사포처럼 떠들었지만 청하는 침상에서 잠든 무명만을 바라보았다.

무명은 벌써 이틀째 긴 잠만 자고 있다. 깨어나는 것도 아주 잠시. 그녀는 그의 힘이 미치는 것보다 훨씬 오래, 깊은 수면을 취했다. 이러다 깨어나지 않으려는 건 아닐까, 청하는 잔뜩 두려워졌다.

"그전에 어의를 불러줘."

치혁은 그제야 침상에 누운 무명을 발견했다. 한걸음에 청하의 옆으로 다가온 그가 무명을 살폈다.

"이소린을 버리고 다른 계집이랑 달아났다더니, 진짜네."

"어의나 불러, 얼른!"

청하는 제 형과 선문선답을 할 신경이 남아 있지 않았다. 게다가 치혁은 여자에 관해서라면 손이 나빴다. 청하가 무명을 보호하듯 제 몸으로 가리며 치혁을 노려보자 치혁은 두 손을 들었다.

"힘을 쓰면 곤란하다고. 난 그냥 궁금했을 뿐이야."

"뭐가?"

"이소린 대신 선택한 여자가 누군지. 왜 이소린의 생일날 네놈이 피바다를 만들어 버린 겐지. 여왕의 사자들이 이유 없이 네가 폭주했다고 변명했지만 앞뒤가 너무 맞지 않더란 말이야."

"내가 찾던 건 이소린이 아니었다."

청하가 이를 갈며 대답하자 치혁은 휘파람으로 답을 대신할 뿐 놀라는 기색도 없었다.

"그리고 어머니의 사자들에게 전해. 다시 만나면 가만두지 않겠다고."

"그런데 누가 아프다는 거야? 저 여자가? 저 여자는 대체 뭐야?"

청하는 깃털섬에서 이곳까지 날아온 이틀이 넘는 시간만큼의 분노를 치혁에게 토해냈다.

"최대한 빨리 어의를 불러달라고 했어!"

"어이. 진정해. 힘을 사용하면 곤란하다고."

안전거리를 유지한 치혁이 손을 흔들어댔다. 저를 놀리는 듯한 형의 몸짓에 청하는 절로 인상만 써댔다. 청하와 아버지가 같은 치혁은 청하와는 연년생의 형이었다. 아마 청하가 재액의 힘을 가지지만 않았다면 훨씬 가까웠을 지도 모른다.

청하는 이를 갈았다.

"이런 일로 힘 따위 사용하지 않아. 어의를 불러줘. 그리고 창족의 이소린의 유모를 잡아들여. 그 유모란 계집이 창족의 금지된 비약을 제조하고 사람들을 고문했던 것 같으니까."

치혁의 놀란 눈이 무명에게로 향했다. 남쪽 섬의 여인들이 입은 화려하고 얇은 무명천을 걸친 여자는 상당한 미인이었지만 핏기도 없이 곧 바스라질 것처럼 연약해 보였다. 이 여인을 위해 그리도 많은 사람들을, 동생은 죽였단 말인가. 하지만, 청하의 말이 사실이라면.

청하가 평정심을 잃고 있다는 것을, 치혁은 깨달았다.

"명의 목숨이 얼마 남지 않았어. 서둘러야 해, 형."

✳

　무명은 푹신한 침상에 누워 베개에 머리를 부비며 눈을 떴다. 너무 오랜만에 맞는 상쾌한 기분에 기지개를 폈다.

　아주, 행복한 꿈을 꾸었던 것 같다. 무명의 입가가 저도 모르게 호선을 그렸다.

　어떤 꿈인지는 그 내용이 자세히 기억나지 않는다. 하지만 꿈속에는 소린과 소린의 유모도, 그녀를 괴롭히는 병마도 없었다. 저를 좋아해 주는 청하도 있고 적도 아기도 살아 있어서 꿈에서는 모두가 행복했다. 무명은 꿈에서 깨어난 뒤에도 아주 오랫동안 그 여운에 취했다.

　너무 행복하면 눈물이 나는가 보다. 무명은 눈가에 고인 눈물을 훔쳐 내려 손을 들었다가 제게 입혀진 보드라운 백색 침의를 발견했다.

　무명이 놀라 주변을 둘러보았다. 분명 깃털섬에서 날아와 청림부로 오는 기억은 있었는데. 여기는 어디지?

　창 너머 열린 푸르른 녹음을 응시했다. 처소 안도 깔끔했지만 창 너머의 풍경 또한 일품이었다. 깃털섬의 열대와는 차원이 다른 풍경이었다. 꽃나무들이 휘영청 꽃을 매달고 작은 소슬바람에 몸을 흔들어댔다. 가끔은 꽃잎을 머금은 바람이 처소 안에 예쁜 꽃잎들을 뿌려놓기도 했다.

　처소 안은 소박하리만큼 장식이 없었다. 하지만 깔끔한 데다 아름다운 꽃들이 여기저기 장식되었고 청하의 이름처럼 푸른 바다를 그린 커다란 족자가 걸려 있었다.

청하와 너무 잘 어울려서 순간 청하의 공간이라는 사실을 깨달았다. 그렇다면 여기는 천오국일까? 그는 분명 천오국 사람이라고 하지 않았던가? 어머니는 남주국 사람이라 했지. 문득 무명은 그 어머니를 낳았다던 깃털섬의 미우를 떠올렸다. 깃털섬, 바람일족으로 태어난 어머니.

여러 가지를 알고 있지만 정작 그에 대해선 거의 아는 것이 없다. 이곳이 어디인지, 왜 이곳에 왔는지.

"어머나. 아가씨, 깨어나셨네요."

무명은 멍하니 말을 걸어오는 여인을 바라보았다.

"왕자님을 불러오겠습니다."

여인은 무명의 앞에 탕약을 내려다 놓고 부리나케 나가 버렸다. 헌데 아까 여인이 무어라 했더라?

청하는 숨을 헐떡이며 문을 벌컥 열어젖혔다. 자색의 비단장삼을 입은 청하는 누가 봐도 멋진 귀족 사내였다. 노상 헐벗고 다니던 깃털섬의 그와는 천양지차로 변해 있었다. 허나 어떤 복장에도 무명을 걱정하는 그의 자상한 표정은 너무나 익숙했다.

"명."

무명의 상태가 나빠 보이지 않았던 탓인지 청하의 신경줄이 느슨하게 풀어졌다.

"일어났네. 일단 약부터 먹자."

그는 대뜸 시녀가 가져온 탕약을 가져와 무명의 입가에 가져다 댔다. 무명은 받아먹으면서도 내내 어리둥절했다. 약은 지독하게 써서 저절로 얼굴이 찡그려졌다. 그는 얌전히 약을 받아 마신 무명의 입가를 자상하게 훔쳐 주었다.

"나, 얼마나 잤어요?"

"충분히 길고, 지루하게."

제멋대로인 그의 말투에 무명은 한숨을 쉬었다. 깃털섬이 아니라는 것은 조금 아쉬웠다. 아아, 미우에게 작별인사도 지제 대로 못했는데.

"여긴 어디예요? 청림부예요?"

"응. 내 집이라고나 할까."

집? 무명은 난생처음 청하를 대면한 듯 빤히 그를 바라보았다. 아아, 뭔가 떠오를 듯 말 듯했다.

소린의 생일 때 왕도에서 온 사람들이 있었다고 했다. 흑은 유청하가 왕도의 높은 사람이라며 포기하라 했었다. 청하는 아버지의 이야기를 한 적이 없다. 아니, 설령 친부가 천오국의 몰락귀족이라 한들 어머니가 남주국에서도 꽤나 높은 귀족이라면 이야기는 달랐다. 미우가 그러지 않았던가. 청하의 외조부는 뭐든 할 수 있는 사람이었다고.

깃털섬에서 겨우 방 한 칸짜리의 낡은 통나무집이 그들의 현실이었다면 지금은 달랐다. 그녀를 둘러싼 이 낯설고 화려한 공간이 제게 걸쳐진 극상품의 비단처럼 지극히 어울리지 않는 것 같았다.

게다가 방금 전, 무명을 봤던 시녀가 뭐라고 했었지? 미간을 찌푸린 그녀가 그 낯선 두 단어를 제 입에서 꺼냈다.

"왕자?"

청하가 움찔했다.

"누가 이야기했지?"

부정하지 않았다. 그래서 되묻고 있다.

"당신은…… 누구죠?"

무명은 질문을 하면서도 제가 어리석다 생각했다. 분명 유청하는 왕도의 높은 사람이라 했다. 창현왕이 그 혼사를 밀어붙이려 했을 때 의심했어야 했다. 청하는 스스로를 왕족입네 자처하며 자칭 왕자와 공주 타령하는 남주국의 여섯 부족 사람들과는 종류가 다른 사람이다. 게다가 무명은 청하의 신분을 묻지 않았다. 만약, 물었다면 그는 솔직하게 대꾸했을 것이다. 그의 신분도 그의 상황도 모두 외면했던 건 사실 자신이 아니던가.

무명은 제 자신이 기가 막혀 실소했다.

"여기는 어디죠?"

"흥분하지 마."

"당신은 누구예요?"

"유청하. 청하랑이라고 부르는 모양이지. 그리고."

그가 잠시 말을 끊고 가만히 창 밖의 풍경을 바라보았다. 무언의 결심을 한 그가 고개를 들었다.

"이곳은 왕도 청림부의 청궁. 남주국의 지배자인 현 여왕이 사는 곳이지. 그녀는 깃털섬 미우의 유일한 딸이야. 그리고 나는 여왕의 다섯 번째 아들이지."

무명은 제가 들은 것을 의심하고 또 의심했다. 추측하긴 했지만 사실은 그가 부정해 주길 바랐다. 그의 늘 여유롭고 품위 있는 태도나 언행들 전부 그가 고귀한 태생임을 알려주는 것이었지만 마음은 이해나 동조를 거부했다.

"왕자, 라고요?"

남주국 전체를 다스리는 여왕의 아들. 일개 부족의 공주였던 소린과는 감히 견줄 수 없는 격차에 무명은 숨이 막혔다.

그런 그가 왜 자신을 원하는 걸까? 왜? 왜? 그 고귀한 신분의 그가 왜?

순간 자신이 왕자인 청하에게 달라붙은 오물이나 사귀邪鬼처럼 느껴졌다. 그의 신분이 주는 압박감만으로도 무명은 머리가 어지러웠다.

처음부터 그가 왕자인 것을 알았다 해도 여기까지 왔을까? 자문해 봐도 현재에선 그리 의미가 없었다. 그리고 미우를 떠올렸다.

"그럼 깃털섬의 미우는 여왕의 어머니이신가요?"

"그래. 명도 이름은 들어본 적 있을지도 몰라. 그녀는 선대 저국왕의 유일한 아내였지."

미우는 남쪽의 바람일족이자 왕의 아내였다. 저국왕은 미우를 너무 사랑해 그녀의 아라키의 날개를 부러뜨려 그녀를 지상에 묶었다. 사정은 다르지만 무명은 저국왕을 이해할 수 있었다. 사랑에 미쳐 버리면 모두가 정상이 아니다. 가질 수 없다 생각해야 하는데 무명은 청하에게 배신감을 느끼면서도 그를 갖고 싶다 소망했다.

그 미우의 딸이 현 여왕이 되었고 여왕은 다시 다섯 아들을 낳았다. 그 다섯 번째가 바로 유청하.

"왕자라면서. 당신의 힘은 뭐죠?"

지금까지 자연스럽게 그의 일부라 생각했던 힘마저 의문이 들었다. 그녀의 질문에 청하는 불편한 기색을 드러냈다.

"몇몇 이들은 그것을 재액의 힘이라 부르지. 평소엔 제어되어 봉해져 있지만 내 감정에 따라 주변에 영향을 끼치기도 해. 보통은 상대를 해하고 파괴하는 힘이지. 나는 두려움의 대상이고 괴물로 천대받아 왔다."

아주 먼 옛날, 용이 지상에 내려와 인간으로 화하여 왕이 되었다. 그 후손들은 인간이되 용의 힘을 물려받아 사용할 수 있었다. 아주 오랜 시간이 지나 용의 피가 희석될 무렵에도 북주국의 왕족들은 제 혈족들 사이에서만 자손을 얻어 강한 용의 피를 유지해 왔다.

그에 비해 남주국은 남편도 아내의 계보가 복잡하게 얽혀 있는 난잡한 형태를 띠었고 때로 그 자손들이 본의 아니게 근친혼을 해서 자식을 얻는 일이 허다했다. 그러다 보니 가끔 3, 4대에 한 번은 돌연변이가 나타났다.

고대의 용의 힘도 아니지만 그렇다고 사람의 것도 요수의 것도 아닌 힘. 그 힘은 어떤 물리적인 것으로도 설명하기 어려웠다.

"내 능력은 물의 상태에 쉽게 영향을 받고 물을 다룰 수도 있어. 물론 내가 원할 때만 쓸 수 있지. 그리고 타인에게 쓸 때는 제약이 걸려 있다."

"제약?"

"어쩌면 금기에 가까워. 선인이 내 힘이 인간의 것이 아니라며 주술로 묶었다. 내 힘은 그 상대가 원해야만 펼칠 수 있어."

"상대가 원해야."

무명은 되뇌었다. 청하의 손이 불쑥 무명의 손을 잡았다. 원래 는 보이지 않았어야 했다. 청하의 힘이 무명의 시야로 전달되었 다. 청하의 등 뒤로 무수히 뻗어나간 실선들. 그것이 거미줄처럼 촘촘히 팔각 방사형을 이루었다. 그 거미줄의 뒤로 검은 힘이 으 르렁거리며 용솟음쳤다.

"흉하지? 저놈들은 거미줄이 사라지면 뻗어나가 파괴하기를 기 다리고 있어. 이 거미줄을 해제하기 위해 필요한 것은 단 한 가지 밖에 없지."

"그건."

"너는 내게 손을 뻗지 않고 외면했어. 허락한다는 말이 그렇게 도 어려웠을까."

그는 피곤한 기색을 드러내었다.

"조금 일찍 말했다면, 어쩌면 너를 더 빨리 구할 수도 있었을 텐 데. 그래도 이곳은 청궁이다. 불치병도 고친다는 신의들이 모여 있으니 그들이 널 어떻게 치료할지 결정할 거다."

고맙다는 말이 입 밖으로 쉬이 나오지 않았다. 어쩌면 그 결과 를 어느 정도 빤히 예상하고 있었기 때문이다. 그가 저를 더 가련 하게 여길까 봐, 제가 더 비참해질까 봐 꺼낼 수 없었던 말.

창족들의 비약에는 해독제가 없다. 창족의 약술이 유명하고 금 단으로 치부되는 이유는 한 번 마시면 돌이킬 수 없기 때문이었다. 복수와 정복을 위해 금단의 비약을 사용해 온 창족들에게 해독제란 만들 필요가 없는 존재였다.

해독제도 없고 해독제를 만들 수 없다 설명해야 했지만 입이 떨어지지 않았다. 청하는 그녀가 아프다고 생각했는지 기운을 차리게 음식을 먹게 한 뒤 어의를 만나러 가기 위해 자리를 비웠다.

지지부진한 며칠이 흘렀다.

무명의 몸 상태는 근래 들어 나쁘지 않았다. 최소한 더 나빠지지는 않았다.

청하는 이리저리 불려 다니느라 자주 자리를 비웠다. 무명은 그 사이 홀로 그의 처소를 지키거나 비사호에 교룡을 만나러 가기도 했다.

청하가 명이라 부르는 여인을 데리고 함께 귀환한 것을 아는 이는 여왕과 직계 왕자들뿐이었다. 그들은 제 막내동생을 보기 위해 왔다는 핑계를 대며 무명을 관찰하고 이내 돌아가곤 했다. 형제들이었지만 넷째 형인 치혁을 빼곤 청하와는 남처럼 데면데면한 사이였다. 치혁은 청하에게 유난히도 살갑게 굴었지만 청하는 시큰둥했다.

그 만남들조차 길지 않았고 청하는 제 가족들에 대해 설명하려 하지 않았다. 무명은 그와 자신들의 사정이 어떻게 돌아가는지 알 수 없었다.

"아가씨, 탕약을 드실 시간입니다."

탕약을 건넨 시녀는 무명이 그것을 다 마실 때까지 기다렸다가 뭔가 궁금한 것이 있는 듯 입을 달막거렸다. 선이 곱고 단아한 시녀들 중에서 꽤나 독특하고 개성 있게 생긴 얼굴이라 명도 그녀를 기억했다. 청하가 가까이 있으면 새파랗게 질려 도망치거나 코빼기도 보이지 않던 시녀였다.

"물을 게 있으세요?"

"저기, 막내 왕자님이 무섭지 않으세요?"

무명은 뭐라 대답해야 할까 고민했다.

"지금 청궁에선 막내 왕자님이 발칵 뒤집어놓은 일들 때문에 야단도 아니래요. 게다가 아가씨가 드시는 탕약들, 꽤 닦달해서 가져온 귀한 약재로 만든 거예요. 하기야 지금껏 죽은 줄로만 알고 그렇게 지냈는데 이제 와서 발칵 왕궁을 뒤집어놓고 계시니. 왕자님을 비방했다간 모두 재액의 힘에 당해 목숨을 잃을까 봐 두려워하며 많이들 몸을 사리고 계신다더군요."

시녀가 하는 말들은 두서가 없었다. 하지만 누가 들을세라 바깥 동향까지 살피며 털어놓는 이야기가 마냥 거슬렸다.

"……차라리 어릴 적처럼 갇혀 지내신다면 모를까."

"갇혀 지내다니?"

시녀는 이야깃거리를 종알종알 이야기하는 것이 마냥 기쁜 모양이었다.

"모르셨어요? 적어도 궁 안에선 조금 연배가 있다 하면 모르는 사람이 없는 이야기예요. 막내 왕자님은 태어나서 10살 때까지 스스로 갇혀 지내셨지요. 처음엔 지하감옥이었는데 아무래도 보는 눈이 있으니 처소에 유폐되다시피 하셨지요. 아기 때부터 그 힘으

로 유모나 돌보는 시중인들을 죄다 죽이고 해를 끼치기 일쑤였다
고 해요."

"이유가 있었겠지."

무명의 심기가 점점 불편해졌다. 청하의 힘이 아무리 멋대로라
한들 그의 힘이 원인도 없이 날뛰었을 리 없었다. 적어도 무명은
그리 믿었다.

"이유가 있다 한들 설마하니 죽을 만큼이었겠어요? 아가씨, 부
디 왕자님을 조심하시는 것이."

"입 닥쳐. 계몽計蒙처럼 못생긴 주제에 어디서 함부로 입을 열
어? 청하 험담을 한 번이라도 더 하면 입을 찢어놓을 테니 그리 알
어."

무명의 독설이 느닷없이 튀어나갔다. 사람의 몸에 용의 머리를
가진 계몽은 대머리는 아니나 이마가 워낙 널러서 앞이 휜했다.
그 험악한 용의 얼굴을 닮았노라 하니 시녀는 울상이 되어 뛰쳐
나갔다. 어디선가 통곡 소리가 들려왔지만 무명은 상관하지 않았
다.

다만 계몽을 닮은 시녀가 말했던 내용은 계속 거슬렸다. 재액의
힘을 가진 그가 모두의 두려움의 대상이라는 것. 지금껏 무명은
그의 곁에서 그가 힘을 사용하는 모습을 여러 번 목도했다. 힘을
이유 없이 사용하는 일은 결코 없었다. 어린 시절, 힘을 통제할 수
없던 시절에 누군가 그를 해치려 했다면 상대가 큰 해를 입었을
거라는 건 예상이 갔다. 허나 그는 왕자. 왕자들에게 적이 없다는
건 거짓말이다. 자신을 보호하려 발동된 힘들 때문에 청하가 어린

날의 대부분을 유폐되어 있어야 했나 하는 건 의문이 들었다.

그리고 그날, 창족의 사자가 청궁을 방문했다.

창족의 사자는 여왕과 귀족들, 대신들에게 창족 공주의 생일날 벌어진 일에 대해 항의했다. 소린의 생일에 초대된 이들은 창족에서도 제법 내로라하는 권위 있는 자들이었고 창현왕의 측근들이 대부분이었기에 피해는 극심했다. 허나 희한하게도 타 부족들의 피해는 거의 없었다. 소린으로 인해 창족의 도시에서 해괴한 변괴가 이어진다는 것을 알고는 죄다 발길을 끊었기 때문이었다.

창현왕은 제 상당수 부하와 친척들을 잃었다. 운이 좋게 살아남은 이들도 소린의 배필로 지목되던 유청하가 날뛰며 힘을 쓰는 광경을 목도하고 창현왕이 억지로 그를 소린의 짝으로 점지해 밀어붙였다는 이유로 제 가족과 친지를 잃은 분노에 창현왕을 적으로 돌렸다. 덕분에 창현왕은 모두에게 배신당해 수족이 다 잘린 것과 진배없었다.

심지어 그의 수하와 친척들의 집안에선 살아남은 자들이 집안의 보물과 땅, 집을 차지하려 서로 아귀다툼을 벌였다. 칼부림의 결과로 집안이 통째로 몰살하는 일도 있었다.

창족의 사자는 이런 부족의 비극을 토로하며 동정을 사려 했지만 실패했다.

이미 창족의 땅에서 비약을 제조한 이소린의 유모와 창족 일당들이 압송되어 오던 도중이었기 때문이다. 창족의 사자는 협상은 커녕 포박되어 심문대에 올랐다. 그는 고문을 두려워하며 되레 몇 가지 사실을 폭로했다.

창족들은 금지되었던 창족만의 비약을 공공연히 사용해 포로들을 심문해 오며 고문했다는 것, 그것이 어떤 부족도 가리지 않고 잔인한 고문까지 일삼았다는 것.

　왕도의 대신들과 여왕을 분노케 한 것은 여왕의 막내아들에 대한 처우였다. 재액의 힘을 가진 그를 포로로 취급하며 그의 힘을 봉해 억지로 창족 공주와 맺어주려 했다는 점, 왕자의 힘과 그의 신분을 이용해 왕도 침탈에 대한 야욕을 드러내려 했던 점. 여왕의 사자들을 교묘하게 회유한 정황까지 드러나자 여왕은 가슴을 쳤다. 화가 난 여왕은 창족의 사자와 창족에게 보냈던 자신의 수족들의 목을 모두 잘라 성문 밖에 내걸었다.

　창족의 땅에서 벌어진 난리통에 몇몇 노예들이 도망쳐 제 고향으로 돌아갔다. 그들은 창족들에게서 겪은 고문과 수모를 퍼뜨렸다. 소문은 날개 달린 천마처럼 남주국 전역으로 퍼져 모두를 경악시켰다. 특히 창족과 이웃한 현족과 리족은 복수를 다짐했다. 그들은 자신들이 다스리던 땅과 그 땅에 살던 사람들을 창족에게 빼앗겼기 때문이다. 창현왕은 현재 수족이 잘린 무방비한 상태. 이웃 부족들은 창족을 상대로 빼앗긴 영토와 창족의 너른 영토를 침범하기 위해 전쟁을 선언했다.

　며칠 후, 여왕이 보낸 군사들이 소린의 유모와 백영대들을 잡아왔다. 유모와 비약을 만드는데 가담한 창족의 일원들 모두 체포되어 청림부의 감옥에 구금되었다. 남은 백영대들은 따라올 필요가 없었음에도 스스로 자청하여 증인으로 따라왔다.

　백영대가 청림부에 입성한 지 고작 며칠째. 백영대는 유모에 대한 혐의를 모두 미주알고주알 고했다. 더불어 저희는 살고 싶다며 그들의 몸을 낫게 할 방법을 청했다. 구금부에서 고문을 당한 유모는 창족의 비약에는 해독제가 없다고 잘라 말했다.

분노한 청하가 구금부를 급습했던 덕분에 무명은 그날 밤, 그를 보지 못했다.

그가 돌아온 것은 늦은 새벽 무렵이었다. 무명은 그날 밤 뜬눈으로 그를 기다렸다. 청하는 그날 밤, 거나하게 취해 내관의 부축을 받으며 돌아왔다.

등촉만이 몇 개 켜져 있지만 지독하게 어두운 밤. 무명은 침상에서 반듯하게 앉아 그를 바라보았다. 청하는 자신을 부축하는 내관을 물리쳤다.

내관이 밖으로 나간 뒤 청하는 털썩 의자에 주저앉았다. 그는 무명이 자신을 똑바로 쳐다보고 있다는 걸 알았다. 그녀의 자세엔 흔들림도 없었다.

"왜 그랬어?"

"뭐가요?"

"네 상태. 일부러 말하지 않았지? 치료 방법이 없다는 거 미리 알고 있었던 거지?"

등촉 주위로 바람이 일었다. 무명은 바깥에 내린 암흑을 바라보았다. 그는 구금부로 가기 전까지 무명이 나을 수 있다는 희망을 가졌었다. 그때의 하늘은 유난히도 청명하고 맑은 어둠이 가득했다.

"청하가 직접 확인하는 것이 좋을 거라고 생각했어요. 그래도

혹시 모르지만 방법이 있을지도 모른다고 조금은, 아주 조금은 기대했을지도 몰라요."

"왜."

청하는 기력이 없이 의자에 기댄 채 축 늘어져 자신의 얼굴을 가렸다. 차마 무명의 얼굴을 볼 수 없다는 듯. 무명은 그것이 서글펐다.

"그래도 말을 했어야 했어. 그 유모가 깔깔거리며 너를 저주하는 그 말을 듣지 않았어야 했다고. 왜 말을 하지 않은 거야, 대체 왜!"

그의 분노와 함께 하늘에서 불벼락이 지상으로 떨어져 내렸다.

흐리긴 했지만 비가 올 것 같지 않았던 고요한 밤. 무명은 활짝 열린 문 너머로 비친 하늘을 언뜻 보았다. 먹구름이 잔뜩 끼어 어두운 밤. 달도 별도 사라져 있다. 비가 올 거라곤 생각하지도 않았는데 지금은 벼락이 내려치고 있다.

청하의 분노는 늘 수기水氣와 연관된 천재지변을 동반했다. 이것은 그의 분노다.

무명의 얼굴에 허탈함이 드리워졌다.

"화를 내고 있잖아요. 이럴 것 같아서, 절망할 것 같아서 그래서 말하지 않았어요. 나는, 사실은 괜찮지 않아요. 거짓말 따위 할 수도 없는데 나 때문에 당신이 무너지는 게 싫어요."

"왜!"

"화를 내고 있잖아요. 그 화가 타인에게도 미치는 거잖아요. 그러니까 쉽게 말할 수 있을 것 같아요? 내가 말을 하면, 그것이 현실이 될 수도 있다는 거 이미 경험해 봐서 알고 있는데 그따위 말을 할 수 있을 것 같냐고!"

무명은 소리를 내질렀다. 며칠간의 응어리가 뚝뚝 묻어 나와 한이 되었다.

벼락이 다시 내리쳤다. 얼마 뒤 지상을 뒤흔드는 우레와 같은 소리가 그들의 귀를 자극했다. 다시 하얀 벼락이 처소 근처에 내려 꽂혔다. 열린 창 너머로 하얀 섬광이 번뜩였다가 사라졌다.

벼락이 지나간 뒤엔 정적만이 남았다.

무명은 한숨을 쉬었다. 말해야 했는데 도저히 꺼낼 수가 없었다. 자신을 살려보겠다고 그렇게 애쓰는 사람에게 헛된 노력이라고 치부할 수 있나. 사실은 자신도 살고 싶어서, 그가 해답을 찾아주길 원했다.

"청하, 당신도 사실은 알고 있었던 거잖아요. 필사적으로 외면하려 했던 거잖아요. 어쩌면 병신 같은 죽어가는 계집을 구하느라 사람을 죽인 일, 어쩌면 후회하고 있는 거잖아요."

많은 의원들이 무명을 진맥했다. 몇몇은 청하에게 말을 하지 못하고 그녀, 본인에게 언질을 주었다. 절대 해답을 낼 수 없을 거라고, 최선은 망가진 현재의 몸을 유지하는 것뿐이라고.

스스로도 알고 있었다. 그래도 무명은 희망을 갖고 싶었다. 어쩌면 그가 자신을 살릴 방도를 찾아낼지도 모른다 일말의 기대를 걸었는데!

"나도 살고 싶어! 하지만 이것밖에 안 되는 걸 어떻게 해요!"

무명의 외침이 끝나는 것과 동시에 날카로운 바람이 일었다. 습기를 가득 품은 바람이었다.

무명과, 청하를 둘러싼 아주 좁은 공간을 제외한 나머지 공간을, 날카로운 칼날을 품은 바람이 처소의 모든 것들을 찢어 발기고 사라졌다. 등촉의 불이 어른거리다 다시 켜졌다.

아까보다 환해진 사방. 무명은 어른거리는 불빛 속에서도 확연히 드러나 보이는 파괴의 흔적들을 응시했다.

"내가 후회한다고 한다면, 무명. 넌 이런 내가 무서운 건가? 그래서 말을 하지 못한 거야? 내가 또 누구를 죽일까 봐? 아니면 널 죽이기라도 할까 봐?"

"아니야."

"그럼!"

"이럴까 봐 말을 못한 거라고요. 아니, 나도 살고 싶은데 살 수가 없으니까 말을 할 수 없었다고요. 당신은 화를 낼 거잖아. 나 때문에 분노하고 화를 내고 싶어하잖! 내가 죽어가는 것이, 당신에게 이렇게 영향을 미치는 거잖아요."

무명의 목소리는 거의 흐느끼는 것처럼 들렸다. 악을 쓰고 소리치는데도 그 마음속 응어리가 풀리질 않았다.

"그래서?"

그는 겨우 화를 참고 있었다. 무명은 제 아픔을 끌어모았다. 그래서 말하기 싫었어. 죽어가는 것 따위 좋을 리 없잖아. 거짓말이라도 할 수 있었으면 좋았잖아!

"나는, 사람을 상처 주는 말밖에 못해요. 죽어갈 거고 앞으로도 당신을 아프게 할 거예요."

"무명!"

그의 애원은 이제 그녀의 귀에 들리지 않았다. 서로가 어긋난 것을 알고 있다. 대화가 엇나가 버린 것도 안다. 하지만, 적어도 그녀가 그를 아프게 할 수밖에 없다는 건 사실이었다. 죽음을 피할 수도 없는 그녀는 병신이었고 가진 것도 없었으며 그를 웃게 할 수도 없었다. 심지어 그를 안아준다 해도 그를 제 몸으로 받아들이며 잘 수도 없다. 죽을 각오를 한다면야 그를 품을 수야 있겠지. 그것도 딱 두 밤이 전부다.

"차라리 나, 깃털섬에 버리고 오지 그랬어요? 차라리 그때 말할걸 그랬어. 나 절대로 회복될 수 없다고. 아니, 살 수 있다 한들 당신 손만 잡아야 해요. 같이 잘 수도 없고 같이 있는 것도 나보고 견디라고 말할 수도 없어요. 재액의 힘이 어떤 것인지 이미 잘 아니까. 나는, 죽을 텐데. 죽어가면서 내 고통까지 남에게 떠넘기면서 살아 있고 싶지는 않은데. 같이 있는 것이 서로 고통이라는 거 어쩌면 알고 있잖아요. 그래서 보지 않으려 하는 거잖아요."

"무명. 그만해!"

무명은 멈추지 않았다.

"알아요? 당신 처소의 주변 나무들이 죽어버린 거? 비사호의 물고기들이 죽어 교룡이 놀라서 도망쳤다 돌아온 건?"

"그만하자."

손을 흔들며 퇴각한 쪽은 그였다.

"오늘은 다른 곳에서 잘게."

뒤돌아보지도 않고 나가 버리는 그를 보며 무명은 헛웃음을 흘렸다. 결국 이렇게 끝나 버리는 건지도 모른다.

무명은 파괴된 처소를 대충 둘러본 뒤 침상이 비교적 무사하다는 사실을 깨닫고 그곳에서 쪽잠을 잤다. 아침 일찍 그녀를 깨우러 온 시녀가 파괴된 침상과 처소를 살피며 비명을 지를 즈음 그녀는 일어났다. 청하는 돌아오지 않았다. 무명은 그를 기다릴 생각도 없이 곧장 아침을 먹고 시녀들이 내어주는 옷을 고분고분 갈아입은 뒤 곧장 비사호로 향했다.

청하나 어쩌면 여왕이 붙여놓았을 감시자들의 기척이 등 뒤에서 느껴졌지만 상관하지 않았다. 비사호로 가기 위해선 물의 내음을 따라 하얀 돌길을 걸으면 되었다. 청하를 위해 특별히 여왕이 만들어놓은 길이라 했다. 무명은 비사호의 호숫가에 멍하니 앉았다.

그 물속을 들여다보며 무명은 멍하니 생각했다.

차라리 죽어버릴까? 왜 이제 여기까지 와서 그런 생각을 하는 걸까.

"교룡."

물가로 미끄러져 올라온 그의 교룡이 커다란 얼굴을, 그녀의 앞에 가만히 내려놓았다. 무릎을 감싸고 앉은 무명이 교룡과 시선을 맞추었다.

"나, 살아야 할까?"

교룡이 커다란 머리를 주억거리는 것 같았다. 무명은 힘없이 웃어 보이며 몸을 둥글게 말았다. 아아, 나는 왜 이것밖에 되지 않는 걸까.

청하는 무명이 호숫가에서 교룡을 바라보다 처소로 돌아가는 모습을 응시했다. 그의 어깨에 멋대로 기댄 치혁이 그를 비웃고 있었다.

술김에 제 처소에서 말썽을 일으킨 청하는 제 막역한 형을 찾아가 신세를 졌다. 청하가 아침 일찍 그의 처소를 나오려 하자 치혁은 제 할 일도 모두 미뤄둔 채 그를 쫓아다녔다. 구금부를 엉망으로 만들어놓고 창족의 일에 끼어들었다는 죄명이었다.

청하는 무명이 처소로 돌아가는 모습까지 본 뒤에야 시선을 돌렸다. 그녀가 그의 처소로 돌아간 것은 한낮이었다. 교룡은 그제야 청하가 있는 쪽으로 고개를 돌렸다가 무언가 삐진 듯 물속으로 첨벙 뛰어들어 사라졌다.

"아참. 널 만나 보고 싶다는 사람의 요청이 있었는데."

"누구?"

청하는 심드렁하게 되물으며 계속 무명이 사라진 하얀 길만 노려보았다.

"창족의 포로. 스스로를 백영대주, 흑이라고 하더군."

청하는 그제야 고개를 돌렸다. 백영대의 여우들 중 흑색 허리띠를 하고 백영대를 통솔하던 여인. 어쩌면 유모에게서 듣지 못한 무명에 대한 해답을 얻을 수 있을까.

"만나겠어. 그 여자는 어디 있지?"

흑은 구금부에 제 동료들과 함께 갇혀 있었다.

그녀들은 모두 하얀 바지와 저고리를 입은 무사 차림이었는데 여우가면을 쓰고 있지는 않았다. 백영대들 전부 창족들의 땅을 떠나오며 그 땅의 경계선에 다다를 무렵에서야 제가 쓴 가면을 벗어 그것을 모두 부쉈다고 했다. 사람들이 놀란 것은 그 가면 아래의 얼굴들이 모두 자매처럼 엇비슷하게 소린을 닮아 있다는 사실이었다.

면담을 위해 불려 나온 흑은 갈색 피부를 띠었으며 여인치고는 키가 크고 제법 다부진 체구였다. 얼굴 윤곽은 무명과 확연히 닮은 구석이 있었다.

"날 만나고 싶다고 했던데. 무슨 일이지?"

흑은 검은 시선을 청하와 맞추었다.

"지금쯤 유모와 이야기를 하셨을 것 같아서요. 무명은 잘 있습니까?"

"잘 있지 못해. 그 상태는 네가 잘 알 테고."

흑은 고개를 끄덕였다. 그의 냉담함이나 묘한 살기는 어느 정도 흑도 예상했던 바였다. 무명을 애지중지 아끼던 사내였으니 어쩌면 이런 분노는 당연할 수밖에 없으리라.

"유모가 거짓말이라도 한 건가? 무명은 해독제가 없고 자신의 몸을 낫게 할 수 없다고 알고 있어."

"백의 성격대로라면 의기소침해 웅크려 있겠지요. 하지만 쉽게 죽지는 않을 겁니다. 죽음을 무서워하니까요."

"죽음을 무서워하다니? 공주의 유모들이 너희 백영대들에게 약을 먹여서? 그 약을 정기적으로 먹지 않으면 죽게 된다는 것은 들었는데."

"그 약효는 대략 보름에서 한 달입니다. 유모가 잡혀간 이상 백영대들은 선택의 여지가 없었죠. 어차피 유모가 없으면 죽는 목숨이니 우리는 살기 위해 가장 최선의 결론을 내린 겁니다. 소린의 곁을 떠나 이곳에 온 것. 최소한 저희들의 목숨을 연명할 방법은 찾을 수 있을 것 같으니 말이죠."

흑에게서나 백인 무명에게서나 소린에 대한 충성심은 찾기 어려웠다. 청하는 냉소적인 그녀의 말투에 인상을 쓰며 흑의 맞은편에 앉았다.

"백, 아니, 무명은 왜 죽는 것을 두려워하지?"

"무명은 아주 어릴 적에 잡혀 왔었죠. 그 시절의 창족들은 영토 확장을 하느라 전쟁 중이었습니다. 그리고 무명은 그들 지역에서 유일하게 살아남은 생존자들 중 하나일 테지요. 너무 어려서 기억은 못할 겁니다."

"무슨 의미지?"

"말 그대로입니다. 창족들이 본보기로 몰살을 감행한 몇몇 지역에서 무명이 살아남았다는 것이지요. 발견되었을 당시 무명은 피칠갑을 하고 있었다고 들은 적이 있습니다. 그리고 소린과 닮았다는 이유로 끌려와 백영대의 후보가 되었지요. 무명은 백영대들 중 가장 선배이고 우리들 중 가장 많은 시체들을 보았습니다. 어린 백영대 후보들은 고작해야 열 살도 되지 못한 약한 계집아이들이니 죽는 것도 쉬웠지요. 혹독한 훈련에 맞아서, 혹은 도망쳐서, 굶어서, 치료를 받지 못해서. 용케 도망쳤던 아이들도 비약에 의해 중독된 것을 깨닫고 돌아올 수밖엔 없었지요. 유모는 그런 아이들을 본보기로 저희가 밤이 되면 갇히는 광 앞에 묶어 방치했지요. 저희는 낮밤 가리지 않고 동료이자 자매였던 아이들의 신음 소리를 들었고 그 아이들이 썩은 시체가 되면 파묻곤 했습니다. 저희가 파묻은 아이들만 백 명은 훨씬 넘을 겁니다."

충격적인 내용에 청하가 눈살을 찌푸렸지만 흑은 무덤덤했다.

"저는 죽음에 대한 두려움 따위 상실했지만 적이나 백은 달랐지요. 적은 자신도 죽고 싶어했고 백, 아니, 무명은 고통에 둔감해졌지만 죽음 자체에 대한 끔찍한 공포를 갖게 되었습니다."

적. 아기의 기일에 자살한 무명의 동료. 그녀의 언급에 청하는 눈살을 찌푸렸다.

"창족들은 원래 잔인한 편인가?"

"아마 남주국의 여러 부족들 중 제일 호전적이고 잔인하다면 둘째가기로 서러울 정도일 겁니다. 지금에서야 제법 그럴싸한 귀족 흉내들을 내고 있지만 원래 야만인들에 가까웠고요. 싸우면 죽음을 부르는 아귀가 되는 자들입니다."

"직접 본 건가?"

무감각하던 흑의 눈에서 강렬한 복수심이 서렸다.

"제 어머니와 언니는 창족들의 습격 때 강간당한 뒤 목이 잘렸죠. 그때 제 언니는 고작 여덟 살이었어요. 살려달라고 애원하는 것을, 창족들은 버러지 취급을 했지요. 낄낄대며 사지를 하나씩 제거해 가다 팔 다리를 다 자른 뒤 마지막으로 목을 잘랐죠. 그때의 피를 저와 치르가 뒤집어썼습니다."

"치르?"

"유르는 원래의 제 이름. 치르는 적. 무명 때문에 자살한 제 사촌동생입니다. 들으셨나요?"

청하는 고개를 끄덕였다.

"대충은. 무명이 유산 문제로 그녀를 괴롭혔다고 들었어."

청하의 얼굴이 저절로 일그러졌다. 흑은 한숨을 쉬었다.

"굳이 그 죽음은 무명 때문은 아닙니다. 적은 무명이 당신과 가해도에서 떠날 거라고 생각했었죠. 되돌아올 줄도, 돌아왔다 한들 소린이 그렇게 괴롭혀 댈 줄은 예상하지 못했을 겁니다. 무명이 살아남아서 적은 무척 기뻤했죠. 하지만 임신한 줄도 몰랐던 백의 아이가 배가 불러오기 시작할 무렵까지 살아남아 있다가 유산하게 될 거라곤 생각하지 못했습니다. 직접적인 이유는 소린의 폭행 때문이었지만 그런 폭행은 일상적이었고 둘 다 소린의 탓이라고는 돌리지 못했죠. 아이를 잃고 나서, 그걸 알게된 적은 최소한 그때 자신이 밀고를 하지 않았다면 아이가 죽지 않았을 거라고 생각했었죠."

흑의 이야기에 청하는 기겁했다. 그 이야기를 뒤에서 몰래 경청하던 치혁 역시 마찬가지였다.

"어, 언제 유산한 거지?"

"가해도에서 돌아온 지 아마 다섯 달에 가까운 시점이었죠. 물론 아이가 태어났다 한들 백이나 그 자식에 대한 생사는 장담할 수 없었을 겁니다. 아이를 잃고 백은 공포에 사로잡혔고 결국 제 사촌 적, 치르는 그것을 자신의 탓으로 돌리며 자살했습니다. 늘 죽음을 두려워했지만 백영대가 되기 싫어서 죽고 싶어 했던 심약한 아이니 그것이 동기가 되었겠지요. 하지만 백은 치르와 아기 덕분에 죽음에 대한 공포가 더욱 강해져서, 아마도 제 손으로 목숨을 끊는 일 따위는 하지 못할 겁니다. 무서우니까요. 타인을 죽일 수는 있지만 제 힘으로 죽지는 못할 겁니다."

지독한 모순이었다.

그 이야기에 청하도 치혁도 할 말을 잃었다. 아니, 적어도 청하는 간밤 그녀가 외쳤던 말들을 이해했다.

무명이 모질게 살아남았던 이유는, 죽을 수가 없었기 때문이다. 죽음의 공포에 짓눌려 어쩔 수 없이 목숨을 연명해 왔던 것에 불과했다.

"무명은 죽고 싶어 해. 자신이 살아날 수 없다는 걸, 최소한 자각하고 있어."

"그럴 거라고 생각했습니다. 무명을 만나게 해주십시오. 꼭 전해야 할 말이 있습니다."

청하와 치혁은 다시 시선을 교환했다.

"무명이 자살이라도 하면 곤란해. 지금도 죽지 못해 살고 있으니까."

"저와 얘기하게 해주십시오. 최소한 무명에게도, 왕자님에게도 해가 되진 않을 겁니다."

"소린의 사주를 받았을 가능성도 있을 텐데."

흑이 이를 갈았다.

"시간이 충분했다면 소린을 죽였을 겁니다. 저를 포함한 남은 일곱의 백영대들이 소린에게 무엇을 했는지 저희를 데려온 군사들에게 물어보십시오. 유모와 그 일족들은 창족의 방식대로 저희가 최대한 고통스럽고 끔찍하게 죽여줄 수 있습니다. 그것을 원하십니까? 창족을 벗어나 목숨을 연명해 살 수 있다면 왕도의 개가 되어도 상관없습니다."

흑의 싸늘하고 냉소적인 태도는 어딘가 무명을 연상케 했다. 청하는 치혁에게 동의를 구했다. 치혁도 고개를 끄덕였다. 백영대들이 굳이 그들과 협상하지 않아도 여왕께서 그들을 살리라 친히 명령을 내린 상태. 하루 이틀 더 빨리 손을 쓴다고 해서 나쁠 것은 없었다.

"어의들을 불러서 너희들의 상태를 손쓰게 할 것이다. 적어도 먹은 비약이 무명의 것처럼 심각하지는 않아서 목숨을 연명하게 하는 데는 큰 문제가 없을 거다."

흑은 감사하며 머리를 조아렸다.

창족의 궁을 나온 뒤 검술 훈련을 쉬었던 탓인지 몸이 잔뜩 굳어 있었다. 무명은 청하의 처소를 뒤져 장식용 검 한 자루를 찾아냈다. 날이 서 있지 않은 무거운 가검이라 손에 감기는 맛은 덜했다.

검을 쥔 것이 하도 오랜만이라 처음엔 움직이는 것조차 버거웠지만 속도가 붙어 점점 빠르게 움직일 수 있게 되었다. 백영대일 때보다 동작은 훨씬 형편없지만 몸이 굳은 것은 수련을 하지 않아서라고 여기기로 했다.

무명이 느닷없이 장검을 쥐고 나와 처소 밖에서 휘둘러 대자 망가진 처소를 지키던 내관과 시녀들은 안절부절못했다. 청하만큼이나 괴팍하다고 여기는 걸까. 무명은 망가진 벽과 부서진 침상이 있는 곳에서 밥을 먹고 잘도 쉬었다. 그곳을 떠나고 싶지는 않다. 성난 바람이 잔뜩 할퀴고 간 방은 꼭 망가진 제 상태 같았으니까.

무명이 한바탕 훈련을 하고 검을 검집 안에 넣었다. 저를 빤히 관찰하는 시선이 있어서 불편해서였다. 고개를 돌려보니 저와 닮은 얼굴의, 다부진 체구의 여인이 서 있었다. 체구나 외양으로 보자면 분명 흑인데, 어째서?

흑은 무명의 검을 가리키며 말했다.

"대련해 보고 싶지만 장소가 적당치 않아. 너도 많이 무뎌진 것 같고. 그 검은 우리가 쓰기엔 무겁고 커 보이는데?"

무명의 눈이 휘둥그레졌다. 말끔한 흑의의 차림인 그녀가 무명이 입은 값비싼 비단옷을 가리키며 말했다.

"소린보다는 잘 어울리네. 그 계집은 어딘가 천박한 데가 있었거든."

"차 마실 거야?"

무명이 조심스럽게 꺼낸 말에 흑이 고개를 끄덕였다. 무명은 그녀와 함께 안으로 들었다. 그러다 태풍이라도 휩쓸고 지나간 듯한 방 안의 풍경에 절로 혀를 찼다. 벽을 날카롭게 할퀴고 패이게 한 흔적은 사람이 남기기엔 힘든 자국이었다.

"이게 그 청하 왕자의 힘인 거야? 꽤 화가 났나 보네."

무명은 답하기 애매해 다른 질문을 던졌다.

"백영대들도 함께 온 거야?"

"살기 위해선 어쩔 수 없었어. 유모가 끌려왔으니까."

무명은 그나마 덜 망가진 의자를 끌고 와 차를 끓이기 위해 시녀를 불렀다. 하필이면 계몽을 닮았노라 무명이 폭언을 한 상대라 시녀는 차를 우려내는 척하더니 허둥지둥 달아나 버렸다.

"청하 왕자랑 도망갔으면 패기 있게 내보란 듯이 잘살 줄 알았는데 이 꼴이 뭐야? 그 왕자란 놈이 제 처소를 이 꼴로 만들어놓은 걸 보면 꽤 화가 난 모양인데?"

무명은 그 태연한 흑의 말에 실소했다.

"내가 행복할 수 있을 거라 생각했어? 나 때문에 많은 이들이 죽었는데 내가 웃고 행복할 수 있었을까."

손도 대지 않은 차가 식어가고 있었다.

"이소린은 자업자득이지. 그 계집은 일에게 머리채를 반쯤 쥐어뜯겼지만 아직 정신을 못 차리고 씩씩거리고 있을 걸? 우리가 괴로워했던 것, 네가 괴롭힘을 당했던 것, 그년은 당해도 싸. 아니, 두고두고 더 당해야지."

백영대는 소린과 유모를 따랐지만 충성심은 없었다. 그저 살아남기 위해 개처럼 소린의 명령을 따랐다. 버러지 같은 삶을 사는 무명을 구하려 청하는 제 손에 피를 묻혔다.

자신을 구하고 애정을 주는 사내를 위해 무명은 무엇을 했던가.

해줄 것이 단 하나도 없기에 절망하고 죽어가는 제 몸뚱이만 원망했다.

무명은 허탈한 웃음을 지으며 흑을 응시했다.

"소린의 생일 때 많은 사람들이 내가 한 말 때문에 죽었어."

"죄책감을 느끼는 것이 기가 막히지 않아? 어차피 우린 사람들을 죽였어. 그 계집 때문에. 그 계집과 유모가 내걸었던 백영대가 되기 위한 조건 생각나지 않아? 우린 자매를 찔러야 했어."

죽이지는 않았다. 하지만 서로를 죽일 정도로 치열하게 싸워 백영대가 되었다. 그때가 고작 무명이 8살 때였다. 그녀가 사람을 처음 죽인 건 9살이었다. 뒤늦게 와서 죄책감을 느끼는 것도 웃기는 일이다. 무명은 실소하며 저보다 훨씬 의젓한 언니 같은 흑을 바라보았다.

"흑, 왜 날 찾아왔어? 할 말이 있는 거지?"

"내 본명은 유르야."

흑이 찻잔을 들어 미지근해진 차를 마시며 대꾸했다.

"적은 치르였어."

흑은 고개를 끄덕였다. 그리고 입을 열었다.

"우리들의 세계는 좁았어. 넌 겁쟁이야."

"무슨 말이야?"

"겁을 집어먹고 움츠러들지. 거북처럼 웅크리는 것밖에 하지 못해. 제 옆에 왕자 같은 사람이 있는데도 감사할 줄 몰라. 겁을 내고 왕자를 비난했겠지. 살 수 없다고 저 혼자 이 세상의 모든 슬픔을 짊어진 것처럼 소리치고 비명을 질렀겠지. 그에 왕자는 화가 나 그 괴상한 힘을 펼쳤을지도 몰라. 그 왕자에 대해서는 들었어. 그 왕자의 심리에 따라 주변의 모든 식물과 동물들이, 때로는 모든 것들이 영향을 받는다는 거. 네가 그를 화나게 한 거야. 네가 이 방을 이렇게 만들고 왕자를 자극한 거라고."

느닷없이 쏟아지는 흑의 말에 무명은 머리가 어지러웠다. 그 머리를 감싸 안으며 무명은 가느다랗게 저항했다.

"나, 나는 주, 죽어가고 있으니까! 흑!"

"알아. 하지만 그거 알아? 백영대 전부는 너처럼 죽어가고 있다고. 이 왕궁에서 손을 쓰지 않고 우리를 방치한다면 우리는 더 빨리 죽을 거야. 너도 알잖아. 네가 가해도에서 먹은 두 개의 비약이 우리가 미리 섭취한 비약의 효과를 없앴다는 걸. 하지만, 너는 도망치지 않았지. 남자와 자지만 않으면 오랫동안 살지도 모르는데 너는 그러지 않았어! 너는 겁쟁이야!"

흑의 비난에 무명의 눈동자가 속절없이 흔들렸다. 그녀의 말처럼 무명은 겁쟁이였다.

4년 전에도 그래서, 그를 따라가지 못한 거겠지.

그의 처소에만 숨어 있었던 것도, 그가 파괴한 것들을 치우지 못하게 한 것도, 겁을 내고 자신을 벌하기 위해서였다. 움츠러들어 늘 책망만 하기에 바빴다. 무명은 우물 안의 개구리였다. 자신의 세계는 좁은 창족의 내궁이 전부였다.

그것이 이름 없는 계집의 세상 전부였었다.

하지만 지금은 아니잖아. 너는, 이제 너를 묶고 있던 창족의 금제에서 벗어난 거야. 네 옆에는 너만 바라봐 주는 청도 있어. 네가 사랑하고 은애하는 단 한 사람.

흑이 무명의 손을 잡아다 제 손에 깍지를 끼었다. 따스하다. 그 타인의 온기가 그리웠다는 것을 무명은 저도 모르게 깨달았다.

흑, 유르가 속삭였다.

"누구도 너를 책망하지 않아. 백영대들도 모두 이해해. 그리고 감사해. 네가 아니면 우리는 평생 그곳을 벗어나지 못했을 거야. 이소린을 우리의 손으로 죽이지 못한 것이 조금 안타깝긴 하지만 모두 기회는 있을 거라고 생각해."

복수를 되새기는 유르의 입가에 스산한 미소가 스쳤다.

"백영대들 중 네가 제일 심하게 당했어. 그래서 어쩌면 겁쟁이가 되어버린 거겠지. 너는 살아남아. 최선을 다해서 행복하게 끝까지 살아남아. 그게 내가 바라는 바야. 적, 치르도 그걸 바랄 거야. 네 죽은 아이도 네가 불행해지는 건 원치 않을 거야."

그녀는 한숨을 쉬었다.

"마지막 순간까지 죽음을 피할 수 없다 해도, 최선을 다해서 살아. 행복하게. 짧고 강렬하게. 모두의 기억 속에서 생생하게 살아남을 수 있도록."

유르에게 붙잡힌 두 손에 힘이 들어갔다. 무명은 저도 모르게 눈에서 눈물을 흘려대었다. 눈물이 그치질 않았다. 나는, 사실은 나는……

"나는 적을 죽게 했는데. 그래도 괜찮은 걸까? 나는."

"괜찮아. 적도 네가 행복하길 바랄 거야."

"나는, 그와 행복하고 싶어. 그래서……."

흐느끼는 무명을, 유르는 다독여 주었다. 그 모습을 바깥에서 보고 있던 것은 청하. 그는 북받치는 울음을 그치지 못하는 무명을 안타깝게 바라보았다. 유르는 그를 향해 입을 벙긋거렸다. 이젠 괜찮을 거예요.

이젠 괜찮아질 거야. 그러니까 괜찮아.

무명이 듣고 싶었던 말이었다. 누군가 용서를 해주길 바랐는지도 몰랐다. 적에게 들을 수 없다면 적에게 가장 가까운 이에게 속죄를 하고 싶었는지도 모른다. 나는, 우리는 모두가 행복해질 수 있기를 원해. 그것이 한정된 시간에 불과하더라도. 혼자서 죽기는 싫어.

무명과 백영대들을 치료하기 위해 청궁의 명의와 어의들, 청림부에서 제일 간다는 명의들이 모여들었다.

의외로 백영대의 치료는 손쉬웠다. 완벽한 해독은 불가능했지만 독성을 중화하는 탕약을 정기적으로 섭취하면 되는 간단한 일이었다. 중화제에 쓰이는 약재들은 남주국에 지천으로 널린 약초들로 손쉽게 조제가 가능했다. 백영대들은 유모와 창족의 영향력을 벗어나 자유롭게 살 수 있는 가능성만으로도 기뻐했다.

문제는 무명이었다.

창족의 비약에 이미 중독된 상태에서 두 가지의 위험한 비약을 투여받았다. 살아남은 것만 해도 신기할 지경이었지만 그 두 비약은 몸안에서 서로 엉켜 괴상하게 작용했다. 하나의 약효는 제대로 발휘되었지만 또 하나는 정반대로 나타났다.

두 비약 모두 어의들과 명의들에겐 듣도 보도 못한 종류였다. 그들은 창족의 비약에 대해 신기해했지만 당장 해독할 방법도, 그 것을 상쇄할 방법 또한 알지 못했다. 그들은 며칠간이나 무명을 괴롭히며 밤을 세웠다. 그러다 온갖 귀신들의 이름을 쏘아대는 무명의 독설과 욕에 기함한 이들도 있었다.

청림부에서도 창족의 땅은 꽤 떨어진 남쪽. 창족의 비약들은 일부에게만 구전되어 은밀히 내려오는 수법이었다. 비약을 먹고 효과가 나타나면 돌이킬 수 없다. 상태를 완화시키는 것은 가능했지만 처음으로 되돌릴 수는 없었다. 특히 무명이 마신 두 비약은 창족이 만들어낸 약술 중에서도 제일 고약한 것들이었다.

어의와 명의들은 도리어 무명이 살아 있는 것을 신기해했다. 그녀의 몸이 어떻게 뒤틀렸는지 알아보고 싶어하며 내린 결론은 처음과 크게 달라지지 않았다.

최선은 그 상태를 유지하는 것. 나빠질 수는 있으나 더 나아질 방법은 결코 없다는 것.

무명이 예상했던 바였지만 청하는 절망했다. 그는 그녀를 도울 수 없는 자신을 괴로워하며 방황했다.

그사이 무명에겐 청하의 가족들이 가끔 찾아오곤 했다. 청하와 함께 있을 때 우연히 본 적도 있었다. 네 명의 형과 어머니. 청하와 연년생인 치혁을 뺀 나머지 가족들 전부는 청하와 데면데면했다. 어머니를 중심으로 피가 이어져 있지만 청하를 무척이나 두려워하는 것 같기도 했다.

청하는 그들과 조우한 뒤엔 늘 의기소침해졌다. 무명은 그를 말 없이 토닥여 주곤 했다. 그리곤 비사호로 그를 끌고 가 교룡에게 그의 형제들에 관한 독설을 퍼부어댔다. 청하는 그런 무명을 보며 실없이 웃었다.

상태가 호전된 백영대가 다 함께 무명을 보러 온 적도 있었다. 그녀들은 이제 받게 될 자유 뒤에 무엇을 할지 대책이 서지 않은 얼굴이었지만 무명을 보자마자 그녀를 껴안고 위로의 말을 건넸다.

무명은 제 생이 얼마나 남았는지 모른다는 것에 무덤덤해져 갔다. 그러나, 청하가 다가오지 않고 그녀를 안타깝게 바라본다는 사실에 더욱 마음이 아팠다.

이럴 줄 알았으면 사랑하지 않을 걸 그랬어. 당신을 사랑해서 너무 아파.

사랑하는 행위에 후회는 없다. 다만 가끔은 그를 위해 빨리 죽는 게 낫지 않을 까 생각하기도 했다. 그래도 이 순간을, 마주보며 웃을 수 있는 지금이 영구한 영원이길 바랐다.

청하는 제 하나뿐인 연인을 바라보았다. 제 혈색을 되찾아 여느 때보다 아름다워진 무명은 그저 색이 고운 비단을 두르기만 해도 어떤 여인들보다 곱고 아름다웠다. 그런 제 여인을 가질 수도 없고 바라만 봐야 한다는 것이 믿기지 않았다. 아니, 평생 그녀를 안을 수 없다 해도 그저 바라보는 것만으로도 좋았다.

적어도 그녀와 몸을 섞지 않는다면, 무명은 쉽게 죽지 않을 것이다. 청하는 그리 여겼다.

제 욕망 따위 아무래도 좋다. 무명이 살 수만 있다면 제 남성을 잘라 버려도 상관없을 것이다. 하지만 새하얀 면사와 치자빛 치마를 입고 제 머리를 드리운 채 강변에서 그를 바라보고 있는 무명이 너무 예뻐서 그 얼굴이 눈에 박혔다.

제 형들이 그래서 얼마나 자신을 안타까워하는지도 안다. 그녀를 차라리 죽여서 미련을 버리라는 말까지 듣자 제 안에서 뛰쳐나오려는 힘을 갈무리하느라 힘이 들었다. 평생을 재액의 힘 때문에, 그는 바깥으로 떠돌았다. 머무는 적도 없었다. 욕망도, 무엇도 갖지 않고자 늘 홀연히 선인처럼 선인을 닮고자 노력했다. 관조하며 인간답게 않게 굴었다. 욕구를 말소하고 인간이 되지 않고자 했었다. 하지만.

제 마음이 머물 수밖에 없는 무명. 나의 무명.

청하는 그녀가 손을 뻗어 자신을 향해 손짓하자 더는 외면할 수 없었다. 필사적으로 그녀를 피해 다녔지만 이젠 그럴 수 없다는 걸 알았다. 제 마음을 속일 수는 없다. 제 재액의 힘이 스며들어 나무들을 죽이고 청궁의 이변을 불러올 수 있다는 것 또한 묵과할 수 없었다. 나는, 슬퍼할 수 없는데. 내가 슬퍼하면 주변에는 재앙만이 가득해. 그러니까 행복하든가, 아니면 존재하지 않아야 하는데.

무명과 함께하면 서로가 어긋나 불행할지도 모르는데. 무명도 그것을 알고 있는데.

그는 무명을 거부할 수 없었다. 어딘가 독기가 빠져나가 유순해져 버린 무명은, 제가 관조하던 초탈한 선인을 닮아가고 있어서 더욱 불안했다.

그녀가 안개 속으로 녹아들 것처럼 희미하게 웃었다.

"교룡이 여기 있어요."

"알아."

제 이름이 불린 것을 안 듯 교룡은 수면 위로 제 뿔과 금색 눈의 일부만 비죽 내밀어 청하와 무명을 바라보고 있었다.

"교룡은 어디서 만난 거예요?"

"이곳에서. 이놈은 이 비사호를 좋아하거든. 생각해 보니 그 뒤로 항상 함께 있었네. 항상 저 녀석과 함께 있었네."

십 년이 넘는 여로를 함께해 온 동지, 교룡. 교룡을 보며 청하는 실소했다. 무명은 귀를 쫑긋 세우며 그의 이야기에 귀를 기울였다.

"어딜 많이 여행해 봤어요?"

"글쎄, 여기 저기."

"재미있는 이야기, 좋아하죠?"

"그랬어."

청하가 알고 있던 수많은 이야기들 중 떠오르는 것은 하나도 없이 멍했다. 그는 무명을 뚫어져라 바라보았다. 지금 이 순간을 그들과 함께 박제해 버리고 싶은 생각뿐. 이 시간들만이 영원하길 바라는 것은 그의 욕심일까?

"무얼 해보고 싶어?"

무명은 저를 뜨겁게 응시하는 유청하를 바라보았다. 자신을 갈구하는 그의 감정을 느낄 수 있다. 왜 그는 자신을 좋아해 준 걸까? 그래서 너무 고맙고 행복하고, 죄스러웠다.

제 삶이 얼마나 남았는지 모른다.

허나 백영대가 아닌 삶, 누군가와 함께 마지막을 함께한다면.

그것은 당신이고 싶다.

무명은 머뭇거리며 그에게 손을 뻗으려 했다. 그의 손을 4년 만에 잡아놓고도 아직 머뭇거리는 제가 우스웠다.

"세상을, 구경하고 싶어요. 내가 보지 않았던 곳을 보고 느끼고 싶어요."

"그게 전부야?"

청하는 고개를 갸웃거렸다.

"누구보다 아름답고 예쁘게 이 세상 사람들이 다 칭송하도록 만들어줄 수도 있어. 널 내 아내로 삼고 호위호식하게 평생 그렇게 소원을 들어줄 수도 있다고."

"그런 것까지 바라지도 않아요."

흑의 충고가 새삼스럽게 와 닿았다. 치열하게, 존재하는 한 가장 행복하게 최선을 다해 살아.

고마워, 흑. 미안해, 적.

눈물이 다시 후두둑 쏟아졌다. 적의 모습은 아무리 떠올리려 해도 아령칙하게 흐려져 있어서 더 슬펐다. 적의 얼굴을, 다시는 기억하지 못할 것 같았다. 시간이 지나면 더 잊혀질 텐데, 헌데 나는 내 행복만 생각하고 있어서 더 미안해.

청하는 그녀의 눈물을 훔쳐 내었다.

"당신이 슬퍼하면 곤란하잖아요. 나는, 당신이 슬퍼하는 걸 원치 않아요. 당신이 슬퍼하면 하늘이 울잖아. 싫어하는 재액의 힘이 청궁까지 미칠 수 있잖아요."

"그래. 나는 그래서 이곳에 거의 머무르지 않으려 했어."

그래서 그는 청궁을 나와 겉돌았다. 무명은 그의 방황을 이해했다.

정처 없이 세상을 주유하며 떠돌던 그는 모두에게 불행을 주지 않으려 했었다. 자신의 재액의 힘이 미치지 않도록 떠돌며 감정을 느끼지 않으려 했다. 그러다 그의 발길이 어느 날 머무른 곳은 가해도였다.

그곳에서, 무명과 그가 만났다. 그것은 운명이자 현재.

그때 만나서 행복했다면 더할 나위 없겠지만 지금이라도 만나 정말, 다행이야.

무명은 청하를 바라보았다.

"나는, 당신과 행복하고 싶어요. 얼마 남지 않은 생이라도 더욱 많은 것들을 보고 더욱더 행복해지고 싶어요."

청하의 얼굴 역시 금방이라도 울 것 같았다. 그가 아주 달콤하게 속삭였다.

"그게 네가 바라는 거라면, 네 소원을 이루어줄게."

"굳이 이루지 않아도 돼요. 청하의 소원은 뭐예요?"

그가 속삭였다.

"너랑 오래도록 행복하게 사는 것."

단순하면서도 이루어질 수 없는 꿈. 무명은 울면서 웃었다.

많은 것들을 바라는 것도 아닌데, 부귀영화를 바란 것도 아니었는데. 그저 자신이 사랑하는 이와 행복하게 제 생을 누리고 싶었을 뿐인데.

그것이 가장 단순하면서도 어렵다는 걸 왜 몰랐을까.

"긴 여행을 가자. 너에게 많은 것들을 보여줄게. 너에게 좀 더 많은 것들을 보고 듣고 갈망하게 해줄게. 그러니까 그때까지 나랑 함께 있자."

무명은 입을 앙다물며 고개를 끄덕이기에 바빴다. 눈으로는 계속 눈물을 쏟아내었다. 청하가 그녀를 품에 안았다.

그들은 이틀 후, 청궁을 떠났다. 목적지도, 돌아올 기약도 없는 여행이었다.

8장. 여로旅路

　지독한 더위가 한풀 꺾였다. 계절의 변화는 빨랐다.

　겨울이 없는 따스한 나라에선 계절이 바뀌어도 큰 차이를 느끼지 못한다. 그래도 서늘해진 날씨에 활동하기는 편했다. 여행하기 좋은 가을이었다.

　남주국의 가을에는 추수도 수확철도 없었다. 지나치게 풍족한 자연환경 덕분에 사시사철 수확이 가능한 덕분이었다. 사람들은 나태했으나 가을이 되면 사정이 달라졌다. 그들은 타국에서 벌어지는 수확제를 흉내내어 온갖 해괴한 이름을 붙인 축제들을 벌이고 즐겼다. 그리곤 축제도, 노래도 춤도 남주국이 대륙 제일이라 손가락을 치켜세웠다.

　그중 귀신들을 위한 특이한 축제가 하나 있다. 청림부에서 남쪽

으로 나흘 정도 거리에 있는 해읍海邑이라는 소도시에는 가을이
되면 등불제가 열렸다.

해읍 사람들은 낮 동안은 귀신 복장을 하며 7일간 신나게 놀았
다. 일주일째 되는 마지막 밤, 강물 위에 촛불과 등불을 띄워 보내
며 그해에 죽은 이들의 기원을 빌었다. 해읍의 칠 일 낮밤 동안 이
어지는 귀신 축제도 칠 일째의 밤 등불 보내기 기원 행사도 모두
한 번 보면 잊을 수 없는 장관이라 했다.

등불제 무렵에는 많은 이들이 해읍으로 모여들었다. 단순한 구
경꾼에서 그해에 죽은 이를 가진 사람들까지. 모이는 목적은 다양
했으나 그들은 모두 죽은 자들의 기원을 염원했다.

무명은 그 며칠간의 귀신 축제를 보며 마냥 신이 났다. 귀신도
감에서도 보기 힘든 희한한 분장을 한 사람들을 잔뜩 볼 수 있었
다.

칠 일째, 축제의 마지막 날. 무명과 청하는 다시 구경을 위해 거
리로 나왔다.

무명은 구경꾼들 사이에서 마냥 돋보이는 청하를 바라보았다.
여행복으로 삼은 옷들 중에서 가장 말끔한 옷을 걸쳤을 뿐인데도
그는 모든 사람들의 시선을 사로잡고 있었다. 사내다우면서도 준
수한 얼굴을 올려다보며 무명은 제 얼굴을 가리고 있던 면사를 살
짝 내렸다. 그녀의 하얀 얼굴이 슬쩍 드러나자 청하의 눈썹이 꿈
틀거렸다. 무명은 다른 여자들의 시선이 청하에게 머물러 있다는
것이 잔뜩 마음에 들지 않았다.

게다가 무명은 제 시야를 가리는 면사가 마냥 불편했다. 백영대

의 여우가면에서 겨우 벗어났나 했더니 시커먼 면사를 왜 야밤에 쓰라는 거람.

"깜깜한 저녁인데 왜 이런 걸 쓰라는 거예요?"

무명은 볼멘 목소리로 투덜거렸다. 청하는 풍성한 치맛단 때문에 종종걸음으로 자신을 좇아오는 무명이 마냥 귀엽기만 했다. 달의 항아 같은 제 님이다. 타인에게 보여주는 것도 아까웠다.

무명은 붉은 꽃무늬가 수놓아진 화려한 붉은 치마를 두르고 고운 치자빛 저고리를 둘렀다. 얼굴을 보여주지 않는데도 드러난 손끝과 가느다란 허리와 몸짓이 참으로 애달팠다. 청하는 넌지시 무명에게 머리를 숙이며 속삭였다.

"안아줄까?"

무명은 사방에 그득한 사람들을 둘러보며 학을 떼었다.

"힘들지 않아?"

"객잔에서 나온 지 이제 일각도 지나지 않았어요."

"그래도 힘들면 말해."

청하가 눈웃음마저 치자 무명은 나날이 느끼해지는 그를 걱정했다. 원래 저런 성격이었나?

그녀의 걱정도 거리에 가득 모여든 군웅들을 보자 날아가 버렸다. 초저녁이었지만 해읍의 작은 거리를 사람들이 가득 메웠다. 그들 중 일부는 귀신 차림이었고 때론 귀족들 흉내를 내며 제가 가진 제일 좋은 옷을 입고 괴상한 모양의 등이나 촛불을 손에 들었다. 낮에도 신나게 풍악을 울리며 놀아대더니 밤이 되어도 횃불을 사방에 그득그득 켜놓고 풍악을 울리며 춤을 추기도 했다.

청하는 무명을 놓치지 않기 위해 무명의 손을 꽉 잡았다. 헌데 무명은 시야가 잔뜩 답답한지 스스로 면사를 걷어내었다.

청하에게 시선이 쏠렸던 사람들은 그의 옆에서 나타난 미인의 등장에 한 번 더 놀랐다. 하얗고 인형 같은 여인은 참으로 고왔다. 두 선남선녀의 모습에 그들은 찬탄하며 발걸음을 재촉했다.

사람들의 행렬이 서서히 강가 쪽으로 이동하고 있었다. 그들의 손에 들린 등불들이 한데 모여 대낮처럼 환했다.

"사람들은 죽으면 어디로 갈까요? 천계? 지계?"

"글쎄."

무명은 사람들이 얼마나 걷는지도 모르고 따라왔다가 발을 절뚝였다. 여인들의 고운 새 신은 제 발에 아직 길들여지지 않아 더 그랬다. 그리고 거리는 생각보다 너무 멀었다. 목적지도 없이 강가의 행렬은 끝없이 걷고 노래를 부르며 앞으로만 나아갔다. 강기슭에 다다를 즈음에서야 구름 같은 행렬들이 멈춰 서더니 영혼들의 천도를 빌며 등을 띄웠다.

떠가는 등불을 보며 강을 우회해 해읍으로 되돌아가는 것이 등불제의 마지막 행사다. 청하는 걸음이 느려지는 무명을 업어준다며 손짓했다. 무명은 망설이다 그의 등에 얌전히 업혔다.

청하가 사람들을 따라 걷자 그의 옆구리 쪽에서 튀어나온 무명의 작은 양발이 달랑달랑 경쾌하게 움직였다. 멀리서 들리는 흥겨운 풍악 소리에 맞춰 까딱이는 발놀림을 보며 청하가 시원스레 웃었다.

"재미있어?"

"네."

"다음엔 뭘 보고 싶어?"

"모르겠어요."

사실은 알고 있다. 어떤 아름답고 예쁜 풍경도 은애하는 사람과 함께 본다면 그것이 더 선명하게 기억된다는 것을.

그림만 잘 그린다면 이 순간들 전부를 그려서 갖고 싶다.

무명은 흘러가는 등불과 그 강줄기를 멍하니 바라보았다. 저기 어딘가에 교룡이 쉬고 있을 텐데. 교룡이 요동치면 등불이 죄다 뒤집히지 않을까. 영혼들의 천도에 방해가 되지 않을까?

"교룡은 오늘 밤 내내 물속에서 잠을 자면 좋겠어요."

"영혼들을 위해서?"

무명은 고개를 끄덕였다. 청하는 씨익 웃기만 했다. 그 악동 같은 미소에 무명도 따라 웃었다.

"영특한 놈이니 천도를 방해하지는 않을 거야. 그놈이 관심이 있는 건 영혼이 아니라 저를 사로잡을 암컷이니까."

"그래도 교룡이 심심하지 않을까요?"

"그놈은 심심해도 돼."

"그래도 짝이 있으면 좋을 텐데."

"그건 동감이야."

둘은 때로 실없는 대화를 나누기도 했다. 대화가 끊기면 청하는 이내 다른 이야깃거리를 찾아내곤 했다.

오늘은 그러나 어떤 말도 필요 없는 밤이었다.

강물 위로 등불들이 가득 흘러갔다. 그 끝없는 등불의 무리를 따라 영혼들도 흘러갈 것이다. 무명은 죽은 자들을 위해 잠시 기도했다.

저도 죽으면, 평온해질 수 있기를.

그들은 일행들에게서 떨어져 나와 강가의 커다란 나무 아래에서 잠시 쉬기로 했다. 그 어둠 속에서 청하가 되물었다.

"왜 이곳에 죽은 사람들을 위한 행사가 생겼는지 알아?"

무명이 도리질을 치자 청하는 그녀를 옆에 앉힌 채 이야기를 시작했다. 갯버들이 바람을 타고 그의 앞에 머물렀고 강물도 그들 앞에서는 소리를 죽였다. 하늘도 땅도 밤하늘의 달과 별들 모두 그의 이야기에 귀를 기울인다.

"유귀遊鬼라는 귀신이 있었다."

유귀는 붉은 머리칼에 붉은 눈, 긴 귀 등의 범상치 않은 특징을 가졌으나 미남에다 재주꾼인 이였다. 노래면 노래, 이야기면 이야기, 춤이면 춤. 무엇 하나 노는데 빠지는 능력이 없는 탓에 노는 귀신, 유귀라 불렸다. 처녀들은 그가 귀신임을 알고도 그에게 홀렸다. 많은 여인들이 유귀에게 홀려 자결했다. 결국 해읍에는 유귀에게 홀려 망령이 된 처녀귀신들이 넘쳐 났다.

"……해읍 사람들은 유귀와 처녀귀신들을 천도하기로 마음먹었어. 유귀는 놀기 좋아하는 녀석이니 칠 일간 마음껏 놀게 한 뒤 그를 달래 저승으로 보내기로 했다. 망령이 된 죽은 여인들도 유귀를 따라 저승으로 갔지. 하지만 유귀는 워낙 놀기 좋아하는 녀석이라 일 년에 한 번 귀문을 통해 세상으로 나오지. 사람들은 결국 1년에 한 번씩 유귀를 위해 축제를 벌이기로 했어. 유귀가 한바탕 잘 놀고 가면 그 보답으로 그해에 죽은 귀신들을 저승으로 데려간다고 하지. 사람들은 그 귀신들이 돌아가는 길, 환하게 잘 돌아가라고 밤마다 등불을 띄워 배웅하지."

오늘은 그 칠 일째의 마지막 밤이다. 유귀와 그해의 귀신들이 다 놀고 이제 저승으로 돌아가는 밤.

무명은 자욱하게 물결 위를 떠다니는 불빛들을 배웅했다. 그 등불들을 따라 영혼들도 먼 여행을 떠날 것이다. 어쩌면 저도 곧 그렇게 되겠지. 무명은 쓰게 웃었다.

"다른 생각하지 마. 쓸데없는 생각은 더더욱."

청하의 경고에 무명은 제 얼굴에서 쓴 미소를 지워냈다. 생각하지 않으려 해도 늘 죽음을 상기하게 되는 이유는 무얼까.

등불들은 이미 그들의 시야에서 사라졌다. 유귀는 그해의 영혼들을 이끌고 저승으로 되돌아갔다.

무명은 다시 청하의 등에 업혔다. 밤공기가 제법 싸늘해졌다. 청하의 온기는 마냥 따스했다.

"다음엔 어디로 갈까? 좀 더 특이한 풍경은 어때? 멀리 갈까?"

"어디라도 좋아요."

성의 없는 대답처럼 들렸지만 그것은 무명의 진심이었다.

"나 때문에 자주 이동해야 하는데 미안해."

"괜찮아요."

깊은 밤, 그들의 대화가 어둠 속에서 도란도란 이어졌다.

"가보고 싶은 곳은?"

"난 창족의 영역을 벗어나서 산 적이 없으니 잘 몰라요. 청하가 알아서 정해요."

"그럼 지도에서 뽑기나 할까?"

정해진 목적지도, 꼭 가야 할 장소도 없다. 내키는 대로, 때로는 방향을 잘못 잡아 예상치 못한 곳으로 가버리는 여행.

무명과 청하는 축제가 끝난 다음날, 교룡을 타고 떠났다. 일주일간 꼬박 이어진 축제의 강행군에 녹초가 된 해읍 사람들은 교룡이 떠나는 줄도 몰랐다.

청궁을 떠난 뒤 두 사람은 정처 없이 떠돌았다.

교룡을 타고 이동해야 했기에 그들은 주로 물길을 타고 이동했다. 청하와 무명이 마을에 머무는 동안 교룡은 주로 커다란 호수나 강에 제 몸을 숨기는 것이 다반사였기 때문이다. 허나 교룡은 하늘을 날아 이동하기에 번거롭지 않았고 광대한 산지와 밀림을 건너 이동하는 데에도 편리했다.

청하는 제가 보았던 다른 이색적인 풍경들을 보여주고 싶어했다. 멀고도 낯선, 괴로운 기억들을 모두 떨쳐 버리기 좋은 아주 먼 곳.

허나 무명의 상태는 먼 여행을 하기엔 적당하지 않았던 터라 그는 장거리 여행은 포기했다. 대신 남주국의 이곳저곳을 떠돌며 자주 장소를 바꿨다. 자욱한 밀림 속, 혹은 사막 옆을 짧게 스친 적도 있다. 그는 아름다운 풍경을 보여주었고 독특한 먹거리나 축제 구경을 위해 무명을 도시로 낯선 마을로 데려간 일도 있었다. 다만 한 장소에서 칠 일 이상 머무르는 일은 없었다. 한 곳에 오래 머물수록 청하가 가진 재액의 힘이 영향을 미치기 쉽다는 이유에서였다.

가끔은 청하가 오래전 만나 친분을 나누었다던 사람들과 만나 교류를 한 적도 있었다. 그러나 늘 여행은 둘만의 것이었다. 정이 들 만하면 그들은 그 장소를 떠났다.

날아가다 쉬고, 다시 힘을 비축해 쉴 만한 곳으로 떠나는 일들이 계속되었다.

청하가 청궁을 나올 때 가져온 것은 많은 돈이었다. 우스갯소리로 평생을 놀고먹어도 될 만큼 많은 돈이었다. 그 돈으로도 살 수 없는 것은 무명의 목숨뿐이었다.

이번에 들른 도시는 청림부만큼은 아니지만 꽤나 큰 도시였다. 무명과 청하는 교룡에서 막 내려선 뒤 짐을 메고 숙소를 찾던 중이었다. 마침 저잣거리에 장이 섰는지 장사꾼들과 사람들이 모여 이것저것 흥정을 하고 있었다.

청하에겐 별것 아닌 풍경이었지만 무명에겐 그 흔한 풍경조차 신기해 보인 듯 눈을 깜빡였다.

그 저잣거리를 가로질러야 그들이 찾고 있는 객잔들이 나올 터였다. 발품을 팔아야 꽤나 괜찮은 숙소를 잡을 수 있는 것을 알지만 잔뜩 흙먼지를 뒤집어쓴 통에 청하의 심기는 불편했다. 무명과 여행을 다니기 시작한 뒤 교룡의 심술이 더 늘었다. 왜 착륙을 할 때마다 그에게 흙이며 오물을 뒤집어씌우려고 시도하는 것인지.

청하가 아무리 머리의 먼지를 털어냈어도 엉망인 몰골은 어쩔 수 없었다. 입은 옷마저 너덜너덜해진 탓에 그는 거리의 부랑자 같은 몰골이었다. 무명이 웃었기에 망정이지 아니었다면 요즘 버릇이 나빠져 가는 교룡을 손봐주었을 것이다. 무명이 보지 않는 곳에서 교룡에 대한 복수를 다짐한 청하는 투덜거리다 옆을 돌아보았다.

무명이 없다. 가슴이 철렁해서 사방을 둘러보았더니 무명은 한 보 뒤, 잡상인 노인이 펼쳐 놓은 가판대 앞에 시선을 두며 멈춰 있었다.

노리개, 경첩, 싸구려 화잠, 구리반지 같은 여인의 장신구들.

색이 고운 유리구슬을 박아놓은 그것들은 색깔별로 잘 정렬되어 있었다. 청하의 눈에도 꽤 쓸 만해 보였기에 청하는 무명에게 눈짓했다.

"원하는 게 있으면 하나 사줄게. 골라봐."

무명이 말간 얼굴로 곱고 검은 눈을 반짝였다. 하얗고 작은 얼굴이 참으로 곱게 웃었다.

물건을 팔던 노인도 그 미소를 훔쳐보며 반쯤 넋이 나간 얼굴이었다.

무명은 어느 것을 고를까 심각한 고민에 사로잡혔다. 막상 예쁜 것들이 눈에 밟혀 멈추기는 했으나 고르려고 하니 선뜻 하나만 집을 수 없는 모양이었다. 마음 같아선 다 사줘도 상관없다지만 무명은 나름 독특한 철학이 있었다. 꼭 한두 개만. 그녀의 보물상자에 너무 많은 것을 한꺼번에 넣으면 곤란하다는 것이었다.

참으로 신중하다 못해 진중한 고민은 오래 걸릴 듯했다. 그런 무명을 보며 노인은 무명을 옆에서 부추기고 있었다.

"이게 정말 좋은 겁니다. 천오국의 휘황산에서 캐온 호박이고, 저건 북쪽 녹대산에서 캐온 녹옥인데……."

거짓말. 청하는 값어치도 없는 물건들을 침 튀기며 말하는 노인에게 혀를 내둘렀다.

무명은 그사이 심사숙고해서 살 물건을 간추린 듯했다. 그녀가 고른 것은 녹수정의 머리꽂이 하나와 호박노리개. 무명의 보물상자에 노란색과 녹색이 없나, 청하는 추측했다.

무명은 두 개의 장신구를 놓고 제사를 올리려 하고 있었다.

"뭘 그리 고민하는 거지? 맘에 들면 둘 다 사."

청하가 시원스럽게 해답을 내자 무명은 그제야 노인에게 가격을 물었다.

장사치 노인은 더러워지긴 했지만 원래는 제법 고급이었을 그들의 옷감을 훔쳐보며 눈을 굴리더니 대뜸 턱없이 비싼 가격을 불러댔다. 무명은 무엇이 이상한지 알지 못했다. 헌데 금방이라도 녹이 슬 것 같은 구리반지는 은자 한 냥에 나머지 것들을 죄다 은자 몇 냥씩 불러대는 장사꾼의 솜씨에 청하는 기가 막혔다. 저것들을 다 사도 원래라면 은자 두어 냥이면 충분할 것을.

"가자, 명."

"하, 하지만."

무명이 미련을 버리지 못했기에 청하는 무명을 밀어내고 노인과 흥정에 응했다. 결국 그녀가 눈여겨보던 작은 뒤꽂이와 노리개 하나를 은자 한 냥에 샀다. 몸도 피곤했지만 무명이 갖고 싶어했으니 꽤 비싸게 샀다 쳐도 상관은 없었다.

무명은 그의 눈치를 살피더니 그가 뒤꽂이와 노리개를 건네자 제 보물들을 품에 넣고 즐거워했다.

사실 무명의 보물들은 별것 아닌 것들이었다. 값어치 없는 장신구들, 그리 비싸지도 않고 투박한 평민들의 옷 몇 벌. 눈에 띄지 않는 도시들에서 크고 비싼 보석들은 구하기 어려웠다. 무명은 화려하고 비싼 보석들을 보면 소린이 떠오른다며 싫어했다. 여행을 다닐 때 화려한 장식들은 불편한 것도 사실이었다. 무명은 대신 평상시에도 사용할 수 있는 소박하고 사소한 것들을 제 보물들로 삼았다.

그것들에는 전부 의미가 있었다. 깃털섬에서 가져온 조개팔찌와 미우가 준 옷, 그가 사준 작은 화잠과 옥가락지, 평민 여인들이 평범하게 입는 몇 벌의 옷들. 그것들을 장만하며 청하와 티격태격하며 취향의 문제로 언성을 높이는 것도 나쁘진 않았다. 청하는 태생 덕분인지 보는 눈이 높았고 무명은 백영대로만 살다보니 미적 취향이 떨어졌다.

가끔 청하는 그녀의 볼품없는 옷들을 보며 한숨을 쉬곤 했다.

"청궁에서 입었던 옷들을 가져오는 게 좋았을 텐데."

확실히 궁에서 입었던 옷들은 보고만 있어도 한숨이 나올 정도로 멋졌고 소린이 입었던 것보다 훨씬 상등품이었다. 그래도 무명은 치렁치렁 늘어져 활동도 불편하고 망가질까 봐 걱정되던 옷보다는 편한 것이 좋았다.

"그거 입으면 여행 못 다녀요."

무명은 그리 대답하며 그와 제 옷을 살폈다. 여행을 다니기엔 그들의 옷은 고급스러운 편이긴 했다. 청하는 너무 싸구려를 싫어했다. 사실 무얼 걸쳐도 그 품위가 손상되지 않는 것이 문제였으려나. 가해도에서 처음 본 그를 왜 뱃사람 따위로 오해했는지 무명은 알 수 없었다. 그는 가만히 있어도 빛이 났다.

"빨리 골랐으면 객잔에서 쉬자."

청하가 무명을 재촉했다.

맛있는 것을 먹고 멋진 풍경을 구경한 적은 많았다. 교룡을 타고 이동하다 보면 우연히도 그런 멋진 풍경과 조우하곤 했다. 풍경을 감상하다 보면 예기치 않게 노숙을 할 때가 있었고 무명은 그때마다 자주 감기에 걸렸다. 청하는 무명을 위해 반드시 잠을 잘 때는 지붕이 있는 편한 숙소를 찾으려 애썼다.

허나 여행 도중 편안한 잠자리를 찾는 건 생각만큼 쉬운 일이 아니었다. 청하나 무명처럼 자주 이동을 하는 경우엔 더욱 그랬다.

숙소뿐 아니라 난감한 일들도 많이 겪었고 때로는 일진이 좋지 않은 날도 있다.

아마도 오늘이 그런 날인 듯했다.

찾아 헤매던 객잔을 코앞에 둔 청하와 무명은 저잣거리에서부터 따라붙은 도적 무리와 마주하고 인상을 찌푸렸다. 그의 불편한 심기를 고스란히 읽은 무명도 한숨을 쉬었다.

무명은 제 몸을 점검해 보았다. 날아 오는 내내 잠을 자서인지 몸 상태는 생각보다 나쁘지 않았다. 청하는 이것저것 많이 짊어진 상태였다.

"나, 좀 날뛰어도 돼요?"

가지런하던 그의 미간이 더 일그러졌다. 무명은 그가 제 애교에
약하다는 것을 알고 눈웃음을 쳐주었다.

"몸이 간질간질하다고요."

"하아."

한숨을 내쉰 그가 마지못해 고개를 끄덕였다.

"조금만."

무명은 제 짐을 내려놓았다. 적은 고작 셋에 불과했다. 흔히 어
디에서나 볼 수 있는 건달들이었고 그리 힘이 좋아 보이지도 않았
다. 힘만 센 장정들이라 해도 저 사내들쯤은 이길 자신이 있었다.
백영대로 오래 살아서인지 가끔씩 솟아나는 호승심은 버릴 수가
없었다.

무명은 제 허리의 요대를 뽑아내었다. 그것은 낭창낭창한 칼날
로 변했다. 탄성이 좋은 검은 허리에 두르고 있어도 표시가 나질
않았다. 휴대하기도 편해서 청하가 사준 것들 중 무명이 가장 좋
아하는 것이었다. 청하가 낮게 쉬는 한숨 소리가 들렸다.

"뭐, 뭐야?"

사내들은 느닷없이 사내도 아닌 하얀 얼굴의 계집이 검을 들자
당황한 듯 보였다.

"금방 끝내. 아니면 힘을 펼칠 테니까."

무명은 고개를 끄덕였다. 그가 '힘'을 쓰면 상황이 모두 순식간
에 정리된다. 그럼에도 무명을 놔두는 건 그녀가 움직이길 원하기

때문이었다.

다행히도 몸은 녹슬지 않았다. 백영대로서의 본능은 아직 남아 있어서인지 무명은 그들을 손쉽게 해치웠다. 자신이 밀렸던 호적수는 아마도 소시원 정도일까? 그는 검술도 상당한 무인이었던데다 힘이며 요령이 장난이 아니어서 이길 방법은 없었다. 되새겨보니 무지렁이 같은 자들과 비교해 봐도 소시원은 괴물에 가까웠던 것 같다.

무명은 삽시간에 세 사내를 베어내고 그들의 몸을 슬쩍 슬쩍 베었다. 목, 심장 근처의 혈맥, 팔과 다리의 힘줄을 베는 척하는 것만으로도 그들은 겁에 질려 달아나기 일쑤였다.

"다 했어?"

무명이 익숙하게 손수건을 꺼내 멋대로 휘어지는 요대검의 칼날에서 피를 닦아내고 제 허리에 감았다. 청하는 내려놓았던 짐을 다시 들고 무명과 함께 객잔으로 향했다.

그리고 언제나 그랬듯 싸움 뒤엔 청하와 투덕거리며 발걸음을 옮겼다. 늘 무명이 자청해서 싸운 뒤엔 청하는 성을 내었다. 무명은 몸이 허약해졌어도 백영대로서 꽤 오래 살아오다 보니 제 앞을 방해하는 적이 있으면 물리치고 싶어했다.

가끔 무명이 처리하기도 전에 그의 힘이 상대를 다 처리해 버린 경우도 왕왕 있었다. 그는 제 몸이 피곤할 때 자신들을 덮치려는 도적 떼를 용납하지 않았다. 누군가 그들을 공격하면 그의 힘은 어떤 금제 없이 자연스럽게 발동했다.

재액의 힘은 무섭다. 허나 악의를 품지 않으면 상대를 해치지 않는다. 그 힘에 익숙해지면 꽤 편리하다는 사실도 깨닫게 되었다. 그와 자신이 잠들었을 때에도 힘은 자연스럽게 그들을 보호하는 터라 보초나 불침번이 따로 필요 없었다.

가끔 청하와 무명은 남들이 보기에 아주 사소한 것으로 싸우곤 했다. 싸운 뒤엔 서로의 화를 풀기 위해 노력했다.

그런 사소한 것들조차 무명에겐 즐거움 자체였다.

여행 경험이 많은 청하에게 19년간 갇혀 산 무명은 세상일을 모르는 천진한 아기 같은 존재로 보이는 것 같았다. 그는 사소한 것에도 무명을 챙기려 애썼다.

그리고 그들은 늘 모든 것을 함께하려 했다.

야밤에 뜨는 달이나 별도, 새벽에 당연한 듯 떠오르는 여명도, 아침에 솟아오르는 해도.

그와 함께하면 감동이었다.

잠을 자기 위해 그와 헤어지는 그 짧은 시간이, 무명은 못내 아쉬웠다.

그와는 다른 방을 썼다.

안전을 위해 가끔 같은 방을 쓰기도 했다. 그러나 다정한 연인들처럼 침상에서 서로 껴안고 부대끼며 일어나는 일은 없었다. 무명은 그가 제 몸에 손을 대지 않으려는 것에 익숙해져야 했다. 가끔 접촉은 있었지만 포옹이나 가벼운 입맞춤이 전부였다.

헤어지는 짧은 이별의 순간마저 아쉽다. 그와 함께 잠을 자고 같은 침상에서 일어날 수 없다는 것이 마냥 허했다.

무명은 욕심꾸러기였다. 그와 계속 여행을 하고 잠을 자는 순간만 떨어져 있는 것뿐인데 그 나머지 시간들이 욕심났다. 여행이 계속될수록 무명은 그를 더 갈망했다. 그가 제 앞에 있는데, 그가 겨우 제 것이 되었는데 그를 가질 수 없다. 그를 품어줄 수도 없다.

그가 다른 계집들에게 가면 어쩌나 걱정하며 뜬눈으로 밤을 지새운 적도 있었다. 그런 날이면 으레 다음날도 차질이 생기곤 했다.

최대한 체력을 아끼고 잠을 자야 했지만 걱정은 끊이지 않았다. 그가 저만을 바라봐 주는 걸 아는 데도 그랬다.

너무 사랑해서, 그가 너무 매력적이라서 그래. 무명은 제 모자란 운명이 마냥 안타까웠다.

며칠 후, 그들은 밀림 속을 거닐었다. 낮에는 열기가 남아 있었기에 근처 계곡에서 멱을 감았다. 청하는 그녀의 몸을 가려주었고 차가운 물을 조금 미지근하게 데워주었다. 그 뒤엔 멱을 감은 것이 무색하게 그와 검술 시합을 하곤 했다.

배가 고프면 근처 야산의 나무들에서 과일을 따먹고 강에서 물고기를 잡아 익혀 먹었다. 가끔은 민물생선이 지겨워지면 사냥도 했다.

무명은 남주국의 풍요로움을 사랑했다.

겨울이란 존재가 남주국에 없다는 사실도 다행이라 여겼다. 겨울이 어떤 느낌인지 파악하긴 어렵지만 겨울이 찾아와 모든 나무들이 헐벗고 차갑고 선득한 바람이 옷깃 안으로 스치게 된다면,

무명은 여행을 할 수 없을 테니까.

밀림을 돌아다니던 그들은 사람이 살지 않는 작은 움막을 발견했다.

하늘이 심상치 않았기에 그들은 비를 피하기 위해 움막에 머무르기로 했다. 청하는 그날 밤을 그곳에서 머무르기로 하고 마른 짚단을 잔뜩 구해 와 깔았다. 그가 불을 피울 나뭇가지들까지 구해 오자 이내 폭우가 시원스럽게 퍼부었다.

움막은 비가 조금 새긴 했지만 버려진 움막치고는 상태가 나쁘지 않았다. 교룡은 움막 옆에서 비를 마시기 위해 머리를 젖혀 커다란 입을 쩍 벌리기도 했다.

비가 그치자 금방 밤이 찾아왔다. 움막 앞에서 모닥불을 태우자 움막 안까지 온기가 전달되어 훈훈해졌다.

식사를 위해 그들은 낮에 근처 나무에서 수확한 야크란 열매를 굽고 마을에서 구한 육포를 물에 불려 괴상한 고깃국을 만들었다. 참으로 기기묘묘한 맛이라 무명도 청하도 깔깔거리고 말았다.

요리뿐 아니라 그들은 사소한 것들을 함께 했다.

저녁을 먹은 뒤엔 그들은 어린 여아들의 공기놀이와 사내아이들의 팽이치기로 내기를 했다. 둘 다 정상적인 어린 시절을 갖지 못했기에 별것 아닌 아이들의 놀이도 마냥 신기하고 재미있었다.

놀이를 마친 뒤 그것들은 무명의 보물상자 속으로 되돌아갔다.

"다음 번엔 연을 날리자. 바람이 잘 부는 산 위에서 긴 꼬리가 달린 연을 날리는 거야."

"연은 어떻게 만들어요?"

"대나무살과 닥나무종이로 만들어."

도란도란 이야기를 나누며 무명은 제 옆에 있는 청하를 의식했다.

움막은 좁았다. 두 사람이 나란히 누우면 빈 공간이 남지도 않았다. 움막 앞에 피운 모닥불의 온기와 빛은 움막 안까지 전달되었다. 밀림의 밤은 고요하다. 움막 주변을 감싼 교룡 덕분에 요수들의 습격은 걱정하지 않아도 되었다.

이야기마저 끊기자 타닥타닥 타오르는 모닥불 소리만이 이어졌다.

쉽게 잠이 오지 않을 것 같은 밤이었다. 사실은, 함께하는 순간들이 애틋해서 잠자는 시간마저 아까웠다.

청하마저도 무명을 곁눈질했다.

"안자? 피곤하지 않아?"

"괜찮아요."

다시 침묵. 무명은 누운 채로 뒤척였다.

"……잠이 안 와?"

"네."

무명의 대답에 청하도 큰 숨소리를 내며 모닥불만을 멍하니 바라보았다. 서로 손끝마저 닿지 않으려는 조심스러운 행동들을 의식하며 잠을 이루지 못했다. 바로 옆에 사랑하는 이에게 손을 뻗으면 될 텐데 입을 맞추는 것도 포옹을 하는 것도 어려웠다.

일단 시작하면, 무명도 청하도 서로를 제어할 수 있을지는 자신이 없었다.

결국 뜬눈으로 밤을 지새울 것 같은 분위기에 청하가 일어나 앉았다.

"옛날 이야기나 할까?"

"무슨 이야기?"

"……아무거나. 어린 시절 이야기는 어때?"

"……별로 할 게 없어요. 괴롭기만 했는 걸. 그래도 듣고 싶어요?"

"응."

무명은 머뭇거리다 이야기를 시작했다. 저 자신에 대한 이야기였다.

"사실 내 어릴 적 이야기는 별것 없어요. 기억나는 건 백영대의 훈련뿐이고 그것도 반복해서 하다 보니 외웠다기보단 그냥 몸이 기억하게 되고 반사적으로 움직이게 되었다는 거죠. 소린을 위해서 움직였고 기억에 남는 건 우릴 감독하는 유모와 어른들의 잔소리밖에는 없었어요."

어린 소린의 나이에 맞춰 뽑은 아이들인지라 나이들은 엇비슷했다. 소녀라기엔 턱없이 어린 아이들이 견디기엔 버거운 훈련들이 매일 매일 이어졌다. 아이들은 어느 날 갑자기 잡혀와 받게 된 훈련을 힘겨워하며 울었다.

"걔들은 엄마 아빠를 찾으면서 울었어요. 난 엄마가 뭔지 몰랐죠. 그 애들은 날 불쌍하다고 말했지만 그땐 왜 그런지 몰랐어요."

힘겨운 훈련보다 견디기 어려운 건 변덕스런 소린이었다. 소린의 말 한마디에 죽는 아이도 있었고 끌려가 사라진 아이들도 많았다. 무명은 회상하는 것만으로 화가 치밀었다.

소린, 그따위 계집 때문에 저와 자매들이 당했던 일들은 죽어도 잊혀지지 않으리라. 우스운 건 소린을 언급하지 않고는 무명의 인생을 설명할 수 없다는 거였다.

"……그나마 어린 시절을 지나고 조금 자라자 사정은 나아졌어요. 예전엔 굶기고 죽도록 무술 훈련만 시켰는데 나중에 전 소린의 대역을 해야 했으니까 글공부니 기본적인 것들을 익히고 배워야 했거든요. 그 뒤엔 여우가면을 쓰고 백영대가 되었죠."

"몇 살에?"

"열한 살? 생일이 확실하지 않아서 나이가 그 정도일 거라 생각해요."

무명은 어깨를 으쓱거렸다. 실제로 백영대가 된 뒤로는 살기가 편했다. 침입자를 처단하고 소린을 보호하며 가끔은 소린의 대역을 얌전히 해내면 됐다.

무명은 그 뒤 몇몇 백영대들의 버릇을 우스갯소리로 이야기했다. 특히 식탐이 가득한 일을 끌어내어 먹지 못하게 갈구는 이야기에서 청하는 박장대소했다.

무명은 인상적인 이야기를 더 풀어놓은 뒤 이야기를 마쳤다.

"……가해도에서의 일은 왜 얘기 안 해?"

무명의 표정이 삽시간에 굳었다. 무심코 가해도를 입에 담은 청하도 아차, 하는 얼굴이었다.

"미안."

"미안하다면 청하도 이야기 해줘요. 나만 하려니 억울해."

칼칼해진 목을 수통의 물로 축이며 무명은 청하를 재촉했다.

"꼭 해야 하나?"

"나도 했잖아요."

"알아. 다만 내 이야기도 유쾌하진 않아."

청하는 조심스럽게 이야기를 시작했다. 그사이, 검은 하늘에서 빗소리가 들렸다. 모닥불은 어느새 돋아나는 빗방울에 멋대로 꺼져 사방 천지가 암흑으로 뒤덮였다. 들리는 거라곤 나지막한 청하의 목소리와 비의 음색뿐이었다.

"……내 아비는 천오국 사람이었어. 하지만 내가 태어날 무렵인가 태어난 뒤에 죽었던가. 별반 기억에도 없고 딱히 중요하지 않아."

여왕에겐 네 명의 남편이 있었다. 그중 네 번째 남편인 천오국 출신의 사내에게서 그녀는 네 번째 왕자와 다섯 번째 왕자를 낳았다. 막상 아이들을 낳았지만 그 아비는 죽어 아이들은 방치되었다. 왕위를 이을 가능성도 낮고 허약한 갓난아기들에게 정을 쏟기엔 그녀는 너무 바빴다. 치혁과 청하는 위의 세 형들이 태자가 되기 위한 암투를 벌이는 동안 잊혀졌다.

청하가 한 살이 될 무렵, 둘째 왕자의 고모가 그들 형제의 유모가 되었다. 어린아이들은 쉽게 죽는다. 둘째 왕자의 미래를 위해 걸림돌이 될 것들은 빠르게 제거되어야 한다. 그렇게 판단한 여인은 아비도 배경도 없는 어린 왕자들에게 손을 썼다. 치혁과 청하의 밥에 약을 타고 두 형제를 수시로 괴롭혔다.

여자는 아이들을 죽이려는 것을 숨기지 않았지만 막는 이는 없었다. 그 와중에 청하보다 한 살 많은 치혁은 제 동생과 자신을 보호하려 애썼다. 어렸지만 천재였던 치혁 덕분에 청하는 몇 번이고 죽을 고비를 넘겼다. 여자는 일이 마음대로 되질 않자 경망스럽게 날뛰었다. 그리곤 어느 날 낮잠을 자던 청하의 목을 졸랐다.

죽어가던 와중, 청하는 자신이 살기 위해 힘을 '자각' 하고 사용했다.

청하를 해치려던 여자는 치명상을 입었다.

"그 순간이 기억나진 않지만 그때부터 나는 가까이해서는 안 될 존재로 낙인찍힌 모양이야. 서로를 헐뜯던 여왕의 세 남편들은 방향을 바꿔 나부터 없애야 한다고 이구동성 말하기 시작했거든."

소문은 삽시간에 퍼졌다. 치혁과 청하의 아비가 죽은 것도 청하의 힘 때문이라는 말까지 돌았다. 일부러 청하를 놀리고 괴롭히려 왔다가 청하의 힘에 혼쭐이 난 이들도 있었다. 악의적인 소문들이 눈덩이처럼 불어났다.

청하는 여왕의 치부가 되었다. 미치광이 막내 왕자, 괴인 왕자.

"청궁에서는 약점을 보이면 안 돼. 물어 뜯기기 쉽거든."

우레와도 같은 빗소리가 들리지 않았다. 어느새 비가 그치고 구름이 개었다. 구름 속에 숨은 달이 세상을 환히 비추었다.

움막의 낡은 출입구를 열어젖힌 청하의 맨 얼굴이 보였다. 어깨를 으쓱거리는 모습은 달관한 듯 보였다. 별일 아니라는 것이다. 하지만.

섣부른 위로를 하기엔 그의 이야기는 참으로 외롭고도 슬펐다. 제 비극을 감추기 위해 최대한 그가 이야기를 축약했음을 무명도 알고 있었으니 오죽할까.

"내 입으로 말하기 뭐하지만 좋은 일은 아니었지. 적의로 똘똘 뭉쳐진 아이는 힘을 통제할 방법 따위는 몰랐어. 그걸 가르쳐 준 사람도 없었지."

청하에게 다가온 이들은 크고 작은 사고를 당하기 일쑤였다. 그 무렵 청궁 밖에서는 다섯 번째 왕자가 미치광이니 죽여야 한다는 소문이 돌았다. 여왕의 세 남편들은 청하를 죽이거나 폐위하자며 여왕을 설득했다.

여왕은 청하의 힘을 구속할 방법을 찾을 때까지, 청하를 비사호의 낡은 처소에 감금시켰다. 청하가 풀려난 것은 그가 10살 되던 해, 였다. 여왕이 찾아낸 늙은 선인이 선어의 거미줄이라는 형태로 그의 힘을 구속하고 여왕에게 그의 힘과 의지를 묶을 수 있을 봉인구를 만들어주었을 때였다. 힘을 봉인하고 풀려나는 대가로 그는 폐왕자가 되었다.

"……선인조차도 내 힘이 어떻게 작동하는지 몰랐다. 힘은 평소 얌전히 선어의 거미줄이란 감옥 속에 있지만 내 기분에 따라 거미줄의 틈새 사이로 빠져나오지. 식물들이 멋대로 죽었다가 사는 경우도 있고 바다와 강이 내 의지에 따라 움직이기도 해. 고약한 요수들을 멋대로 부리거나 날카로운 칼날 같은 바람을 일으킬 수도 있지. 말 그대로 나는 살아 있는 흉기가 될 수 있다는 뜻이지. 그것의 악용을 막기 위해 선인은 조건 한 가지를 걸었지."

농담 같은 이야기. 허나 무명은 그가 제게 요구했던 '허락'을 떠올렸다. 타인을 위해 힘을 쓸 때의 전제조건은 그 타인의 허락을 갈구하며 청하의 의식 또한 상대와 일치할 경우에만 가능하다.

무명은 그의 이야기를 들으며 무언가 이상한 것을 깨달았다.

"⋯⋯무슨 일이 있었던 거죠? 중간에."

"글쎄. 일이라고 해야 하나. 사건이라고 해야 하나."

그는 말을 흐렸다.

청하의 인생 이야기는 무명의 것과 피차일반이었다. 누가 더 불행했었나 내기를 할 것이 아니라면.

그가 처음으로 사귀었고 제 비밀을 털어놓았던 친우는 제 부족의 전쟁에 청하의 힘을 이용하려 했다.

그의 거죽에 반해 다가온 여인들은 모두 그를 괴물이라 부르며 달아나고 무서워했다.

청하의 편이라곤 청궁에 사는 제 처소를 지키던 유모와 연년생 형인 치혁뿐이었다. 힘을 통제할 수 있게 된 뒤, 청하는 치혁이 저로 인해 피해를 입을까 봐 두려워 그를 멀리했다.

"어느 순간 분노가 내 머리를 가득 메우면 앞이 뵈지 않게 돼. 자주 있는 일은 아니지만 창족의 도시에서 내가 벌였던 것, 어쩌면 처음도 마지막도 아니겠지. ⋯⋯내 어머니는 폐왕자가 된 대신 내게 남쪽바다 전부의 영토를 주었다. 허울뿐이었지만 내 상징적인 힘에는 꽤나 어울리는 일이었지. 나는 유청하라는 내 자신이 평정심을 유지할 방법은 뭘까, 생각하고 또 생각했지. 몇 년을 방랑하다 깨달은 건, 이 힘이 인간의 것이 아니라 했으니 내가 인간처럼 살지 않아야 했다는 거다. 선인들처럼 관조하며 상황에서 비켜나가 내려다봐야 했지. 그랬는데."

청하는 무명을 보며 말을 흐렸다.

인간이지만 인간처럼 살지 않고 감정을 버린다는 뜻. 청하의 어떤 모습들은 감정 없이 관조하는 자세를 유지하려 했었다. 창족의 궁에서 재회했을 때, 그는 인간미가 없어 보였었다.

하지만, 그는 끝까지 그 자세를 유지하지 못했다.

"……잘 되지 않았던 거죠?"

"그랬다면 가해도에 갈 일도 무명을 만날 일도 없었겠지. 그래, 잘 되지 않았어."

그는 깊은 한숨을 내쉬었다.

"지금은요?"

무명은 몸을 일으켜 세워 앉았다. 멍하니 밖만 바라보던 그의 옆으로 다가가 앉아 그의 어깨에 기댔다. 차가워진 청하의 몸이 조금 떨렸다. 무명은 그의 손을 펼쳐 깍지를 꼈다. 그가 달아나지 못하도록.

청하가 무명을 바라보았다. 그의 눈동자에 남청색의 격랑이 일었다.

"얼마 전까지는 괜찮다고, 괜찮을 거라 생각했었지. 너를 만나기 전까지. 너를 만나고 싶어서 잊을 수가 없어서 결국 창족의 땅에 가기 전까지."

왜, 만나 버렸던 걸까. 그가 무명의 손을 펴서 그의 심장 위에 부채 모양으로 내리눌렀다. 그의 심장은 힘차게 두방망이 친다. 바스락거리는 옷깃도 몇 겹의 옷도 그의 박동 소리를 잠재우진 못했다. 두근두근. 그의 심장이 힘차게 무명을 향해 뛰었다.

……그를 처음 보았던 가해도의 미갈폭포가 떠올랐다. 그때에도 그는 멍을 꿈꾸는 듯한 시선으로 바라보았다. 바로, 지금처럼.

숨이 막혔다. 입술이 바짝 말라 무명은 혀로 제 입술을 축였다. 그의 눈이 무명의 미세한 움직임, 시선 하나하나까지 좇는다. 무명의 마음이 들떴다. 손아래에선 그의 심장이 힘차게 뛰고 있다. 그의 마음을 움켜쥔 기분이 들었다. 온몸이 미열에 들떴다. 서로의 흥분을 모를 만큼 어리석지는 않았다.

그를 원해. 그를 더욱 원해.

"그, 그러니까. 그, 그땐 가해도에 왜 왔던 거예요?"

너무 민망해서 무명은 헛기침을 하며 제 손을 떼어냈다. 긴장감이 일시에 해소되었다. 청하는 피식 웃으며 대꾸했다.

"죽으러 갔다면 이해하겠어?"

무명의 눈이 휘둥그레졌다.

딱히 계기가 되었던 큰 사건이 있었던 건 아니었다. 그때의 청하는 우울하고 삶이 따분했다. 목표도 살아야 할 이유도, 목적도 없었다. 한 여인과 사랑하며 사는 평범한 삶을 원했던 것 같지만 여인들은 그를 두려워하며 괴물 취급했고 제 힘을 받고 태어날 아이가 괴물일까 두려웠다. 그는 그 당시 인간이 아니어야 한다는, 제 감정을 결여시켜야 한다는 강박관념에 시달렸다. 여행을 해도 청림부의 청궁도 무엇 하나 그를 즐겁게 하지 않았다. 너른 남주국에서 그가 마음 둘 곳은 없었다. 그땐 깃털섬의 미우와도 딱히 친분이 없었을 때였다고 한다.

살아야 할 목적도, 이유도, 해야 할 일도 없으니 시체와 마찬가지였다. 죽어도 상관없다 그는 그리 여겼다.

실제 그는 가해도에 도착했을 때 죽을 생각으로 가득 차 있었다. 일부러 며칠간 음식을 입에도 대지 않고 교룡을 시켜 하늘을 날고 또 날았다. 며칠을 날아 겨우 도착한 섬에 교룡은 그를 내려놓았다.

그것이 가해도였다. 그곳에서 그는, 명을 만났다.

"나는 그곳에 죽으러 갔었어."

담담한 목소리와 그 내용에 무명은 더욱 놀랐다. 마침 환한 달빛이 그의 얼굴을 비추었다. 무명이 너무 좋아하는 그의 옆얼굴과 시원스럽게 뻗은 팔과 다리 그 우아한 몸놀림을 좇으며 이 모습을 못 볼 수도 있었다 생각하니 가슴이 철렁했다.

그를 잃고 싶지 않아. 이기적이고 욕심 많다 해도 좋았다.

제가 죽는 건 상관없지만 그녀가 사모하는 청하는 안 된다.

"죽지 마요. 죽으면 안 돼요. 나."

"알아. 죽지 않아. 기억해? 그곳에서 날 구한 건 너야. 그리고 난 너한테 한눈에 반했어."

무명은 말문이 막혔다. 그래, 그를 구한 건 자신이었다.

그의 손을 잡은 이 순간을, 무명은 제가 죽을 때까지 잊지 못할 거라 여겼다. 뜨거운 그의 눈길, 그녀의 손아래에서 그의 심장이 쿵쾅거리며 뛰던 감각. 이어진 손의 온기가 뜨거웠다. 그는 온몸으로 제 눈과 몸짓으로 무명에게 사로잡혔다, 말하고 있다. 그를 안아주고 품고 싶다. 그때의 밤들처럼 그의 품에서 울부짖으며 모든 것을 비워내고 싶다.

뭉근한 욕망이 무명의 몸을 내달렸다.

아아, 그를 미친 듯이 원했다.

헌데 그는 도리질을 치며 천천히 무명의 몸을 제게서 떼어냈다. 그 욕망을, 그도 알 텐데! 무명은 저돌적으로 그를 껴안고 애원했다.

"나 버리지 마요."

"그게 아냐. 위험하다고!"

그의 말이 무슨 뜻인지 모르지 않았다. 그것은 열망.

"그러면 안 되잖아."

그도, 그녀도 미쳐 가고 있다. 처음부터 몰랐다면 모를까, 그것은 치명적인 금단. 연약하고 부러질 듯 위태롭게 낭창한, 그러면서도 시선을 끄는 그녀의 몸. 천녀처럼 여전히 곱디 고운 그의 명. 그녀의 목에 제 이를 박아 넣고 봉긋한 가슴을 지분거리며 그녀의 온몸과 그 희고 고운 피부를 몽땅 삼키고 싶다.

뿌리치고 달아나려는 그를, 붙잡은 무명이 아까 그가 했듯이 그의 손을 펼쳐 그녀의 심장 위에 올려놓았다. 그녀의 심장도 제 심장처럼 빠르게 뛰었다. 두 심장의 고동이 박자를 맞춰 한 몸처럼 가쁘게 뛰었다. 그 심장 옆으로 느껴지는 명의 달 같은 두 가슴.

"마지막까지 가지 않으면 되잖아요, 제발."

청하는 이성을 잃어갔다. 멈출 수 있을까? 그저 맛만 볼 수 있을까?

서로의 욕망을 나누는 건 처음이 아니었다. 짓궂은 그의 손이 무명의 몸매를 애무하기도 하고 그녀의 손이 청하의 남성을 만져

욕구를 해결한 적도 있었다. 날이 밝으면 그런 적이 없었다는 듯 모른 척하면서도 서로의 온기를 그리워했었다.

왜 곁에 있는데 가질 수 없지? 이토록 원하는데 대체 왜!

그의 무명은 다른 여인들처럼 교태를 부리지도, 사내들을 쥐락 펴락하며 애간장을 태우지도 않았다. 대신 그녀는 그의 손을 떼어 내자마자 제 요대를 벗어내고 옷고름을 풀어내었다. 가슴가리개 가 어딘가 떨어진 것 같다. 유혹보다는 다분히 성급한 손놀림 아 래 그녀의 드러난 뽀얀 속살이 그의 눈을 사로잡았다.

달빛은 그의 욕망을 부채질하며 너무 밝게 그녀의 몸을 비췄다.

널 두고 갈 수 없잖아. 발이 떨어질 리가 없어.

청하는 그녀의 몸을 껴안고 그녀의 입술을 찾았다. 두 팔이 필 사적으로 그의 어깨에 매달렸다. 떠나지 말라는 듯, 가지 말라는 듯, 그의 손짓에 감정을 실어왔다. 그녀의 싱그러운 두 젖무덤이 그의 가슴팍 위를 슬쩍 스쳤다. 청하의 손이 무명의 이마와 눈두 덩이, 관자놀이까지 몽글몽글한 그녀의 귓불을 씹어가며 그녀의 목선을 따라 애무했다. 동그랗게 솟은 두개의 젖무덤을 그는 애써 반겼다. 그를 위해 뾰족 솟아오른 성난 젖꽃판을 머금었다. 그 열 매를 입안에서 번갈아 굴려대자 명이 그의 뒤통수를 제 가슴 쪽으 로 눌러가며 애달픈 신음을 내뱉었다. 그 신음 소리만으로 그의 몸이 녹아 흘러내릴 것 같다.

그녀의 다리 사이에 숨겨진 습곡. 그 은밀한 곳에서 무명은 뜨 겁게 젖어 있었다.

청하의 뜨겁게 솟아오른 욕망 위로 나비 같은 무명의 손이 가볍

게 스쳤다. 서로의 욕망이 뒤섞여 탄성으로 바뀌었다. 청하는 그
녀의 몸속으로 들어가고 싶은 제 남성을 달랬다.

그의 부드러운 손길이 무명에게 닿을 때마다 무명은 울고 싶어
졌다. 그의 품 안에서 절정을 경험하며 뜨거운 숨을 내쉬었다.

천국이다.

다시 빗소리를 들었다. 빗소리를 들으면 청하는 가끔 어머니를
떠올렸다.

여왕, 그의 어머니.

피가 섞인 혈연이라는 이름의 타인.

청하가 기억하는 어머니는 늘 그를 굽어보는 오만한 모습이거
나 혹은 뒷모습뿐이었다. 유난히도 어머니가 살갑게 굴며 그를 대
할 때는 그의 힘과 의지가 봉인된, 인형 같은 상태가 될 때였다.

청하는 왜 제 꿈에 어머니가 나왔나 골몰했다. 아, 그의 어린 시
절을 입에 담았기 때문이겠지.

"아드님, 나는 내 아들인 그대가 두렵습니다."

그녀가 그런 말을 할 때마다 청하는 묻지 않았다. 그녀에게 다
가가지도 않았다. 여왕은 두 손을 모은 가지런한 자세로 늘 그를
흔들림 없이 바라보았다. 그녀의 눈은 흔들림 없는 검은 눈이었
다. 그 눈은 그가 아닌 다른 형제들이나 어린 조카들을 보면 변화
가 일었다. 기쁜 걸까? 아마도 그럴 거다. 청하에겐 그 어떤 사소

한 변화도 없었다. 동요하고 슬퍼하고 두려워하는 쪽이 오히려 더 그에겐 익숙했을 것이라 그는 당황스러웠다.

차라리 미워하고 저주한다면 좋을 텐데.

처음, 무명을 가해도에서 만난 뒤 그는 뭍으로 날아갔다. 아무리 생각해도 스스로 그 소녀를 안고 버리고 온 자신을 용납할 수 없었다. 다시 섬으로 날아갔을 때 그녀는 그 섬에 없었다. 여우가면도, 섬에 있던 흰 얼굴의 창족 소녀도 돌아가고 없었다. 명이라는 이름의 소녀가 제 가슴에 못 박혀 사라지지 않았다. 필사적으로 명을 찾아다니다 그는 결국 깃털섬까지 날아갔다. 그때 그를 받아준 것이 미우였다.

어머니에게서도 느끼지 못한 모정을, 그는 제 할머니에게서 느꼈다. 그리고 조금은 이해했다. 자신은 어머니보다는 미우를 닮았다. 어머니에게 자신은 잊어버리고픈 깃털섬의 과거를 연상시킨다는 것을 알았다. 아팠기에 버리고 외면할 수밖에 없던 과거이자 자신의 숨기고 싶은 치부.

몇 년 뒤에야 청하는 이소린이란 이름의 창족 공주가 있음을, 상대가 정해지지 않은 제 구혼자들을 위해 벌이는 연회를 알게 되었다. 이소린을 찾아갔을 때 청하는 사내들을 유혹하고 천박한 웃음을 흘리는 소화공주의 옆에서 제 눈을 사로잡는 여우가면을 발견했다. 그때, 그의 몸이 전율했다.

결국 미몽을 떠다니던 그의 의식이 깨어났다. 그는 제 몸에 온기를 찾아 안긴 무명을 내려다보았다. 목덜미의 하얀 살결이 눈부시다. 조막만 한 얼굴이 그의 옆구리 쪽으로 파고들며 그의 피부에 그녀의 입술을 스쳤다. 그의 맨가슴을 휘감은 하얀 팔. 청하는 가지런하지만 오랜 훈련으로 못이 박여 명이 숨기고 싶어하는 상처투성이의 손을 발견했다.

그녀를 향해 돌아누운 그가 무명에게 팔베개를 해주었다. 작은 무명을 끌어 당겨 제 품 안에 가둔다. 무명은 잠을 자면서도 입꼬리를 희미하게 올려 웃고 있었다.

행복해 보였다.

그녀가 행복하다면 그도 행복한 것이다.

"……다음엔 어디로 갈까?"

"바다."

무명이 잠꼬대처럼 대꾸했다.

"어느 바다?"

"……남쪽."

그녀는 다시, 곤하게 잠들어 버렸다. 창족의 땅과 남쪽바다의 영역이 겹친다는 것이 조금 찜찜했지만 바다는 어차피 사방에 널렸다. 무명의 소원이라면 못 들어줄 리 없다.

"그래."

청하는 그녀를 안은 채 다시 잠을 청했다. 이번엔 깨지도 않고 달게, 아주 길게 잠이 들었다.

아침이다. 무명은 제게 팔베개를 해주는 그를 올려다보았다. 같은 침대에서 깨어난 것은 아마도 깃털섬의 밤 이후 처음이었다. 그를 보고 있자니 저절로 얼굴이 붉어졌다.

청하가 일어났다. 그의 쭉 뻗은 등과 팔이 마냥 유려하고 강직한 선을 그렸다.

청하는 부끄러움에 얼굴을 못 드는 무명을 보며 키득거렸다.

그가 움막을 젖히며 밖으로 나가 길게 기지개를 켰다. 그의 목소리는 유난히도 활기찼다.

"다음 번엔 남쪽바다로 갈까?"

무명은 밀림과는 거리가 있지 않나 생각하며 고개를 갸웃거렸다.

사실, 어디라도 좋았다. 그와 함께 한다면.

"네. 괜찮아요."

"그럼 그렇게 하자."

그들은 밀림에서 사흘을 더 머물렀다. 나흘째의 아침, 그들은 이름 모를 남쪽바다를 향해 날아갔다.

교룡을 타고 하루 정도면 이름 모를 남쪽바다에 날아갈 수 있었다. 무명을 고려해 쉬엄쉬엄 이틀에 걸쳐 날아가다 보니 교룡이 바다에 착륙했을 때는 환한 낮이었다. 그들은 인적이 드문 바닷가에 내려앉았다.

청하는 하늘 위에서 발견했던 마을로 먹을 것을 구하러 갔다. 그사이 명을 지키는 것은 교룡의 몫이었다.

그녀는 몇 달 만에 보게 된 바다를 한없이 바라보았다. 바다는 언제 보아도 무심했다.

한참을 그렇게 앉아 바다만 보고 있노라니 강한 햇살에 머리가 어지러웠다. 무명은 그가 준 대나무우산을 펼쳐 그늘을 만들었다. 인공적인 그늘 아래 무릎을 제 몸으로 끌어당기며 앉아 있었다. 가끔 교룡이 수면 위로 얼굴을 드러내며 무명을 관찰하고 있다.

청하와의 여행은 상상한 것보다 훨씬 즐거웠다. 몸 상태도 나쁘지 않았다. 이대로라면 자신이 생각한 것보다는 좀 더 오래 살 수 있을 거라는 확신도 생겼다.

헌데, 왜 이리도 마음 한 구석이 서늘해지는 걸까.

무명은 욕심꾸러기였다.

가진 것들을 버려야 할 시간이 다가오는데, 무명은 제 보물을 더 늘려가며 탐욕스럽게 움켜쥐고만 있다. 제가 가진 것들이 너무 소중해서 집착했다. 청하와 함께하는 시간들, 그와의 추억이 담긴 모든 물건, 그와의 여정.

그리고 청하.

청하, 당신을 두고 가야 하는데 어떻게 해.

"나는, 죽기 싫어. 그와 살고 싶어."

무명은 그와 제가 골라서 만들어놓은 보물상자를 바라보았다. 상자에는 남들이 쓸모없다고 여길, 그러나 그와 저만의 추억들이 가득했다. 그 상자가 가득할수록 무명의 이룰 수 없는 갈망만이 점점 커져 갔다.

그의 아기를 낳고 행복하게 살고 싶었다. 평범해도, 찢어지게 가난해도 좋았다.

노예만 아니려면 상관없으려나. 함께할 수만 있다면 그 무엇인들 좋지 않겠나.

저 먼 해변의 끄트머리에서 한 가족이 나타났다.

외관상으로 누가 봐도 보기 좋다는 말이 나오기 어려운 부부였다. 두 사람의 얼굴은 못생긴 편이었고 남자는 키가 무명보다 작고 바싹 여윈 체구였다. 여인은 남자보다 키가 더 작달막하고 너무 통통해 보였다. 그들의 주변에선 갈색 피부의 헐벗은 아이들이 엄마, 아빠를 부르며 멋대로 뛰어다니곤 했다.

하지만 여자는 환하게 웃었고 남자는 입이 찢어질 듯 즐거워 보였다. 아이들은 뛰어가다 엎어지기를 반복했고 부부는 그런 아이들이 스스로 일어나길 기다리며 일어선 아이들의 손을 잡아주었다.

그들이 사라진 뒤, 무명은 모래를 움켜쥐었다. 그 모래가 무명의 주먹 안에서 스르륵 흘러내렸다.

자신이 죽으면, 청하는 다른 여인과 저렇게 행복하게 살아야 할 텐데. 그가 잘생겼으니 그의 여인이라면 곱고 예쁘면 더 어울릴 것이다. 재액의 힘 따위 두려워하지 않는 담이 큰 여인이라면 좋겠지.

하지만, 아직은 아냐. 나는 아직 죽지 않았어.

나는 살아 있다고!

무명은 바다의 반짝이는 은빛 물비늘들을 원망하며 노려보았다. 햇살에 반짝이는 잔물결 속에서 날개를 단 비어 한 마리가 활공하며 사라졌다.

아아, 무명은 그제야 알았다.

자신은 죽기 싫어한다. 청하로 인해 겨우 행복을 알아가는데 그

행복을 뺏기기 싫어하는 아이마냥 투정을 부렸다.

"나는, 놓아야 해."

그렇게 스스로 되뇌며 바다를 응시했다.

햇살이 바다를 은빛으로 물들인다. 파도는 은빛 비늘처럼 반짝이고 있다. 물새들이 물고기를 쪼아 날고 먼바다에서 만선이 된 배들이 돌아오고 있다. 무명은 그 풍경 속에 녹아 하나가 되고 싶었다.

그래서, 송구히 잊혀지고 싶지 않았다.

죽음을 피할 수 없다면 잊혀지지 않으면 되는 걸까?

"나는, 나는."

"무명."

무명은 제 뒤에서 그림자를 드리우는 청하를 보며 웃었다. 한 가지 사실만이 무명을 기쁘게 했다.

가장 예쁠 때, 가장 아름다울 나이에 요절해 그의 마음속에서 사는 것도 나쁘진 않겠어. 늙고 추해진 모습 따위 보여주지 않아도 될 테니까. 그러니까.

눈물이 후드득 쏟아졌다. 나는 왜 이렇게 약해지는 걸까.

"무명, 왜 울어?"

무명의 곁에서 무릎을 꿇은 청하가 다정하게 그녀의 눈물을 훔쳐 주었다.

"어디 아파?"

무명은 도리질을 쳤다.

"덥지 않아? 그늘로 가자."

마을에서 가져온 것이 분명한 먹거리들이 든 광주리를 끼고 청하는 상냥하게 말했다. 무명은 시큰거리는 눈매를 손끝으로 훔쳐냈다. 눈물은 짭조름한 짠맛이다.

차라리 당신이 이렇게까지 하지 않았다면, 조금만 덜 상냥했다면 좋았을 텐데. 한없이 기대고 기대하게 되잖아.

무명은 그와 함께 해송림 쪽으로 발걸음을 옮겼다. 아까 보았던 부부와 세 아이가 와자지껄하게 그들의 앞을 지나갔다. 무명의 시선이 그들을 쫓자 청하는 왜 그녀가 울었는지 알게 된 모양이었다.

"하아."

순간 그는 몇 년은 늙어버린 듯한 얼굴로 탄식했다.

"일단 배고프니 먹자. 그 뒤에 얘기하자."

그가 가져온 음식들을 무명은 조금씩 비워갔다.

무명의 귓가에는 아이들의 웃음소리가 여전히 남아 간질간질 귀를 간질였다.

"아이들…… 도 이름이 있겠죠? ……이름이 필요해요."

"이름? 명의?"

"내 이름, 죽은 아기의 이름도."

느닷없는 그녀의 요구에 청하의 표정이 차갑게 얼어붙었다.

"싫어."

"왜요?"

"그건 몇 년 전에 죽은 거야. 지금 내가 보고 있는 건 무명 너라고!"

무명. 그녀는 아직도 이름이 없었다. 제 죽은 아기도 그랬다.

"내 이름도 함께 지어달라고요."

청하는 그녀의 요구에 속이 끓었다. 애써 분노를 억누르며 그가 다시 고개를 저었다.

금방이라도 사라질 듯 햇볕 속으로 녹아들 것 같은 착각을 일으키는 명이 불안하다. 왜 하필 이름을 지어달라 하는가. 이름을 지어주면 무명은 그의 손에서 날아가 사라져 버릴 것 같았다.

"안 돼. 하여튼 안 돼."

"죽을 때까지도 이름이 없으면 억울하잖아요."

"아직은 안 돼. 말도 꺼내지 마!"

언성이 높아졌다.

"지금 간다는 게 아니잖아요."

청하의 돌아오는 답은 없었다. 무명은 그의 어깨에 제 몸을 기대며 그의 분노가 잦아들기만을 기다렸다.

"몽니 부리지 마요."

"이게 다 누구 때문인데.

무명은 멀리 들려오는 파도 소리가 아까보다 사나워졌음을 깨달았다. 그의 기분이 아직 가라앉지 않았다. 무명은 아까의 여인이 그러했듯이 아이 다루듯 그의 머리칼을 스윽 쓰다듬었다. 여행 덕분에 그의 머리색은 더욱 금색에 가까워져 있었다.

"우리 여행은 그만 다니고 한 곳에서 쉬면 어떨까요? 예쁜 풍경을 보는 것도 좋지만 청하와 함께 있는 게 더 좋아. 한 곳에서 푹 쉬고 싶어요."

청하의 화가 서서히 잦아들었다. 파도도 성난 바람도 잠잠해졌다.

"나중에, 적당한 이름이 떠오르면 지어줄게. 명, 네 이름도 함께."

무명은 기쁘게 고개를 끄덕였다. 그것이 그가 최대한 양보한 것임을 알기에 더더욱.

언젠가 그에게 아름다운 남자를 사랑한 암컷 저인의 이야기를 들은 적이 있다. 암컷 저인은 제 하반신의 물고기 꼬리를 버리고 인간이 되어 지상에 올라왔다. 그녀가 사랑한 인간 남자는 결국 다른 여인과 혼례를 올렸다. 저인 처녀는 그것을 비관하며 바다에 뛰어들어 물거품이 되어 죽었다.

저도 할 수만 있다면 그렇게 물거품으로 증발하고 싶었다. 썩어 갈 거죽이나 시체 따위는 아무리 아름답다 한들 남기고 싶지 않았다.

하지만 청하가 마음에 걸렸다. 그는 그녀에게 기대어 그녀를 품고 있다.

다른 것들은 후회가 없지만, 내가 어떻게 이런 당신을 버리고 갈 수 있을까 마냥 걱정되었다. 너무 안타까운데, 내가 죽을 때 같이 죽자고 한다면 그는 소원을 이루어주려 할지도 모른다. 그런 순애보 따위 원하지 않는데.

내가 죽으면 청하는 나를 말끔히 지워내고 버려야 하는데.

그게 그를 위해 가장 좋은 일인데.

가슴이 욱신거렸다.

아직 몸이 아프지도 않고 잘도 버텨왔건만, 그것도 이제 오래
남지 않았음을 알고 있었다. 이번 가을과 겨울을, 그녀는 마지막
으로 보내게 되겠지. 연명하고 또 연명해도 고작 1년도 채 살지 못
한다. 그녀는 내년의 가을을 만날 수 없다.

슬슬 마지막을 준비해야 했기에 청하를 보면 가슴이 먹먹했다.

내가 이런 당신을 두고 어떻게 가.

청하는 혼자서 울다 조용해진 무명을 낡은 어촌마을로 데려갔
다. 다행히 빈 집 하나가 있어서 그 밤만 그곳에서 의탁하기로 했
다. 비가 오면 비가 새고 바람이 통하는 낡은 집은 여행에 익숙한
청하조차도 등이 배겨 쉽게 잠들 수 없는 장소였다. 곰팡이가 잔
뜩 서린 벽은 무명처럼 몸이 좋지 않은 사람에게 좋을 리도 없었
다.

그래, 무명을 편히 쉴 수 있는 곳으로, 안락한 집과 따스하고 편
한 침상이 있는 곳으로 데려가자. 몸보신을 잔뜩 시켜 푹 쉬게 하
자.

그런 장소들을 떠올리며 손꼽던 청하는 무명을 껴안은 채 잠이
들었다.

그는 꿈을 꾸었다.

어릴 적 저를 가두었던 감옥 같은 처소가 그의 눈앞에 펼쳐졌
다. 어린 청하는 제 형 치혁을 올려다보며 침울한 얼굴로 주저앉
아 있었다. 치혁은 창살 너머의 청하를 안타까워하며 누군가에게
도움을 요청하다가 훌쩍이며 울었다. 아무리 기다려도 어머니는

오지 않았다. 청하는 우는 법 따위 잊었다.

청하는 열여섯이 되어 있었다. 그는 제가 죽인 사람들의 피바다 위에 망연한 얼굴로 서 있었다.

다시 괴물이라 손가락질을 받던 열일곱, 그를 두려워하던 형님이 꺼지라 괴물이라 소리치던 열여덟, 제 이름과 신분을 숨긴 채 편안해졌던 스물. 그 많은 순간들 속의 그가 스쳐 지나갔다.

스물셋의 유청하는 세상에 대한 미련 따위 없었다.

실제로 그는 죽기 위해 가해도로 갔다.

그가 지닌 것이 용의 힘일지도 모르니 용의 성소에서 죽으면 완벽할 거라 생각했었다.

그곳에서 만난 명은 열다섯, 그는 스물 셋.

미열에 들뜬 상태로 보았던 명을, 그 순수한 알몸의 그녀를 그는 인간이 아니라 생각했다. 하얗고 말간 피부의 소녀는 제 환상 속에서 나온 것 같아 눈에 담았다. 그녀가 인간인 것을 확인하자 제게 하늘이 내린 마지막 기회라 생각했다.

고집부리는 명을 그냥 기절이라도 시켜 데려가면 좋았을 걸. 그가 할 수 없다면 교룡에게 그녀를 물고 날아가라 명령했어도 좋았을 걸. 왜 그곳에 명을 두고 왔을까, 그는 후회한다.

그렇게 4년 만에 만나 더 엇갈리고 오해를 푸는 시간이 길어졌다. 이제야 겨우 마음이 이어졌는데 왜 하필이면!

그에게 안긴 명의 숨소리가 불규칙했다. 청하는 그녀가 잠을 자지 않고 있음을 깨달았다.

아직, 새벽이 오기 전이다.

청하는 어둠 속에서 말을 이었다.

"여행을 마칠 때가 되었어."

잠을 이루지 못하던 무명의 가슴이 철렁했다.

"어떻게?"

"여행도 좋지만 명을 너무 피곤하게 만든 것 같아. 그래서 생각했어. 여기서 멀지 않은 곳에 왕가의 영토가 있지. 그곳에서 보는 해변의 풍경도 아름다울 거야."

"깃털섬에서 쉬는 것도 좋을 것 같은데요. 미우도 다시 보고."

"안 돼. 너무 멀어. 그리고."

"그리고?"

"여자들이 너무 많아서 싫어. 드센 여자들은 질색이라고."

청하의 말에 무명이 가볍게 웃었다. 그러다 무언가를 기억해 냈다.

"청하가 생각하는 곳, 거기 창족의 영토 옆에 있던 왕가의 직할지인가요? 기족들이 사는?"

"그래. 하지만 창족들은 함부로 침범하지 못할 테지."

무명은 다급히 청하에게서 몸을 떼어냈다. 죽기 전에 창족의 영역에 들러야만 했다.

"청하, 나 창족의 궁에 가야 해요. 거기서 끝낼 일이 있어요."

마음에 내내 걸렸던 곳. 그녀가 꼭 청하와 해야 하는 것. 죽은 아기가 떠올랐다. 그 돌무덤 아래 자리한 그녀처럼 이름 없던 아기를 찾아야 했다.

헌데 청하는 그녀의 생각을 곡해한 듯 무명을 뚫어져라 응시했다. 어둠 속에서 새파란 눈동자가 위협적으로 빛났다.

"거길 대체 왜 간다는 거야! 이소린이라도 다시 보고 싶어?"

"아이."

"아이가 왜? 죽었다고 했잖아."

그의 목소리가 조금 누그러졌다.

"거기, 나랑 당신의 죽은 아이가 묻혀 있어요. 거기 둘 수 없어요. 아주 잠깐만, 지나가는 길에 들러서 파내오기만 하면 돼요. 내가 원하는 건 들어주기로 했잖아요."

"생각해 볼게."

볼멘 목소리로 그가 대꾸했다. 무명은, 그가 자신의 말을 들어줄 것임을 알았다. 청하는 뒤척거리다 무명 쪽으로 제 팔을 뻗었다.

"내 팔 베고 누워. 잠이나 좀 자."

무명은 그의 말을 따랐다. 얌전히 그의 곁에 누워 그의 품에 아기처럼 매달려 잠을 청했다. 그녀는 꿈도 꾸지 않고 단잠을 잤다. 죽음도 이와 같이 평화로웠으면, 그렇게 소망했다.

9장. 여행의 끝

며칠 후의 낮, 교룡은 창족의 영역을 향해 남하했다. 왕도 왕족들의 은신처는 창족의 도시 련에서 하늘로 날아가면 그리 멀지 않은 곳에 있었다. 창족들도 섣불리 건드릴 수 없는 여왕의 직할지였다.

청하는 창족들의 도시로 가겠다는 무명의 고집을 못 미더워했다. 차라리 직할지에 먼저 들러 창족들의 상황을 알아본 뒤 가도 늦지 않다는 입장이었다. 청림부를 떠나오며 창족의 동향에 대한 정보가 완전히 끊겨 버린 상태였고 그들은 북쪽 밀림의 소도시들 속에 머물러 있었기에 더 그랬다. 험한 산지와 밀림이 많은 남주국의 특성상 어떤 특정 부족의 소식이 알려지기는 어려웠다. 창족이 어떤 상태인지 모르는 상황에서 무작정 그곳으로 가는 것은 위험하다, 그는 그리 여겼다.

"하지만 교룡이 있잖아요. 상공에서 내려다보고 위험하다 싶으면 내려가지 않아도 돼요. 전쟁이 나지 않았다면 잠깐만 뭐 하나만 가지고 오면 돼요."

청하는 무명의 고집을 꺾지 못했다. 그들은 아주 짧은 시간만 창족의 궁에 들르기로 했다.

교룡은 창족들의 도시 련의 상공을 날았다. 도시는 조용했고 변화가 없었다. 길이나 거리에도 사람의 그림자도 거의 없었다. 먼 상공에서 도시의 변화를 한눈에 알아차리기는 어려웠으나 도시의 지독한 정적은 누가 봐도 기이했다.

교룡은 곧장 창족의 궁으로 향했다.

청하는 그 와중에도 무명의 마음을 돌리려 애썼다.

"정말 갈 거야?"

무명은 고집스럽게 고개를 쳐들었다. 대화하지 않겠다는 그녀만의 표시에 청하는 낮게 한숨을 쉬었다.

"어디에 내려야 하지?"

그제야 굳어져 있던 무명의 어깨가 조금 풀렸다. 청하가 반대할까 봐 꽤나 그녀도 긴장하고 있던 모양이었다. 그녀의 조그마한 입이 열렸다.

"내궁으로 가야 해요. 백영대의 처소 근처에 그게 있어요."

"알았어."

청하는 교룡에게 하강하라는 신호를 건넸다.

지상이 점점 가까워졌다.

청하는 당장이라도 착륙하지 않고 이곳을 떠나고 싶었다. 이곳은 무명에겐 끔찍한 기억만이 남은 곳이다. 그녀가 가져오려는 것이 무엇인지도, 그것이 그녀에게 얼마나 소중한지도 알고 있다. 오래전 죽어버린 아기의 존재는 서글펐다. 허나 존재를 알지도 못한 죽은 아기보다 그는 현재의 무명이 소중했다.

그 아기의 흔적을 데려와 슬퍼할 무명을 보고 싶지 않았다.

그러나 무명이 원한다면 그것이 무엇이든 상관없으리란 생각이 들었다. 그녀가 원하니까. 그것만이 중요하니까.

교룡은 창족의 궁 위를 느릿느릿 날며 착륙할 공터를 찾는 듯했다. 고개를 든 청하의 시야에 을씨년스런 폐허가 눈에 들어왔다. 이곳이 창족의 궁이었던가? 청하만큼이나 무명도 당황했다.

"이, 이건 대체?"

그들이 창족의 궁을 떠난 지 고작 석 달이 조금 넘었다.

현재의 그곳은 완벽한 폐허였다. 사람의 그림자는 찾아볼 수도 없다. 태풍이라도 휩쓸고 지나간 듯 무너진 담벼락과 처참하게 파괴된 전각들만이 눈에 들어왔다. 일부는 불에 타 검은 흉물로 남아 있다.

"교룡. 아래로 내려가."

지붕 위를 스치며 지상으로 바싹 내려간 교룡 덕분에 더욱 처참한 창족의 궁이 한눈에 들어왔다.

"맙소사."

궁 제일 깊숙한 내궁의 모습도 외궁과 다를 바 없었다. 무명은 자신이 기억하던 내궁이 분명 이곳이었는지 계속 의심했다.

"대, 대체 무슨 일이 있었기에?"

착륙을 위해 교룡이 내궁의 한 공터로 내려갔다. 그러다 교룡의 꼬리가 담벼락에 맞닿았던 모양이다. 부실한 벽이 교룡의 무게를 버티지 못하고 무너져 큰 굉음을 냈다. 무명과 청하 모두 화들짝 놀랐지만 꽤나 큰 소리였음에도 아무도 나오는 이는 없었다.

"교룡, 기다려."

청하는 교룡의 등에서 뛰어내려 무명을 안아 땅 위에 내려놓았다.

무명은 제가 18년 넘게 기거한 창족의 궁을 살펴보느라 정신이 없었다. 이것저것 파괴의 흔적들을 되짚던 무명은 폭도들의 습격이란 결론을 내릴 수밖에 없었다. 그을린 벽에 검은 손자국들이나 건물 안으로 이어지는 흙투성이의 커다란 발자국들이 선명하게 남아 있다. 그것도 한두 개가 아니었다.

헌데 궁의 주인이었던 창현왕이나 소린, 다른 식솔들은 모두 어디로 간 걸까?

백영대나 유모가 끌려가고 왕궁의 군사들에 의해 장악된 이 창족들의 궁이 파괴되었을 거란 예상은 했었다. 헌데 이 정도로 처참해질 줄은 미처 예상하지 못했다.

무명은 기억을 더듬어 소린의 처소였던 곳으로 향했다. 그곳을 숱하게 드나들었던 무명도 제가 기억하고 있던 곳을 반신반의했다. 청하가 그녀의 뒤를 쫓았다. 교룡도 그들의 뒤를 따라 땅을 기었다.

무명이 멈춘 곳은 소린의 처소 근처였다. 부서진 건물 사이의 어딘가에서 신음 소리가 흘러나왔다.

"누, 누구 있어요?"

무명이 조심스럽게 주변을 두리번거렸다. 청하가 그녀의 뒤에서 호신부로 소지한 단검을 움켜쥐었다.

어딘가에서 흘러나오던 야릇한 신음이 멈췄다.

"누구, 있어요?"

누군가 다급히 움직이는 소리가 시끄럽게 이어졌다. 무명과 청하는 모퉁이에서 흘러내리는 바지춤을 멋대로 올리며 도망치는 사내의 뒷모습을 보았다. 어찌나 급한지 사내는 신도 신지 않았다.

무명은 더욱 혼란스러워졌다. 게다가 처소 안에서는 누군가 움직이며 신음하는 소리가 들렸다. 무명의 발걸음이 저절로 소리가 나는 소린의 방이었던 곳으로 향했다.

반쯤 부서진 문이 저절로 열렸다.

무명은 그 문가에 기댄 미치광이 여인을 발견했다.

고획조姑獲鳥라는 귀신이 있다. 깃털을 입으면 새가 되고 그것을 벗으면 여인이 되는 귀신이다. 야행유녀夜行遊女로도 불리는 그것은 밤에만 나타나 사내들을 유혹하기도 하고 남의 집 자식을 납치해 기르기도 했다.

무명은 제 눈앞에 나타난 여인이 그 고획조가 아닌가 착각했다.

봉두난발에 멋대로 뜯겨나간 옷자락이 너절한 깃털처럼 펄럭거렸다. 찢겨진 치마 사이로 보이는 하얀 다리나 반쯤 벌어진 옷깃 사이로 보이는 풍만한 가슴은 광인의 것이라 해도 사내들의 낭심을 불뚝 세울 정도로 요염했다. 여인은 실성한 듯했으며 제 둥그스름하게 솟아오른 배를 숨길 생각도 하지 않았다.

무명은 낯이 익은 여인을 올려다보았다. 미치광이 여인의 시선도 무명에게로 향했다.

무명의 하얗고 작은 미형의 얼굴을 본 그 여자의 눈이 헝클어진 머리카락 아래에서 부릅떠졌다. 그 여자가 부서진 난간을 타고 맨발로 내려오려 하자 무명은 흠칫 놀라 뒤로 물러났다.

"너야? 너였어."

"누구야?"

무명은 저도 모르게 허리에 매어진 요대검에 손을 가져다 대었다. 여차, 하면 저 미치광이 여자를 벨 생각이었다.

혼탁한 음성의 여인이 무명을 다시 불렀다.

"백."

그 익숙한 목소리에 무명의 방어적인 몸짓이 멈췄다. 무명은 도저히 제 귀를 믿을 수 없었다.

이 목소리는 설마.

"소린?"

청하도 놀라 그 여인을 살폈다. 헌데 저것이 정말 이소린인가? 그는 믿기지 않았다.

무명은 소린의 조금 부풀어 버린 배를 바라보며 더욱 놀랐다.

"설마, 임신?"

"그래. 했다."

소린의 눈은 무명을 훑어보며 희번덕거렸다. 몰골이 하도 엉망이라서 쉽게 알아볼 수 없었지만 자세히 뜯어보니 소린의 미모는 변함이 없었다. 사내들을 유혹하는 그 특유의 농염한 색기는 더욱 천박하게 퇴락해 창기娼妓 같은 분위기를 자아내었다.

"그 얼굴도 여전하네."

"당연하지."

이소린이 정말 미친 것인지 아닌지 무명은 몰랐고 딱히 알고 싶지도 않았다. 이소린의 눈이 멋대로 되똑거리며 움직이더니 무명을 살피며 광소했다.

"크하하하. 너 아직 안 죽었구나."

무명은 비꼬는 그녀의 말에도 태연했다. 짐승의 것처럼 날카롭게 길어진 손톱으로 소린은 무명의 뒤를 지키는 청하를 가리켰다.

"왕도에서 버림받았다던 다섯 번째 왕자가 저기 있네. 네가 살아 있다는 건 저놈이 더는 건드리지 못했다는 거겠지. 저 사내가 널 두고도 안지를 못한다는 뜻이겠지."

그 목소리가 위험할 정도로 낮아졌다. 소린은 깔깔거렸다.

"저놈은 널 두고도 평생 손도 대지 못할 거야. 범하면 죽어버릴 테니까. 아니, 범하지 않아도 네년은 죽어갈 거야. 창족의 비약은 참으로 독하거든. 그걸 먹은 이상 네 수명의 반절 이상은 깎아먹은 것과 다름없어. 어차피 넌 사내들과 교합하지 못해도 채 오 년을 넘기지는 못했을 거야. 그거 알아? 네년은 어차피 죽어. 이래도 죽고 저래도 죽고. 하지만 나는 참으로 오래 살겠지. 네년이 날 죽이지 않은 걸 평생 후회하게 될 거야."

무명은 소린이 말을 끝내기를 기다렸다. 낯빛 하나 변하지 않고

서 그러다 되물었다.

"그럼 말해도 되나요?"

"무슨?"

무미건조한 어조로 무명은 말을 이었다.

"이소린 너한테 그동안 퍼붓고 싶어서 입이 근질근질해 미치는 줄 알았어. 네 말도 안 되는 시중을 들고 매번 귀신도감 따위 외워 창조적인 독설을 만드느라 머리 빠개지는 줄 알았거든. 네년이 사내들과 붙어먹는 모습 따위 보여주면 부러워할 줄 알았어? 천만에. 네년이 천박하다는 생각만 했어. 누구와 비역질을 하든 알 바도 아니지만 정신 나간 네년 뱃속의 아기 아비가 누군지나 알아? 넌 네 아비의 명성에 먹칠하고 창족을 망하게 하고도 너 편하게 정신이 나가 버렸지. 창기짓이나 하면서 그렇게 썩은 채로 살아. 창족 공주는 이미 없어. 유모도 백영대도 네년에게 평생 돌아오지 않아. 그렇게 이소린의 운명을 곱씹으면서 비루하게 살라고!"

말을 쏟아낸 무명이 이젠 홀가분하다는 듯 돌아섰다. 다시는, 이소린을 볼 일이 없을 것이다. 저런 계집을 목숨을 걸고 지키려 한, 백영대로서의 자신의 삶이 마냥 한스러웠다.

"가요."

무명은 청하를 이끌고 백영대의 처소로 가는 샛길로 접어들었다. 청하는 떨떠름한 기분이 되어 무명에게 물었다.

"후련해?"

고개를 내저은 무명이 억눌린 감정을 다시 쏟아내었다.

"아뇨. 더 퍼부어주지 못해 억울해. 그년의 머리채라도 쥐어뜯어야 속이 시원한데 그러질 못해 더 짜증나요. 그년이 임신만 하지 않았어도 반쯤 죽여 버리는 건데. 아니, 죽여 버릴 수도 있는 건데. 아이 때문에 그러질 못해서 더더욱 화가 나요. 저런 계집도 아이를 가지는 데 왜 난 가질 수 없는 건데. 나는 저 계집 때문에 내 아이도 잃어버렸는데 대체 왜! 저런 광인에게 이런 한탄을 해대는 건데!"

무명은 백영대의 무너진 처소로 거의 달려가다시피 했다. 이소린 따위 다시는 볼일도 없다. 제가 원하는 것을 손에 넣으면 다시 올 일도 없을 것이다.

무명은 제가 만들어놓은 작은 돌무덤으로 다가갔다. 작은 돌들을 옆으로 걷어내고 맨손으로 흙을 파헤치는 그녀의 손길이 다급해졌다. 무명은 제 치맛단이 진창에 더럽혀지는 것 따위 몰랐다. 그녀는 아이를 다루듯 소중하게 땅 속에 파묻혀 있던 목갑을 파내었다.

"엄마가 왔어. 괜찮아."

있을 리 없는 아기를 부르며 무명은 썩어 바스라질 것 같은 목갑을 집어들었다.

과거에 묶여 있을 생각은 없었다. 실제로 그것은 아이의 형상은 아니었다. 사산된 아이가 그 형상을 갖추어 무명의 몸속에서 나왔을 리도 만무했다. 무명은 그때 유산을 하며 제가 쏟아내었던 피와 제 몸의 부산물들을 헝겊에 싸서, 아이의 유해라 믿고 파묻었다. 지금 그것은 삭은 천 거스러미에 불과했지만 그래도 무명은 제가 품을 수 없었던 아이에게 아비의 모습을 마지막으로 보여주고 싶었다.

청하는 무명이 소중하게 안은 그 흔적을 보며 탄식했다.

하아.

그는 깊은 한숨을 쉬며 무명을 재촉했다.

"떠나자."

다시는 이곳에 오지 않는다. 적어도 살아서 오는 일은 없다. 무명은 고개를 끄덕였다.

청하가 제 뒤를 따르던 짐승의 이름을 불렀다.

"교룡."

바스락. 풀이 밟히는 소리에 무명은 고개를 들었다. 교룡을 기대하던 그들은 검은 피부와 검은 무복의 사내와 맞닥뜨렸다. 나타난 쪽도 청하와 무명 모두 놀랐다.

"유청하?"

청하가 반문했다.

"소시원?"

청하임을 알아본 시원의 얼굴이 귀신이라도 본 것마냥 핼쑥해졌다. 시원의 한쪽 소맷단이 형체 없이 펄럭거리는 모습이 도드라졌다. 팔이 없어? 청하의 눈이 가늘어졌다. 저를 귀신처럼 본 이유. 소린의 생일날 그 피바다 속에서 청하가 일으킨 바람이 그의 팔도 잘랐었던가. 잘 기억나지 않았다.

시원은 청하에게 적의가 없다는 것을 깨닫고 어깨를 늘어뜨렸다. 그리고 청하보다 머리 하나는 작아 보이는 무명을 발견했다.

"아, 아직 살아 있었네. 백."

시원은 남은 한팔로 반갑다는 듯 손을 흔들었다. 청하가 이상한
듯 되물었다.

"여기에 소시원이 왜 온 거지?"

대신 무명이 답했다.

"아마 소린이 품은 아이의 아버지가 소시원 공자이기 때문일
거예요. 배가 부른 걸로 봐선 아마 넉 달은 넘은 것 같더군요. 그
시기 즈음해서 소린의 상대는 소시원 공자뿐이었어요. 소린이 제
정신인지는 모르겠지만."

시원은 불편한 낯빛이었으나 그 어느 것도 부정하지 못했다.

"무슨 일이 있었나요?"

시원은 그 질문에는 답했다.

"창현왕이 제 수하들에게 배신당하고 폭도들에게 주살당했지.
백영대도 아비도 유모도 잃은 소린은 보호할 사람 하나도 없이 그
폭도들과 일주일 밤낮을 같이 보냈고 그들이 떠난 뒤로 정신이 나
갔소. 헌데 그대들은 왜 돌아온 거지?"

"가지러 올 게 있었으니까."

청하는 휘파람을 불었다. 부름을 받은 교룡이 청하와 무명의 앞
으로 다가왔다.

시원은 무언가 청하와 무명에게 말을 걸려 했으나 무명은 듣고
싶지 않았다. 청하 또한 들을 필요가 없다고 여겼다.

소린의 일은 안 되긴 했지만 자업자득이었다. 그녀가 행한 것의
대가치고는 약한 느낌도 있었다. 소린을 죽이든 살리든, 그녀를
거두든 그것은 시원이 선택할 일이었다.

청하와 무명은 미련을 두지 않고 창족의 땅을 떠났다. 이후 그들은 창족의 소식들에 귀를 기울이지도 않았고, 소문들에 관심도 없었다.

이후 소시원이 백영대 중의 일을 거두어 제 본부인으로 삼고 그녀에게 소린이 낳은 아이를 키우라 하는 것도, 일이 그 아이를 키우며 소린을 괴롭히는 낙으로 살게 되는 것 또한 미래의 일.

그 어떤 것 또한, 이제 무명과 청하와는 상관없는 이야기였다.

창족의 궁을 떠난 무명과 청하는 왕의 직할지로 이동했다.

그곳은 창족의 영토와 이웃해 있지만 동북쪽에서 뻗어 나온 산줄기 안에 감싸여 만灣의 형태를 이루고 있었다. 그곳에는 기족이라 칭하는 부족이 자리했다.

기족은 왕가에 충성하는 부족으로 고매高媒라는 여신을 섬겼다. 기족은 이름 없는 소부족이었으나 선대 저국왕의 모친이 이곳 출신인지라 창족들도 함부로 건드리지 못했다. 허나 기족들은 원래 기질이 온순한 사람들이었다.

청하와 무명이 교룡을 타고 왕의 직할지에 도착했을 때였다. 기족 사람들은 교룡을 보고 놀랐으며 교룡 위에서 청하와 무명이 나타난 것에 더 놀랐다. 창족의 궁에서 혈사를 일으킨 청하의 소식은 이미 기족들에게도 전해졌지만 그들은 어떤 것에도 놀라거나 타박하지 않았다.

청하가 직할지에 머무르기 위해 자신의 신분을 밝혔음에도 그들은 놀라는 기색 없이 왕가를 위해 지어진 저택에 그들을 머무르게 했다.

자신들을 쉽게 받아들이며 경계하지도 않는 기족들의 반응은 청하로서도 상당히 의외였다.

기족들은 손님을 위해 성심성의껏 식사를 지었다. 그들이 직접 짜고 수를 놓은 베로 여행에서 낡아버린 그들의 옷을 새로 지어주기도 했다. 무명도 서툰 바느질을 배워 청하의 옷 만들기에 도전했다. 하지만 그녀에게 검술이나 글공부보다 더 어려운 것이 바느질이나 반빗간에서의 요리였다.

치열하기까지 한 무명의 바느질 솜씨와 그 심각한 얼굴을 구경하던 기족 여인들은 반나절 만에 무명에 대한 경계를 풀었다.

청하도 그녀의 바느질 솜씨와 그 바느질로 만들어낸 그녀의 첫 역작을 감상하며 깔깔거렸다.

"왜 이래?"

여행을 많이 다녀서인지 그의 바느질 솜씨는 무명보다, 아니, 보통 여인들보다 훨씬 나았다. 그는 무명이 만든 괴상한 모양의 저고리와 너덜거리는 박음질을 감상했다. 무명은 그의 비웃음에 마냥 발끈했다.

"검술은 이것보다 훨씬 낫다고요!"

"그럼 생선 손질이나 할까?"

바느질보다는 최소한 칼을 들고 무언가를 써는 쪽이 훨씬 낫긴 했다. 무명은 어깨를 으쓱했다.

형편없이 솔기가 뜯어져 나올 것 같은 저고리를 걸치며 청하가 웃었다. 그래도 자신의 몸에 작진 않으니 다행이긴 했다.

"바다에 다녀올게. 맛있는 것들 잔뜩 잡아올 테니 와서 손질해 줘."

무명은 기족 사내들과 바다로 나가는 그를 기족 여인들과 함께 배웅했다. 물고기를 많이 잡기 위해서인지 동원된 교룡도 사람들의 응원을 받자 은근히 즐거워하는 눈치였다.

기족 사내들과 청하가 바다로 나간 뒤 무명은 여인들과 함께 다시 기족들의 마을로 돌아왔다.

청하는 기족 사내들을 어색해했으나 천성이 지독하게 낙천적인 기족 사내들과 술을 한바탕 마신 뒤 의기투합했다. 특히 기족들은 교룡에 관심이 많았고 교룡이 얼마나 어업에 도움이 될까 내기를 하기도 했다.

무명은 그가 바다에 나간 사이 검술을 배우고 싶어하는 기족 아이들을 훈련시키기도 하고 여인들과 함께 기족이 섬기는 고매의 사당을 방문하기도 했다.

무명이 기족들의 사당을 방문한 건 여신 고매가 아이들을 보호한다는 말을 들은 뒤부터였다.

고매는 창조의 여신인 여와女媧의 다른 이름이다. 그녀는 하반신이 뱀이며 상반신은 인간으로 흙으로 사람들을 빚어 만들었다. 사람들을 잔뜩 만들어낸 뒤 그녀는 사람들이 짝을 지어 번성하도록 혼인의 여신이 되었으며 그들이 낳은 아이들을 보호하기도 했다.

기족 사람들은 여신을 향해 봄마다 큰 제사를 올렸다. 이때 눈이 맞은 처녀 총각들이 고매의 숲에서 서로 야합하며 짝을 짓고 반려를 찾는 것이 기족의 풍습이었다.

무명은 기족들의 사당에서 기도를 드렸다.

기도를 마치고 나오자 어느새 바다에서 먼저 날아온 청하가 사당 밖에서 진을 치고 기다리고 있었다.

"왜 이렇게 오래 걸렸어?"

그녀가 지어준 옷은 몇 번의 움직임만으로 솔기가 다 뜯어져 엉망이 되었다. 헌데 그것을 입고도 불편하지 않은지 청하는 그녀를 향해 활짝 웃고 있었다. 무명도 어이가 없어서 그저 따라 웃었다.

"기도를 했어요."

"무슨 기도?"

그가 묻자 무명의 웃는 낯이 그대로 가면처럼 굳어버렸다. 백영대의 여우가면처럼 부자연스럽게 웃는 얼굴이었다.

사실 무명이 비는 것은 딱 하나였다.

"아이가 성불하기를 빈거지? 이미 4년도 지난 과거의 일이잖아."

"하지만 내겐 어제 같은 걸요."

무명은 말을 흐렸다. 그리곤 웃는 모양을 만들어내었다.

진심도 아닌 억지로 짜낸 웃음을 짓는 무명을 보며 청하는 더욱 심란했다. 차라리 괜찮은 척하지 말지. 가끔 잠꼬대처럼 괴롭고 짜증난다며 소린을 저주해 대는 무명의 독설이 더 편했다. 차라리 괴롭다고 울고 하소연하면 더 속이 편할 텐데.

무명은 청하의 팔짱을 꼈다.

그들은 천천히 마을로 내려왔다.

기족의 영역에 도착한 지도 보름째였다. 무명이 고매여신의 사당에 간 것도 매일 한 번씩, 지금이 청하가 기억하기로 10번째.

아마도 그가 아이의 흔적이 남은 목갑을 불태운 뒤부터였다. 그녀가 아이의 성불을 바라며 꾸준히 기도를 올린 것은.

"깃털섬의 미우에게 작별인사를 못한 건 계속 마음에 걸리네요. 만날 수 없을지도 모르니 서신이라도 써두는 게 나을지도."

"무명! 그런 말하지 말랬지!"

무명의 입에서 무심코 나오는 그녀의 본심들에 청하의 가슴이 철렁할 때가 있다. 그녀는 제 마지막을 준비하는 듯한 느낌이었다.

무서워서 입 밖으로 낼 수 없는 말들. 무명은 아직 괜찮다. 속이 썩어 문드러져도 속에서 썩어가도 아직 보이는 모습은 그랬다. 그래서, 더 무서웠다. 내부에서 무너지다 무너져 어느 날 일어날 수 없게 되는 건 아닐까. 억지로 괜찮은 척 연극하다 어느 날 그녀가 사라져 버리는 것은 아닐까.

그는 아직, 준비가 되지 않았다. 그녀를 보낼 마음의 준비를 시작하지도 않았다.

그의 마음을 이해하기라도 한 듯 무명은 이내 화제를 바꾸었다.

"아참. 며칠 후에 기족들이 고매의 사당 앞에서 축제를 벌인다던데요. 우리에게 태뢰축제를 보여준대요."

"그래."

놀기를 좋아하는 남주국인들 특유의 천성이 기족에게도 있었다.

"재미있을 거야. 맛있는 것도 잔뜩."

"과식하면 안 되는데."

무명은 애써 웃었다. 청하에게는 그 웃음마저도 불안하게 느껴졌다.

어느새 겨울이 가까워졌다.

남주국 본토의 가장 남쪽이다 보니 겨울이라고 해도 나무들은 푸르고 울창했다.

무명은 그날도 사당에 기도를 드리러 잠시 들렀다. 청하는 그녀를 위해 좋은 약초를 캐러 교룡과 잠시 자리를 비운 터였다. 기족 사람들은 청하와 무명에게 제대로 된 봄의 태뢰축제를 미리 보여 주겠노라며 호언장담하며 매번 떠들썩하게 굴었다.

여인들도 손님들을 위한 태뢰축제에 마냥 반색하는 얼굴들이었다.

무명은 마침 사당에 와서 기도를 올리던 또래의 기족 여인들과 사당을 함께 나서게 되었다. 여인들은 무명의 흰 피부와 다정한 청하를 마냥 부러워했다.

"태뢰축제에서 저도 왕자님 같은 사람을 만났으면 좋겠어요."

"아서라. 지금은 태뢰축제 때문에 사람들이 오지도 않아."

옆구리를 찌르며 나누는 대화들 속에서 무명은 어리둥절했다. 대체 무슨 축제이기에?

"그냥 제사 지내고 노는 거 아니었어요?"

여인들은 얼굴을 마주보았다. 자기들도 무명에게 설명을 하지 않았다 느꼈는지 서로 눈빛을 교환했다.

"몰라요?"

"태뢰에서 무얼 하는데요?"

"고매여신이 뭘 하는 여신인지 기억해요?"

"혼인과 아이들을 보호하는⋯⋯."

"그 축제에서 만난 이들이 서로 짝을 지어요. 그리고 고매의 사당이 있는 숲에서."

그녀들은 사당 뒤에 자욱하게 이어진 커다란 숲을 가리키며 얼굴을 붉혔다. 태뢰축제를 위해 짝을 찾으려 하는 젊은이들이나 기족 사내들을 원하는 처녀들이 태뢰축제에 맞춰 기족의 영역을 방문했다. 그들은 고매가 주관하는 그녀의 축제일에 서로 짝을 짓고 고매의 숲에서 교합했다. 그렇게 짝을 정한 이들이 봄이나 여름, 혼례를 올렸다.

무명은 기족들이 모든 기쁨과 슬픔을 고매여신과 함께 한다는 이야기를 떠올렸다. 왜 잊고 있었을까. 그들은 늘 여신에게 공양물을 바쳤다. 무명은 사당 뒤로 펼쳐진 울창한 숲을 응시했다.

"사내들은 자신을 뽐내고 여인들은 마음에 드는 사내들을 유혹하기 위해 최대한 아름답게 꾸며요. 짝을 고르기 위한 절차니까요."

"짝이라."

"아참. 왕자님과 혼례는 언제 올릴 거예요?"

무명은 할 말을 잃었다. 혼례라니. 제가 죽어가는 것에만 급급해 청하도 생각하지 못했으리라.

태평한 기족 여인들도 무명과 청하가 각방을 쓰고 있다는 사실을 알았다. 청하의 신분을 모르는 이가 더러 있긴 했으나 무명과 청하가 연인이라는 사실을 모르는 기족들은 없었다. 특히 청하가 무명에게 보내는 그 애달픈 시선을 눈치채지 못한 이도 없다.

여인들은 잠시 무어라 쑥덕거렸다.

"어떻게 하시고 싶으세요?"

무명은 한참을 망설였다. 그와는 혼례를 올리기 어려울 것이다. 봄이 되어 살아 있다 한들 저는 꾸준히 죽어가고 있겠지. 지금은 그나마 얼굴은 멀쩡하지만 그때도 지금처럼 고운 얼굴일지는 자신할 수 없었다.

"나, 꾸며주실 수 있어요? 신부처럼."

무명의 말이 조심스러웠다. 하지만 기족 처녀들의 얼굴엔 확 웃음꽃이 피었다. 그들은 무명을 부족장의 부인에게 데려가며 재잘거렸다.

"태뢰를 보여주기로 한 게 내일이니까 서둘러야겠어요."

"최대한 예쁘게."

"신부니까 붉은색이 좋아."

이야기를 들은 기족 여인들도 무명을 도와주기로 했다. 그녀들은 음식을 만들다 말고 가장 아끼는 장신구들이며 조언을 꺼리지 않았다.

한참의 의논 끝에 여인들은 무명의 몸을 살피고 대뜸 욕탕에 밀어넣었다.

향과 색이 고운 꽃잎을 우려낸 물에 목욕을 하고 기족 여인들이 아끼는 향료를 발랐다. 여인들이 정성스럽게 만든 선명한 적비단의 긴 천을 무명의 온몸에 둘러 대어보았다. 소담한 흰색 어깨를 드러내는 기족 여인들의 옷차림은 생소했으나 경첩에 비친 외양은 나쁘지 않아 보였다. 무명은 거기에 며칠 전 바다에서 건져 온 커다란 진주가 달린 목걸이를 걸고 머리를 길게 늘어뜨리기로 했다.

얼굴에 분을 바르고 입술에 빨간 연지를 바르자 무명은 더욱 생기 있어 보였다. 기족 여인들은 박수를 치며 무명을 향해 찬탄했다. 그녀를 치켜세우며 청하도 그녀를 피해갈 수 없을 거라며 즐거워했다.

그는 그녀가 가면을 쓴다고 가끔 말했다. 허나 거리를 두는 것은 그도 마찬가지였다.

기족들의 땅에 온 뒤 그는 참으로 예의 바르게 변했다. 밀림에서의 그날 밤 따위 떠올리지 않도록 예의 바르게.

늘 그렇게 손 닿는 곳에서 바라보며 시간을 무의미하게 흘려보내겠지. 한 달? 두 달? 석 달? 운이 좋으면 그것이 1년으로 연장될 수도 있겠지. 하지만.

나는, 그 순간에도 계속 죽어가고 있을 거야.

무명은 추하게 생을 연명하고 싶지 않았다. 그의 앞에서 마지막까지 여자이고 싶었다. 매혹적인 고매여신의 족자를 보며 매번 그런 생각을 했다. 제 생을 깎아먹는 한이 있더라도 예쁘고 아름답게 기억되고 싶었다.

"나는, 당신이 날 원했으면 좋겠어."

무명을 환자 취급하는 그가 싫었다. 언젠가부터 그녀를 보며 굳어진 그의 턱, 딱딱해진 어깨를 올려다보는 일도 지겨웠다.

나는 사랑받고 싶은데. 그에게 사랑받는 연인이 되고 싶었는데.

그는 청궁을 나온 뒤 무명을 살리기 위해 필사적이었다. 제 목숨을 내주어도 좋다는 그의 말에 억장이 무너진 적도 있었다.

그의 노력이 무명을 더 아프게 하는 줄도 몰랐다.

청하를 갖고 싶다. 그를 가질 수 있다면 부서져도 좋아.

아니, 청하가 무명을 부숴주길 바랬다. 그렇게 깨어져 세상에 남지 않기를, 그녀는 바랐다.

무명이 다음날 태뢰축제에 모습을 드러낸 것은 벌써 땅거미가 내린 시간이었다.

고매의 사당 앞은 탁 트여 있었다. 기족은 여신을 위해 너른 사당 앞에서 춤을 추고 노래했다. 흥겨운 음악이 연주되고 부족들은 모닥불을 피우며 음식을 나눠 먹었다.

손님들에게 대접하는 것 역시 기족들이 먹고 아끼던 음식들이 다였다. 허나 기족들의 음악과 분위기가 오래간만에 청하를 즐겁게 했다.

무명을 계속해서 기다리던 그는 무명이 왜 나오지 않는지, 기족 여인들과 무명이 무엇을 준비하는지 마냥 궁금해졌다.

그 궁금증이 머리끝까지 치달을 무렵.

무명이 부족 여인들과 함께 청하의 앞에 모습을 드러내었다.

타닥타닥 타오르는 불길 너머로 등장한 무명의 자태를 보며 청하는 넋을 잃었다. 기족의 사내들도 담소를 나누다, 혹은 춤을 추며 술을 퍼오다 무명을 보고 그대로 멈췄다. 시작하려는 음악도, 오가던 대화도 일시에 멈춰 정적만이 일었다. 무명은 쑥스러워하며 그 침묵의 이유를 당혹해하는 눈치였다.

기족의 여인들이 서로 키득거리며 웃더니 무명을 청하의 옆으로 떠다밀었다. 청하는 제가 아무렇지 않게 걸터앉은 통나무의 한쪽을 내어주려다 무명의 고운 비단옷을 보며 여인들이 다급히 건네주는 멍석을 깔고 그녀를 앉혔다.

가벼운 담소가 오고가고 서로 먹을 것을 나눠 먹은 뒤, 기족은 음악을 연주하며 흥을 돋우었다. 흥겨운 음악에 맞춰 기족들의 사내들이 먼저 제각각 춤을 선보였다. 그 뒤엔 여인들. 아이들과 노인들까지 뒤섞여 불을 중심으로 하여 제각각 원을 그리며 춤을 추고 돌았다.

무명도 스스럼없이 그들과 섞여 돌았다. 춤사위라고 해봤자 다들 흥에 겨워 멋대로 추는 춤. 그 형태도 모습도 죄다 제각각. 무명의 춤은 제 검술마냥 딱딱해서 예쁜 얼굴과는 어울리지 않았다. 하지만 쑥스러워하며 얼굴을 붉히는 그 모습도 마냥 아름다웠다. 청하를 밀어내고 무명의 옆을 차지하려는 사내들이 기회를 노리고 있었기에 더더욱 청하는 조바심이 났다.

무명은 둥그스름한 굴곡 없는 체구의 기족 여인들 사이에서 가장 희고, 여전히 가장 가냘펐다.

기족 여인의 축제에선 선남선녀들이 모여 서로 마음에 드는 짝을 골라 숲으로 가 교합을 한다. 청하는 그런 상상을 하며 무명을 내려다보았다. 하얀 어깨와 그 아래로 보일 듯 말 듯한 새하얀 가습골이 그의 상상을 자극했다. 다른 이들이 보지 못하도록 무명을 어딘가에 숨겨두었으면 했다.

축제가 마지막 절정으로 치달아갔다.

음악이 이어졌다. 기족의 사내들이 신나게 두들기는 북소리만이 메아리쳤다. 그 단순한 박자가 귀를 자극하며 심장을 뛰게 한다. 쿵, 쿵, 쿵. 마치 최면을 거는 것 같았다.

청하는 자신에게 다가오는 무명을 바라보았다. 하얗고 갸름한 얼굴, 쭉 뻗은 가는 목과 그 아래로 자리한 쇄골과 옷 아래 가려져 있을 늘씬하고 낭창낭창한 몸매. 그 아래의 몸매를 상상한 청하의 목울대가 꿀꺽 침을 삼켰다.

음악 소리가 더욱 흥겨워져 점점 드높아졌다. 쿵, 쿵, 쿵. 심장도 덩달아 뛰었다. 고매가 거는 선술일까. 청하는 자신을 매혹시키는 무명을 바라보았다. 그간 쌓인 욕망이 한순간에 폭발할 것처럼 부풀어 올랐다. 입술도 바짝 말라 입을 떼기도 어려웠다.

"명."

저녁 내내 그녀의 옆을 지키다, 그가 처음 한 말이었다. 무명이 웃었다.

무아지경에 빠진 이들은 혼신의 춤사위를 보였고 음악에 취해 어깨춤을 추었다. 무명은 그의 손을 붙잡고 어두운 수풀 사이로 그를 이끌었다.

검은 밤. 울창한 나무들이 그들의 모습을 가려줄 것이다. 숲이 그들을 유혹했다. 명이 청하를 미혹했다.

청하의 머리 속에서 안 된다는 저항이 문득 떠올랐지만 몸은 그의식을 따르지 못했다. 그러니까, 조금만. 입맞춤은 될 것이다. 이번에도 자제할 수 있을 것이다. 무명의 몸을 얼마나 오랫동안 보지 않았는지 기억이 나질 않았다. 그러니까 이번만.

무명이 이끄는 대로 그들은 어두운 숲으로 발을 옮겼다. 서늘한 밤의 공기가 그들을 감싸 안았지만 청하는 그래도 더웠다. 제 몸에 입혀진 얇은 저고리 하나를 견디지 못할 정도로 온몸이 홧홧하게 달아올랐다. 뜨거운 용광로마냥 식질 않는다.

"명."

바르작거리며 유혹하는 손짓. 그 어둠 속에서도 온통 하얗고 가늘게 보이는 손짓이 위태롭기만 했다. 청하는 그 움직임에 시선이 홀렸다.

아아, 무명. 나의 명.

기족 여인들의 옷은 긴 천을 솜씨 좋게 두르는 것이었다. 무명은 제 옷의 매듭을 찾아내어 제 몸에 둘러진 천을 천천히 한바퀴씩 돌렸다. 그녀를 둘러싼 천이 점점 얇아질수록 청하는 더욱 당혹스러웠다. 그가 불러들인 야광충들이 무명과 그의 주변을 떠돌며 사방을 밝혔다. 그녀의 몸을 휘감은 천은 더욱 붉고 요염했으며 무명은 더욱 하얗게 빛났다.

무명은 곧 새하얀 알몸이 되었다. 그녀를 감고 있던 붉은 천이 바닥으로 사르르 떨어졌다. 그녀는 얇은 속곳 이외에는 아무것도 입지 않았다. 천 아래는 거의 알몸이었다. 그 사실에 그는 더욱 미칠 뻔했다. 봉긋하게 흔들리는 두 가슴을 무명이 제 손으로 가렸다. 그 아래로 언뜻 보이는 군살 없는 복부, 하얗게 쭉 뻗은 긴 다리.

멀리 기족이 여전히 음악을 연주하고 있다. 쿵, 쿵. 아까보다 더 심장이 두근거렸다.

무명은 그에게 다가와 청하의 양손을 그녀의 봉긋한 가슴 위에 얹었다. 그의 손등을 눌러 명은 그의 손바닥에 제 가슴을 느끼게 했다. 청하는 그 손아귀에 힘을 잔뜩 주었다.

무명이 그를 미치게 하고 있다.

청하의 손이 그녀의 가슴을 지나 그녀의 몸을 더듬어 제게로 당겼다. 그의 손이 그녀의 맨 몸을 자극하는 동안 무명은 그의 몸에서 불편한 옷들을 하나하나씩 벗겼다. 청하는 그녀의 다급한 손길을 도왔다. 자신의 맨살에 와 닿은 무명을 느끼고만 싶었다. 희미한 미명 속에서 제 갈색 피부에 와 닿은 무명의 하얀 손길은 황홀했다.

자신을 원하는 무명. 그 뇌쇄적인 자태와 향기에 그는 목이 쉬어 되물었다.

"나, 날 원해?"

"원해요."

그의 맨 상체에 무명이 돌진했다. 청하는 손을 내려 그녀의 살집 있는 엉덩이를 움켜쥐며 제게로 밀어붙였다. 그의 가슴과 그녀의 가슴이 서로 맞닿았다.

"입술을 줘요."

무명이 다시 명령하자 청하는 본능대로 머리를 내렸다. 무명은 그의 머리를 끌어안고 입술을 겹쳤다. 서로의 호흡이 이어짐과 동시에 조심스럽게 그의 입안으로 들어온 그녀의 혀가 그의 혀와 이, 입안, 잇몸, 혀뿌리까지 모든 것을 소중하게 핥고 애무하며 스쳤다. 얼어붙어 있던 그가 빠져나가려던 그녀의 혀를 뒤쫓아 그녀의 입안으로 침투했다.

서로의 입안을 노닐며 질척이는 감각. 청하는 그녀를 끌어안은 채 그대로 바닥에 주저앉았다. 그의 엉덩이 아래 무명이 벗어놓은 고운 비단옷이 길게 펼쳐져 있다. 청하는 잠시 그녀를 떼어놓은 뒤 붉은 천을 그들이 누울 수 있을 만큼 길게 펼쳐 놓았다. 그리곤 무명을 그 위로 조심스럽게 내려놓았다.

제 여인, 자신의 무명. 무언가 안 된다는 생각이 희미하게 스쳤지만 욕망에 취해 그는 생각하지 못했다. 무명이 그에게 손을 뻗어오고 있었으니까.

"청하."

끊어질 듯 낮게 이어지는 그의 이름이다. 그 뜨거운 음색으로 무명은 그의 맨 가슴에 입김을 불어넣어 간질였다. 갸웃거리던 그녀가 청하의 불뚝 솟아오른 남성을 보며 웃었다. 청하가 그녀의 몸 위를 덮쳐 그녀의 입술을 삼켰다. 그는 무명을 껴안은 채 마냥 뒹굴었다.

그들의 머리 위에는 달이 떠있다.

청하의 몸 위에 하얀 나신이 된 여인이 그를 내려다보며 앉아 있다. 무명의 얼굴에 무언가 재미있는 미소가 떠올랐다.

그녀는 그의 남성 위로 제 엉덩이를 내렸다. 그녀의 촉촉하게 젖은 습곡과 그의 부푼 남성이 마찰해 거의 미쳐 버릴 것 같았다.

무명은 그의 팔딱이는 남성을 조심스럽게 애무하며 움켜쥐었다. 청하는 제 욕망을 거머쥔 무명을 보며 신음했다. 머리로 피가 쏠렸다. 자신의 다리 사이로 내려간 그녀가 조그마한 입술로 제 남성을 머금었을 때에는 이성이 거의 남아 있지 않았다. 무명은 어떻게 할지 몰라 머뭇거리며 용기를 냈다. 그 서툰 몸짓도, 서투른 솜씨도 그의 머리를 전부 미치게 했다.

"제발. 그, 그만해."

청하가 애원하며 무명을 그의 위로 다시 잡아끌었다. 그녀를 말려야 했는데.

저처럼 욕망에 취한 무명은 그의 위로 올라오기 무섭게 그의 남성을 부여잡고 제 엉덩이를 내리려 했다. 그것조차 제대로 되지 않아 울상이 되어 그에게 도움을 요청하듯 빤히 쳐다보았다.

하얀 얼굴. 길고 검은 머리가 주렴처럼 그녀의 하얀 알몸 위로 쏟아졌다. 그 머리카락이 그녀의 봉긋한 가슴을 드러내다 말다 했다. 무명은 자신의 것이다. 청하는 그 확신을 떨칠 수 없었다. 욕망이 뇌리 끝까지 치달았다. 순진한 무명을 제 욕망으로 물들어 제 것으로 만들겠다는 확신뿐. 그는 무명을 도와 제 남성을 그녀의 안으로 삽입했다. 충분히 젖어 있는 그녀의 안으로 침입하는 것은 무척이나 쉬웠다.

조금씩 침입하던 상태에서 무명은 갑자기 다리에 힘이 풀린 듯 그의 위로 털썩 주저앉았다. 순식간에 삽입은 깊어져 고통과 쾌락이 동시에 온몸으로 치달아 경련이 일 지경이었다.

무명은 고양이처럼 만족스런 표정을 지었다.

그를 품었다. 그가 내 속에 있다. 그가 내게 잡아먹히는 거야.

갑작스런 삽입은 고통에 가까웠으나 그 이후에 찾아온 것은 지독한 충만감이었다.

무명은 그와의 뜨거웠던 밤을 떠올리며 허리를 조심스럽게 움직였다. 청하를 지배하는 느낌도 나쁘지는 않았다. 그가 자신을 기억할 수 있다면. 함께 절정에 다다를 수 있다면 그것 또한 좋겠지. 그를 머금은 것만으로도 다시 그의 여자가 될 수 있어서 만족스러웠다.

그가 엉덩이를 들썩였다. 무명은 비명을 지르며 그의 가슴을 할퀴며 엎어졌다. 청하가 웃고 있다. 검푸르게 변한 눈이 욕망으로 가득 차 있다.

호흡이 가빠졌다. 몸짓은 더욱 격해졌다.

기족의 음악 소리는 멈췄지만 둘은 두 사람만의 격한 춤을 추었다. 두 사람의 가쁜 신음이 음악처럼 섞여 퍼졌다.

천국이다.

청하는 자신이 무언가 아주 중요한 것을 잊고 있다고 생각했지만 아무래도 좋았다. 그는 욕망에 취해 무명밖에 보지 못했다. 그 욕망에 관통당해 눈이 멀었다. 자신의 몸을 계속해서 지배하는 흥분과 황홀경만을 느꼈다.

유사처럼 자신의 남성을 빨아들이는 그 감각. 단단하게 자신을 억죄어 오며 그의 움직임에 따라 흔들리는 무명의 가느다란 몸과 그 애달픈 신음. 그것이 끊임없이 그의 귀를 울렸고 그의 몸에 지독한 쾌락을 각인시켰다.

우주가 그들의 몸에서 폭발했다. 별들이 그들의 시야에 쏟아졌다.

땀투성이가 된 무명이 털썩 그를 여전히 머금은 채 청하의 몸 위에 드러누웠다. 청하는 여운을 즐기듯 그녀의 몸 안에 머물렀다.

어둠의 풀숲에선 싱그러운 녹색내음만이 풍겼다. 우거진 수풀이 그들의 몸을 숨겨줄 터였다.

어느새 밤은 깊어 있었다. 기족의 음악 소리는 멎어 있었다.

기족들은 축제의 밤에 취해 눈이 맞은 남녀들끼리 흩어져 야합의 밤을 즐겼다.

멀리서 청하와 무명처럼 은밀한 숲의 밤을 즐기는 기족의 남녀들이 야릇한 신음 소리를 내었다. 무명과 청하는 키득거리며 웃었다. 청하가 자연스레 몸을 떼어내며 제가 벗어놓은 옷가지들을 대충 걸쳐 입고 무명을 붉은 천에 휘감아 안아 올렸다.

그가 성큼성큼 향하는 곳에, 청하와 그녀가 머무르는 처소가 있었다.

가는 내내 그녀는 얌전했다. 그들의 처소로 향하는 시간도 마냥 아까웠다.

청하는 날 듯이 순식간에 그들의 처소에 도달했다. 그가 발길을 멈춘 것은 두 사람의 마주한 방이 있는 그 갈림길에서였다.

"명의 방으로 갈까? 내 방으로 갈까?"

오는 내내 그녀에게 자잘한 입맞춤을 계속하며 그녀를 짓궂게 애무하던 청하가 되묻다 물벼락을 맞은 듯 번쩍 정신이 들었다.

그리곤 제 품에 안긴 무명을 바라보았다.

흐트러진 무명을, 제가 그렇게 만들었다. 자신이 안았다.

무명이 유혹했고, 그는 홀렸다.

"청하?"

"이, 이러면 안 되는 거잖아. 왜 그랬어? 왜?"

이미 미혹된 뒤에 하는 후회는 소용이 없었다. 그것조차 헛된 질문이었다.

무명은 그것마저 기쁘게 웃으며 받아들였다.

"내가 그러고 싶었으니까. 나랑 같이 있어요. 오늘 밤은 같이 있어요. 네?"

무명의 손이 청하의 턱과 얼굴을 필사적으로 더듬었다. 그가 자신을 버릴까 봐 잔뜩 위축해서 떨고 있었다. 청하는 지금 당장이라도 그녀를 쓰러뜨리고 그녀의 안에 제 분신을 박아대고 싶은 욕망을 인내해야 했다.

"지금 명의 행동이 무슨 짓인지 알고 있어? 무슨 뜻인지 아냐고!"

무명이 그의 품에서 내려와 제 발로 섰다. 분노하는 청하 덕분에 그들의 처소 주변에는 격한 바람이 일었다.

"알아요. 죽음을 앞당긴다는 뜻이죠. 내가 모를 리가 없잖아."

"그런데 왜!"

청하의 분노는 이해했다. 무명도 예쁜 모습으로 아주 오래오래 그의 곁에 있고 싶었다. 하지만 그럴 수가 없잖아. 나, 당신에게 여자일 수도 없잖아.

"나, 살고 싶었어요. 하지만 그럴 수가 없잖아. 어차피 죽어가는 데 당신만 바라보고 있을 순 없잖아요. 안기고 싶었어요. 계속 내 옆에 있지만 날 안아주지도 못하고 외면하는데 어쩔 수 없다는 걸 알고 있는데!"

말이 실타래처럼 멋대로 엉켰다. 무명은 울음범벅이 되었다.

어차피 죽을 목숨이라면, 제멋대로 하고 싶었다. 그에게 가장 예쁠 때 안겨서 그 황홀경을 기억하고 싶었다. 그에게도 한때 제 유일한 여인으로 기억되고 싶었다. 그게 어때서! 청하는 그녀의 소원을 모두 들어준다고 했잖아. 무명은 떼를 쓰는 아이처럼 그렇게 어리석게 굴었다.

사람의 목숨이란 한낱 부질없다. 무명은 이대로라면 길어야 1년을 넘기지 못했다.

그러니 몇 달을 더 단축한다고 해서, 다를 것 없다.

그와의 헤어짐이 필연적인 것이라면, 그렇다면. 나는. 무명은 고개를 들었다.

"멍청하게 바라만 보고 있진 않을 거예요. 추악하게 목숨을 구걸하고 싶지도 않아요. 당신 여자가 되고 싶었다고! 그러니까 안아줘요. 제발."

울고 싶은 쪽은 청하였다. 제가 사랑하는 여인이 죽어간다는데, 일부러 자신에게 안기고 싶어서 자신을 유혹한 대가가 죽음을 앞당기는 것인데. 왜 자신은 아무것도 할 수 없는 걸까. 재액의 힘을 지니고도 왜 제가 사랑하는 여인을 구할 수 없는 걸까.

청하는 무기력함에 어깨를 축 늘어뜨렸다.

"고집불통."

"알아요. 그렇지만 당신을 원해."

"욕망일 뿐이야."

"그 욕망조차 은애해요. 청하. 제발."

무명이 다가왔다. 무명의 용기에 그는 더욱 울고 싶었다.

애절한 몸놀림이었다. 마지막이기에 더 불타고 뜨겁고 강렬하다.

무명은 자신이 가장 화려한 춤을 추는 짐승이라고 생각하며 그를 탐했다. 손끝으로, 입술로 혹은 제 얼굴과 몸으로 그를 정성스럽게 애무했다. 어떤 것도 서슴지 않았다. 그의 모든 부분이 사랑스러웠다.

소린 덕분에 사내들을 어떻게 기쁘게 해주어야 하는지는 대충 알고 있었다. 허나 그 지식들도 제 몸 위로 그의 무게가 겹쳐지고 그의 열기가 제 몸으로 옮겨 붙자 소용이 없어졌다. 무명은 본능대로 그가 주는 파도를 받아들였다. 그라는 바다에 매달린 조각배처럼 흔들리는 대로 흔들렸고 가라앉는 대로 가라앉았다.

사랑스럽게 어루만지는 손에 욕망이 실렸다. 온몸으로 파문이 일었다.

이 순간이 영원하기를. 그렇게 소망하며 그에게 매달렸다.

두어 번 정신을 까무룩 놓고 다시 안겼다가 잠이 든 모양이었다. 무명은 그의 품 안에서 깨어났다. 아침 햇살이 그들의 나신 위로 곱게 반짝이듯 내려앉고 있었다.

무명은 그의 늘어진 머리카락을 매만졌다.

그녀와 재회 후 자르지 않은 그의 머리카락이 제법 자라나 있었다. 그녀의 손장난을 바라보던 청하가 되물었다.

"너무 길지 않아? 무명이 잘라주면 어때?"

"솜씨 없어서 목을 잘라 버릴지도 몰라요."

몸에서 간헐적인 진동이 이어졌다. 무명은 파르르 떨리는 손끝을 두려운 시선으로 바라보았다. 몸이 무너지고 있다. 그 손을 애써 이불 속으로 밀어 넣으며 토라진 척했다.

"괜찮아?"

"괜찮을 리 없잖아요."

무명은 쉰 목소리를 내었다. 간밤 교성을 얼마나 질렀는지 목이 잠긴 것이 다행이었다.

"온몸이 아리고 아파요. 걷지도 못할 거예요."

"괜찮은 거지?"

그는 거듭 확인하고 싶어했다.

"괜찮을 리 없다고요. 너무 격했어요. 나 피곤해요. 잘 거예요."

무명은 기진맥진해 침상 위로 늘어진 척했다. 그리곤 청하를 향해 엄포를 놓았다.

"배고파요. 맛있는 것 가져오기 전에는 들어올 생각하지 말아요."

그가 기족의 여인들을 찾아가 밥을 요구하고 그 먹을 것이 오려면 시간이 꽤나 걸릴 것이다. 기족의 여인들도 어젯밤 다들 쾌락의 밤에 취해 있었을 테니까. 그가 먹을 만한 것들을 구해 오려면 시간이 걸리겠지.

무명은 어젯밤 제가 입었던 붉은 비단천을 끌고 왔다. 더럽혀진 그 천에 제 입과 코에서 쏟아지는 피를 훔쳐 내었다. 붉은색이라 티가 나지는 않으니 다행이겠지.

하룻밤을 안긴 것만으로도 이렇게 몸이 무너질 줄은 몰랐는데.

청하에게 들키면 안 되는데. 그가 슬퍼할 텐데. 예감하고 있던 일이었지만 이렇게 급격하게 무너질 줄은 몰랐다. 이제껏 겨우 버텨온 것이 신기할 지경이었다.

마지막 한 번. 한 번이면 나는 죽어. 아니, 그것을 경험하지 못한다 해도 천천히 말라 죽겠지.

아마도 깃털섬에는 다시 가보지 못하리라.

창족의 영역 근처, 이곳이 자신의 마지막이 될지도 몰랐다. 여행은 끝났다.

무명은 파리하게 미소 지었다. 제 힘없는 손을 허공에 들어 올리며 그 손목에서 파리하게 빛나는 실핏줄을 응시했다. 아직은 피가 돌고 심장이 뛴다.

"당신이, 내게서 좀 더 빨리 해방되었으면 좋겠어요. 나라는 족쇄에서 가장 빨리 해방되어 나를 기억하되 가장 행복하게 기억해 주었으면 좋겠어요. 그리고 언젠가는 나를 털고, 당신의 힘을 두려워하지 않는 예쁘고 고운 여인과 짝이 되었으면 좋겠어요. 머리로는 그렇게 생각하지만 그 여자가 있다면 얼굴을 찢어버리고 죽일지도 몰라요. 죽는 건 싫은데 그래도 어쩔 수 없잖아."

무명은 모순을 품었다.

살얼음 같은 며칠이 지나갔다.

무명은 급격하게 무너지는 몸을 늘 숨기고 추스르느라 애썼다. 그 이삼 일간은 누가 봐도 무명이 정상이 아니었던 터라 누워 있어도 큰 문제는 없었다. 청하는 의심은커녕 계속 미안해했다.

그는 무명이 잠든 사이 기족들과 함께 먼바다에서 몸보신에 좋은 귀한 물고기들을, 혹은 험한 산야에서 구하기 힘든 약초들을 가져왔다. 그것을 직접 달이거나 함께 쪄서 무명에게 먹이곤 했다. 그녀가 어느 정도 배를 채울 때까지 그는 입도 대지 않았다.

청하는 반나절가량을 그녀의 옆에서 자리를 비웠다. 그가 없는 동안 큰 교룡이 뭍으로 올라와 그녀의 처소 앞마당에서 볕을 쬐며 잠들기도 했고 그가 불러들인 다른 요수들이 보초를 서기도 했다. 청하가 없는 틈을 타 무명을 멋대로 보러 온 기족 사내들이나 먹을 것을 가져온 기족 여인들이 요수에게 걸려 혼쭐이 나곤 했다.

무명은 요수들이 자신을 감시한다는 느낌을 강하게 받았다. 요수들 앞에서는 쓰러지거나 피를 토하는 일을 피해야 했다. 그런 일이 자주 있진 않았지만 기민한 요수들의 감각을 피한다는 건 애초에 불가능했다.

급격하게 나빠지는 몸의 상태를 숨기는 것 또한 그러했다.

먼바다로 나갔다가 흠뻑 젖어 옷을 갈아입으러 잠시 처소에 들른 청하는 느닷없는 토악질 소리에 다급히 문을 열어젖혔다. 그리고 토혈로 인해 피투성이가 된 무명을 발견했다. 무명은 붉은 천으로 제 입가를 훔쳤다. 지독한 혈향이 그녀의 방 안을 감돌았다.

피냄새를 숨기기 위해 피운 냄새가 독한 풀도 별 도움이 되진 못했다. 무명은 숨길 수 없다는 사실에 이젠 쓴웃음만 지었다.

하긴, 며칠동안 숨기느라 애쓴 것만 해도 용타 싶었다.

청하의 눈이 제가 본 것을 못 미더워하며 무명의 치맛단을 물끄러미 바라보았다. 거기까지 피 몇 방울이 튀어 있었다.

고개를 푹 숙인 청하가 떨리는 목소리로 물었다.

"그, 그때 괜, 괜찮다고 했잖아."

"그렇게 말한 적 없어요. 당신이 멋대로 생각한 것뿐이지. 아니, 내가 속인 건가."

그녀는 그가 듣고 싶어하는 진실만을 말했다. 그 전부가 거짓은 아니었다. 나머지의 큰 사실을 입으로 말하지 않았을 뿐.

그것 역시 그를 기망한 것이다. 그러니까 나쁜 건 무명이다.

"속인 건 잘못했어요. 그러니까 지금이라도 싫으면 나 놔버려도 돼요. 내가 다 짊어지고 갈게요. 그냥, 나 죽으면 양지 바른 곳에 묻어줘요. 금방 썩어버리게, 내 육체 따위는 흔적도 남지 않고 금방 삭아버리도록."

내가 당신의 죄까지 모두 짊어지고 갔으면 좋겠는데. 그전에 당신이 나를 버려야 더욱 좋을 텐데.

"무명."

그의 흔들리는 시선을 보며 무명은 사라질 듯 희미하게 웃었다. 이젠 피투성이가 된 손으로 그의 얼굴을 만질 수조차 없다.

"나, 버려도 돼요. 지금은 누구도 탓하지 않을 거예요."

"이런 걸 원하려고 내게 안겼던 거야?"

그의 목소리가 침통했다. 무명은 그의 얼굴을 바라보지 못했다.

"나는, 희망이 없는 거잖아요."

청하는 말없이 등을 돌려 제 방으로 갔다. 멍하니 버려진 듯 오도카니 앉아 있던 무명은 무언가의 불길함에 번쩍 고개를 들었다.

청하는 그녀가 예상한 것보다 약한 사람이었다. 상처 입지 않을 리 없어.

그는 재액의 힘을 지녔다. 자신의 힘을 자신조차 두려워해 누구와도 연을 맺지 않으려 했었다. 그는 슬픔 따위 삭이는 방법을 모른다. 그가 슬퍼하고 상처 입을수록 그의 감정과 분노가 재앙이 되어 닥쳐온다.

나는, 그의 마음을 파괴하려고 한 거야.

청하는 자신 이상으로 아픈 거다.

무명은 다급히 그의 뒤를 쫓았다. 청하는 그녀가 뒤쫓아가는 걸 아는지 모르는지 성큼성큼 앞만 보며 걸었다. 다부진 어깨가 분노로 바싹 굳었고 그의 온몸에 힘이 들어갔다.

그는 기족들의 마을을 지나쳐 계속해서 걸었다. 파도 소리가 점점 가까워졌다. 그는 해변으로 가고 있다. 하지만 왜? 무명은 그를 따라 해변까지 간 뒤에야 그 이유를 알았다. 그의 재액은 모두 물과 연관해서 나타났다.

"처, 청하."

철썩이는 험한 자갈해변에서, 그는 무명을 기다리고 있었다.

"청하. 뭘 하려는 거예요?"

그녀가 떨리는 목소리로 묻자 그가 애달프게 웃었다.

볕에 그을려 더욱 짙은 갈색이 된 그의 피부를 뒤덮은 그의 옅어진 머리카락이 멋대로 펄럭였다. 그가 입은 탁하고 질긴 재색의 옷자락도 마찬가지였다. 바람이 점점 심해지고 있다. 하늘은 무척이나 맑은데 불길함이 감돌았다.

"무명. 나도 이젠 어쩔 수 없어."

바람 사이에서 그의 목소리가 또렷하게 들려왔다.

"너를 그렇게 만든 창족들을 이젠 도저히 용서할 수 없어."

그것은 복수다. 청하는 그렇게 말하고 싶은 것일 게다.

무명도 그의 힘이 부서지는 소리를 들었다. 그의 힘을 가까스로 제어하고 있던 선어의 거미줄이 깨어지는 소리를 들었다. 귀곡성을 내는 불길한 바람이 무명의 뺨을 할퀴듯 스치며 지나갔다. 독한 습기를 품은 돌개바람이었다.

멀리 바다쪽에서 기족 사람들의 비명이 들려왔다. 그들은 한데 입을 모아 도망치라고 말하고 있었다. 그들의 등 뒤로 바다가 심상치 않았다. 격렬한 청하의 분노를, 바다가 대신하고 있었다.

"뭐, 뭘 하려는 거예요?"

"창족의 멸망. 내가 그것을 바라. 당신이 죽는다면 그들도 함께 없어지길 바라."

"청하. 그, 그러면 안 되잖아요."

이런 걸 원하는 건 아니었다. 다 함께 죽자는 것이 아니었다. 무명은 그의 팔을 붙잡으며 저항했다.

"그러면 안 되는 거잖아요!"

남주국에 살면 바다가 얼마나 무서운 존재인지 알게 된다. 그

바다의 재앙을 불러들이는 존재가 얼마나 위대한지, 그 앞에서 인간은 한낱 먼지로 존재한다는 것을 깨닫는다.

청하가 불러들인 거대한 해일이 몰려오고 있었다.

태양은 높고 하늘은 그리도 화창한데 방금 전까지만 해도 잔잔하기만 하던 바다가 성나 날뛰었다. 해일이나 태풍의 전조 따위는 없었는데. 청하만이 그 바다를 마냥 해바라기했다. 무명도 그가 바라보는 쪽으로 고개를 응시했다. 까마득하게 먼바다 쪽에서 일어난 해일의 그림자가 창족들의 영역을 향해 전진하고 있다. 그 피해가 얼마나 클지 알 수 없었다. 까마득하게 먼 영역임에도 무명조차 단 한 번도 본 적 없는 규모의 태풍이었다.

"창족의 대지 전부를 쓸어버릴 때까지 퍼붓겠어."

"그, 그럼 사람들이 전부 죽는다고요!

무명은 소린의 생일날 그가 펼쳤던 피바람을 떠올렸다. 그것보다 몇 배, 수십 배, 아니, 수천 배의 피해가 날 것이다. 창족과 창족들이 노예로 삼은 사람들 전부가 전멸할 것이다.

"제, 제발 멈춰요!"

"멈출 수 없어."

청하는 말했다.

"나는 내 분노를 멈출 수 있는 방법 따위 몰라."

그는 조용했다. 그리고 분노했다. 목과 턱 사이로 파랗게 솟아오른 핏줄기를 바라보며 그가 얼마나 인내하고 있는지 무명은 알았다. 하지만, 이건 아냐.

고요한 분노였다. 그는 너무 조용하기만 해서 오히려 그것이 두려웠다.

"날 화나지 않게 만들어야 했어. 그들은."

창족과 창족의 왕과 공주를 말하는 것일 게다. 무명은 이 분노가 저 자신 때문이란 것을 깨닫고 얼굴을 감싸 안았다. 대체 무명이 뭐라고. 이 이름 없는 계집 따위가 대체 뭐라고! 나는 곧 죽을 텐데. 왜 죽을 사람을 위해 분노해야 하는데!

"그만해! 그만하라고요!"

그는 담담하게 덧붙였다.

"나는 그 힘을 일으킬 수 있지만 제어할 방법 따위 모른다. 그래서 아무것도 갖지 않고 아무 것에도 집착하지 않고 세상을 떠돌며 날아다니고자 했지. 나도 내가 무엇인지 몰라. 이 끔찍한 힘을, 다루는 방법도 아무도 가르쳐 주지 않았어. 전례가 없으니까."

"청하!"

"오직 내가 날 지상으로 끌어내렸어. 그러니 저들은 저들만의 벌을 받아야 해."

그래서 소름이 끼쳤다. 무명은 그의 팔을 계속 잡아끌었다. 자신은 왜 여기 있는데 그는 먼 곳을 보고만 있다. 그가 한없이 멀어지는 것 같아서 더욱 슬펐다.

"제발!"

"진정해, 명!"

"무얼 진정해요? 내가 죽어간다고 저들을 길동무 삼겠다는 거랑 뭐가 달라!"

"저들은 죽어야 해."

그 담담함이, 무명은 더욱 한스러웠다. 자신이 그를 그렇게 만든 것이다. 자신이 죽어감으로써 청하는 창족들을 해일 속으로 밀어넣으려 하고 있다.

"저들은 너를 죽이려 들었지. 그러니까 죽으려면 같이 죽어."

"같이 동귀어진하라는 거예요? 나는 싫어! 내가 당장 숨이 끊어질 것도 아니잖아!"

청하는 반항하는 무명에게 차가운 시선을 건넸다.

"그럼 무명이 원하는 건 뭐지?"

그를 뿌리친 무명은 저벅저벅 바닷가로 뛰어들었다. 청하가 다급히 그녀의 뒤를 쫓아 그녀를 잡아 당겼으나 무명은 막무가내였다. 차가운 바닷물이 무명의 치마와 그녀의 몸을 휘감아 돌았다. 파도가 거세어져 제대로 걷기도 힘든데다 발이 푹푹 젖은 바닥 사이로 빠지고 미끄러웠다. 물에 젖어버린 옷이 마냥 무겁다. 바다는 한기가 들 정도로 차가웠다.

"명!"

무명은 제 가슴 깊은 곳에 묵혀둔 소원들을 털어내었다.

"난 이름 없는 계집이야! 내게 이름을 줘요! 내 죽은 아이에게도 줘! 난 이대로 죽기 싫어! 제발, 날 살려줘! 소린의 유모가 내게 먹인 약물들을, 그것들을 풀어줘요! 난, 난!"

"무명!"

무명은 도리질을 쳤다. 무명은 제 진짜 이름이 아니야! 나는 무명으로 불리기 싫어.

"나는 백영대가 아니야! 난 소린의 그림자가 아니야! 이름 없는 계집이기 싫어! 죽는 것도 싫어! 나도 살고 싶어! 나도 살고 싶다고요! 타인을 죽이지 마요! 대신 나를 살려줘! 제발!"

날뛰려는 무명을 그가 제 품에 안았다. 바르작거리는 그녀를, 청하가 반항할 수 없도록 잔뜩 품고 제 안에 가두었다. 무명은 흠뻑 젖은 채 그의 품 안에서 묵은 울음을 터트렸다. 깊이 호흡하며 그의 체향을 들이마시며 얼굴을 묻었다.

그렇게 울음범벅이 된 무명을 내려다보며, 청하는 그녀의 흠뻑 젖어 찰싹 달라붙은 몸을 내려다보며 욕망을 느꼈다. 그도 인간이었다. 사랑하는 여인을 보면 안고 싶어하고 욕정하고 그녀와 함께 오래도록 살고 싶어하는 인간이었다. 그녀 이상으로 그도, 그녀를 살리고 싶었다.

"제발 그만하자, 명. 그만할게. 힘을 쓰지 않을게. 그러니까."

청하의 말이 끝나는 것과 동시에 먼바다에서 일어나던 풍랑과 해일이 언제 그랬냐는 듯 잠잠하고 고요해졌다. 어디선가 들려오던 기족들의 비명 소리가 끊어져 환호로 바뀌었다.

무명은 그에게 매달려, 그에게 떨어지지 않도록 바싹 청하의 옷을 움켜쥐었다. 뜨거운 그의 체온이 가깝다. 무명은 그에게서 떨어지고 싶지 않았다. 죽는 것보다 더 두려운 것은, 청하를 보지 못하게 된다는 것이었다.

"이름이 필요해? 나는 네게 이름을 주면 네가 떠날까 봐 두려워."

서로가 서로의 헤어짐을, 그 떠남을 두려워했다. 무명은 서글프게 웃었다. 죽음보다 더 서글픈 것은 둘의 이별이었다.

"떠나지 않아요."

"그럼 네게 명아라는 이름을 줄게."

무명은 명아, 라는 이름을 제 입에서 굴려보았다. 익숙하면서도 어색했고 어감도 미묘했다.

"무슨 뜻이에요? 명아? 풀이름?"

"풀이름이기도 하고 아니기도 하지."

"되는대로 막 지은 거 아니예요?"

"명아, 란 이름이 싫어?"

무명은 멋대가리 없는 이름이라 피식 웃었다. 아아, 전신에 피로가 몰려왔다.

아득하다.

선계가 멀지 않은 것 같다. 죽어서는 지옥으로 떨어지겠지만 그것도 나쁘진 않으리라. 죽을 때는 혼자, 아무도 모르는 곳에 가고 싶어서 그렇게 흔적조차 지워내고 싶은데.

"무명? 무명! 명!"

청하가 그녀를 뒤흔들고 있다. 전신이 차가워졌다. 아아, 청하의 품은 따스하다.

무명은 누군가에게 이야기를 하고 있었다.

"난 이제 죽고 싶어. 그를 화내게 만들 수는 없잖아. 행복하고 싶었지만 내 선택은 잘못되었던 것 같아."

적, 아니, 치르가 고개를 천천히 저었다. 그녀는 죽을 때의 모습 그대로였다. 여우가면을 목에 건 채 백영대의 하얀 복장을 입고 허리에는 붉은 허리띠를 둘렀다. 그 검고 익숙한 얼굴에 무명은 그리움이 북받쳐 올랐다. 하지만 꿈속의 적은 늘 그녀와 세 보 떨어져 있다. 손을 뻗어도 잡히지 않는 거리다.

—죽으면 아무것도 없어. 여기는 허무뿐이야. 사실 나도 네가 만든 허깨비라는 걸 알잖아.

적이 대꾸했다.

—왕자가 네 목숨을 되찾아주겠다고 하잖아. 아니면 그와 함께 죽는 것도 나쁜 방법은 아닐 텐데.

그날 밤을 후회하지는 않는다. 다시 할 수 있다면 그럴 것이다. 그의 온기를 모른 채 잊어버리고 죽을 수는 없었다. 아니, 깨뜨려질 것 같아서 건드릴 수 없는 여인이 아니라 그의 여자가 되고 싶었다.

"하지만 대가가 너무 크네. 나는 그에게 더는 피해를 끼치기 싫어. 이대로 죽고 싶어."

—바보.

적의 환영이 사라졌다. 눈시울이 시큰해졌다. 세상이 흐려진 것은 그 눈물 때문이리라.

우리는 끊임없이 죽어간다. 그리고, 우리는 언젠가 완벽하게 소멸한다.

인간은 한없이 덧없는 생명이다.

멀리서 청하의 애원이 들리는 것 같았다. 제발 날 혼자 두지마.

나도 그렇고 싶은데. 무명은 천천히 고개를 저었다.

인간은 원래부터 혼자였다. 무명이란, 애초부터 부모도 무엇도 없는 계집애였다. 그러니까, 이대로 사라져 버려도 서글프지 않다.

　적, 치르도 그곳에 있다. 무명의 잃어버린 아기도 거기에 있었을 것이다.

　제게 잠시나마 머물렀던 아이가 얼마나 예뻤을지, 무명은 몇 년 간 가끔 떠올리곤 했다. 그것은 자신과는 별개의 생명이었다. 태어났다 한들 제가 키울 수도 없을 테고 살아 있다고도 장담할 수는 없지만.

　그래도 안타까운 아이였다. 청하를 닮았다면 꽤나 의젓하고 사랑스러운 아이였을 텐데.

　눈을 뜬 무명은 청하의 야윈 뺨을 쓰다듬었다. 왜 당신이 더 아파 보이는 걸까.

　"나랑 같이 죽으면 안 돼요. 나는 죽는 건 두렵지 않은데. 당신이 아픈 건 더 싫은데."

　"그럼 같이 가자고 말해. 같이 죽자고 말하라고!"

　청하가 자신에게 윽박질렀다. 그의 표정이 처참하게 일그러져 있다. 무명은 그의 얼굴을 매만지며 손끝으로 그의 얼굴과 윤곽, 그녀 때문에 까칠해진 피부를 훑었다. 나중에 힘이 빠져 볼 수 없게 된다면, 손끝으로나마 그를 기억하고 싶었다.

　죽음이 점점 그녀를 좀먹어가면.

　그렇게 사라져 버리면.

　"나는."

어쩌면 그래서 청하의 옆에 공기처럼 머물게 되는 것도 나쁘진 않으리라. 바람이 되어 가끔 그를 보러 오는 것도 좋을 것 같았다.

청하는 절박하게 그녀를 바라보고 있었다. 나를 사랑해 주는 이 사람을, 잃는다는 게 너무 싫은데.

"사라지면 곤란해."

"왜요? 나 아무것도 아닌 거잖아요."

"사라지지 마. 제발."

청하가 울고 있었다. 왜 당신이 울어? 사라지는 건 나인데. 무명은 그의 눈물을 훔쳤다. 아아, 제발 울지 마요.

그를 위로해 주고 싶은데 무명은 수마로 끌려들어 갔다. 점점 잠이 길어지고 있었다.

몸이 쇠약해져 가는 데 무명은 점점 먹는 것조차 버거워졌다. 앓아누웠고 힘이 없었다.

오래도록 살아 있었고 목숨은 연명해 갔지만 그것뿐.

무명은 얕은 잠을 계속 잤고 깨면 청하가 떠먹여 주는 것을 먹었다. 청하는 의원에게 진맥을 받아보자며 무명을 설득했지만 무명은 저항하고 거부했다.

기족의 마을에선 그녀를 진맥하고 치료할 만한 의원도 없었다. 가장 가까운 창족의 영역에선 국지전이 벌어지기 시작한 터라 의원을 데려오는 일도 힘들 거라 여겨졌다. 그들을 데려온다 한들, 무명을 치료할 방법은 없었다.

청하는 무언의 결심을 한 듯 어느 날 그녀를 향해 말했다. 조금은 서늘한, 겨울이 가까워진 날의 일이었다.

"곤륜으로 가자. 곤륜으로."

그 말을 들으면서도 무명은 길게 하품을 했다.

수면 시간이 길어졌다. 요즘 들어 너무 피곤해서 아침에도 쉽게 눈을 뜨지 못했다. 몸이 허약해졌는데 많이 먹어대며 낮에는 계속 잠만 잤다. 살이 찌는 것 같고 몸이 둔해지는 것 같았지만 졸음도 식욕도 제어할 방법을 몰랐다. 그와 동시에 몸이 쇠약해지고 있었다.

"내 말 들었어? 곤륜으로 가자."

"곤륜에는 누가 있기에?"

희미하게 대꾸를 하며 다시 졸았다. 무명은 자신을 안아 달래는 청하의 손길 아래 다시 까무룩 잠이 들었다.

청하는 그녀의 곁에서 절망했다. 그 절망을 누구에게도 폐를 끼치지 않도록 점점 삭였다. 그래서 그의 마음은 분노를 풀 길이 없어서 썩어들어 가고 있다.

아마 무명이 죽어버리면, 그의 몸이 따라 죽지 않는다 한들 마음은 죽은 뒤일 것이다.

어쩌면 무명이 죽기도 전에 마음이 먼저 죽을지도 모른다.

"너무 아파. 무명. 어떻게 해? 네가 죽으면 나는?"

이토록 필사적인 적은 없었다. 여왕인 어미가 자신을 몇 번이나 외면하고 어린 자신을 감옥에 가두어 힘을 봉쇄했었을 때에도, 그의 형제들이 그에게서 옹골차게 뒤돌아섰을 때에도 이토록 아프지는 않았다. 그때는 고통 따위 무던해서 느껴지지도 않았는데.

어째서 왜 지금에서야 이렇게 쓰리고 아픈 걸까. 무명, 대답해.

얼른.

네가 내 마음을 틀어쥐고 있잖아. 그런데 왜 죽어가는 거야? 왜 외면하려는 거야?

그의 힘으로도 무명을 구할 수가 없다. 인간으로서 가지지 않아야 할 힘인데도 그 광대한 힘으로 죽어가는 생명 하나조차 구할 수 없는 것이다. 제게 가장 소중한 사람인데. 그런데 왜.

인간의 방법으로 무명을 구할 수 없다는 것을, 그는 잘 알았다. 그의 한 부분이 이미 인간이 아니었기에 잘 알 수 있는 일이었다.

그래서, 그녀를 구하기 위해 그가 할 수 있는 방법은 선계의 조언을 얻는 것뿐이었다.

그는 며칠에 걸쳐 북으로 가기 위한 여행을 서둘렀다. 무명은 여전히 먹고, 여전히 잤다. 조금은 포동포동하게 살이 오른 느낌이었지만 그렇게 먹고 자는 것치고는 여전히 여렸고 가늘었다. 청하는 그녀가 북으로 가는 동안, 무사하길 바랐다. 바다가 없는 내륙으로 가야 했기에 교룡도 단단히 준비를 시켜야 했다.

여행하기 좋은 길일을 잡은 그는, 무명과 함께 기족의 영역을 떠났다.

✳

그들이 사는 커다란 땅덩어리에는 다섯 나라가 있다.

동, 서, 남, 북의 네 나라. 그리고 중심에는 네 나라의 중심에 존재하며 그들 네 나라를 때로 지배하기도 하는 천오국.

아주 먼 옛날, 천오국을 처음 세웠던 자는 천룡天龍이라고 했다. 천룡은 스스로를 황제로 칭했고 그 후손들 역시 황제가 되어 주변의 4국을 때로는 통치하기도 하고 제 영향력 아래에 두었다. 아주 오랜 시간이 지나 그 의미는 희석되었으나 세계의 중심인 천오국의 위치가 변할 일은 없었다.

그 천오국의 심장부에는, 선계까지 뻗은 곤륜산崑崙山이 자리했다.

여선 서왕모西王母는 곤륜산의 한 봉우리인 옥산玉山에 살고 있었다.

서왕모는 지상에 머무는 선인이었다. 그녀의 남편은 동왕공東王公이라 했으나 오랜 시간을 선계에 머물러 있었기에 지상에서 동왕공이 누구인지 동왕공이 어떤 일을 하는지에 관해서는 잘 알려지지 않았다. 그는 하늘의 별자리를 관리하는 별지기의 역할을 하는 선인이라고도 했고 선계의 높은 요직에 머물러 있다는 소문도 있었다. 지상의 서왕모는 사람의 수명을 늘려주는 천도복숭아나무를 기른다는 소문이 돌았다. 허나 다섯 나라를 세운 용들이 지상을 떠나며 지상의 나무를 뿌리째 뽑아버려, 인간들의 헛된 욕망인 불로불사를 막았다고 했다. 그 뒤에도 여선인 그녀는 인간들의 세상에 깊숙이 관여하며 세상을 내려다보았다.

곤륜은 선인들이 유일하게 지상에 머무는 그들만의 땅이었다. 천오국에 속한 세계의 중심 영역이지만 근처에 사는 천오국의 주민들조차 곤륜산이 어떤 모양인지 쉽사리 접근하지 못한다고 했다. 천오국의 황제들조차 하늘의 허락이 떨어져야만 곤륜으로 갈 수 있었다. 곤륜은 결계로 둘러싸여 있으며 선인들만이 출입할 수 있다. 또한 곤륜에는 정해진 날마다 하늘의 선계와 이어지는 천문天門이 존재했다.

선계인들 이외에 출입하는 자가 없는 곤륜은 늘 고요했다. 시간이 정지해 버린 듯한 공간이었다. 그곳은, 인세의 흐름을 벗어나 세속의 어떤 전쟁과 기아, 환란에도 전혀 영향을 받지 않았다.

그런 고요하기만한 곤륜산의 결계를 뚫은 이가 있었다.

침입자들을 물리치는 신성한 결계가 힘을 발휘하지 못한 이였다. 교룡을 타고 곤륜으로 날아든 사내는 젊고 훤칠한 남성이었으며 피부가 짙었다. 그는 제 아내인 듯한 여성을 품에 안고 있었다. 그녀는 오기 전부터 곤륜에 도착한 뒤에도 줄곧 깊은 잠에 빠져 깨어날 줄을 몰랐다.

곤륜을 지키는 지기들은 느닷없는 침입자의 등장에 난리가 났다.

한바탕 싸움이 벌어지고 그 경계를 뚫은 교룡이 행궁의 하늘 위로 나타난 것은 삽시간 뒤.

몸이 피투성이가 된 사내가 훌쩍 행궁의 정원에 내려섰다.

곤륜을 지키는 군사들이 달려왔으나 행궁의 주인, 서왕모가 나타나 그들을 향해 물러가라 손짓했다. 서왕모는 유청하가 곤륜에 들어올 무렵부터 그곳에서 그를 기다리고 있었다.

"그대는."

"남주국의 유청하입니다."

청하는 쓰러지기 직전임에도 서왕모를 의식했다. 그녀의 자태와 아름다움은 가히 인세의 것이 아닌, 서늘하고 고귀한 선인의 것이었다.

여선의 뒤로 그녀를 보좌하는 푸른 의관을 한 시녀들이 나타났다. 시녀들은 여선의 손짓에 무명을 받아들고 그를 부축했다. 청하는 그들의 부축을 받으며 서왕모의 행궁 안으로 들었다.

"오랜만의 손님이니 대접을 해야겠군."

청하의 다급함과 달리 서왕모는 여전히 유유했다. 청하가 호흡을 돌리고 냉수로 숨을 들이킨 뒤에도 서왕모의 태도는 변함이 없었다.

그녀는 무명에게 손을 뻗었다.

"고약한 것을 먹었군. 이곳에 오면 그 계집의 수명이 늘어나리라 생각한 건가?"

청하는 부정하지 않았다. 혀를 차는 서왕모는 무명의 안색을 살피며 청하에게 말을 건넸다.

"아주 재미있는 여인이로군. 게다가 축하를 해야겠지."

"무슨 축하입니까?"

"자네 아내 아닌가?"

"맞습니다만."

"홀몸이 아니니 축하를 해야겠지."

청하는 입이 떠억 벌어졌다. 서왕모가 혀를 찼다.

"어떤 징조가 있을 텐데. 게다가 이 여인은 몸이 쇠하였으니 나름 살기 위해서는 필사적이었을 거네."

"하, 하지만."

"이 여인이 그전에 죽지 않는다면 아마도 건강한 여아를 얻을 수 있을 거네."

그날 밤이었다. 분명, 무명이 자신을 유혹한 그 밤. 상대를 짝 지워주고 때로는 자식을 점지하는 번영의 고매여신은 그날 밤 그들에게 다른 아이를 안겨주었다.

무명이 들으면 기뻐할 테지만, 하지만.

청하는 서왕모를 향해 고개를 들었다.

"제가 무엇을 해야 합니까?"

서왕모는 고개를 갸웃거리며 대답했다.

"북주국의 귀왕이란 자에 대해 들어보았나? 그자는 목숨꽃을 되살려 제 아내와 자신의 목숨을 구했다고 하지. 허나 이 여인은 아직 죽지 않았어. 저승까지도 갈 필요가 없을 걸세."

청하는 여선의 말에 더욱 억울해졌다. 무명은 지금껏 인간이 아닌 삶을 살았다.

그녀가 제대로 된 삶을, 자신과 함께하는 생을 살았으면 했다. 그걸 바라지 않고서는 여기까지 오지도 않았다!

"목숨을 구걸하는 심정으로 이곳에 왔습니다! 저는! 제 목숨을 대신 주어서라도 명을 구하려고!"

잠시 흥분하던 청하는 온몸에서 전달되는 통증에 인상을 응그렸다.

"생각하고 계속 생각해 봐도 알 수가 없었습니다. 결국 유일한 방법은 저의 힘을 묶었던 그때처럼 선인들밖에 없다고 생각했습니다. 적어도 사람의 노력으로는 무명을 살릴 수 없을 테니까! 어떤 천하의 명약을 먹여봐도 상태가 좋아지지 않았으니까!"

여선은 그와는 달리 여전히 냉정했다. 목소리의 고저도 없이 그저, 싸늘했다. 감정을 느끼지 못하는 선인들은 그저 가끔씩 감정을 흉내내는 척한다고 늙은 선인은 말했었다. 지금의 서왕모는 그런 것이 아닐까. 청하는 그녀의 선기를 느끼면서도 그녀가 서왕모가 아니기만을 빌었다. 진짜 서왕모가 자신과 무명을 동정해 해답을 줄 수 있을 거라 그리 믿고 싶었다.

"그 여인의 수명이라도 늘려보려고 온 건가? 인간의 수명을 관리하는 것은 저 하늘의 별지기들이지. 별지기들은 이 지상에도 곤륜산에도 없다. 여인을 구하러 이곳 곤륜산에 나, 서왕모에게 온 것은 허튼짓이었다는 거 알고 있지 않나?"

청하는 고개를 끄덕였다. 곤륜에서 무명을 구할 방법이 없는 것도 짐작했다. 지상에서 그녀를 구하는 것이 불가능하다면 선계까지 갈 작정을 한 터였다.

"천문이, 하늘사다리가 열리기를 기다릴 생각이었습니다."

"그전까지 자네의 여인이 살아 있어주기라도 한다는 건가?"

청하는 말문이 막혔다. 그는 무명을 내려다보았다. 나의 명. 어째서 이곳까지 왔는데.

곤륜으로 들어오는 일은 쉽지 않았다. 그의 힘을 상당 부분 소진해 그 역시 몸이 좋질 않았다. 선계의 결계는 바깥과는 다른 작용을 하는 터라 그 힘을 쓴 반작용이 모두 청하에게로 되돌아왔다.

"자네의 몸도 상당히 쇠했어. 저 여인과 함께 죽을 생각이 아니라면 거기 앉아서 쉬어야 할 거야."

"하지만."

청하는 혼란에 가득 찼다. 분명 서왕모는 자애로운 여선이라 했다. 그녀가 대가 없는 무언가를 해주리라 생각하지 않았다. 하지만 어떤 희생을 해서라도, 자신까지 죽어야 한다면 그럴 각오로 이곳에 왔다. 허나 모든 것들이 그의 계획에 어긋났다.

아이라니. 게다가 여선의 저 태도는 무언가. 분명 자신을 놀리려는 의도는 아닌 것 같았다.

"그 힘을 소유하고도 이곳까지 여인을 구하지 못하고 오다니 어리석은 인간이로군."

어리석다? 자신이? 청하는 더욱 혼란스러웠다.

"수명을 관리하는 별지기들에게 이 여인을 보이면 코웃음을 치겠지. 명줄도 천수도 긴 여인이야. 쉽게 죽지는 않을 걸세. 어쩌면 이곳까지 자네는 올 필요도 없었어."

청하는 여전히 그녀의 말을 이해하지 못했다. 분명 여선은, 그의 힘과 무명의 치료를 결부시키고 있었다. 청하가 미간을 찌푸렸다.

"하지만, 제 힘은 재액의 힘입니다. 누군가를 구할 수는 없습니다."

"재액의 힘이란 것은 누가 정한 건가? 선인이? 선술도 이 세계의 어떤 힘도 사실은 악도 선도 아니지. 힘은 누군가를 지킬 수도 있고 해를 끼칠 수도 있어. 힘은 무색 무취. 어떻게 쓰느냐에 따라 달라지지."

"내가 무명을?"

"해답은 이미 자네가 알고 있지 않나?"

눈앞을 가리고 있던 엷은 막이 사라졌다. 개안開眼을 한 것마냥 눈이 떠졌다. 청하는 멍하니 입을 벌리며 서왕모의 선견지명에 탄복했다.

아름다운 여선은, 그를 향해 웃었다.

"그럼 쉽게. 그대들을 도울 사람들을 보내지. 단, 그대가 해주어야 할 것이 있네."

"무엇입니까?"

"남주국의 다섯 번째 왕자는 인계에서 광인으로 알려져 있다지만 선계에서는 이야기꾼으로 소문이 났지. 그대의 정인을 살릴 방법을 일러주었으니 그 대가로 재미있는 이야기를 들려주겠나? 선인들은 재미있는 이야기들을 좋아하거든."

청하는 여선을 향해 머리를 조아리며 대꾸했다.

"그렇게 하겠습니다."

가능성이 있을 거라고 생각하지 못했다. 그의 힘은 재앙의 것으로만 치부해 다른 소망을 이룰 수 있다는 것을 간과했었다.

그러나 선인이 할 수 있다면, 그 역시 할 수 있으리라.

청하는 태어나 처음으로 제 힘에 감사했다. 그 힘이 있음으로 하여 그는 무명과 만났고 무명과 살아갈 것이란 희망이 생겼다.

무명은 토백土伯에게 쫓기는 꿈을 꾸었다. 소의 몸을 하고, 등이 튀어나온 끔찍한 존재는 호랑이 머리에 세 개의 눈과 날카로운 뿔이 달렸다. 피 묻은 손에 포승줄을 들고 무명을 쫓아오고 있었다. 토백은 계속 그녀를 삼킬 듯이 커다란 입을 쩍 벌렸다.

무명은 한없이 달리다 그대로 엎어졌다.

다시, 꿈이 바뀌었다.

검은 구름과 토백이 사라진 백야. 무명은 황량한 백의 대지 위에 섰다. 그리고 깨어났다.

그녀의 시야에 청하가 보였다. 어딘가 편안한, 처음 가해도에서 그를 보았을 때의 모습이었다.

"여긴 어디예요?"

"깼어?"

초췌해지긴 했지만 상그럽게 웃는 청하는 오랜만이었다. 그 미소가 너무 예뻐서, 무명은 넋을 잃고 바라보았다. 그러다 그의 뒤에 펼쳐진 고요하고 높은 산야의 모습에 고개를 돌렸다.

"여기는?"

"곤륜산이야. 선인들이 머물고 있는 신성한 공간이지."

무명은 곤륜에 그가 자신을 데려가겠다던 말을 떠올렸다. 설마, 정말로 데려올 줄이야.

그의 말이 허언은 아닌 듯, 그녀의 몸은 상태가 나쁘지 않았다. 지독하던 두통도 없고 그녀를 갉아먹는 듯한, 몸을 잠식하던 탁기도 사라지고 없었다.

"헛된 일을 한 거 아니예요?"

청하는 그녀의, 아직은 납작한 배 위에 손을 얹었다.

"여기에 우리 아기가 있어. 고매여신이 우리에게 또 아이를 줬어. 그러니까 우린 살아야 해, 명아."

아이가 생겼다는 말에 무명도 뜨악했다.

"선인들을 믿어. 그리고 날 믿어."

청하의 눈이 확신으로 빛났다. 무명은 그를 보며 저도 살 수 있을 거란 묘한 희망을 가졌다. 청하는 거짓말을 할 수 없는 자신처럼 허언을 하지 않았다.

"무슨 뜻이에요? 그건."

"너를 살릴 수도 있다는 거야."

무명은 반신반의했으나 고개를 끄덕였다. 정말로 그가 말한 대로 된다면, 그의 말대로 된다면.

아아. 아아.

나는, 그를 믿어.

천지신명이시여, 감사합니다. 제게 그를 보내주셔서 정말 감사합니다.

무명은 끝없이 울었고 서왕모는 먼발치에서 그들을 보며 웃었다. 그리고 두고두고 곤륜산에서 회자될 그들의 이야기를 되새겼다.

그 보답으로 여선은, 그들 몰래 그들에게 줄 화채에 긴 수명을 보장할 천도복숭아의 즙을 조금 섞어 내려보냈다.

아마도, 그들은 모를 것이다. 그리고 평생 행복하게 잘 살아갈 것이다.

그리고 가끔, 여선은 그들과 맺은 연으로 그들을 지켜보게 될 것이다.

청하는 무명과 함께 그곳에서 나흘을 머물렀다.

긴 생을 사는 선인들은 무료함을 달래기 위해 인세의 이야기들을 듣고 채집하기도 했다. 흥미로운 이야기를 하는 이야기꾼은 선인들이 가장 좋아하는 사람들이었다.

청하는 그들을 위해 삼 일간 제 이야기 보따리를 풀어놓았다.

첫날에는 남주국에서 벌어지는 여러 가지 신기한 일들을, 둘째 날에는 그가 여행을 하며 보고 들은 이야기와 자신들의 가족과 관련된 이야기들을. 그리고 셋째 날에 이르러 그들의 이야기를 털어놓았다.

청하가 이야기를 하는 동안엔 모든 곤륜의 새들과 동물들이 우는 것을 멈췄다. 그의 이야기를 듣기 위해 모인 이름 모를 선인들 여럿이 눈을 반짝였다.

나흘째에 그들을 배웅하기 위해 나온 모두에게 청하는 마지막으로 곤륜산에 온 어떤 남자와 희고 고운 피부의 여인 이야기를 했다. 그 이야기를 마친 청하는 곤륜산의 선인들과 작별하게 되었다.

그간 정이 든 청하와 무명과의 작별을, 서왕모와 선인들은 마냥 섭섭해했다.

곤륜을 떠난 청하와 무명은 다시 교룡을 타고 끝없는 남쪽으로 날았다. 선계의 음식은 그들을 치료했고 몸에서 탁기를 몰아내었다. 교룡마저 생명력이 충만해진 듯 신이 나 남풍을 타고 날아갔다.

남주국으로 날아가는 내내 무명은 청하를 빤히 바라보고 있었다.

사랑해. 은애해. 평생을 그와 함께 살아갈 수 있어. 그러니까.

높은 콧대와 날렵한 입술, 그윽한 눈매의 청하가 그녀를 내려다보았다. 그가 무명에게 가해도에서처럼 다시 질문했다.

"소원이 있어? 내가 그 소원을 모두 들어줄게."

청하는 간절하게 애원했다.

"나는 너와 아기와 함께 살고 싶어. 그러니까 소원을 말해. 네가 들어줄 수 있든 없든 너랑 함께하고 싶어."

"아아."

무명은 그를 껴안았다. 부귀영화 따위는 몰라. 가해도에서 처음 본 그를, 제 마음에 새겼다. 그래서 떠나지 못했잖아. 지금도 그를 두고 죽느니 차라리 같이 죽는 것이 낫다는 생각까지 하고 있잖아. 무명은 그런 무서운 생각을 입에 내는 대신, 마음 속 깊은 곳, 자신의 진짜 진심을 말했다.

"나는, 당신과 함께 우리 아기랑, 오래도록 함께 살고 싶어요."

"소원은, 그것뿐이야?"

그는 늘 그렇게 물었다. 하늘의 별이나 달이라도 따다 줄 수 있을 것 같았다. 무명은 행복했다. 그러니까, 내 소원은 당신과 우리 아기와 내가 오래도록 함께 행복하게 사는 것. 그것뿐이면 세상을 다 가져도 좋을 것 같았다.

"그것뿐이에요."

그가 해맑게 웃었다. 무명은 그의 얼굴을 빤하게 들여다보았다.

"소망하면, 이루어질 거야."

그를 묶고 있던 족쇄가 끊어졌다. 거미줄처럼 엮어져 있던 선어의 약한 결계가 부서졌다. 그 균열을, 청하는 인지했다. 그가 수복할 수 있었음에도 그는 하지 않았다.

힘이 바깥으로 새어 나왔다. 그들 주변으로 폭풍이 일었다.

푸르른 남주국이 저만치 보일 즈음, 강한 바람이 일었다. 그가 힘을 사용할 때면 늘 함께하는 비바람도 잇달았다.

그리고 세상이 맑아질 무렵. 청하는 제 손을 거두고 천천히 눈을 떴다.

아아, 무명의 소원이 이루어질 것이다.

우리는 함께할 수 있을 것이다.

그는 재액의 힘을 잃었다.

✲

시간은 잘만 흘렀다. 봄이 왔고 여름이 왔다.

청아한 바다가 푸르게 펼쳐져 있다. 그들이 보는 바다는 늘 잔잔했지만 때로는 성이 나 분노를 표현하기도 했다. 오늘따라 바다는 잔잔했고 해무도 끼지 않아 저 수평선 끝까지 이어질 듯 말 듯했다.

이것은 꿈일까.

"저 세계의 끝에는 아무것도 없어."

청하의 잔잔한 목소리가 들려왔다.

수평선 뒤에는 무엇이 있을까, 무명은 궁금해진 적이 있었다.

그 의문을 풀어주겠다며 청하는 그녀와 함께 하늘을 날았다. 교룡을 타고서.

한없이 날아가도 이어진 것은 끝없는 바다뿐이다. 발 디딜 땅이나 섬이 있다 한들 아주 작은 한 조각. 늪처럼 거대하고 끝없이 깊은 바다에 빠져 죽는다 생각이 들 즈음 청하는 그녀의 불안감을 인지하고 교룡에게 방향을 틀게 했다. 그들은 끝없는 바다를 등진 채 육지로 되돌아갔다.

바다의 끝에 아무것도 없어도, 선인들이 사는 세계에 도달할 수 없다 해도 그들은 괜찮았다.

우리는, 함께 있으니까. 그것만으로도 우리는 행복하니까.

그리고 우리는 함께 살아갈 것이다.

저 멀리 남주국이 보였다. 그들이 살아갈 땅이 보였다.

종장終章

시간이 흘렀다.

누군가에게는 길고, 또 누군가에겐 찰나 같은 시간들. 선인들에게는 어제와도 같은 일이었을 테지만 청하와 무명에겐 길고도 행복한 순간들의 연속이었다.

3년.

그들이 새로운 생명을 얻었던 곤륜산을 떠나온 것도 3년이 지났다. 그 시간들은 그들의 나머지 일생을 바꿔도 상관없을 만큼 평온하고 또 평화로웠다.

짭조름한 바람이 방 어딘가로 밀려들어 왔다. 그 바람이 무명의 하얀 살결을 어루만지듯 스쳤다. 그 잠시의 애무조차도 허용하지 않는 단단한 갈색 팔이 무명을 끌어안았다. 무명은 숨이 막혀 하며 눈을 떴다.

"깼어?"

그녀가 베고 있는 갈색의 팔. 단단하고 더 건강해진 그 팔을 바라보던 명은 그 팔에서 이어진 갈색의 몸으로 시선을 옮겼다. 그녀의 얼굴이 파묻힌 그의 단단한 가슴팍은 그녀의 몸 이상으로 친근해졌다.

"청하."

3년간 쉴 새 없이 그녀와 몸을 섞고 그녀를 탐한 그녀의 남편.

"명. 명아."

그가 참으로 나른하게 그녀의 이름을 불렀다.

어디선가 파도 소리가 규칙적으로 들려왔다. 사방이 고요한 아침이다. 명은 눈을 떴지만 일어나고 싶지 않았다. 그래서 그의 옆구리로 파고들며 어리광을 피웠다. 자연스레 그가 명의 검고 탐스러운 고수머리를 쓰다듬었다.

두 사람은 늘 같은 침대를 쓰고 같은 곳에서 잠을 깼다.

3년이 지났지만 명아는 가끔 흉몽에 시달리고 그를 찾았다. 그녀의 온기에 익숙해진 청하도 마찬가지였다. 혼자 있는 순간들이면 가끔 찾아온다는 절대의 고독과 절망감을 그는 못 견뎌 했다. 낮이면 그나마 괜찮지만 빛이 없는 밤이 되면 그는 혼자인 것을 못 견뎌 했다. 명아와 지내고 난 이후부터 더해진 증상이었다.

남들이 보면 꽤 유난스런 집착이겠지만 명아는 이해했다. 그녀도 마찬가지였으니까.

그녀에게 구원이란 청하밖엔 없었다.

청하에게도 명아밖엔 없었다.

그러니 서로가 서로를 갈구하며 필요로 하는 것에 딱히 이유를 붙여 설명하려 하지 않았다. 그들은 함께 있는 것이 자연스러웠다.

명은 가끔 밀림 깊은 곳에 자생한다는 만만나무를 떠올렸다. 외눈박이에 하나의 날개를 가져 날아갈 수 없는 새 만만. 그것은 하나가 더 있어야 두 마리가 한 쌍이 되어 두 개의 날개로 두 개의 눈이 되어 서로의 몸을 붙이며 날아간다. 암수가 한 쌍으로 뒤얽혀 멀리서 보면 하나의 나무처럼 얽혀 있는 만만나무도 그러했다.

멋대로 바닥을 기던 만만나무는 암수가 서로 만나는 지점에서 서로를 얽어매기 시작해 나무의 형상을 이룬다. 암수가 있어야 하나가 되어 설 수 있는 나무. 밀림 사람들은 그것에게 두 마리가 한 쌍이 되어야 날아가는 새 만만의 이름을 주었다.

가끔 명아는 청하와 그녀가 만만나무가 인간으로 화한 것이 아닐까 생각했다. 그러니 서로가 없으면 안 된다. 서로가 아니면 안 된다.

청하가 하품을 하는 소리가 들려왔다.

"오늘은 안개가 없어."

나른한 그의 목소리가 아침을 깨우는 듯했다. 명아는 손을 들어 그의 까칠까칠한 턱을 매만졌다. 유독 아이들을 좋아하는 그는 1년 전엔가 수염을 한 번 길러보았다가 아이들이 싫어하자 한 달간 공들여 길렀던 수염을 당장 밀어버렸다. 덕분에 그는 늘 파르란 맨 턱이었다. 명아는 아침에 까끌까끌하게 돋아난 그의 턱을 만지는 것을 좋아했다. 손바닥 아래로 와 닿는 감각이 재미있었기 때문이었다. 그사이 청하의 짓궂은 손이 그녀의 가슴 위를 더듬었다. 수유로 인해 예전보다 풍만해진 가슴을 조물거리며 그는 입가에 미소를 띄웠다.

"가슴이 커졌어."

그의 두 손이 명의 탱글탱글한 젖무덤 위에 머물러 그녀를 희롱했다. 어디선가 희미하게 아이 울음소리가 들려 명아는 그를 벗어나려 했지만 두 젖무덤을 차지한 손이 움직이질 않았다. 명아가 그의 손등을 꼬집었지만 그의 소유욕은 굉장했다.

"둘째 밥 먹어야 한다고요."

"그 놈은 이제 덜 먹어도 돼. 밥 먹을 수 있잖아."

"그래도 젖은 먹어야 하는데."

"젖 뗄 시기라고. 빨리 떼자, 응?"

어느새 명아의 다리를 벌려 그 사이로 자리잡은 청하가 그녀를 내려다보았다.

그는 명아의 다리 사이에 제 흥분한 남성을 눌러댔다. 그것이 커다란 존재감을 발휘하며 명의 얼굴이 화르르 붉어졌다.

"또?"

"또."

그가 명아의 몸을 덮쳤다. 그녀는 그를 받아들이며 그의 어깨에 매달렸다.

벌레가 들어오지 말라고 쳐둔 창의 휘장 너머로 언뜻 보이는 푸른 바다. 그 한없이 푸르고 아득한 바다를 바라본 명은 그가 자신의 안으로 깊이 자맥질해 들어오자 뜨거운 한숨을 내쉬며 눈을 감았다. 아이의 칭얼거리는 목소리가 들려오지 않았다.

철썩이는 파도 소리만이 그들의 몸에 가득하다. 바다가 그들을 실어 날랐다. 깊은 심해 속으로 끝없이 침잠하고 있다.

그들이 머무른 하얀 방에서는 안개가 끼지 않는 맑은 날이면 저 멀리 자리한 깃털섬이 보였다.

명아와 청하는 깃털섬과 멀지 않은 무인도에 그들이 살 만한 궁을 지었다. 궁이라고 그럴싸하게 불러봤자 비와 더위를 피할 수 있는 방 몇 개의 견고한 집을 지은 것이 전부.

원래 황무지였던 섬이어서 사람과 집 짓는 재료를 배로 조달해오는 것도 쉽지 않았다. 그렇게 몇 달을 살다보니 몇몇 인부들은 깃털섬의 여인들과 교류하며 그녀들과 사랑에 빠지기도 했다.

명아와 청하는 일 년의 정확히 반을 그곳에서, 다시 반년을 왕도 청림부에서 살았다. 이 섬에 온 뒤엔 깃털섬에도 자주 들렀다.

3년.

그사이 명아는 두 명의 아이들을 낳았다.

첫아이에게 증조할머니가 되는 깃털섬의 미우는 미리 '하희'라는 이름을 지어주었다. 깃털섬의 바람일족답게 그것에 대한 뜻은 명명하지 않았다. 곤륜산에서 명아가 딸을 임신했다는 이야기를 듣긴 했지만 혹여 사내아이가 태어난다면 저 이름은 이상하지 않을까 고민하던 청하였다. 미우는 굳이 첫아이에겐 하희란 이름을 주어야 한다 고집을 피웠고 두 사람은 늦여름, 하희란 이름에 걸맞는 예쁜 아이를 명아가 순산하자 마냥 기뻐했다. 청하는 기다렸다는 듯 아이의 이름에 '夏凞'라는 뜻을 지어 붙였다.

그리고 아이를 낳고 몸을 푼 지 다섯 달이 되기도 전, 명아는 둘째를 가진 것을 알게 되었다.

산달이 되자 명아는 자주 잠을 잤다. 둘째라서 그런지 첫째보다 유독 잠이 많고 피로를 느끼는 명아를 보며 청하는 그녀가 병에 걸린 것은 아닐까 못 미더워했다. 결국 그는 명아를 이끌고 수도 청림부에서 둘째를 안전하게 낳게 했다.

둘째는 아들이었고 이번엔 할머니가 되는 여왕이 이름을 내려주었다.

청연靑緣.

언뜻 보면 별 의미가 없어 보이지만 두 부부에겐 의미심장했다. 허나 혀가 짧은 하희에겐 발음이 쉽지 않았다. 미우는 또 둘째를 하늘이라 멋대로 불러대었다. 그러자 다들 내키는 대로 둘째를 불러대어 둘째의 이름은 중구난방이 되었다.

청하는 둘째를 바다, 청연, 연 등 내키는 대로 불렀다. 명아는 청연으로, 딸 하희는 하늘의 늘로 줄여 불렀다. 청하의 형 치혁은 청년이란 괴상한 작명을 했고 그의 짝 이연은 청으로 불렀다. 덕분에 태어난 지 1년 정도 되는 둘째는 제 이름을 정확히 몰랐다.

청하는 제 아내인 명아를 또 한참이나 붙들고 있었지만 명아는 아이에게 가려고 그를 뒤척였다. 정사의 여운을 곱씹으려던 청하에겐 불벼락이 아닐 수 없었다.

"저 놈은 또 왜 울어?"

"배고픈가 봐요."

불퉁한 청하를 밀어내고 명아는 제 옷을 찾았다. 아기에게 먹일 젖이 점점 말라가서 아픈 가슴이 청하의 애무 때문에 잔뜩 욱신거렸다. 청하는 침상에 이불을 뒤집어쓰고 드러누운 채 하얗고 날씬한 명아의 뒷모습을 살폈다. 어쩜 저렇게 고울까, 어쩌면 저렇게 예쁠까.

하지만 명아의 날씬한 몸이 풍성한 열대의 옷 사이로 사라져 버리자 그는 좌절감에 한숨을 쉬었다. 그녀가 그를 돌아보지도 않고 아이들에게 나가 버리자 더 불만이 쌓였다.

명아는 소세를 한 뒤 곧장 복도를 지나 반빗간으로 향했다. 칭얼거리는 울음소리가 멀어진다 싶었더니 반빗간 쪽에서 들려왔다. 그곳에는 화사한 열대의 꽃이 그려진 옷을 입은 검은 피부의 여인이 저와는 피부색이 완전히 다른 아기를 어르고 달래었다.

"유르."

주걱을 든 유르가 명아를 향해 몸을 돌렸다. 한때 백영대주 흑으로 불리던 유르. 그녀의 품에서 명아가 낳은 둘째 아기가 배시시 엄마를 향해 따라 웃었다.

"아까 울던데."

"한바탕 싸고 배가 고팠나 봐."

"왜 안고 있어? 피곤하게시리."

"자꾸 걸음마를 하려고 해서. 애기 먹일 밥을 만드는데 자꾸 도망가 버리잖아?"

"너무 안아주면 버릇 나빠진대."

며칠간 청연은 열이 올랐던 탓에 두 부부는 둘째 아기의 간병에만 꼬박 매달렸었다. 그걸 보다 못한 유르가 대신 며칠 데리고 있겠다며 나선 것이다. 청하는 좋아했지만, 명아는 유르에게 미안해졌다.

"청연이 밤에 깨지 않았어?"

"푹 잘 잤으니까 걱정하지 마세요, 명아 님."

우스갯소리를 주고받으며 명은 청연을 안았다. 어느새 잠이 깬 하희가 엄마를 부르며 긴 복도를 따라 도는 소리가 들리더니 반빗간 입구에 빠끔히 얼굴을 내밀었다.

"엄마."

종종 걸음을 치는 아이가 고사리손으로 명아의 치맛단을 꼭 붙들어 맸다.

"하희 배고파요. 밥 주세요."

"마. 마마. 맘마."

하희에 비해 말이 늦은 둘째 청연이 밥을 재촉했다.

그들의 뒤로 숙수를 맡기 위해 이 섬에 온 깃털섬의 여인이 빙그레 웃었다.

청하와 명아, 아이들, 그리고 이 섬에 손님으로 온 청하의 형 치혁과 부인 이연까지. 그들의 아침 식사는 와자지껄했다. 식사가 끝나자 여인들은 한바탕 후식을 내어놓고 설거지를 했다. 그 다음 간밤 땀으로 몸이 눅눅해진 아이들을 씻기고 새 옷을 입히는 등 유르와 명아가 한바탕 오전의 전쟁을 치르는 사이 도와줄 것이 없나 서성거리던 치혁과 이연은 성가시다는 이유로 유르에게 쫓겨났다.

치혁과 이연은 아이가 없었기에 명아를 닮은 귀여운 아이들을 보며 가끔 부러움의 눈길을 보냈다.

아이들의 뒤치다꺼리를 하던 그들은 돌아서자마자 다시 점심 준비로 바빴다. 사람이 많다 보니 어쩔 수 없는 일이었다.

치혁과 이연이 과일을 수확해 왔으며 한쪽에선 밥을 하고 바깥 화덕에선 청하가 오전에 수확한 붉은 게들을 끓이고 쪘다. 아이들은 사람들이 많은 탓에 마냥 기뻐하며 계속 뛰어다녔다. 둘째까지 걸음마를 해대며 사고를 치는 통에 가끔 청하는 제 손목에 아이의 허리를 묶어놓은 적도 있었다.

그렇게 다시 정신없는 점심 식사를 하자 하늘의 태양은 한없이 높아졌다. 지독한 더위를 핑계로 사람들은 휴식했고 사고를 치던 아이들도 낮잠이 들었다. 명아도 아이들의 방에서 아이들과 함께 잠시 눈을 붙였다가 일어났다. 파도 소리만이 규칙적으로 들려올 뿐 어떤 소리도 들려오지 않았다.

청하도, 이연과 그의 형 치혁도 방에는 없었다.

명아는 청하를 찾으러 해변으로 향했다.

절벽에 인접해 지은 그들의 집은 해변과 이어지는 작은 지름길이 있었고 그 지름길을 따라가면 너른 해변과 마주하게 된다.

청하는 그녀의 예상대로 검은 바위 해변에서 낚싯대를 드리우고 시간을 보내고 있었다. 그가 명아의 인기척을 느끼고 돌아보았다.

"왜 왔어?"

명아는 여전히 준수해 보이는 그를 빤히 올려다보았다.

3년이 지나 그의 나이는 벌써 이립而立에 달했다. 재액의 힘을 잃은 탓인지 청하는 예전보다 훨씬 온화하고 유순해진 느낌이었다. 날카롭고 깊은 눈매는 여전했으나 전체적인 모가 닳아 둥글둥글해진 조약돌 같은 느낌이었다.

힘을 잃었다기보단, 아이들 때문이 아닐까 명아는 그리 생각했다.

"잘 왔어. 먹음직한 물고기들을 낚으려 하고 있었거든."

그가 물고기를 담아 오던 그물이나 바구니는 텅 비어 있었다. 명아는 새치름하게 눈을 흘겼다.

"거짓말."

명아는 청하가 혼자 있다는 사실을 깨닫고 주변을 살폈다. 청하와 함께 있을 거라 여긴 그의 형과 이연이 보이지 않았다.

"치혁은 어디 계세요?"

"바다에."

"이연도?"

"같이."

청하가 고갯짓을 했다. 명아는 푸른 저 바다 위에서 날뛰는 교룡 한 쌍과 그들의 뒤에 각자 타고 있는 남녀를 발견했다.

"치혁이 치혁을 타려고 애쓰고 있지. 치르는 이연의 몫이고."

청하가 제 형을 비웃으며 덧붙였다.

치혁은 청림부에서 내로라하는 바람둥이였으나 어느 날 왕도에 오게 된 이연과 우연히 만나게 되었다고 했다. 이연은 어머니의 요양 덕분에 오랫동안 청림부를 떠나 있던 귀족 영양이었다. 치혁은 제 신분을 밝히지 않고 그녀에게 접근해 그녀의 마음을 얻었다. 그 과정이 수월하지 않아 치혁은 몇 달간 꽤 애를 먹었다고 했었다.

이연은 호리호리한 체구의 단아한 분위기의 여성이었다. 뛰어난 미인은 아니었으나 보는 사람들 전부를 즐겁게 하는 활달한 성격의 소유자였고 때로는 한없이 무모했다. 자칭 천재라는 치혁을 엉뚱한 질문으로 고민에 휩싸이게 하기도 했다. 명아와는 나이가 엇비슷해 의외로 이야기도 잘 통했다.

그 치혁과 모험심 넘치는 이연이 바다 한 가운데서 교룡을 타느라 날뛰는 모습을 목도하며 명아는 웃고 말았다.

"치혁이 기분 나쁠 텐데요."

"어느 치혁 말이야?"

청하는 모른 척 눈을 옆으로 흘겼다.

청하가 재액의 힘을 잃고 난 뒤에도 청하가 부리던 교룡은 그와 명아의 곁에 남았다. 그리고 그들이 사는 섬과 푸른 바다에 자리를 잡았다.

교룡은 청하와 명아가 청림부로 가든, 이 무인도로 돌아오든 그들과 항상 함께하려 했다.

힘이 소실된 뒤 청하는 교룡과의 의사소통이 불가능했기에 교룡이 왜 그런 행동을 하는지는 알지 못했다. 다만 교룡은 청하를 꽤 만족스런 친구로, 주인으로 여기고 있다는 것은 짐작할 수 있었다.

그들이 섬에 정착한 지 얼마 되지 않아 교룡은 저보다 덩치가 훨씬 작지만 무지갯빛 비늘이 아름답고 눈이 고운 암컷 교룡을 만났다. 청하의 교룡은 끊임없이 들이대며 퇴짜를 맞다 결국 암컷 교룡과 짝을 이루게 되었다.

교룡의 부인이 된 암컷에게 명아는 죽은 적의 이름 '치르'를 붙여주었다. 이름이 붙은 제 암컷 교룡을 질투하는 수컷에게 청하는 '개똥'이나 '멍청이' 따위의 이름을 붙여주려다 명아와 교룡 모두가 날뛰자 치르의 이름과 비슷한 제 형의 이름 '치혁'을 교룡에게 선사했다. 치혁과 치르. 엇비슷한 이름들에 교룡들은 꽤나 기뻐한 듯 앞바다를 날뛰며 먼바다에서 귀한 물고기를 먹지도 않고 잡아와 주곤 했다.

이것을 용납하지 못한 건 청하의 형, 치혁이었다. 그는 천한 요수와 제 이름이 같다는 것에 격분했다. 교룡에게 분풀이를 하자 교룡 역시 치혁을 천적으로 여겼다.

지금 치혁이 교룡 치혁을 타려는 것도 그 교룡을 정복하고 제 휘하에 넣기 위함이다. 청하는 치혁의 도전 정신을 하찮게 여기며 비웃었다.

그리고 깃털섬 쪽에서 그림자가 아른거렸다.

이젠 재활에 성공해 이 무인도까지 날아올 수 있게 된 미우의 아라키가 날아오고 있다. 그 아라키의 뒤로 커다란 거조들의 무리가 뒤따랐다. 깃털섬의 여인들이 동행한 모양이었다.

"곧 시끄러워지겠군."

청하가 인상을 찌푸렸다.

잠시도 조용할 틈이 없는 섬.

"청하 왕자님. 아이들이 아빠를 찾아요!"

청하의 늙은 유모가 돌길에 서서 아이들을 인도하고 있었다. 그 뒤로 유르가 슬쩍 고개를 내밀었다. 아이들은 헤어진 지 몇 달은 되는 것처럼 진한 해후를 위해 달려와 청하에게 매달렸다.

바다에선 아직 이연과 치혁이 교룡 부부를 상대로 싸우고 있다. 그 모습을 구경하기 위해 모두가 줄줄이 서서 한바탕 시끄럽게 배를 잡고 웃었다.

교룡과 치혁의 사투가 중단된 것은 깃털섬의 여인들 때문이었다. 공중에서 아라키 떼로 습격당한 교룡과 치혁이 황급히 해변으로 도망쳐 왔다. 이연도 그 뒤를 따랐다.

아이들은 교룡을 향해 뛰어가 작은 손으로 수고했다며 몸을 툭툭 쳐댔고 교룡도 고개를 주억거리며 눈을 껌뻑였다.

명아는 청하와 하희, 청연. 그리고 모두를 둘러보았다. 모두와 함께 웃었다.

지금 이 순간, 우리는 함께 있다.

그리고 우리는 행복하다.

『남주국설화南州國設話』 完

작가 후기

안녕하세요, 효진입니다.

『남주국설화』와 함께해 주셔서 감사합니다.

이 소설은 '주국' 시리즈라고 통칭하고 있는 제 동양판타지 시리즈들 중 하나입니다. 처음은 북주국으로 시작해 동주국의 이야기로 넘어갔고 이번엔 남주국의 이야기를 하게 되었습니다. 그리고 이 남주국의 테마는 '욕망' 입니다만 제대로 표현이 되었을지는 모르겠습니다.

주국 시리즈는 처음부터 시리즈로 만들 생각은 아니었습니다.

그냥 한 나라의 이야기를 하려다 보니 설정을 하게 되었고 대륙이 나왔고. 대륙에서 어떤 나라를 설정하며 그 설정을 바꾸다 보니 어느새 북주국이 되어 있었고, 북주국이 있다 보니 서쪽과 남쪽과 동쪽까지 연달아 나와 버리더군요.

그러다 보니 어느새 연작으로 쓰고 있는 자신을 발견하게 되었습니다. 아하하.

(남주국 다음에 다시 북주국의 이야기를 한 번 더 썼고 그 이야기는 현재 수정 중입니다;)

이 소설의 여주인공인 무명. 무명이 이름이 절대 아닌데 다들 애칭으로 '명' 혹은 '명이'로 지칭하고 있는 여주인공은 사실 꽤 고집이 있습니다.

유순하지도 않고 버티기도 잘합니다.

하지만 고집쟁이인 건 변함이 없더군요.

왜 이런 애가 나왔나 타박하면서도 이야기를 진행했지만 나중에 돌이켜 보니 꽤 즐거운 시간들이었습니다.

명의 생각과 명의 이야기를 따라가다 보니 결국 저는 행복에 대한 이야기를 하고 싶었던 게 아닌가 생각하게 되었습니다.

괴롭고 슬펐지만 나중엔 행복해져서 살아가는 그 모든 순간들이 더욱 애틋하고 기쁜 명과 청하의 이야기.

그 이야기 속에서 양념 역할을 했던 특이한 요수들은 중국신화와 산해경 속에 등장하는 존재들입니다.

뭐가 무언지 하도 독특한 이름들이라 헷갈려 한바탕 정리를 하며 이야기 속에 필요한 짐승들을 골라내는 것은 쉽지 않았습니다.

그중 제일 많이 등장하는 교룡은 실제로 중국신화 속에서 물속에 산다고 알려진 용입니다. 다른 곳에서는 사람을 괴롭히는 역할로 많이 등장한 것 같지만요.

아, 그리고 청하와 초반에 등장한 시원의 이름은 작명을 고민하다 술이름을 붙였다는 건 비밀. ^^ 소㈜시원과 청하입니다.

저는 곧 북주국 이야기로 다시 찾아뵙겠습니다.

2012년 5월. 효진.